外国文学名著名译
化境文库

包法利夫人

Madame Bovary

[法] 福楼拜 著

周克希 译

天津出版传媒集团
天津人民出版社

本书保留原版习惯用字、通假字和标点用法。人名地名等亦保留原译法。

目　录

第一部

第一章

我们在自修室上课，校长进来了，后面跟着个没穿制服的新生，还有个校工端着张大课桌。打瞌睡的同学惊醒过来，全班起立，仿佛刚才大家都只顾用功似的。

校长做个手势让我们坐下，然后转身对学监低声说：

“罗杰先生，这孩子交给您了，他上五年级。要是功课、操行都不错的话，就让他转到高班，按年龄他该进高班了。”

那新生缩在门后墙旮旯那儿，几乎谁都看不到。这乡下孩子约莫十五岁光景，个子比我们大家都高。头发齐额剪平，像个乡村教堂唱诗班的孩子，看上去挺懂事，神情却很窘迫。肩膀不算宽，可是那件钉着黑纽扣的绿呢上衣大概袖笼太小，裹得紧绷绷的，袖口还露出一截红彤彤的手腕，想必平日里是裸露惯的。浅黄色的长裤用背带吊得高高的，穿蓝袜子的小腿肚露了出来。脚上那双皮鞋挺结实，敲了好些鞋钉，但擦得不亮。

大家开始背书。他竖起耳朵听，专心得像在教堂里听讲道，既不敢架起腿来，也不敢把胳膊肘支在课桌上。到两点钟，下课铃响了，他还不起来跟我们一起排队，学监不得不提醒他一声。

我们有个习惯，一进教室，就把帽子扔在地上，好腾出手来，而且帽子非得一进门就扔，从凳子底下穿过，一直飞到墙脚，扬起一片灰尘。这叫派头。

可是这做法，新生不知是没注意到，还是不敢照做，直到祈祷完毕，他仍把帽子放在并拢的膝盖上。这顶帽子是个杂拌儿，有点像毛皮高筒帽，有点像波兰骑兵帽，又有点像圆筒帽、獭皮帽或棉便帽，反正看上去挺寒碜，那副讳莫如深的丑样儿，活像一张表情让人莫名其妙的傻瓜脸。帽子里面有撑条撑着，胖鼓鼓的像个椭球，底下先是三箍轮缘形饰边，而后交替镶拼着丝绒和兔皮的菱形方块，中间用红道隔开，再往上就是口袋似的帽筒，顶上是块多边形的硬板纸，上面绣着图案复杂的饰带，然后从帽顶垂下一条极细极细的长绳，下端荡着一个金线编成的小十字架。帽子倒是新的，帽檐闪着光。

“你站起来。”老师说。

他站起来，帽子掉了下去。全班都笑起来。

他弯身去捡帽子。邻座同学用胳膊肘一捅，帽子又掉了下去，他又俯身捡起来。

“就别管你那顶头盔了吧。”老师说。他是个挺风趣的人。

同学们哄堂大笑，弄得这可怜的孩子狼狈不堪，不知那顶帽子是捏在手里好，还是搁在地上或戴在头上好。他重新坐下，帽子放在双膝上。

“站起来，”老师说，“把你的名字告诉我。”

新生嘟嘟囔囔说了个名字，谁也没听清。

“再说一遍。”

还是那几个含混不清的音节，淹没在了全班的喧哗声中。

“大声点儿！”老师喊道，“大声点儿！”

新生横下心，拼命张大嘴巴，使足全身劲儿，像大老远喊人似的喊出这几个字：夏波瓦砾。

教室里顿时炸开了锅，喧哗声犹如crescendo[1]那般愈来愈响，夹杂着阵阵尖厉的噪声（有人乱嚷嚷，有人学狗叫，有人跺脚，有人一个劲儿地学舌：夏波瓦砾！ 夏波瓦砾！），震耳欲聋的聒噪好半天才平静下来，变成此起彼落的个别音符，但不时还会从一排座位冷不丁冒出没能忍住的笑声，仿佛一枚爆竹还没燃尽似的。

然而，罚做作业的警告雨点般落下来，课堂秩序渐渐恢复了正常，老师又要新生报名字，叫他一个一个字母拼读，末了再重念一遍，总算听明白了夏尔·包法利这名字，当即吩咐这可怜虫上来坐讲台前的懒生凳。他立起身来，但还没挪步便又踌躇起来。

“你找什么呢？”老师问。

“我的帽子……”新生一边怯生生地说，一边心神不定地朝四下里张望。

“全班罚抄五百行诗！”一声怒不可遏的吆喝，犹如那声Quos ego[2]，制止了一场风暴的发作。“都给我静下来！”老师气冲冲地嚷道，拿起刚从帽筒里抽出来的手帕擦额头。“你，新生，给我把ridiculus sum[3]的动词变位抄二十遍。”

随后，声音放得缓和了些：

“嗨！ 你的帽子么，会找到的，没人偷你的！”

教室里安静了下来。一颗颗脑袋俯在练习本上，新生一连两小时坐得端端正正，尽管有人用蘸水笔尖朝他弹小纸球，墨水溅在他脸上，可他只是用手擦擦，依然一动不动地坐着，眼睛垂得低低的。

---

1 意大利文，音乐术语，意为“渐强”。

2 拉丁文，意为“我要”。罗马神话中的水神尼普顿（相当于希腊神话中的海神波塞冬）只要说出这两个字，风暴就会平息。

3 拉丁文，意为“我是可笑的”。其中联系动词“是”须随人称进行变位。

晚上在自修室，他从课桌里取出袖套，把文具整理好，然后仔细地用尺在纸上画线。我们可以看到，他很用功，每个词都查词典，弄得很吃力。他大概就是凭这股刻苦劲头，才没降班——因为，他虽说语法还过得去，可是碰到造句就不开窍。他的拉丁文当初是村里本堂神甫教的，父母图省钱，一拖再拖，耽误了送他上学。

他父亲夏尔－德尼－巴托洛梅·包法利先生，曾当过助理军医，1812年那会儿，在几起征兵事件里受了牵连，不得不退役，当时他利用自己得天独厚的条件——那副身材赢得一家内衣铺千金小姐的芳心，毫不费力地捞进了一笔六万法郎的陪嫁。他相貌堂堂，好说大话，靴子扣着马刺，铮铮作响，漂亮的颊髯连着唇髭，手上戴满戒指，身上的衣服光亮鲜艳，一眼看上去就是条汉子，那股见面就熟的热乎劲儿又像个旅行推销员。结了婚，头两年全靠妻子供养，吃得好，睡得好，捧个挺大的瓷烟斗吸烟，晚上不到夜戏散场不回家，咖啡馆里更是常客。岳父去世，没留下什么遗产，他悻然之余，发愤办个小布厂，亏了些本，于是归居乡间，指望吃田产。可他对农事并不比印花布在行，几匹马不打发到地里干活，整天骑到东骑到西，苹果酒不装箱拿出去卖，光知道一瓶一瓶喝个痛快，院子里最肥的家禽宰了自己吃，猪的油膘用来擦猎靴，没多久他就明白对这份田产也不能存什么指望了。

于是，他以两百法郎的年租，在科地区和庞卡底地区[1]交界的一个村子，租下一座田庄兼住宅的场所，从此成天闷闷不乐，怨天尤人，悔不当初，四十五岁起就闭门不出，声称厌倦人世，只想清清静静过日子。

妻子曾经爱他爱得死去活来。她对他一往情深，百依百顺，他反

1 科地区位于法国诺曼底北部、塞纳河河口以北的沿海高原。庞卡底位于该地区的西北方。

而对她愈来愈冷淡。当年她活泼、外向、多情，上了岁数却变得脾气乖戾，就像酒走了味变了醋，好磨嘴皮子，神经过敏。起初看见他满村子围着那些骚货娘们转，瞧着他天天晚上让人家从乌七八糟的地方送回家，烂醉如泥，浑身酒气，她只觉得心痛如绞，但从不抱怨。而后自尊心抬起头来了。于是她压住怒火，抱定三缄其口的坚忍态度直至去世。她到处奔走，里里外外忙个不停。她得去找诉讼代理人，见法庭庭长，还得操心票据什么时候到期，设法把应付款展期，在家里又得熨烫、缝补、浆洗、督工、结账，而老爷却赌着气，见天不是懒洋洋、昏沉沉地躺着，就是冲她说一些没心没肺的话，要不就是待在壁炉边上抽烟斗，往炉灰里吐痰。

有了孩子，只好寄养在奶妈家。小家伙一回家，就给宠得像个王子。做母亲的尽喂他吃果酱，做父亲的让他光着脚板到处乱跑，还摆出哲人的架子，说什么就像兽崽那样一丝不挂也挺好。他对妻子那种母性的温情不以为然，心里自有一套颇具男子气概的标准，打算用于训练自己的儿子，要按斯巴达人的方式，让儿子从小吃苦耐劳，造就强健的体魄。他打发儿子去睡不生火的屋子，教他大口大口喝朗姆酒，朝圣事行列骂粗话。可是，这孩子生性温顺，做父亲的种种努力收效甚微。母亲把他带在身边，给他剪硬板纸图画，给他讲故事，整天跟他絮絮叨叨地自言自语，其中满含令人伤感的快乐和近乎孩子气的温存。在生活的孤寂中，她把自己凋零破碎的梦输进这孩子的心田。她渴慕显赫的地位，仿佛已经看见他长大成人，当了建筑工程师或是法官。她教他识字，甚至还在那架旧钢琴上教了他两三首抒情的曲子。然而对所有这一切，不谙文墨的包法利先生都说是白费劲儿！难道他们能供得起他上公立学校，能为他捐个前程或者筹齐一笔本钱吗？再说，一个男人只要拉得下脸皮，是不愁吃不开的。包法利夫人闭紧嘴不吭声，孩子在村子里到处闲逛。

他跟在农夫后面，扔土块惊飞乌鸦，他沿沟渠采黑莓吃，拿细树枝看火鸡，帮着翻晒谷物，到矮树林里撒腿乱跑，在教堂门前玩造房子游戏，逢到下雨天，或是重大节日，就央求教堂执事让他敲钟，吊住粗实的绳子，在半空中荡来荡去。

因而他长得像棵橡树般壮实，手劲很大，肤色红润。

到了十二岁，做母亲的执意要送他读书。老师是本堂神甫。可是上课时间挺短，又时做时辍，所以效果不怎么样。神甫趁洗礼和葬礼中间的空隙，站着在圣器室里匆匆给他上课，或是在响过晚祷钟，也不必再出门的当口，打发人去把学生找来。他俩上楼到神甫屋里坐下，蚊蚋和夜蛾围着烛光飞舞。屋里挺暖和，孩子打起盹来，那位好老头儿双手搁在肚皮上，不一会也张着嘴起了鼾声。也有时候，本堂神甫先生刚给邻近的病人做完临终圣礼回来，路上瞧见夏尔在田野里淘气玩儿，就喊住他，训诫个刻把钟，再趁这机会在一棵大树下面让他练练动词变位。天下雨课就停，有个熟人路过也一样。不过，神甫始终对他挺满意，居然还说小伙子记性挺不错。

夏尔这样下去可不行。太太决心已定。先生有些不好意思，或者说懒得再争，没多说什么就让了步，但做父母的还是又等了一年，让孩子行过了初领圣体[1]仪式。

又过了半年，再下一年，夏尔终于进了鲁昂[2]中学，做父亲的在十月底亲自把他送去，正好赶上圣罗曼节[3]的市集。

---

1 领受圣体是基督教的主要仪式之一。据《圣经·新约》载，耶稣同使徒进最后晚餐时，将他祝圣过的饼和酒分给他们，说这是他自己的身体和血，是为了他们得以免罪而舍弃的。天主教举行这一仪式时，由神甫对面饼和葡萄酒进行祝圣，然后分给教徒。

2 法国西北部上诺曼底大区滨海塞纳省的省会，位于巴黎西北，塞纳河畔。

3 十月下旬的一个宗教节日。每年届时鲁昂地区要举办历时二十五天之久的大型市集。

现在我们谁也记不起他当时的样子了。他是个挺乖的孩子，课间休息就玩，进自修室就做功课，在教室里好好听课，在寝室里好好睡觉，在食堂里好好吃饭。作为寄宿生，他的监护人是冈特里街上的一个五金制品批发商，他每月领孩子出去一次，那总是星期天，等他的店铺打烊以后，他带着孩子一路走到码头看轮船，然后一到七点就送他回学校，不耽误晚餐。每星期四晚上，夏尔给母亲写一封长信，用红墨水，封口粘三个面团，然后复习历史课笔记，或是读一本在自修室捡来的旧书《阿纳卡西斯》[1]。散步的时候，他跟校工聊聊天，那人也和他一样是从乡下来的。

全靠用功，他在班里始终保持在中等水平，有一回考博物学甚至还得了口头表扬。可是到第三年末了，他父母叫他退学，打算让他去学医科，他们满心以为他就这么照样也能通过中学会考。

他母亲认识洛贝克河岸边一家洗染铺的掌柜，就在五楼给他租了个房间。她谈妥膳宿条件，弄来一张桌子和两把椅子，从老家运来一张樱桃木旧床，另外还买了一只生铁小火炉，备好劈柴让可怜的孩子取暖。然后她在周末动身前，千叮万嘱要他自己学好，因为以后就没人照看他了。

贴在布告板上的课程表，把他看得晕头转向：解剖学课、病理学课、生理学课、药剂学课、化学课，加上植物学、诊断学和治疗学，还有什么卫生学和药材学，他对这些名称一窍不通，觉得它们就像一座座圣殿的大门，里面黑黢黢的，令人敬畏。

他什么也不懂，上课像腾云驾雾，听了也白听。但他还是很用

1 法国作家巴代莱尔（1716—1795）写的一本游记体小说，内容取材于传说中的塞西亚王国阿纳卡西斯王子出游希腊的故事。

功，一本本笔记装订成册，一堂课也不缺席，一次出诊也不落下。他当天的事当天了，却好似一匹拉磨的马，被蒙住双眼绕着碾磨转圈，不知道磨的是什么东西。

做母亲的替他节省开支，每星期托邮车捎来一块烤小牛肉，他上午从医院回来，一边用脚底跺墙，一边拿这块烤牛肉当午饭。饭后匆匆赶去教室、解剖室、济贫院，然后再穿过一条条街道回到住所。每天晚上，用完房东准备的那顿可怜的晚餐，他就上楼到自己房间埋头用功，衣服湿漉漉地贴在身上，给烧红的炉火烤得直冒热气。

晴朗的夏日傍晚，暖烘烘的街上空荡荡的，女用人在门前拍板羽球，这时他就推开窗子，倚着窗台往下看。那条小河，在他下方淌过，时而发黄，时而发紫或发蓝，流经小桥和栅栏。鲁昂的这一地区因它而变得像个脏兮兮的小威尼斯。工人蹲在岸边，在河里洗胳膊。顶楼高处伸出的晾杆，晒着成绞成绞的棉纱。前面那一排排屋顶上方，是一片高旷明净的天空，红日正在冉冉下沉。那边天气该有多好啊！山毛榉树下有多凉爽！他张大鼻孔想吸进乡间宜人的气息，但到底没能嗅到。

他变得瘦削了些，身材也拔高了，脸上有一种伤感的表情，让人见了不觉会多看上一眼。

稍一松懈，早先下的决心自然而然就给抛到了一边。有一回，他落下了出诊实习，第二天又缺了课，而一旦尝到了懒怠的滋味，渐渐地想改也难了。

他习惯了去酒吧，玩骨牌上了瘾。每到晚上，一头扎进一家肮脏的赌场，拿起带黑点的羊骨牌在大理石牌桌上碰出去，在他而言就如一种体现自由的壮举，为其平添了几分自尊。这就好比领受涉世的启蒙，初尝禁果的滋味，进门的当口，他捏住门的把手，就有一种近乎肉感的快意。于是，许多郁积心间的东西膨胀了开来，他学会了唱歌给女伴听，对贝朗瑞[1]崇拜得五体投地，调潘趣酒颇有一手，最后连谈情说爱也入了门。

试前如此预热，结果医师资格会考一败涂地。可当天晚上全家人都在等着为他庆贺哩！

他一路走回家，到了村口停住脚步，让人去把母亲找来，把事情一五一十告诉她。她原谅了他，将这次儿子考砸归咎于考官不公，安慰了他几句，答应把这事兜起来。五年过后，包法利先生方才知道实情。时过境迁，他也就让它去了，再说他也没法相信自己的儿子会是个笨蛋。

于是夏尔发奋用功，没日没夜地埋头温习功课，把所有问题的答案都背了下来。他通过了会考，成绩相当不错。这真是他母亲的大喜日子！全家人吃了顿丰盛的晚餐。

上哪儿去行医呢？ 去托斯特。那地方只有一个上了年岁的医师。包法利夫人早就在盼着他死，还没等到这位老兄卷铺盖，夏尔就在对面安顿下来，接管了他的地盘。

可是，光把儿子抚养成人，让他学医并在托斯特找到地盘行医，还算不得大功告成——他得有个老婆才行。她为他物色了一个：迪耶普[2]一位执达吏的遗孀，年纪四十五，年金一千二百利弗尔。

这位迪比克夫人，虽说长相难看，骨瘦如柴，满脸粉刺像春天的树芽，想娶她的却大有人在。包法利夫人为了达到目的，憋足了劲把他们一个个挤出去，有个肉铺老板背后有神甫撑腰，照样也让她很巧

1 贝朗瑞（1780—1857），法国诗人，以擅长写民谣和讽刺诗著称。
2 法国北部滨海塞纳省的港口城镇。上文提到的托斯特，是在鲁昂与迪耶普之间的一个城镇。

妙地破了他的招数。

夏尔原以为结了婚就会情况大大改观，指望从此可以自由自在，行事花钱都不用受人管了。不料这个家是他妻子说了算，他在人前该说什么不该说什么，都得听她的，每星期五得守斋，平时得按她的心思穿戴打扮，得听她的吩咐盯住没付钱的病人，不放他们过门。她拆看他的信件，窥伺他的行动，还隔着板壁偷听他在诊室里怎么给女病人看病。

她天天早上得有巧克力喝，随时随地得有人关心。她没完没了地抱怨神经紧张，胸口闷，情绪不好。脚步声叫她心烦，人都走开了，她又嫌冷清，觉得受不了。谁要来看她，那想必又是来瞅瞅她死了没有。每晚夏尔一回来，她就从被窝里伸出瘦长的胳臂搂住他的脖子，让他在床沿坐下，向他诉说她的苦恼：他把她给忘了，他爱上了别的女人！人家早就说过她会受苦的，她说到最后，要他为她的健康给配点糖浆，还要他多给她点爱情。

第二章

一天晚上，十一点钟光景，他们被马蹄声惊醒。那匹马停在了门口，女佣推开顶楼的窗子，朝下面街上的来人问了一阵话。他是来请医生的，随身带着一封信。娜丝塔齐一路打着寒噤下楼来，开了锁，拔去插销。来人下了马，径直跟在女佣后面进了屋。他从灰缨绒帽里面掏出一封用布裹着的信，小心翼翼地递给夏尔。先生靠在枕头上看信，娜丝塔齐站在床边擎着烛台。夫人害羞，转过身去朝着墙，把背冲着来人。

用一小块蓝色火漆封口的信上，请求包法利先生即刻前往贝尔托庄园去接一条断腿。可是，从托斯特赶到贝尔托，途经隆格镇和圣维克多，足足有六里[1]路程。夜色那么黑。夫人生怕丈夫路上有个闪失，因此决定让骑马来的下人先走，夏尔过三个钟头，等月亮升起以后再出发。庄园得派个小厮在路上等他，好给他引路开门。

到了凌晨四点，夏尔裹好披风，上路往贝尔托而去。身上还留着残睡的暖意，只觉得一阵阵发困，他听任胯下的马稳稳当当迈着碎步，在马背上一颠一颠地打着瞌睡。田埂边上不时有些填着荆棘的

1 本书中的里，都是指法里，一法里约合四千米。

坑，那匹马到了坑前就会自己停下，夏尔猛地惊醒，顿时想起那条断腿，竭力回忆有关骨折的知识。雨已经停歇，晨曦露了出来，树叶凋落的苹果树上，鸟儿一动不动地栖息在枝头，绒毛让清冷的晨风吹得竖了起来。平坦的原野一望无垠，灰蒙蒙的大地伸向远方，融入布满阴霾的天空，一簇簇农庄周边的树丛稀稀落落散布在旷野上，成了暗紫色的斑点。夏尔时而睁开下眼睛，随即神思倦怠，睡意不由自主又袭了上来，不一会儿他就进入一种朦胧的状态，新近的感觉和往昔的回忆混淆，自己恍惚间变成了两个人，又是学生又是丈夫，既像方才那样躺在床上，又像过去那样在穿过一间手术室。敷料热烘烘的气息，在脑海中跟露水的清香交融在一起，他听见床帘的铁环在金属杆上滑动，妻子在睡觉……过瓦松镇的当口，他瞥见有个大男孩坐在沟边的草地上。

“您就是医生吗？”男孩问道。

有了夏尔的回答，他便提着木鞋赶在马前奔跑起来。

一路上，医生从向导的口里了解到，鲁奥家看来是个挺富裕的农家。鲁奥先生头天晚上去邻居家过三王来朝节[1]，回家时摔断了腿。他妻子两年前就死了。身边只有小姐帮他照料家务。

车辙愈来愈深。贝尔托就在眼前了。男孩一下子钻进树篱的一个隙口，不见了人影，随后又出现在一个院子的那头，打开了栅栏门。马儿在湿漉漉的草地上款步而行，夏尔弯着身子从树枝下穿过。狗窝里的看门狗扯紧链条，吠个不停。进贝尔托庄园的当口，他的马受了惊，猛地来个偏闪。

1 亦称主显节，典出《圣经·新约》中“耶稣曾三次向世人显示其神性”。因其中第一次为耶稣诞生时，大星引领东方三博士前来朝拜，故又称三王来朝节。这个节日定在1月6日，即圣诞节过后的第十二天。

这个农庄看上去很富足。从马厩敞开的门上望去，只见膘肥体圆的耕马在崭新的饲料架上静静地吃草。沿屋子一溜儿排开新鲜的堆肥，热腾腾地冒着水汽，而母鸡和火鸡中间，有五六只孔雀在居高临下地啄食，它们在科地区可是珍稀的家禽。羊舍很长，谷仓很高，墙壁像手一样光滑。车棚下面有两辆运货马车和四张犁，马鞭、轭圈、全套挽具一应俱全，蓝色的羊毛毡垫沾着谷仓顶上掉下的浮尘。

院子的地势渐渐高起，间隔均匀地植着树木，水塘边上传来鹅群的欢叫声。

一个年轻女人，身穿有三道镶褶的蓝色美利奴[1]裙袍，到门口迎接包法利先生，把他带进炉火烧得很旺的厨房。只见好些大大小小的炖锅，煮着雇工们的早餐。壁炉跟前烘着湿衣服。铲子、火钳和风箱接口，全都大得出奇，像抛光的钢器那般锃锃发亮，而沿墙摆着的成套金属炊具，给亮堂堂的炉火和透过窗户射进来的曙光照得熠熠生辉。

夏尔上二楼去看病人。只见他汗淋淋地躺在被窝里，睡帽给甩得远远的。他是个五十来岁的矮胖子，白皮肤，蓝眼睛，前额已经谢顶，还戴着一对耳环。床边椅子上放着一个长颈凸肚玻璃瓶，里面盛着烧酒，他不时要灌一口给自己壮壮胆。可是，一见到医生，他那股亢奋的劲儿就全垮了，刚才骂骂咧咧地喊了十二个钟头，这会儿却哼哼唧唧地呻吟起来。

伤势很简单，没有任何并发症。夏尔没想到事情会如此顺利。于是，他回想起当年老师在病床前的音容谈吐，说了一大堆宽慰病人的话，外科医生说这种宽心话，就像给手术刀抹上一层油。为了做夹板，仆人到车棚找来一捆板条。夏尔从中挑了一根，截成几段用碎玻

---

1 美利奴羊原为西班牙的一种细毛绵羊。美利奴毛料泛指这一品种的羊毛织物。

璃片刮光，女佣把被单撕成条当绑带，而爱玛小姐着手缝一个小靠垫。就为刚才她找针线匣慢了些，她父亲又不耐烦了。她没搭理他，但是，缝着缝着，她的手指让针给扎了一下，于是她就把手指放进嘴里去吮。

夏尔惊讶地注意到，她的指甲白得透亮，十指尖尖，比迪耶普象牙还明净，修剪成杏仁的长圆形。不过她的手长得并不美，或许也不够白皙，指节那儿瘦削了点儿，整个手也太长，轮廓线有欠柔韧。她身上的美，在于那双眼睛：虽说眼眸是褐色的，但由于睫毛的缘故，看上去乌黑发亮，目光毫不羞涩地正对着你，透出一种率真和果决。

伤口包扎好了，鲁奥先生执意邀请医生吃点东西再走。

夏尔下楼来到底层的厅堂。一张小桌上放好了两副刀叉和银制的杯子，紧挨桌子就是一张有华盖式帐顶的大床，布幔上印着人物，画的是些土耳其人。从面朝窗户的立柜里传来鸢尾香粉和带潮气的床单的味道。墙角的地上，竖放着几袋麦子。走上三级石阶就是比邻的谷仓，这几袋麦子是谷仓放不下才搁在这儿的。房间的墙壁起了硝，绿色的涂料在剥落下来，作为房间的装饰，墙壁中央的钉子上挂着一幅密涅瓦[1]的炭笔画头像，画框是镀金的，画幅下方用哥特体写着一行字：“给我亲爱的爸爸”。

两人先谈了几句病人的情况，随后谈到天气，谈到严寒，谈到夜里在田野上出没的狼群。鲁奥小姐在乡间并不快活，现在尤其如此，因为庄园里的事几乎都得由她一个人来操心。房间里挺凉，她边吃边哆嗦，这一来就微微张开了肉鼓鼓的嘴唇，平时她不说话的当口，总习惯于轻轻咬住自己的嘴唇。

---

1 罗马神话中的智慧女神，相当于希腊神话中的雅典娜。

她的颈脖露在白色翻领上。中间分开、紧贴两鬓的黑发，梳得非常光洁，看上去齐齐整整地分成两半，正中一条细细的头路，顺着脑颅徐徐向上，两边的头发几乎盖没了耳朵根，拢到后脑勺绾成一个大发髻之前，呈波浪形地弯向太阳穴，这种发式乡村医生可是平生第一次看到。她的脸颊红嫣嫣的。上衣的两颗纽扣中间，像男人那样挂着一副玳瑁色单片眼镜。

夏尔上楼向鲁奥老爹告辞，行前又回到厅堂，只见她站在窗前，额头贴着窗玻璃，望着被风刮倒的芸豆架。她转过身来。

“您找什么东西吗？”她问。

“对不起，找我的马鞭。”他答道。

说着他就在床上、门背后、椅子底下找了起来，马鞭掉地上了，在麦袋和墙壁中间。爱玛小姐瞧见了它，她朝麦袋俯下身去。夏尔出于殷勤，赶忙抢步上前，而就在两人同时伸出手去的当口，他觉着自己的前胸碰到了俯在下面的姑娘的后背。她满脸通红直起身来，把牛筋鞭子递给他时，侧脸望了他一眼。

他原先说好三天以后再来贝尔托，结果第二天就来了，随后就每周两次，一次不落下，为数不少的突然造访，仿佛都是无意间想起才来的，还没算在内。

不过一切都挺好，伤口愈合得很正常，等到四十六天过后，鲁奥老爹在家禽饲养场里露面，独自一人试着走动那会儿，大家都相信包法利先生医道确实高明了。鲁奥老爹说，即便是伊夫托甚至鲁昂最好的医生来，他的伤也未必能好得这么快。

至于夏尔，他没想过问问自己，为什么到贝尔托去会这么高兴。即使想到了，他想必也会把自己的热心归因于病人的伤势，说不定还会说成是指望有笔可观的收入。然而果真就是由于这些原因，他到农庄造访才会在他平庸的行医生涯中，变成一次可爱的例外吗？碰到这些日子，他总是早早起身，骑上马背就让它一路小跑，不时还要扬鞭策马，随后他下马在草地上把靴子擦干净，进门以前还要戴上黑手套。他爱进这院子，爱栅栏门被肩头顶开的感觉，爱那只在围墙上引吭高歌的公鸡，还有那些前来迎接他的伙计。他爱那谷仓和牲口棚。他爱鲁奥老爹把他的手握住，一面拍一面管他叫救命恩人，他爱厨房刚擦过的石板上爱玛小姐那双小巧的木鞋，她脚下的后跟使身量显得高了一些，而当她从他面前经过时，木头的鞋底很快地掀起，拍在高帮鞋的皮帮上发出干涩的声响。

她总把他送到门口的台阶上。仆人还没把马牵来，她就留在那儿。两人已经说过再见，都不再开口，风儿吹乱她颈后的细发，或者拂动小旗似翻卷的围裙系带，让它们在她的髋部飘来飘去。有一次碰上融雪天气，院子里的树往外渗水，屋顶的积雪在融化。她到了门口，回去拿来一把伞，撑了开来。阳光透过闪光波纹绸的小伞，把摇曳不定的亮斑映在她白皙的脸蛋上。她在暖融融的光影中笑意盈盈的，只听得水珠一滴一滴落在波纹绸的伞面上。

夏尔刚开始常去贝尔托的当口，他那位夫人不时过问一下病人的情况，还在那本复式账簿里特地给鲁奥先生留出一个空页。可是她一得知他有个女儿，就四处去打探消息，而听到的消息说鲁奥小姐是在圣于尔絮勒会[1]女修院的寄宿学校上的学，据说受过良好的教育，会跳舞，懂地理，会画画，会绣挂毯和弹钢琴。好事都占全了！

“敢情就为这个缘故，”她心想，“他去看她才那么满面春风，才非要穿新背心，就不怕让雨淋坏呀？哦！这个女人！这个女人……”

1 一种天主教修会，16 世纪创立于意大利。

她本能地厌恶这个女人。起先，她旁敲侧击地出出气。夏尔没听懂。随后，故意找碴儿数落他，他怕吵架没敢应声，最后，冷不丁就是一顿臭骂，弄得他不知所措。他凭什么还要上贝尔托去呢，既然鲁奥先生的伤已经治好了，而且人家连诊金都没付呢？噢！原来是因为那儿有个人儿，有个会聊天、会绣花的才女呀。这才是他爱的人儿：他是要位城里小姐哟！而接着她又往下说：

“鲁奥老爹的女儿，城里小姐！得了吧！她的爷爷是个羊倌，她有个表兄弟一回跟人吵架大打出手，差点儿蹲班房。她根本用不着那么招摇过市，也用不着在礼拜天像个伯爵夫人似的，穿着绸裙上教堂去。那老头也怪可怜见的，要没有去年的那些油菜收下来，还不知道他靠什么去打发那笔欠款呢！”

夏尔听得厌烦，就不上贝尔托去了。爱洛依兹对他爱得死去活来，抽抽噎噎地拼命吻他，硬是让他把手放在弥撒书上发誓永远不再去。他也就屈服了，可是大胆的欲望不买怯懦行为的账，出于一种天真的矫饰，他把不准去看她的禁令看成一种允许他爱她的权利。再说，这寡妇瘦骨嶙峋，牙齿长长的，一年到头裹条黑色的小披巾，尖梢挂在两个肩膀中间，干瘪的身体套在裙袍里，活像长剑插在剑鞘里，裙袍又太短，露出脚踝和耷拉在灰短袜上的大皮鞋系带。

夏尔的母亲有时来看他们。可是，不出几天工夫，媳妇就像把婆婆的刃口给磨快了，于是，她俩犹如两把刀子向他夹击，数落和指责划得他刀痕累累。他不该吃这么多！干吗谁来都要请人喝酒？不肯穿法兰绒衣服犟得多没道理！

开春时候出了桩事情，安古镇的一个公证人，迪比克遗孀的财产保管人，带着事务所的全部钱款，趁涨潮乘船卷逃了。是的，爱洛依兹除了一笔值六千法郎的轮船股份，在圣弗朗索瓦街还有座房子，可是，这份当初吹得天花乱坠的家当，做丈夫的就只见过那点家具和几件破衣裳，别的东西连影子也没见过。这事儿得弄弄清楚。原来迪耶普的那座房子已经抵押出去，连桩基都是人家的了，她在公证人那儿有多少钱，只有天知道，而那份船股根本还不到一千埃居[1]。她敢情全是在撒谎呀，这婆娘！包法利老爹怒不可遏，抄起一张椅子朝石板地猛砸下去，叱骂老婆子让儿子倒了大霉，给这么一匹瘦马套牢了，它那副鞍辔可并不比那张瘦皮值钱。他们来到托斯特。双方吵了起来，事情闹得不可开交。爱洛依兹眼泪汪汪地扑在丈夫怀里，求他别让她受公婆的气。夏尔想为她说两句。老两口大光其火，即刻打道回府。

可是内伤已经落下了。一星期后，她正在院子里晾衣服，冷不丁咯出一口血，第二天，夏尔转过身去拉上窗帘的当口，她说了声“哦！我的主啊！”叹出一口气后就不省人事了。她死了！真叫人想不到！

公墓里的葬礼了结以后，夏尔回到家里。他在楼下没见到人影，他上楼进了卧室，却见她的裙袍还挂在床脚那头，于是他伏在书桌上，沉浸在痛苦的冥想中直到天黑。她毕竟爱过他呀。

1 法国13世纪以来铸造的多种金币、银币都称埃居。通常指价值五法郎的一种银币。

第三章

一天上午，鲁奥老爹给夏尔送来了治腿的酬金：七十五个法郎，全是四十苏[1]一枚的硬币，还有一只火鸡。他已经知道他的不幸，一心想安慰他。

“我知道这是什么滋味！”他拍着夏尔的肩膀说，“我当初也跟您一样，是啊！老伴刚死的那会儿，我跑到田里去，只想一个人待着，我倒在一棵大树跟前，呼喊着老天，说了一通咒骂他的胡话，我巴不得自己能像挂在树枝上的鼹鼠那样，让虫子在五脏六腑里钻来钻去，死掉拉倒。我一想到这会儿人家正搂着娇滴滴的婆娘，就死命把棍子往地上敲，我简直疯了，整天不吃不喝，一想到去咖啡馆就恶心，说起来您真没法相信。好，慢慢地，一天过去又是一天，冬去春来，夏天过后又是秋天，日子就这么一点一点地打发过去，事情也就过去了，离你远了，我的意思是说往心里去了，因为你心底里总有个东西搁在那儿，就像人家说的……有块心病在那儿！可是既然人人都得认命，那何必还要整天蔫不唧儿的，就为别人死了，自己也想寻死呢……您得打起精神来，包法利先生，一切都会过去的！去看看我们

---

1 相当于五生丁一枚的辅币，一法郎合二十苏。

吧，您知道，我女儿常在念叨您，还说您把她给忘了呢。眼看春天就要来了，我们陪您到养兔林去打打野兔，让您散散心。”

夏尔听从了他的劝告。他又上贝尔托去了。他发现一切都像昨天一样，也就是说，都像五个月前一样。梨树已经开花了，鲁奥老爹的腿好利索了，走来走去又给庄园平添了几分生气。

老爹顾念医生的丧偶之痛，觉得自己有责任对他礼数格外周到，所以请医生不用脱帽，对他说起话来轻声轻气的，仿佛他是病人似的，碰上人家没照他的意思特别准备几个清淡一些的点心，像小罐奶油或者炖生梨什么的，甚至会装出生气的样子。他讲故事。夏尔自己也想不到竟然会笑出声来，可是对妻子的思念，马上让他止住了笑，变得愁容满面。接下来上咖啡，他才不再去想了。

他对独身生活愈来愈习惯，对妻子也就想得愈来愈少。没人管束的新鲜滋味，很快就让他觉得孤独并不那么难熬了。他现在不用按时进餐，进进出出也不用说什么理由了，而要是真的倦了，尽可以摊手摊脚地躺在床上。于是，他半点儿也不委屈自己，日子过得挺悠闲，心安理得接受着人家的安慰。况且，妻子的去世并没有影响他的营业，因为一个月来大家老把这句话挂在嘴上：“可怜的年轻人！他可真是受苦了！”他的名字传了开去，主顾愈来愈多了，再说，贝尔托他想去就能去了。他怀着一种影影绰绰的希望，感到一种朦朦胧胧的幸福，对着镜子刷颊髯的时候，他觉着自己的脸色好多了。

有一天他是三点钟光景到的，大家都在田里干活。他走进厨房，可是起先没看到爱玛，窗上挡雨的披檐是放下的。阳光从板缝里射进来，细长的光线投向石板地，沿家具的拐角弯成折线，颤颤悠悠地照在天花板上。桌上有几只苍蝇顺着用过的玻璃杯往上爬，一滑到杯底浸在喝剩的苹果酒里，就嗡嗡直叫地挣扎。从壁炉里透进来的日光，照得烟炱有如蒙上丝绒那般柔和，冷却的灰烬也抹上了一层淡幽幽的蓝色。爱玛坐在窗子和壁炉中间，做着针线活，她没有披围巾，看得见裸露的肩头沁出细细的汗珠。

她照乡间的礼俗，要让他喝点什么。他说不喝，她一定要他喝，最后她咯咯笑着请他一起喝一杯甜烧酒。说着她到壁橱里找出一瓶陈皮酒，取下两只小玻璃杯，把一只斟满，另一只稍稍倒了一点儿，碰过杯，把一杯凑到自己的嘴边。但她杯里几乎是空的，就只得仰起脖子来喝，她头朝后，嘴唇往前，头颈伸得长长的，可还是喝不着，于是便笑着从两排细洁的牙齿中间伸出舌尖，轻轻去舔杯底。

她重又坐下拿起针线活，织补一只棉纱长袜，她低着头做活儿，不说话。夏尔也不作声。从门底下钻进来的风，在石板地上卷起些许灰尘，他望着灰尘缓缓移动，只听见自己的太阳穴砰砰在跳，远远地还有一只母鸡在院子里下蛋，咯咯地叫着。爱玛不时伸起手掌贴在脸颊上，让脸颊凉快一些，过后再去握住柴架的铁球饰让手心冷一冷。

她抱怨说开春以来一直觉得头晕，她问他洗海水浴是不是有用，她讲起修道院的寄宿学校，夏尔谈到他的中学，话题多了起来。两人上楼到她的卧室去。她给他看当年的乐谱本、奖给她的小书，还有撂在大橱底部的栎树叶做的花冠。她还对他说起她的母亲，说到墓地，甚至指给他看花园里的那个花坛，每个月的第一个星期五，她都到那儿摘一些花去放在母亲的坟前。可是他们家的花匠居然不明白她这是干什么，这些底下人真没用！她挺想至少冬天能住在城里，虽说夏日苦长，待在乡下说不定更加无聊。随着话题的转换，她的声音时而清脆，时而尖细，或者，当她说到自己的时候，一下子拖长了声音，调门最后低得几乎像在自言自语——刚才还欣喜地睁大那双神情率真的眼睛，这会儿却垂下了眼睑，目光中充满怅惘，思绪飘荡了开去。

夏尔晚上回到家里，一句句地回味她说过的话，一边细细回忆，一边琢磨其中的含义，想象着他没认识她的那会儿她是怎样的。可是出现在脑海中的，总是第一回见到她，或是方才跟她分手时她的模样。随后他暗自思忖她以后会怎么样，会结婚吗，跟谁呢？唉！鲁奥老爹很富有，而她！……那么美！可是爱玛的容貌随时会浮现在眼前，有个像陀螺的嗡嗡声一样单调的声音始终在他耳边响着："咳，你要是娶她就好了！你要是娶她就好了！"夜里，他睡不着，喉咙发紧，口渴得很，他起身喝水，又去打开窗子，天上缀满繁星，一阵和风轻轻吹过，远处传来狗吠声。他朝贝尔托那边转过脸去。

夏尔心想反正不用冒什么风险，盘算着一有机会就开口求亲，可是，眼看机会来了，他却每次都怕话说得不妥，就是开不出口。

鲁奥老爹正巴不得有人把女儿娶走呢，因为她在家里并不能帮他做多少事情。他心里也原谅她，觉得以她的才情，种地实在是委屈了她，种地想必是老天诅咒的行当，要不怎么从没见过有百万富翁的种田人呢。这位老爹非但没靠农场发财，反而年年赔本：因为，要说做买卖他还能拿得起，挺有些心计，可真要说到种庄稼、管理农场，谁也不会像他这么觉着不对劲。他压根儿就懒得把手从裤袋里掏出来，过日子却从来不肯撙节用度，要吃得考究，要炉火生得旺，还要睡得舒适。他喜欢味道醇厚的苹果酒、烤得嫩而带血的羊腿、调得很匀掺烧酒的咖啡。他单独在厨房里用餐，面对炉火坐下，仆人端上摆好菜肴的小桌子，就像在戏台上似的。

他瞅着夏尔见到女儿就要脸红，料定不出多少日子他准会来求亲，于是先自在心里掂量起这桩亲事来。他嫌夏尔个子矮小了点儿，不像他心目中女婿的模样，可是大家都说他品行端正，为人节俭，学问又好，而且想来不会太计较嫁妆。而鲁奥老爹欠着泥瓦匠和马具行老板不少钱，葡萄压榨机的轴又得换掉，眼看就非把那二十二英亩地产卖掉不可了。

“要是他来求亲，”他心想，“我就把她给他。”

圣米歇尔节[1]到了，夏尔来贝尔托住了三天。最后那天，也像前两天一样，一刻钟一刻钟地过去了。鲁奥老爹送他出门，两人在坑坑洼洼的路上走了一程，眼看就要分手了，是时候啦。夏尔打定主意到树篱拐角就说，可最后还是过了那儿。

“鲁奥老爹，”他喃喃地说，“我想跟您说件事。”

两人停住脚步。夏尔不吭声。

“可您倒是说呀！难道您的心思我还不明白吗！”鲁奥老爹轻轻地笑着说。

“鲁奥老伯……鲁奥老伯。”夏尔结结巴巴地说。

“我呀，可是再高兴也没有了，”庄园主人接着说，“虽说小女想必也是这样，不过总还得听听她的说法才是。行，我就不送您了，我这就回屋里去。如果事情成了，您听着，您不用再次进去，免得人多嘴杂，再说，她也会不好意思。不过，我也不想让您等得太心焦，我会推开窗挡板，让它靠住墙壁：您从树篱上面探过身来，打后面就能看得见。”

说完他就往回走去。

夏尔把马拴在树上，跑到小路上等着。半小时过去了，随后他掏出表，眼看又过去了十九分钟。蓦然间只听得墙壁上一声响，窗挡板推了开来，撑杆还直晃荡。

第二天刚九点，他就来庄园了。爱玛见他进门，脸红了起来，强

1 每年9月29日是圣米歇尔节。按诺曼底当地习俗，这一天是缴租纳税的最后期限。

作镇定地笑了笑。鲁奥老爹拥抱了未来的女婿。嫁妆和婚约的事都没忙着谈，再说也有的是时间，按情理婚事总得等到夏尔服丧期满，也就是说到来年春天才能办呢。

冬天就在等待中过去了。鲁奥小姐忙着准备嫁妆。有些得到鲁昂去定做，衬衣和睡帽，她就照着借来的时装图样自己亲手缝制。夏尔每次来庄园，就一起商量婚礼如何准备，考虑宴席摆在哪个屋里，乐滋滋地盘算得上多少菜，有哪几道主菜。

爱玛却希望婚礼放在半夜里，点着火把举行，可鲁奥老爹觉得这个想法实在有点匪夷所思。于是到了婚礼那天，来了四十三位宾客，酒宴长达十六个小时，第二天又接着吃，一连热闹了好几天。

第四章

客人一大早就乘马车来了，只套一匹马的大车，车身加长有排座的双轮车，卸了顶篷的轻便车，车栏加了皮篷的运货车，各式各样的车子都有，邻村的小伙子在马车上站成排，扶住车栏生怕摔倒，车子跑得很快，一路颠得够受。有的从十里开外，从戈代镇、诺曼镇和卡尼赶来。双方的亲戚朋友全都请了，往日的嫌隙就此勾销。

树篱背后不时传来甩鞭的响声，随即栅门大开：进来的是辆轮子高高的大车。车子径自驶到台阶跟前，猛地停住，上面的人四散下车，揉膝盖的揉膝盖，伸胳臂的伸胳臂。女客们头戴软帽，身穿城里款式的长裙，挂着金表链，短披肩的下摆掖在腰间，或者披块花方巾，背后用别针别住，露出后面的颈脖。男孩打扮得跟做爸爸的一模一样，看上去给新衣服弄得挺不自在（好些孩子这天是生平第一次穿靴子），而在他们旁边，一声不响地站着个十五六岁的大女孩，身上的白裙还是初领圣体时做的，这回来做客又放长了一些，那十有八九是男孩的表姐或姐姐，脸色红扑扑，神情傻乎乎，头上抹着厚厚一层玫瑰香膏，担惊受怕唯恐弄脏手套。没有足够的仆人来招呼卸车，男客们就挽起袖子自己动手。他们按身份地位的不同，有穿全套大礼服或常礼服的，也有穿长外套或带下摆的短外套的——全套的大礼服，平日轻易不从衣柜请出，今日全家上下躬逢其盛，簇拥在周围，常礼服宽大的垂尾随风飘荡，围领竖得很高，衣袋大得像行囊，厚呢的长外套，往往配一顶帽檐滚铜边的鸭舌帽，短外套挺短，后背并排有两颗纽子，活像一双眼睛，下摆仿佛是用木匠的斧子整块开的料。也有人（不过这几位自然只有叨陪末座的份儿）仍穿着乡间的长罩衣，也就是说，领子翻到肩头，后背打许多小褶裥，低低地束一根布腰带。

衬衫的硬衬鼓在胸前，就像一副副铠甲！人人都新理了发，耳朵露在外面，胡子刮得精光，有几位刮脸时天还没亮，看不分明镜子里的尊容，所以不是鼻子下面划了道口子，就是下巴破了相，刮下一块油皮有三法郎硬币那般大小，半路上一吹风，红里透亮，点缀在喜气洋洋、白白净净的大胖脸上。

乡公所离庄园有半里路，大家步行前往，待教堂仪式结束以后，再步行回来。队列起先挺整齐，宛如一条彩带，顺着蜿蜒的小路穿过绿油油的麦地，在田野间迤逦前行，但不一会儿就拉长了距离，人们三五成群地聊着天，放慢了步子。乡村乐师走在头里，夹着琴颈系缎带的小提琴边走边拉，随后就是那对新人，再后是随意结伴的亲戚朋友。孩子们走在队尾，不是掐下荞麦茎端的小花，就是躲过大人的眼睛闹着玩儿。爱玛的裙子太长，有点拖在地上，她不时停住脚步提一下裙子，用戴着手套的手指，轻轻摘去野草和矢车菊的芒刺，空着手的夏尔伫立一旁，等她完事。鲁奥老爹，头戴一顶簇新的丝帽，黑色大礼服的袖口直盖到指尖，让亲家母挽住自己的胳膊。至于那位亲家公包法利老爹，他从心底里瞧不起这群人，所以就穿了套单排纽、军装式样的常礼服，一路上只管对一个金发的乡下姑娘献殷勤，说些小咖啡馆的甜言蜜语。那姑娘恭敬地点头，脸蛋涨得通红，不知说什么好。婚礼的其他来宾边走边聊，或者躲在人家背后恶作剧，先自逗起乐来，而竖起耳朵，就能听到乐师在田间边走边拉的咕叽咕叽的提琴声。这乐师一看大家落在后面了，便站住喘口气，在弓毛上使劲擦松香，好让琴弦发声更响亮些，然后再往前走，一上一下地晃动着提琴，帮自己打着节拍。乐声到处，老远就惊飞了小鸟。

宴席摆在车棚里。上了四盘牛排、六盘烩鸡块，还有炖小牛肉和三只羊腿，当中是一头烤得金黄透亮的乳猪，边上是四盆酸模叶香肠。桌角上摆着装烧酒的长颈玻璃瓶。一瓶瓶的甜苹果酒，稠厚的泡沫沿着瓶塞直往外冒，所有的杯子里早已斟得满满的。那几大盘蛋奶糕，稍碰一下桌子就会颤颤悠悠，平滑的糖面上用杏仁粒装饰出新婚夫妻姓名起首字母的图案。他们特地从伊夫托请了位大师傅，来做圆馅饼和甜点心。他在这儿是初显身手，所以格外卖力气，上餐后甜点时，他端来一盘大蛋糕，博得了满堂彩。底部先用蓝色硬纸板搭成四四方方一座神庙，门廊、列柱一应俱全，四周撒满烫金纸屑的神龛里，白色的小神像宛然在目，第二层的萨瓦蛋糕做成城堡主塔模样，围在白芷、杏仁、葡萄干和橘瓣做的要塞中间，最上层俨然是座平台，一片绿茵，点缀着果酱做的山石、湖泊，榛壳造的船只，一个小巧玲珑的爱神在荡秋千，巧克力制的秋千杆上，两个真的玫瑰花蕾代替球饰，耸在顶上。

酒席一直吃到晚上。大家坐累了，就到院子里溜达溜达，或者到谷仓里玩一局打瓶塞[1]，然后重新入席。有的人没等散席，就睡了下来，鼾声大作。可是咖啡一端上来，大家兴致又高了，这会儿有的唱起歌来，有的出把戏，有的举重，有的伸平拇指装出要从那下面钻过去的样子，有的想把大车扛上肩头，有的尽开些粗俗下流的玩笑，有

1 一种游戏。玩时把硬币叠在瓶塞上，用圆铁片或石片甩击瓶塞。

的一个劲缠住女客搂搂抱抱。辕马大吃荞麦，直到塞足喉咙满到鼻孔，临套车那会儿，怎么也不肯进车辕，尥蹶子，使性子，把挽具都给弄断了，主人们骂的骂，笑的笑，月光如水，彻夜都有满载归客的车子疾驶在乡间道路上，颠颠簸簸地越过水沟，蹦蹦跳跳地翻过砾石堆，煞是辛苦地爬上斜坡，女客们从车窗俯身出来拼命想抓住缰绳。

留在贝尔托过夜的客人，通宵达旦在厨房里开怀畅饮。孩子们就睡在长凳上。

新娘央求过父亲别让人家来闹新房。可是，有个做水产批发生意的表兄弟（他居然带了两条箬鳎鱼来作贺仪）兀自把嘴凑在锁眼上，准备往里面喷水，幸好鲁奥老爹及时赶来劝阻，说女婿是有身份的人，不能这么个闹法。好说歹说，这位表亲总算勉强依了他。不过此人心里认定老爹是小看他，走去跟待在屋角的四五个客人混在了一起，那几位碰巧在酒席上一连吃了几块部位不佳的肉，也都觉得主人对他们招待不周，暗地里在发牢骚，诅咒主人家倒大霉。

包法利老太太一整天没开过口。媳妇的装扮没来征求过她的意见，宴席的安排也没来跟她商量过，她早早就退了席。可她丈夫非但没跟她一起走，反而差人到圣维克多买来雪茄，一个劲地抽到天亮，一边还用樱桃酒跟掺热糖水的烈酒兑在一起喝，这种喝法，在场的人都没见过，于是又平添了几分对他的敬意。

夏尔生性不善戏谑，在婚宴上自然没有上佳表现。从上汤那会儿起，宾客们少不得就要冲着他起哄，面对接二连三抛来的俏皮话、恭维话、双关语和粗俗的调笑，他都应答得挺差劲。

第二天，他仿佛变了个人。倒像头天夜里是他在当新娘，而真正的新娘却若无其事，让人觑不出半点破绽。那些捣蛋鬼觉得她莫测高深，见到她打旁边经过，他们打足精神，却光剩望着她看的份儿。可夏尔什么都不瞒人。他管她叫“我太太”，亲昵地称她“宝贝儿”，一会儿不见就到处找她，逢人便问有没有见到她，还时不时把她领到院子里，旁人远远瞧去，只见树丛中他揽住她的腰，边走边俯身把头凑过去，揉得她胸衣上的罗纱起了皱。

婚礼过后两天，这对新人就动身了：夏尔由于病人的缘故，不能耽搁得太久。鲁奥老爹让他们坐他的车，还亲自送他们到瓦松镇。到了那儿，他最后一次吻抱了女儿，下车往回走去。走了百十来步，他停住脚步，转过头去，只见马车已经驶远，车轮过处扬起阵阵尘土，这时他不由得重重地叹了口气。随即他想起自己的婚礼和往日的岁月，想起妻子的初次怀孕。那天他骑马把她载在身后，从岳父家接回去的时候，也曾这么心花怒放来着，快到圣诞节了，田野上白皑皑的一片，她一只胳膊搂紧他，另一只胳膊挎着篮筐，戴着本地传统的帽饰，长长的花边随风飘舞，有时拂到他的嘴上，他回过头去，望见她那张红扑扑的小脸蛋偎依着他的肩膀，在金色帽檐下悄没声儿地笑着。她还不时把手伸进他怀里，暖暖冻僵的手指。这些都是老话喽！他们的儿子要是还在，也该有三十了！这时他回头望了望，大路上什么也看不见。他只觉得自己像是一座人去楼空的旧宅，酒劲上来，脑子发晕，不由得一阵悲从中来，凄凉的思绪跟充满温情的回忆搅在了一起，他有一会儿真想绕到教堂那边去看上一眼。可是，他又生怕看了会更伤心，还是直接回家了。

六点钟光景，夏尔夫妇回到了托斯特。邻居们从窗口探出身来，都想瞧一眼他们这位大夫的新娘子。

老女佣上前来跟女主人见礼，赔不是说晚饭还没准备好，请夫人先看看这座宅子。

第五章

砖砌的外墙刚好跟街道，或者说刚好跟大路齐平。门背后挂着一件小领披风、一副马笼头和一顶黑皮帽，墙角扔着一副皮绑腿，上面沾着一层干泥。右首是客厅，也就是兼作餐室的起居室。鹅黄的墙纸，上端有一道褪色的花叶边饰，由于底布没绷平，整个儿晃晃悠悠的，白布窗帘滚着红边，交叠着挂在窗上，窄窄的壁炉框上，亮晶晶地竖着一架雕有希波克拉底[1]头像的座钟，两端各有一盏包银烛台，罩子呈椭球形。过道的另一边是夏尔的诊室，房间不大，只有六步来宽，放着一张桌子、三把椅子和一张扶手椅。一套多卷本的《医学词典》几乎占满了六层松木书架，书页还没裁开，但几经转手，装订已经有些损坏。病人就诊时，油面团的香味会透过墙壁飘来，同样在厨房里也能听见病人咳嗽和诉述病情的声音。再往前，正对院子和马厩，是个破旧的大房间，里面有炉灶，可现在当了柴房、堆栈和储藏室，放满了旧铁器、空酒桶、报废的农具，还有好些沾满灰尘的什物，谁也没法猜出它们是派什么用场的。

长方形的花园，沿着两堵用掺禾秆的黏土筑起的围墙，一直延伸

1 希波克拉底（约公元前460—前370），古希腊医生，在西方被誉为“医学之父”。

到荆棘树篱跟前，贴墙种着两排杏树，树篱往外就是田野了。花园正中央有个青石板的日晷，底座是砖砌的，四个对称的花圃，种着些蔫不唧儿的多花蔷薇，围住一方更为实用的菜地。花园尽头，云杉下面有尊雕像，是个正在诵读经文的神甫。

爱玛上楼去看房间。第一间没放家具，第二间是两人的卧室，房里凹进去的部分挂着红帷幔，放着一张桃花心木的大床。衣柜上摆着一只贝壳镶拼的盒子，而在书桌上，靠窗放着一只长颈玻璃瓶、一束用白缎带系住的橙花。这是新娘花束，那位新娘的花束！爱玛看着这束花。夏尔发觉了，拿去放在顶楼上，这当口爱玛坐在扶手椅里（她带来的东西都放在身边），想到她装在纸板盒里的婚礼花束，神思恍惚地寻思着，万一哪天她死了，不知人家会拿它怎么样。

头上几天，她忙于考虑重新布置宅子。她取下烛台的球形罩子，差人贴上新墙纸，把楼梯油漆一新，花园里在日晷四周安上几张凳子，甚至还琢磨修一座养鱼的喷水池。结果丈夫知道她爱乘车兜风，就买了辆二手货的敞篷轻便马车，换上新车灯和轧花革挡泥板，看上去就跟英国式轻便马车差不多了。

他心满意足，无忧无虑。相对而坐用餐，傍晚去大路散步，望着她用手拢一下头发，瞥见她的草帽挂在长窗插销上，诸如此类的许多事情，夏尔过去根本想不到其中会有什么乐趣，如今却都使他感到幸福无所不在。早晨并排躺在枕头上，睡帽的花边半掩着她的脸，露出的脸颊被阳光染成了金黄色，他凝神望着那上面的汗毛。挨得这么近看，她的眼睛显得特别大，尤其是在她刚醒来，一连眨上好几回眼的那会儿，她的眸子在暗处看是黑的，在亮处看是深蓝的，而且仿佛有很多层次的色泽变化，愈往里愈浓愈深，靠近表面就又浅又亮。他的目光消融在这对眼眸的深处，在那儿看见自己的一个齐肩的缩影，头上包着薄绸的布帕，衬衣领口敞开着。他起身了。她披着宽松的晨衣走到窗口，胳膊肘倚在窗台上的两盆天竺葵中间，目送他出门。下面街上，夏尔踏着墙角石扣上马刺，她一边从窗口朝他说话，一边不时用嘴叼起一片花瓣或叶片，冉冉向他吹去，它飘舞翻飞，像鸟儿般在空中划出个圆弧，先沾在伫立门口的那匹白色驽马乱蓬蓬的鬃毛上，再飘落到地上。夏尔跨上马背，给她一个飞吻，她摆摆手，关上窗子，他这才动身。他策马行进在尘土飞扬的大路、绿荫如盖的低地、麦穗齐膝的田埂，和煦的阳光照在肩上，早晨的空气沁入肺腑，心头涌动着昨夜的欢情，精神上一片宁静，肉体上舒畅而满足，他一路细细品味着自己的幸福，就像有些人饭后想起胃袋里的块菰还觉得其味无穷。

在这以前，他的生活中何曾有过欢乐的时光？在学校高高的围墙中间，形单影只，班上的同学都比他有钱，比他聪明，他们取笑他的口音，奚落他的衣着，他们的母亲到学校接待室来看他们，手笼里总带着点心，那时他何曾有过欢乐？后来学医那会儿，钱囊从没鼓起的时候，即便有个娇小的女工肯陪他跳场四组舞，再当他情妇，他也花费不起，那时他何曾有过欢乐？再往后就更不用说了，他跟那寡妇一起生活了十四个月，到得床上，她那双脚冷得像冰块。可是现在，他有了这么一位心爱的漂亮女人做终身伴侣。宇宙之大，对他而言大不过她那衬裙的丝裙边，他责备自己对她爱得不够，时时刻刻想见到她，他匆匆赶回家，上楼时心头怦怦直跳。爱玛在卧室里梳妆，他踮着脚走上前去，在她后背上给她一个吻，惊得她叫出声来。

他情不自禁地经常要去抚摸她的梳子、戒指和披巾，有时，他把嘴唇贴住她的脸颊重重地吻她，或是用唇尖顺着她裸露的手臂，从指尖轻轻地吻到肩膀，她呢，半嗔半笑地把他推开，就像推开一个缠住你不放的孩子。

结婚以前，她原以为心中是有爱情的，可是理应由这爱情生出的幸福，却并没来临。她心想，莫非自己是搞错了。她一心想弄明白，欢愉、激情、陶醉这些字眼，在生活中究竟指的是什么，当初在书上看到它们时，她觉得它们是多么美啊。

第六章

她看过《保罗与薇吉妮》[1]，对那间毛竹小屋，对黑人多曼戈和小狗菲岱尔心向往之，而尤其憧憬的是有个懂得疼人的小哥哥，会爬上比钟楼还高的大树给你摘红果，或是赤着脚在沙滩上跑去给你带来一个鸟窝。

她十三岁那年，父亲陪她进城，送她上修道院去读书。他俩住在圣日耳韦区的一家客栈里，吃晚饭时，只见盘子上画的是德·拉瓦利埃尔小姐[2]的故事。带有传奇色彩的说明文字，经不起餐刀划来划去，已经有些斑斑驳驳，但依稀还能看出是在称颂宗教的博爱、两情的缱绻和宫廷的富丽。

她初进修道院，全然没有感到沉闷乏味，只觉得很喜欢待在那些嬷嬷中间，修女们为了让她高兴，时常带她沿着一条长长的过道穿过食堂，领她去看小教堂。她在课间休息时难得去玩，教理问答背得很熟，助理司铎先生每次提问，最难的问题总是她回答。就这样，她长年生活在充满温情的寄宿学校里，整天和那些挂着饰有铜十字架的念

1 法国作家贝尔纳丹·德·圣皮埃尔（1737—1814）的浪漫主义小说，描写一对少年在海岛长大、生活在不染尘俗的大自然中的恋爱经历。
2 曾是路易十四的情妇，后因失宠于1674年进修道院度过余生。

珠、脸色苍白的修女在一起。祭台的烟香、圣水的清冽、蜡烛的光亮，构成一种神秘的慵困的氛围，她也不由渐渐变得倦怠起来。她在望弥撒时开小差，去看经书上有天蓝边框的插图，她喜欢病恹恹的羔羊、利箭射穿的圣心，还有半路倒在十字架下的可怜的耶稣。为了苦修，她试过一天不吃东西。她还一心盘算许个愿，想等以后去还愿。

她去忏悔时，总要编些轻微的罪愆，为的是好多待一会儿，跪在暗处，双手合十，脸靠着栏杆听那神甫低声絮语。讲道中引用到未婚夫、丈夫、天国的情人、永恒的婚姻这些比喻时，她的心底就会泛起种种意想不到的柔情蜜意。

每天晚上，在做晚祷以前，要在自修室里读一些宗教书籍。平时一般读些简写本的圣徒传记，或是弗雷希努斯[1]神甫的《布道集》，到了星期天，可以看几段《基督教真谛》[2]作为消遣。当她第一次听见那充满浪漫主义色彩、令人伤感的哀恸久久回荡，在跟尘世和来世的呼喊遥相呼应的时候，她是多么激动啊！假如她的童年是在街市上的一个店堂后间度过的，这时她也许会尽情去感受大自然中的诗意，因为这种诗意平时都是靠了作家才传达给我们的。可是她对乡村太熟悉了，她熟悉羊群的叫声，也熟悉挤乳和犁地的场景。过惯了宁静的生活，反而想去尝尝动荡的滋味。她爱大海，是因为它有波涛起伏，她爱青翠的树木，爱的是它们疏疏落落地点缀在断垣残壁之间。一切事物都得能让她有所得益，凡是无法使她的心灵即刻得到滋养的东西，就是没用的，就是可以置之不顾的——她的气质不是艺术型的，而是多愁善感的，她寻求的是情感，而不是景物。

---

1 弗雷希努斯（1765—1841），法国高级神职人员，伯爵。路易十八时期当过御前神甫，主管教会事务。

2 法国浪漫主义作家夏多布里昂的小说，旨在表现基督教的诗意美。

有个老姑娘，每个月到修道院来做一个星期的针线活。她出身贵族世家，先人当过宫廷侍从，大革命后家道中落，但仍受到大主教的庇护，在食堂里跟嬷嬷们同桌进餐，饭后还和她们聊会儿天才上楼去做活儿。寄宿学校的姑娘们常常溜出自修室来看她。她会唱好些上一世纪的情歌，一边飞针引线，一边轻轻哼唱。她说故事，讲新闻，帮你进城去买东西，她的围裙口袋里总装着个把小说，到时候会悄悄地借给年纪大些的姑娘，而这位老小姐，在干活休息的当口，也会如饥似渴地看上长长的几章。小说中写的，无非是两情缱绻、旷男怨女、晕倒在危楼的落难贵妇、沿途遭人追杀的驿站车夫、每页都提及的累垮的坐骑、阴森的树林、心灵的骚动、信誓旦旦、无语凝噎、眼泪和亲吻、月下的小舟和林中的夜莺，书中的男子个个勇猛如狮子，温柔如羔羊，人品世间少有，衣着考究华丽，哭起来泪如泉涌。

就这样，有半年工夫，十五岁的爱玛手上经常沾着这些租来的旧书的灰尘。稍后，她看到了司各特[1]的小说，又对历史上的人和事入了迷，一往情深地想象着那些堞形的女墙、城堡的禁闭室和中世纪的吟游诗人。她但愿自己能生活在一座古老的小城堡里，像那些身穿长腰紧身胸衣的城堡主夫人一样，整天待在有三叶饰的尖顶拱门下面，双肘撑着石栏，手托下巴，眺望远处平野上一位骑黑马、戴白翎饰的骑士疾驰而来。那时她崇拜玛丽·斯图亚特[2]，对那些声名显赫或红颜薄命的女子怀着热忱的敬意。让娜·达克[3]、爱洛伊丝[4]、阿涅丝·索雷

---

1 司各特（1771—1832），苏格兰小说家、诗人。他的小说《艾凡荷》和《昆丁·达沃德》取材于英国等欧洲历史，后一小说生动地刻画了法国国王路易十一的形象。

2 玛丽·斯图亚特（1542—1587），苏格兰女王，法国王后，以美貌著称。1567 年王位遭废黜，次年起被英格兰女王伊丽莎白囚禁达十八年之久。最后因谋杀伊丽莎白计划败露被处死。

3 让娜·达克（1412—1431），即圣女贞德，富于传奇色彩的法国女英雄。

4 爱洛伊丝（约 1101—1164），法兰克女隐修院院长。曾是神学家、哲学家阿伯拉尔的学生，后两人相恋并秘密结婚。事发后阿伯拉尔惨遭阉割。

尔[1]、美人费洛妮埃尔[2]和克莱芒丝·伊佐尔[3]，在她眼里犹如在浩瀚幽黑的历史星空中划过的彗星，天幕上这儿那儿还有一些人和事在闪烁，但在深邃的黑暗中显得有些黯淡，而且彼此之间是全然不相干的，其中有橡树下的圣路易[4]，濒死的巴亚尔[5]，有路易十一的若干暴行[6]，圣巴托罗缪之夜的些许血痕[7]，有那个贝亚恩人的翎饰[8]，而且永远少不了对那些为路易十四歌功颂德的彩绘盘子的回忆。

音乐课上学的那些浪漫曲，尽是唱些长着金色翅膀的小天使、圣母马利亚、环礁湖和威尼斯轻舟的船夫，这些恬静的乐曲，让她透过风格的稚拙和曲调的轻飘，觑见了感情世界的诱人幻景。有些同学把配有诗句的画册带到修道院来，那都是她们在新年收到的礼物。这种画册要小心藏好，一旦查出来可不是小事，她们只在寝室里看。爱玛轻轻地翻开精致的缎子封面，心醉神迷地凝视着一个个陌生的作者的名字，签在画幅下方的这些署名，往往都有伯爵或子爵的头衔。

她战战兢兢地吹开画上的绢纸，绢纸掀起一半，轻轻落在另一页上。画面上的阳台栏杆背后，有个裹着短披风的年轻男子，紧紧地把一个身穿白裙的少女抱在怀里，少女的腰带上还系着钱袋，要不就是

1 阿涅丝·索雷尔（1422—1450），法国国王查理七世的情妇。二十二岁时与查理七世相遇，查理七世为其美貌所倾倒，对她宠爱有加，直至她去世。

2 法国国王弗兰西斯一世的情妇。达·芬奇为她画过一幅肖像，画上她戴着中间有宝石垂额的头圈。后世即以其名命名这种头饰。

3 14 世纪法国的一位伯爵夫人，传说中图卢兹百花诗会的倡导者。

4 圣路易即路易九世（1214—1270），法国卡佩王朝国王，先后八次统率十字军远征埃及、突尼斯等地。据说他常在橡树底下审理案子。

5 巴亚尔（约 1473—1524），法国查理八世麾下的一员骁将。

6 路易十一（1423—1483），法国国王，查理七世之子。即位后为排除异己，镇压了一批大贵族。

7 1572 年 8 月，新教徒主要领袖纳瓦拉国王亨利和法国国王查理九世的妹妹玛格丽特举行婚礼。在法国王太后卡特琳德·美第奇的策划下，8 月 24 日夜间天主教徒残酷杀戮两千多名前来巴黎参加婚礼的新教徒。是夜为圣巴托罗缪节，故此次惨案史称圣巴托罗缪之夜。

8 那个贝亚恩人指纳瓦拉国王亨利，亦即后来的法国国王亨利四世。他的部下英勇善战，在战斗中一旦军旗丢失，即向其翎饰靠拢。

画的不知姓名的英国贵妇的肖像，这些金色鬈发的夫人小姐睁着明亮的大眼睛，在遮阳的圆草帽下面注视着你。还可以看见她们坐在马车上，轻快地穿行在大花园中间，两个身穿白裤的小厮驾着车，一只猎兔犬欢蹦乱跳地跑在最前面。还有的坐在长沙发上，出神地望着窗外的月亮，身边放着打开的信笺，黑色的帷幔把虚掩的窗子遮去了一半。天真烂漫的少女，脸颊上挂着泪珠，隔着古意盎然的鸟笼围栏，在吻一只斑鸠，或是笑吟吟地侧着脸，在掰一朵雏菊的花瓣，尖尖的手指弯得有如中世纪的翘头鞋。哦，你们也在这儿，凉棚下手执长长的烟管、懒洋洋躺在后宫舞姬怀里的苏丹，异教徒们，土耳其的弯刀，希腊的无边帽，还有你们，常被热情讴歌的胜地，你们也留下了苍白的身影，展现在我们眼前的，往往同时有棕榈和雪松，右边几只老虎，左边一头狮子，远处是鞑靼人的寺院尖顶，近景却是古罗马的残垣断壁，中间还有一排半跪在地上的骆驼——在这一切周围，是无比明净的原始森林，一大束阳光直射而下，照得湖面银光闪闪，深灰色的背景上游过一群天鹅，留下道道白色的水痕，冉冉伸向远方。

墙上挂着的油灯，就在爱玛头顶上方，光线从灯罩里射下来，照着她眼前这一页页充满人情味的图画，寝室里静悄悄的，远远传来辚辚的车轮声，那是一辆出租马车还在大街上赶着夜路。

母亲去世那会儿，起初几天她哭得很伤心。她让人用母亲的头发做成一幅遗像，又给贝尔托寄去一封家书，字里行间都是人生无常的感想，要求日后把她和母亲葬在一起。老爹以为女儿病了，赶来看她。爱玛在心里感到挺满意，这种难得一遇的境界，堪称茫茫人生的极致，她居然这么轻易地就置身其间了，而对感情平庸的人来说，这种境界永远是可望而不可即的呢。因而她听凭自己沉浸在拉马丁[1]那些缠绵悱恻的

1 拉马丁（1790—1869），法国早期浪漫主义诗人。他的抒情诗感情真挚，音韵优美。后文提到的一些形象，分别见于《湖》《幽谷》《不朽》《秋》等诗篇。

诗句中间，聆听竖琴在湖面上拨响，天鹅在临终前哀歌，无边落叶萧萧而下，纯洁少女升往碧空，天主的声音久久回荡于幽谷。她渐渐感到厌倦了，但又不肯承认，依然流连在这种境界里，起先是出于习惯，随后是由于虚荣，但就在不知不觉之中，她有一天发现自己的心情已经归于平静，脸上不再愁眉不展，心中也不再忧思悒郁。

修道院的嬷嬷们曾对她寄予厚望，相信她对神召自有颖慧的领悟，到头来却大为惊异地看到这位鲁奥小姐似乎辜负了她们的一片心意。在她身上，她们确实花了不少心血，让她参加圣事、听布道，教她避静退省和九日经礼，不厌其烦地教诲她，应该崇敬圣人圣徒和殉教的义人，苦口婆心地开导她，唯有克制肉体的欲念才能求得灵魂的永福，所以她很像一匹给人套上了笼头的马。没想到她冷不丁停住脚步，嚼子就从牙齿中间掉了出来。她的性格，在热情浪漫中间透出一股讲求实际的意味，爱教堂是爱里面的花儿，爱音乐是爱抒情歌曲的词儿，爱文学是爱使人心潮澎湃的激情，她在信仰的奥义跟前抬起头来，对教规愈来愈反感，觉得其中有一种与自己的整个气质无法相容的东西。她父亲把她接回去的时候，没人为她的离去感到惋惜。院长嬷嬷甚至觉得，这一阵她已经变得对修道院很不敬了。

爱玛回到家里，起先感到使唤差遣那么些下人还挺有趣的，但随即就觉得乡间令人生厌，又怀念起修道院来了。夏尔初来贝尔托的当口，正是她希望完全破灭，感到百无聊赖、心灰意冷的时候。

可是，就凭一种对新生活的渴望，或者说不定就凭这个男人的出现所引起的生理刺激，她只觉得至今一直像只粉红翅膀的大鸟，在充满诗意的天空中翱翔的神奇的爱情，终于被她攫住了——而如今，她简直无法想象，这种平静的生活，竟然就是她梦寐以求的幸福。

第七章

她有时想，这可是一生中最美好的时光，是所谓蜜月呀。要享受这美好的时光，想必是得去些听上去名字就那么响亮的国家，到那儿去悠闲自在地体味新婚生活的甜蜜！驿车的车厢遮着蓝绸窗帘，缓缓行进在崎岖的山路上，车夫的歌声在山谷间回荡，跟羊群的铃铛声、瀑布的轰鸣声交相呼应。趁夕阳收起余晖时，在海湾边上尽情呼吸柠檬树芳香的气息，夜幕下的别墅露台，就只有他俩手牵着手，仰望满天繁星，憧憬着未来。她觉得世上是该有地方专门出产幸福的，幸福就像一株特别的植物，生长在那些沃土之上，移到别处就会枯萎。为什么她就不能在瑞士山区别墅的阳台上凭栏眺望，就不能在苏格兰的一座茅舍里品味闲愁？而伴在旁边的，却是一位身穿垂尾长长的黑丝绒礼服，衬衫袖口饰有花边，足蹬软靴，头戴尖顶帽的丈夫！

也许她会愿意有个人能让她倾诉所有这些心事。可是，这样一种无以名状的烦闷，如云那般变幻，似风那般飘忽，又怎么个说法呢？她不知从何说起，也没有机会、没有勇气开口。

然而要是夏尔能生个心，猜猜她的心思，要是他的目光，哪怕就只一次，能探向她的心扉，她觉得滔滔不绝的话儿就会从她心里决口而出，就像果树上熟透的果子，用手一碰就会纷纷往下掉。可是，他俩生活上愈是亲近，内心里愈是疏远，无形间有了一种隔阂。

夏尔的谈话就像人行道那样平板，人云亦云的见解好比过往的行人，连衣服也悉如原样，听的人既不会动情，也不会发笑，更不会浮想联翩。他说自己当初住在鲁昂的时候，从来也没发过兴去看一场巴黎来的角儿的演出。他不会游泳，不会击剑，也不会使枪，有一次爱玛问他小说里碰到的一个骑马术语，他也说不上来。

可是，一个男人，难道不正是应该样样事情都无所不知，样样技艺都无所不精，应该能教你领略激情的魅力、生活的真谛，教你洞晓世间的种种奥秘吗？而眼前的这个男人，他什么也不会教，什么也不知道，什么也不指望。他以为她很快乐，她恨他的正是这种神完气足的麻木，这种无动于衷的迟钝，她甚至讨厌自己带给他的幸福。

她有时去画些写生，这时夏尔就爱站在她身边，乐滋滋地瞧着她俯身在画夹上作画，时而眯起眼睛望着前方的景色，时而用指尖搓揉擦画的面包心子。至于钢琴，她的手指在琴键上移动得愈快，他就愈是赞叹不已。她挺直身子敲击琴键，从高音区一口气弹到低音区。这架旧钢琴很久没有校音了，经她这么一弹，发出重叠的颤音，窗子开着的时候，一直能传到村子的那头，执达吏的书记员光着头、穿着便鞋从大路上走过，常会掖着文件驻足聆听。

不过，爱玛也挺会持家。她把诊治的账单寄给病人时，措词很婉转，叫人觉不着是在催账。星期天有邻居来吃饭，她总有办法弄出道挺别致的菜肴，还会用葡萄树叶铺底把李子垒得高高的，或者把蜜饯罐倒扣装盘上席，她甚至说过要买吃甜食时用的漱口盅。凡此种种，都为包法利赢来了不少人的敬重。

于是夏尔更为自己有这么一位妻子感到自豪了。他把她的两小幅炭笔速写配上很宽的画框，用长长的绿线挂在客厅的墙上，逢人便得意地指给人家看。村里的人从教堂做完弥撒出来，常能见到他穿双绒绣拖鞋站在自家的门口。

他平时回家很晚，常要到十点钟，有时甚至到半夜。他到家就要吃东西，女佣已经睡了，于是就由爱玛来张罗。为吃得舒坦些，他干脆脱去外衣。他一五一十地说着他遇到了哪些人，去了哪些村子，开了哪些方子，一边乐滋滋地吃完剩下的洋葱牛肉和好几块干酪，大口吃下一个苹果，喝光瓶里的葡萄酒，然后上床，仰天躺下，一会儿就打起鼾来。

他习惯了戴棉布睡帽，扎的丝头巾老要往下滑，所以一早起来，头发总是乱蓬蓬的，枕头夜里脱了线脚，白花花的羽绒钻出来，沾得满头都是。他总穿一双硬靴子，跗部有两道很深的褶裥，斜刺里伸向踝骨，除此以外，整个鞋面又硬又挺，像块木板。他常说在乡下这已经够好了。

他母亲对这种节俭大为赞许，她仍像以前一样，家里老头子闹得一凶，就上儿子家来看他。不过老太太对儿媳似乎有一种成见，总觉着她大手大脚的不会过日子：柴薪、食糖、蜡烛，全都用得像大户人家那么费，灶头里的麸炭，简直够烧二十五盘菜！她把小两口的衣柜重新理了一遍，肉铺老板来送肉时关照媳妇看着点人家。爱玛听着她说教，老太太愈说愈来劲。“媳妇”“妈妈”整天挂在她俩嘴上，说的当口嘴唇却有点哆嗦，话说得挺委婉，话音却透着怒气在打颤。

迪比克夫人那会儿，老太太还觉着自己占着上风，可现在，夏尔对爱玛的恩爱，在她眼里就是对她的母爱的辜负，就是对她的尊严的亵渎。她闷不作声地看着儿子日子过得挺和美，犹如破了产的人待在窗口，瞧着人家在自己的老屋里围坐着吃饭。她借着忆旧的由头提醒他，做母亲的为他受过多少累，作出过多少牺牲，跟爱玛的不关痛痒两相比较，他这么一头扑在妻子身上宠爱她，真是本末倒置了。

夏尔无言以对。他敬重母亲，但也深深爱着妻子，他觉得这一方句句说得在理，又觉得另一方的解释无可非议。老太太走了，他怯生生地试着在他听母亲说过的意见里，拣一两条最无关紧要的，按原话说给妻子听，但爱玛一句话就驳得他无话可说，把他打发到病人那儿去了。

而她，按照她以为行之有效的理论，还想让自己真正得到爱情。月色皎洁的夜晚，她在花园里给他背诵还记得的那些激情洋溢的诗句，长吁短叹地为他吟唱忧郁缠绵的曲子，可是她过后只感到自己仍像先前一样平静，而夏尔既不显得多情些，也不像受了感动。

这样敲击了一下心灵的火石，却没有迸发出一点火星，而她又没法理解自己不曾身经的事情，正如没法相信不曾见过实在模样的任何东西，于是她自然而然得出的结论就是夏尔的热情委实稀松平常得很。对他来说，表露感情成了一种例行公事，他吻她都是定时的。这也就只是一种习惯而已，就像一顿平淡乏味的正餐过后，再上一道事先就知道的甜点。

有个猎场看守人由包法利先生治好了肺炎，还情送给夫人一只意大利小猎兔犬，她就此常带它出去散步，她去散步，是因为有时候她只想独自待一会儿，不要见到那总在眼前的花园和灰土簸扬的大路。

她一直信步走到巴纳镇的山毛榉树林，林边有座废弃的小屋，墙角对着开阔的田野。野草间的界沟里，长着又高又尖的芦苇。

她先环视四周，看看上次来过以后，可有什么改变。只见毛地黄和桂竹香依然故我，荨麻丛生，乱石匝地，成片的苔藓爬满三扇窗板从不开启的窗子，窗板虽已烂了，犹自悬在锈迹斑斑的铁片上。她的思绪，先是漫无目的地随意游荡，就像那条小狗，在田野里转圈，尖声吠叫去扑黄色的蝴蝶，一路追逐，一路咬着麦田边上的丽春花。随后爱玛的思绪渐渐收拢了来，她坐在草地上，用伞尖戳着泥地，一再问着自己：

“天哪，我干吗要结婚呢？”

她心想，倘若当初一切都换个样子，不知她会不会碰上另一个男人，她兀自想象着这不曾发生过的情形，这种全然不同的生活，这个她并不认识的丈夫。反正，不管是谁，都不会是眼前这位的模样。他想必既英俊，又潇洒，气宇轩昂，风度迷人，也许就像当年修道院同学嫁的那些男人吧。她们这时候在做什么呢？城里有的是市声喧闹的街道、人头攒动的剧场、灯火辉煌的舞会，她们心醉神迷，生活在欢乐中。而她的生活却冷冰冰的，犹如天窗朝北的顶楼，百无聊赖像无声无息的蜘蛛，在暗处织网，布满心灵的旮旮旯旯。她回忆起学校颁奖那天，她上台去领取那顶小小花冠的情景。她梳着辫子，穿着雪白的长裙和开口薄呢软鞋，模样是那么可人，等她回到座位上，男宾们纷纷俯身过来祝贺她，院子里停满敞篷马车，大家从车窗探出脸来跟她道别，音乐教师挟着提琴盒经过她身边，也特地向她致意。这一切，是多么遥远！多么遥远呵！

她唤佳利[1]过来，把它抱在膝上，用手指抚摩它细长的脸门，对着它说：

“来吧，亲亲女主人，你这无忧无虑的小东西。”

纤瘦的小狗慢悠悠地打了个呵欠，爱玛瞧着它忧郁的神态，不禁起了怜爱之心，把它比作自己，和它说着话儿，仿佛是在安慰一个满怀悲苦的人。

---

1 雨果的小说《巴黎圣母院》中，女主人公爱斯梅拉达有头不离左右的山羊，就叫这个名字。

狂风骤起，海风掠过科地区广袤的平原，把略含咸味的清新空气一直挟带到田野的远方。灯心草沙沙有声，偃伏在地面，山毛榉叶片簌簌作响，急速地抖动，林间的树梢不停地晃来晃去，林涛的低吼此起彼落。爱玛裹紧披巾，站起身来。

林间小道上，阳光透过掩映的枝叶，绿莹莹的，照射着脚下飒飒作响的地衣，夕阳收起余晖，枝丫间的天空红彤彤的，成排栽种的大树，棵棵都那么相似，宛如一排棕褐色的廊柱，在金灿灿的背景上勾勒出清晰的轮廓，爱玛不由得感到一阵惧怕，喊住佳利，从大道匆匆返回托斯特，筋疲力尽地倒在扶手椅里，整个晚上不说一句话。

可是临近九月底时，她的生活中发生了一件非同寻常的事情，她应邀要去沃比萨尔的昂代维利埃侯爵府上做客。

复辟时期当过国务秘书的侯爵，如今想东山再起，重登政治舞台，所以很早就在为竞选众议员作准备。他在冬季为穷人布施柴薪，在省议会慷慨陈词，呼吁为地区修路利民。大伏天他口角生疮，夏尔用柳叶刀划道口子，居然奇迹般的很快就没事了。派去托斯特送酬金的管家，晚上回府说起大夫的园子里樱桃长得很茂盛。可樱桃在沃比萨尔就是长不好。侯爵先生向包法利要了几支插条，觉得应当亲自登门道谢，来了见到爱玛，觉得她身段挺不错，行起礼来也全无村妇的俗气，回府一说，夫人也觉得邀请这对年轻伉俪来城堡做客，既不会有失身份，也不至于招什么麻烦。

星期三下午三点，包法利夫妇登上那辆敞篷轻便马车，启程去沃比萨尔，一只大箱子缚在车厢背后，帽盒放在挡板前面。夏尔两腿中间还夹着个纸匣。

车抵侯爵府邸已是入夜时分，下人在花园掌起灯，给马车照路。

第八章

城堡是意大利风格的新建筑，两翼前伸，三座宽阔的台阶，毗连一片广袤的草场，有几头母牛正在上面吃草，两旁相隔一段距离便有几棵挺拔的大树，铺细沙的曲径边上，长着杜鹃花、山梅花和绣球花，大大小小的绿丛修剪得圆滚滚的。一条小河从桥下流过，透过薄雾可以看见平野上星星点点的茅舍，错落有致地点缀着两座翠岗的缓坡，远处的树丛中，平行排列着车库和马厩，那还是旧城堡的遗迹。

夏尔的敞篷轻便马车在中央那座台阶前停下，仆人迎了上来，侯爵也趋步向前，伸出胳膊挽住医生太太步入前厅。

前厅铺着大理石方砖，很高敞，脚步声和说话声回荡其间，仿佛置身于教堂。正面楼梯笔直朝上，左手走廊对着花园，通台球房，一到门口，只听得象牙球发出清脆的撞击声。爱玛穿过房间去客厅的一路上，瞧见球桌边是些仪态庄重的男士，下巴支在高高的皱裥领巾上，胸前佩着绶带，静静地微笑着，推动球杆击球。深色细木护壁板上，挂着一排画像，宽宽的镀金画框底部，黑字写着画中人物的姓名。爱玛看见上面写着："伊韦蓬维尔之让－安托万德·昂代维利埃，沃比萨尔伯爵暨弗雷斯内男爵，1587年10月20日阵亡于库特拉战役。"另一幅是："沃比萨尔之让－安托万－亨利－居伊·德·昂代维利埃，法兰西海军元帅，膺获圣米歇尔骑士荣誉勋位，1692年5月29日于乌格圣瓦战役负伤，1693年1月23日逝世于沃比萨尔。”再往后就看不大清楚，灯光低低地照着台球桌的绿毡，房间上部显得黑影幢幢。一字排开的画像都蒙了层茶色，顺着颜料开裂的纹路，光线断断续续勾勒出罅隙的轮廓，但镶金边框的黑黢黢大块上，有时还会显出画面的某些细部，一个苍白的额头，两只对你望着的眼睛，披在红军服肩头扑粉的假发，或者肌腱发达的腿肚上的一个袜带扣。

侯爵打开客厅门，有位夫人站起身来（这位就是侯爵夫人），朝爱玛迎上前去，让她一起坐在椭圆形双人沙发上，态度亲切地跟她攀谈，仿佛早就认识爱玛似的。侯爵夫人约莫四十来岁，肩膀很美，鼻梁隆起，说话细声细气，这天晚上，栗色秀发上围一条素净的镂空花边头巾，头巾的一角垂在后背。一位金发女郎坐在旁边的高背靠椅上，几位男客，礼服翻领饰孔插着小花，围着壁炉跟女客聊天。

七点，宾主入席。男宾多些，在前厅坐第一桌，女宾坐餐厅里的第二桌，侯爵夫妇分别作陪。

爱玛一进餐厅，就觉得四周热腾腾的，夹杂着花儿和干净桌布的清香，以及烤肉和块菰诱人的香味。枝形烛台的光焰延接到餐桌上的银罩，晶莹的水晶蒙上一层雾气，不再显得耀眼，一丛丛鲜花，沿长餐桌一溜儿排开，宽边餐盆上，餐巾折成主教冠冕形状，每两道褶裥当中放一只鹅蛋形的小面包。龙虾红彤彤的螯脚，伸出在盘子外面，硕大的水果，在铺垫细草的镂空篮子里垒得很高，裹着羽毛烹烧的鹌鹑，香味阵阵扑鼻，膳食总管穿丝长袜，束膝短裤，雪白的皱裥领巾，制服上镶着襟饰，神情庄重得像法官，端过一盘盘切割好的菜肴，从宾客肩膀中间递上桌，客人选中一块，他就用匙子利索地送到盆里。高高的瓷炉铸有铜条，一尊宽袍裹到下颔的女性雕像，伫立在暖炉顶端凝视人头济济的大厅。

包法利夫人注意到，好几位女客都没把手套放在玻璃杯里[1]。

这一桌上首，坐着一个老头与女客为伍，他佝偻着身子伏在装满菜肴的盆子上，像小孩似的把餐巾在背后缚了个结，一边吃，一边由着汤汁滴滴答答沿嘴角往下掉。眼睛布满血丝，假发用黑缎带束在脑后。此人是侯爵的岳父德·拉韦迪埃尔老公爵，当初正值沃德勒伊围猎之际，曾在德·贡弗朗侯爵[2]府深受德·阿托瓦伯爵[3]宠幸，据说他一度还是玛丽－安托瓦内特王后[4]的情人，介乎德·克瓦尼先生和德·洛森先生之间。他这一生从未安生过，荒淫放荡成性，不是决斗赌博，就是诱骗女人，家产被他恣意挥霍，家人为他担惊受怕。一个仆人站在他椅子背后，他嘟嘟囔囔地点点哪个菜，那仆人就凑在他耳边大声报出菜名，爱玛不由自主地老是抬眼去看这嘴皮耷拉的老头，仿佛在看一件非常稀罕的、令人敬畏的东西。他居然在宫廷里生活过，还在王后的床上睡过！

仆人给宾客斟上冰镇的香槟酒。爱玛呷了一口，不由得周身打了个寒战。她从没见过石榴，也从没吃过凤梨。就连细砂糖，也觉得比别处的白。

随后，女客纷纷上楼到各自的房间去换装。

爱玛梳妆更衣时那种战战兢兢的感觉，就像一个女演员初次登台。她把发型梳成理发师推荐的式样，套好摊开在床上的那件纱罗长裙。夏尔的裤腰太紧。

---

1 当时法国有些地方的习俗，女客把手套放在酒杯里表示在宴会上不喝酒。

2 路易十六的重臣，出身显赫世家。

3 路易十六的弟弟。1824 年登上王位后，称查理十世。

4 神圣罗马帝国弗兰茨一世的公主、法国路易十六的王后。1793 年与路易十六一起被送上断头台。

“鞋底的那根裤腿带会妨碍我跳舞的。”他说。

“跳舞？”爱玛说。

“是呀！”

“你昏了头啦！人家会笑话你的，你就好好坐着吧。再说，这样也更适合医生的身份。”她又加上一句。

夏尔不作声。他在房间里来回踱着步，等爱玛装束完毕。

他在她背后，从两盏烛台中间的镜子里瞧着她。她的黑眼睛越发显得黑了。头发到了耳鬓微微有些蓬起，闪着幽幽的蓝光，发髻上插一朵玫瑰，在花茎上直颤悠，叶片上有几滴装饰的露珠。一袭橘黄底色的长裙，把三束配有绿叶的绒球蔷薇衬托得分外夺目。

夏尔走上前来吻她的肩膀。

“别碰我！”她说，“瞧你把我衣服都弄皱了。”

传来了提琴的前奏和圆号的乐声。她下楼时，稳住自己没往下奔。

四组舞开始了。宾客络绎进场。人群摩肩接踵。她来到大厅门边，坐在一张长椅上。

四组舞结束后，舞场里只剩下男客三三两两站着聊天，身穿制服的仆人托着大盘子穿梭其间。女客坐成一长排，罗扇频频轻摇，花束掩映笑脸，金质的香水瓶在手心里倒了又倒，雪白的手套勾勒出纤指的轮廓，把腕部裹得紧紧的。花边缀饰，钻石别针，带挂件的手镯，在身上颤悠，在胸前闪烁，在裸露的手腕上叮当摇曳。秀发巧妙地覆在额前，低低地绾在脑后，用勿忘草、茉莉花、石榴花、麦穗和矢车菊装饰成桂冠、花串或鹿角的模样。做母亲的端坐一旁，不苟言笑，犹自裹着红头帕[1]。

---

1 裹头帕在19世纪20年代曾是一种时髦。到了福楼拜写作本书的年代，女人裹头帕已是一种怀旧情绪的表露。

当男舞伴轻轻拈起爱玛指尖的时候，她不由得一阵心跳，她走入舞池站好位置，只等乐声响起。不过这阵紧张很快就过去了，和着乐曲的节奏，她轻松自如地跳着，滑步向前时颈部轻盈地晃动着。有时，其他乐器都停了下来，唯有独奏小提琴拉出优雅的旋律，这会儿她的唇边会泛起一丝微笑，邻近传来金路易倒在台毯上清脆的声音，随即乐声骤起，短号吹出嘹亮的高音。脚步和着节拍，衣裙鼓而轻擦，手相触复分开，那双眼睛刚在你面前垂下，旋又凝望着你。

有些男客（十五位左右）年纪在二十五到四十岁，或散布在舞客之间，或闲聊于大厅入口，他们尽管年龄不等，服饰容貌各异，但自有一种出身世家的气质，在人群中一眼就能看出。

他们的衣服裁剪得更合身，料子也显得更柔软，鬈发垂在鬓边，发蜡格外细腻，看上去亮晶晶的。肤色透出富贵相，这种白皙的肤色是靠瓷器的晶莹、绫罗的闪亮和华贵家具的光泽而造就，靠饮食有度、菜肴精美来滋养的。皱裥领巾打得低，颈脖转动很自如，髯须长及翻领，按拭嘴唇的手帕绣着名字的首写字母图案，飘出一股幽香。上了年岁的，模样显得年轻，年轻人脸上却透着老成。漫不经心的目光，流露出激情餍足后的宁适，由于有些事情得手要费些周折，要以力压服，要拿虚荣心押注，诸如驯服烈性的纯种马或跟名声不佳的女人周旋，因此他们温雅的举止里，不时会透出这股特有的霸气。

离爱玛三步开外，一位身穿蓝礼服的男士，正跟一位脸色苍白、佩戴珍珠项链的少妇大谈意大利。他们谈到圣彼得大教堂巍峨的柱廊，谈到蒂沃利古城、维苏威火山、斯塔比亚海堡和卡西诺林荫道，谈到热那亚的玫瑰和月光下的古罗马圆形广场。爱玛的另一只耳朵在听另一场谈话，其中好些词儿她都听不明白。大家把一位很年轻的先生围在中间，上星期在英国赛马，他的马胜了阿拉贝尔小姐和罗慕路，他纵马跃过一条沟堑，又赢了两千路易。一位抱怨自己的马膘长得太厚，另一位抱怨人家把他的马印错了名字。

舞厅里空气浑浊，烛光暗淡下来。宾客拥回台球室。一个仆人爬上椅子，砸碎两块窗玻璃，包法利夫人听到玻璃响声，转过头去，只见花园里好些农民，脸贴住栅栏杆往里张望。这一刻她想起了贝尔托。她仿佛看见了农庄、泥沼和苹果树下穿着宽罩衣的父亲，她还依稀看见了自己，宛如平日那样，在挤奶棚用手指撇去稠稠的奶皮。往日的生活，直到此刻犹自那么清晰，但映衬在眼前五光十色的背景上，霎时间便烟消云散了，她几乎不敢相信自己曾经那样生活过。她在大厅里，而周围只剩下黑黢黢的一片。她左手握着一个镀金的贝壳状银餐杯，这会儿她从杯里吃了一口加酸樱桃酒的冰淇淋，微微闭上眼睛，把小匙抿在嘴里。

旁边有位夫人把扇子掉在了地上。一位先生正好走过。

“劳驾，先生，”女客说，“麻烦您捡一下扇子好吗，就在这长沙发后面！”

那位先生弯下身去，而就在他伸出手去的当口，爱玛看见少妇把一张折成三角形的纸条放进他的帽子。先生捡起扇子，恭恭敬敬递给夫人，她点头致意，掉头去嗅手里的花束。

夜宵有许多西班牙红酒和莱茵红酒，有奶油杏仁虾酱汤和特拉法尔加式布丁，各式各样的冷肉盘里，肉冻颤悠悠地围在边上。夜宵过后，一辆辆马车辚辚离去。撩起一角细软的窗帘，就可以看见车灯的亮光渐渐没入黑暗之中。软垫长椅上女客稀稀落落，几位男客还在玩牌，乐师把发烫的指尖搁在舌头上面，夏尔背靠一扇门，昏昏欲睡。

凌晨三点，开始跳沙龙舞。爱玛不会跳这种穿插很多花样的舞。其他人都在跳，就连德·昂代维利埃小姐和侯爵夫人也不例外，剩下的都是在城堡留宿的客人，有十一二个。

有一位男客，背心领口开得很大，但非常贴身地勾勒出胸脯的轮廓，大家都亲热地称他子爵。这会儿，他第二回来邀请包法利夫人赏脸，一口说定他会带她跳，不会有问题的。

他俩先是慢慢移步，随后愈跳愈快。两人转起圈来：周围的一切都在旋转，烛灯、家具、墙壁、地板，犹如一张圆盘绕轴不停地转。跳到门边，爱玛的裙裾擦过他的裤腿，两人的小腿碰上了，他低头注视着她，她仰脸迎着他的目光，她一阵晕乎，停了一下。两人重又起舞，子爵猛地一下子，拉着她离开大厅，转进过道的一端，她气喘吁吁，险些跌倒，有一小会儿把头靠在了他的胸前。随后，两人依然转着圈，但跳得慢下来，跳着跳着，他把她送回了原处，她仰身倚墙，举手蒙在眼睛上。

待得睁开眼来，只见大厅中央有位夫人坐在圆凳上，三个男客单膝跪在她跟前。她挑了子爵，小提琴乐声又起。

大家看着这对舞伴。两人翩然来回，她上身纹丝不动，颔部微垂，他则始终保持同一姿势，挺胸拔背，胳臂圆抡，嘴唇前噘。这女人，跳得可真好！两人久久舞着，看客看都看累了。

大家又聊了一小会儿，然后，道过晚安，或者不如说早安，留宿的客人各自回房歇息。

夏尔把着扶手曳步上楼，两条腿像要断下来似的。他一连五小时站在牌桌边上，看人家玩惠斯特，压根儿就没看懂。脱靴子的当口，他不由得美美地舒了一口气。

爱玛披一条肩巾，推开窗，双手支在窗台上。

夜色正浓。飘着几点细雨。她深吸一口湿润的空气，清冽的夜风使眼皮感到凉快。舞会音乐犹在耳边回荡，她使劲不让睡意上来，转眼间就要和这奢华的生活告别了，她要尽量让这美妙的幻景在脑海里多停留一会儿。

天蒙蒙亮了。她望着城堡的扇扇窗户，目光久久在上面流连，一心想猜出昨晚见到的那些人都待在哪些房间。她向往了解他们的生活，渴望置身其间，成为他们中间的一员。

但清晨的寒气让她直打哆嗦。她脱了衣服，蜷身钻进被窝，挨着睡熟的夏尔躺下。

早餐时人挺多，但只吃了十分钟而且没有酒，这叫医生颇为惊讶。饭后德·昂代维利埃小姐拣了些蛋糕屑，放进一个小藤篮，准备待会儿去喂水池里的天鹅，一行人漫步来到暖房，只见一些奇形怪状的植物，浑身是刺，层层叠放成金字塔模样，上头的吊篮好似一个个挤挤挨挨的蛇窝，边缘垂下些虬结的绿色长条。尽头的柑橘栽培室，绿荫如盖，一路通往城堡的附属建筑。侯爵想让年轻的医生太太高兴，带她去看马厩。料槽呈筐形，瓷牌上黑字写着马名。他们走近一格分栏，栏里的马就咂着响舌，动个不停。马具房的铺板亮得耀眼，就像大厅的镶木地板。当中两根转柱挂着套车的马具，沿墙是一溜儿嚼子、鞭子、马镫和马衔索。

趁这工夫，夏尔请仆役套好了那辆轻便马车。车停在台阶跟前，大包小包都装上了车，包法利夫妇向侯爵和侯爵夫人辞过行，便打道回托斯特而去。

爱玛默不作声，望着车轮滚滚向前。夏尔坐在车凳外沿，张开双臂驾着车，矮小的马在车辕里颠跑，对它来说，这车辕是太宽了些。松软的缰绳拍击它的臀部时，浸透了上面的汗水。缚在轻便马车背后的盒子撞着车厢，发出有节奏的响声。

驶上蒂布镇的高地，倏地看见迎面驰来几个骑马人，嘴噙雪茄，放声笑着，从车前一掠而过。爱玛觉着其中有一个是子爵，她转过头去，只见远处人影颠动，随奔驰的快慢时起时伏。

又行了四分之一法里，后鞧断了，只得停车用绳子接好。

事毕之后，夏尔检查一遍鞍辔，却见地上有样东西，撂在马蹄中间，捡起一看是个绿缎面的雪茄匣，中间绣着纹徽，就像四轮大马车的车门一样。

“里面还有两支雪茄，”他说，“今儿吃过晚饭就好抽了。”

“怎么，你还抽雪茄？”她问道。

“偶尔，碰得巧就抽。”

他把烟匣揣进衣袋，往矮小的辕马挥了一鞭。

回到家，晚饭还没有准备。夫人发了脾气。

娜丝塔齐居然还顶嘴。

“滚！”爱玛说，“真是岂有此理，你给我滚出去。”

晚餐是洋葱汤和一块酸模叶牛肉。夏尔坐在爱玛对面，兴冲冲地搓着手说：

“回到家里可真好！”

听得见娜丝塔齐在哭。他有点儿喜欢这可怜的姑娘。当初他鳏居无聊，多亏她陪他消磨了一个个黄昏。她是他的第一个病人，也是他在当地最早认识的熟人。

“你当真要辞退她？”他终于开口问道。

“没错。谁来拦我不成？”她答道。

饭后他俩到厨房烤火，让女仆去整理卧室。夏尔开始抽雪茄。他噘起嘴唇，不住地啐烟丝，吐一口烟，往后缩一下脖子。

“你会折腾出毛病来的。”她鄙夷地说。

他搁下雪茄，跑到水泵前，灌下一杯冷水。爱玛抓过雪茄匣，一把扔进橱里。

第二天日子可真长。她在园子里散步，沿那几条小径来来回回，在花坛前站定，在果树前驻足，在神甫像前伫立，审视着这些往日那么熟稔的东西，心里不胜惊讶。舞会仿佛是很久以前的事了！是谁，竟会使前天早晨和今天晚上相隔如此遥远？沃比萨尔之行，在她的生活中留下了一个窟窿，犹如暴风雨一夜之间在崇山峻岭劈出了长长的罅隙。但她还是忍了：她把那身盛装，连同鞋底被舞厅地板蜡染黄的缎鞋，小心翼翼珍藏在衣柜里。她的心宛如这缎鞋：一旦擦着华贵而过，便留下了无从拭去的痕迹。

回忆那次舞会成了爱玛的必修课。每逢星期三，她醒来便想："哦！一星期前——两星期前——三星期前，我还在那儿来着！"渐渐地，容貌在记忆中模糊了，四组舞的情景淡忘了，制服，府邸不再那么清晰可见，细节已不复可辨，怅惘却留在了心间。

第九章

夏尔外出时，她常走到那橱前，从餐巾的夹缝中，取出绿色缎面的雪茄烟匣。

她端详它，打开盖子，还去嗅衬里，闻闻那股马鞭草香精和烟草夹杂的气味。它是谁的？——是子爵的。也许是情妇给他的礼物。绣出这小巧玲珑的纹徽，那位小姐可得悄悄儿躲着人，一连几小时俯着身子，松垂的发卷披拂在檀木绷架上，专心致志地飞针走线。十字布的经纬之间，亲炙过爱情的气息，一针针，一线线，绣出的不是盼望，就是回忆，所有这些交叠的丝线，都是尽在不言中的激情的赓续。而后，一个早晨，子爵带走了它。当它还搁在宽宽的壁炉架上，置身花瓶与蓬巴杜式座钟之间时，他俩说了些什么悄悄话？此刻，她在托斯特。而他，却在巴黎，在巴黎！这巴黎到底是个什么样儿？多么了不起的名字！她低声念叨着它，好让自己感到愉悦，它在耳边回荡，犹如大教堂里管风琴的和声，它在眼前闪烁，连发乳瓶上的标签也在熠熠生辉。

入夜，运水产的货贩驾着大车，唱着牛至小调从窗下经过，她醒了，只听得箍铁的车轮辚辚向前，驶上镇外的泥地，很快轻了下去。

“明天他们就到那儿了！”她心里想道。

她在想象中追随着车队，跟着它翻山越岭、走村过镇，趁着星光行进在大路上。走了那么段路程，就总会有一个朦朦胧胧的地方，让这想象消失在那儿。

她买了张巴黎地图，手指按在地图上游览京都。顺着林荫大道而上，每走到一个拐角，碰上街道交会处，来到表示房屋的白色方块跟前，都要停一下。最终眼睛看累了，闭上眼睛，在黑暗中只见煤气灯随风晃荡，敞篷四轮马车在剧院柱廊前停住，哐啷一声放下踏板。

她订了一份妇女杂志《花坛》和一份《沙龙精灵》。她一字不漏地细读有关首场公演、赛马和晚会的报道，关心每位初露头角的女歌星和每家新开的店铺。她熟悉新款的时装和一流裁缝的店址，知道布洛涅游园会或歌剧院的日程安排。她仔细研究欧仁·苏[1]小说里描写家具摆设的段落，她看巴尔扎克、乔治·桑[2]的小说，寻求在想象中满足自己的贪欲。就连在饭桌上，她也手不释卷，夏尔边吃边跟她说话，她却管自翻着书页。看着看着就会想起子爵。她把他和小说虚构的人物联系在一起了。然而，以他为中心的圆圈渐渐在他周围扩展，他头上的那圈光晕，脱离他的脸庞，在远处弥散开来，照亮更多的梦。

巴黎，浩瀚胜于大洋，因而在爱玛眼里仿佛在朱红的氤氲里闪闪发光。可是，那儿充满喧闹的躁动纷繁的生活，又是各有地界，分成若干不同场景的。爱玛只瞥见了其中的两三种场景，它们却遮蔽了其他的场景，让她觉着这就是整个人生。大使府邸的客厅，四处都是镜子，中央那张椭圆形长桌，铺着有金色流苏的丝绒台毯，宾客在晶亮

1 欧仁·苏（1804—1857），法国小说家，以揭示都市生活阴暗面著称。他的一些小说，如《阿尔蒂尔》（1838）、《玛蒂尔德》（1841）等以当时的上流社会生活为题材。他本人以生活奢侈闻名。

2 乔治·桑（1804—1876），法国女小说家。以与梅里美、缪塞、肖邦间的风流韵事和捍卫妇女解放的权利而闻名。主要作品有《安蒂亚娜》《康索埃洛》《魔沼》等长篇小说。

的镶木地板上款款而行。那儿有垂尾挺括的礼服，有事关重大的机密，有掩饰在微笑背后的焦灼不安。接着浮现的是公爵夫人们的社交圈：那儿人人脸色苍白，都要到下午四点才起床，那些女人真是惹人爱怜的天使！裙子上都镶着英国的针钩花边。而那些男士，看似热衷于琐事，实则怀着一腔才具，他们不惜累垮自己的骏马，以逞一时之快，他们每年要到巴登[1]去消夏，临了到四十头上，便娶个有钱的女继承人。餐馆单间里，午夜过后聚着吃夜宵的杂沓人群，在烛光的辉映下，文人骚客和女演员畅怀大笑。这些人，挥金似土有如王侯，胸中怀着理想主义的抱负，心头激荡着狂热的浪漫情调。这些人凌驾于各色人等之上，俯仰于天地之间，兀立在暴风雨中，在他们身上自有一种近乎神圣的东西。至于其他的人，都微不足道，世上没有他们确切的位置，犹如他们并不存在一般。况且，愈是离得近的人和物，她愈是不愿去想。周围习见的一切，落寞沉闷的田野，愚蠢无聊的小布尔乔亚，平庸乏味的生活，在她仿佛只是人世间的一种例外，一种她不幸厕身其间的偶然，而越过这一切，展现在眼前的便是一望无垠的幸福与激情的广阔天地。她顺着自己的心愿，把声色娱乐看成心灵的愉悦，把举止温雅当作感情的细腻。难道爱情，不就像印度的植物一样，也需要适宜的土壤和特定的温度吗？月光下的长吁短叹、难分难舍的拥抱接吻、执手相对滴落的泪珠、那一切欲火中烧的激动、情意缠绵的忧郁，都得跟充满闲情逸致的城堡阳台、挂着丝帘铺着厚地毯的小客厅、枝叶茂盛的盆栽、华丽精致的大床方能相配，还不能少了宝石的闪光和制服的绦饰。

1 德国著名旅游城市。19 世纪时是欧洲贵族和上流社会人士的疗养胜地。

每天早上，驿站的伙计来刷马，趿着笨重的木鞋穿过走廊，他的罩衣破了好几个洞，脚上没穿袜子。穿束膝短裤的年轻跟班就甭想喽，有这么个马夫也该知足了！他把这活儿干完，当天就不来了，因为夏尔回家照例自己把马牵进马厩，卸下马鞍，套上笼头，女仆帮着抱来一捆麦秸，使足劲儿扔进料槽。

爱玛找了个十四岁的小姑娘，来接替娜丝塔齐（她终究还是离开了托斯特，临走时哭得泪人儿似的）。这姑娘是个孤儿，看上去挺斯文，爱玛不许她戴棉纱便帽，吩咐她回话要称"夫人""先生"，关照她端杯水也要用盘子，进门先要敲门，还教她怎样上浆，怎样侍候着装，一心想把她调教成贴身女仆。新女仆生怕给辞退，毫无怨言地惟命是从，再说，夫人照例总让钥匙挂在碗橱门上，费莉茜黛就每晚包一小袋糖，做完祷告独自在床上享用。

下午，她有时到对面去跟驿站的人聊聊天。夫人这会儿在楼上的房间里。

爱玛穿一件开胸很低的便袍，前胸的圆翻领间，露出皱裥衬衣上的三粒金纽扣。细细的腰带坠着挺大的流苏，纤小的紫红拖鞋上一绺宽宽的缎带，覆在足背上。她买来了吸墨水纸、文具盒、蘸水笔和信封，虽说她没什么人要写信，她给搁架掸掸灰，照照镜子，拿过一本书，看着看着走了神，随手让书撂在了膝上。她渴望能去旅行，要不就回修道院去生活。她想死，又巴不得能住在巴黎。

夏尔，不管下雨下雪，骑马抄小路赶来赶去。他在农庄餐桌上吃煎蛋卷，把胳膊伸进湿漉漉的被窝，给病人放血时热血溅得一脸，他扪听嘶哑的喘气声，检查便盆，一次又一次撩起脏兮兮的内衣，可是每天傍晚，有暖融融的火炉、热腾腾的菜肴、软绵绵的靠椅等着他，还有一位打扮入时的娇妻，她身上那股沁人心脾的清香是从哪儿来的，她的衬衣到底是不是让肌肤给熏香的，他说都说不上来。

她想出种种别出心裁的点子，叫夏尔看得着迷：一会儿把烛台托盘剪个新花样，一会儿给裙子镶上道边，赶上有盘挺普通的菜，女仆烧坏了，她就起个别致的菜名，而夏尔照样也会津津有味地吃个底朝天。她在鲁昂看见夫人小姐都在表链上挂串小饰物，也就买了好些小饰物。她先是把一对蓝色的大玻璃瓶搁在壁炉上，过了一阵，又放上个象牙盒，还有只镀金的银针箍。夏尔愈不懂这种情趣，愈觉得它们妙不可言。它们给他带来了感官的愉悦，增添了家庭的气氛。这就好比是些金粉，一路撒在他的生活小径上。

他身体结实，脸色红润，医生这个位子也坐稳了。村民都喜欢他，因为他一点儿没有架子。他疼爱孩子，平时不进酒店，再说，他的医德也深得病家的信任。他治重伤风和胸部疾病疗效颇好。其实，夏尔生怕治死病人，方子一般只开点镇静剂，有时再开点催吐药、泡脚浸剂，用用蚂蟥。做外科手术，他可不怕，给人放血一点不含糊，就像对付的是马，拔起牙来更是毫不手软。

后来，为了赶得上潮流，他订了《医林》，这份新杂志寄来过征订单。晚餐过后，看上一会儿，可是屋里挺暖和，食物又在消化，所以不到五分钟，他就打起盹来了，他端坐不动，双手托腮，头发披下来，直垂到烛座上。爱玛耸起肩膀瞧着他。要说丈夫，再不济也该是那么个寡言奋勉的男人，夜夜灯下苦读，熬到六十头上，到了风湿缠身的年岁，一串勋章终于挂在不大合身的黑礼服上，可她怎么就连那么个丈夫都没有呢？她巴不得包法利这名头——如今这也是她的姓——能响当当的，书店的封皮上见得到，报刊杂志三天两头提起，全国上下没人不知道。可是夏尔根本就没点志气！日前从伊夫托来了个医生，跟他一起会诊，居然就在病床跟前，当着病人家属的面，弄得他颇有点难堪。夏尔当晚一五一十讲给爱玛听，她气不打一处来，把他那同行一顿臭骂。夏尔大为感动。他含着泪吻了她的前额。可是她羞愤难平，她恨不能揍他一顿，径自走到过道上打开窗，猛吸新鲜空气让自己平静下来。

“真是窝囊废！真是窝囊废！”她咬着嘴唇喃喃地说。

她愈看他愈觉着不顺眼。年岁一大，他变得愈来愈迟钝，上甜点的工夫，他拿刀子去削空酒瓶的塞子，吃过东西，老拿舌头舔牙，大口大口喝汤，咽一口咕嘟一声，人也开始发福，眼睛本来就小，现在仿佛让胖鼓鼓的腮帮给挤往太阳穴了。

爱玛有时给他掖掖衣服，让红毛衣别从背心下露出来，把皱裥领巾弄弄好，再不，见他拿起褪了色的手套往手上戴，干脆夺过来扔一边去，可这并不如他想的那样是为了他，这是为她自己，是一种自私的膨胀，神经质的发泄。有时，她也给他讲讲她看过的东西，比如一本小说或一个新剧本的一个段落，或是连载小说中提到的上流社会趣闻，因为夏尔好歹是个听众，会洗耳恭听，会点头称是。她对小猎兔犬都要说那么些心里话呢！对壁炉劈柴和座钟摆锤，她也少不得要诉说心曲。

可是在内心深处，她始终在等待发生一桩新的事情。就像遇难的水手，在孤苦无告之际，睁大绝望的眼睛四下张望，看雾蒙蒙的远处会不会出现一点白帆。她不知道这随风飘来的命运之舟会是什么，会把她带往何方的岸畔，也不知它是小小的帆船抑或三层甲板的大船，装着忧愁还是满载幸福。可是，每天早晨一醒来，她就期盼它会在这一天降临，她侧耳谛听，冷不丁竖起身来，心中诧异它怎么还没来，到了太阳下山时分，愁绪最难排遣，只得将希望再寄于明天。

春天又到了。

梨树开花的时节，乍来的暖意使她感到胸口堵得慌。

从七月初起，她就扳着指头计数到十月还有几个星期，心想德·昂代维利埃侯爵说不定还会在沃比萨尔再开个舞会。可是眼看九月就这么过去了，没有来信也没有来人。

失望之余更添惆怅，她的心又变得空落落的，生活重又照原样周而复始。

于是，她现在就这样打发着日子，日复一日，一成不变，没有任何新的内容！别样的生活，不管多么平淡，至少总还有机会发生点变故吧。一次偶然事件，有时会引发一连串的波折，会带来风云突变的结局。可是她呢，什么也盼不到，这是老天的安排吗？眼前是一条黑黢黢的走道，尽头处的门紧闭着。

她不碰音乐了。弹琴干吗？有谁来听？既然永远也不会在演奏会上身穿短袖丝绒裙子，面对埃拉尔牌钢琴，用轻盈的指尖去触碰象牙琴键，也不会感觉到欣喜的赞叹宛如清风在耳畔荡漾，那何必再费神去练琴呢？她把画夹和绒绣放进柜里。有什么用？有什么用哟？针线活儿也让她厌烦。

“书，都看过喽。”她对自己说。

于是她只能把火钳烧得红红的，或者凝望着窗外下雨。

星期天，教堂敲晚祷钟的时候，她心里有多难受呵！她谛听沙哑的钟声一下一下响起，听得异常专注，神情一片麻木。有只猫在屋顶上慢慢地走，在暗淡的阳光下弓着背。风在大路上卷起阵阵尘土。远处，不时有条狗在叫，匀和的教堂钟声，持续而单调地响着，然后消失在田野里。

教堂里的人出来了。农妇脚蹬上过蜡的木鞋，农夫身穿簇新的长罩衣，孩子们光着头跳跳蹦蹦地走在头里，大家都在回家去。只有五六个男人，每回总是那几个，留在客栈门口玩翻瓶塞游戏，一直玩到夜里。

冬天很冷。每天早晨，窗子上结着霜，白蒙蒙的阳光透进屋来，仿佛中间隔了层毛玻璃，有时整天如此。下午四点，就得点灯了。

天气好的日子，她下楼到园子里走走。露珠给甘蓝镶上银色的镂空花边，亮晶晶的，从一棵披到另一棵。听不见鸟儿的鸣啭，仿佛一切都在沉睡，沿墙的果树覆着草秸，五叶地锦犹如一条病恹恹的蟒蛇，攀援在墙的盖顶下，走近些，还能看见多足的鼠妇在墙脚爬来爬去。树篱边上，云杉树间，头戴三角帽诵读经书的神甫右脚不见了，石膏也经不起霜冻，纷纷剥落，脸上留下一摊摊白癣。

过后她重又上楼。关好房门，拨匀炭火后，只觉得屋里暖融融的，浑身酥软乏力，愁绪变得沉甸甸地压将下来。她想下楼去跟女仆聊聊，可又拉不下面皮。

戴黑丝帽的小学校长，每天准时推开自家的护窗板，乡警也在这会儿走过，长罩衣的腰间挂着军刀。一早一晚，驿站的马三匹三匹地穿过街道，到村外的水塘去饮水。小酒店门口的铃铛不时丁丁作响，赶上起风的日子，还能听见理发铺前支在两根杆儿上的小铜脸盆铮铮有声，这脸盆是店铺的招牌。橱窗里贴着一张过时的时装式样，还搁着一尊黄发女人的半身蜡像，这是为店铺装点门面的。理发匠也在唉声叹气，生意不景气，眼看要维持不下去，他幻想能在一个大城市，比如说鲁昂，觅个近剧院的码头，开个理发店，可如今他只能成天在街上转悠，从村公所到教堂踱来踱去，拉长着脸，等着顾客来。包法利夫人抬起眼来，总瞅见他哨兵似的站在那儿，穿一件厚实的毛料上衣，希腊软帽斜扣在脑袋上。

下午，前屋窗外，有时会露出另一个男人的脑袋，脸膛晒成了古铜色，留着黑黑的髯须，慢悠悠地一笑，表情挺柔和，露出一口雪白的牙齿。圆舞曲很快就响了起来，手摇风琴的箱匣上，是个小巧的客厅，手指般高的小人儿在里面跳着舞，包红头帕的娘们儿、盛装的蒂罗尔[1]山民、穿黑色燕尾服的猴子、着短套裤的绅士，全都在椅子、沙发、半圆桌中间转呀，转呀，四周搁着些镜片，折角处用金色纸条粘住，小人儿的身影在镜子里变幻着。那人摇着手柄，东张张，西望望，目光投向扇扇窗户。过一会儿，就远远地朝界石吐一口褐色的唾沫，用膝盖把风琴往上顶一下，肩带硬硬的，勒得肩膀不好受，乐声时而忧伤迂缓，时而欢快急促，透过一块粉红塔夫绸的幕帘，呜呜地从琴箱飘出，幕帘上面有个阿拉伯风味的铜爪饰。飘到爱玛耳畔的，却是在别处，是在剧场演奏的音调，是在沙龙吟唱的歌声，是那个灯火辉煌的夜晚跳舞的乐曲，是上流社会传来的回声。萨拉班德舞曲[2]无休无止地在脑际回旋，她的思绪，犹如彩花地毯上的印度舞女，随着音符跃起，从梦幻舞向梦幻，从忧伤跳往忧伤。那人摘下帽子接过赏钱，便盖好旧蓝布罩，把风琴掮在背上，脚步蹒跚地离去了。她望着他渐渐走远。

而最让她受不了的，还是用餐的时刻，底楼的小餐厅里，炉子冒着水汽，门嘎嘎作响，墙壁渗着水，石板地湿漉漉的，她觉得面前盆子里盛着生活的全部痛苦，白煮肉的热气，勾起心底种种令人恶心的联想。夏尔要吃上好半天，她只吃几枚榛子，或者双肘支在桌上，用餐刀的刀尖在漆布上划道道消遣。

她现在撇下家务不管了，包法利老太太封斋期上托斯特来，看到

1 奥地利西部的一个山区。当地人多擅长歌舞。
2 一种节奏缓慢的古西班牙宫廷舞曲。

这种变化大吃一惊。果然，以往那么细心、那么讲究的她，如今成天拖着身便袍，穿的是灰色棉纱袜，点的是秃头蜡烛。她还口口声声说，既然家里不富裕，就该节俭过日子，还说她挺满足，挺幸福，待在托斯特觉得挺开心，另外还有一大堆新鲜的说法，堵住了婆婆的嘴。而且，婆婆的话，看来她根本就不想听。

有一回，包法利老太太打算发表一下看法，说做东家的也该管管用人的宗教信仰，爱玛就那么白了她一眼，冷笑了一声，老太太吓得没敢往下说。

爱玛的脾气变得又别扭，又任性。她吩咐用人给自己做的菜，端来后连碰也不碰，头天光喝牛奶，第二天却一连喝上十几杯茶。往往，她使性子，足不出户，可回头又觉着气闷，把窗子全打开，再换上薄裙。光起火来把女仆骂一顿，过后又给她送礼物，让她上邻居家去串门，有时甚至把钱袋里的银币统统扔给穷人。她跟大多数出身农家的人一样，性情既算不得温存，轻易也不会动恻隐之心，但是她也像他们那样，有某种类似父辈手掌上胼胝的东西，在心灵上是根深蒂固的。

二月底，鲁奥老爹念着头年治腿伤的情，带了只肥壮的火鸡来看女婿，在托斯特待了三天。夏尔要出诊，就爱玛一人陪他。他在卧室里抽烟，唾沫往壁炉柴架上吐，又老念叨着庄稼、牛犊、奶牛、家禽和乡议会，等他一走，爱玛关上房门，不由得生出一种如释重负的感觉，这是她自己也料想不到的。

不过，她这会儿已经挑明了她对任何事、任何人都不屑一顾的态度。她不时发表些奇谈怪论，人家称道的，她偏要贬得一无是处，大家认为有悖常情、伤风败俗的事情，她却大加赞许，弄得做丈夫的目瞪口呆。

莫非这种罪得永远受下去？莫非她就没法从中脱身了？可是，她哪儿比不上那些生活美满幸福的女人呢！在沃比萨尔，她见到过那些身材臃肿、举止俗气的公爵夫人，她真怨恨老天的不公，她头倚墙壁伤心落泪，她向往纷繁热闹的生活、假面舞会的夜晚，她向往恣肆放纵的欢乐，其中想必有她从未体验过的癫狂痴情。

她脸色苍白，心跳加剧。夏尔给她服用缬草根冲剂，叫她洗樟脑浴。试来试去，她反而肝火更旺了。

有些天，她情绪亢奋，滔滔不绝说个不停，兴奋过后，马上又变得迷迷糊糊，一声不响，一动不动。这时她只有往手臂上洒一瓶科隆香水，才能恢复点生气。

由于她不停地抱怨托斯特，夏尔揣测她的病因也许是某种环境的影响，有了这个念头，他就认真地考虑起迁居的问题来。

这时候，她又喝醋减肥，得了轻微的干咳症，毫无食欲。

夏尔在托斯特四年，好不容易才立稳了脚跟，这当口离开托斯特，对他来说是一种牺牲。可是，既然事情已经到了这份上，也就顾不得这么多了！他陪她到鲁昂去看当年医学院的老师。她得的是神经官能症，需要换个环境。

夏尔四处打听，听说新堡区有个重镇，叫永镇寺，镇上的医生是波兰难民，上星期刚搬走。于是，他写信给当地的药剂师，就镇上有多少居民、距最近的同行有多远、那位前任年收入如何等问题向他咨询，回音很令人满意，夏尔于是打定主意，开春时爱玛的病情还不见好转，就迁居那儿。

动身前有一天，爱玛在整理抽屉，手指让什么东西扎了一下。细一看，是婚礼花束上的铁丝。橙花的花蕾沾了灰尘已经发黄，滚银边的缎带也散丝了。她把花束扔进壁炉。它霎时就烧着了，真比干草秸还引火。而后，就像炉灰上绽开一丛小红树，又慢慢地销毁。她看着它烧。硬纸板的小浆果闪着光，铁丝扭曲，饰带熔化，纸做的花冠变脆，黑蝴蝶似的沿炉壁盘旋，最后飘进了烟道。

三月份离开托斯特时，包法利夫人已经怀孕了。

第二部

第一章

永镇寺[1]（如此取名，是因为早年曾有个嘉布遣会[2]修道院，如今遗迹已荡然无存）是座离鲁昂八里路的镇，一头通往阿勃镇，另一头通往博韦，位于里约勒河谷尽头。这条小河流近河口，转动三座水磨，方才注入昂代尔河，小河里有鳟鱼，星期天孩子们常来钓鱼玩儿。

从布瓦西埃尔离开大路，沿平地往前走，登上野狼冈，就能望见那座河谷了。流经谷地的小河，把谷地分成两个风光迥异的区域：左边是一片草场，右边全是耕地。草地沿低矮的冈峦向后绵延，直至与布雷地区的牧场相连，而在东侧，平野顺着地势缓缓爬高，愈来愈开阔，远处金黄色的麦田一望无垠。小河从草场边缘流过，宛如一条白练，分隔出草场和农田的不同颜色，田野就像一件铺开的巨大披风，丝绒领口上镶着一道银白色的饰带。

一直往前，走到河谷尽头，眼前就是阿盖依橡树林，边上陡峭的圣让山坡，从上到下都是一条条宽窄不等的红色沟壑，这是雨水冲刷的痕迹，富含铁质的山泉，顺着这些沟壑流到周围地区，给沟壑染上

1 原文为 Yonville-l'Abbaye，含“有寺（修道院）的永镇”之意。故下文中仅偶尔用到“永镇寺”，一般仍称永镇。

2 天主教教会，方济各会的一支。因会服附有尖顶风帽而得名。

颜色，在灰苍苍的山崖上划出道道涓细的红线。

这儿是诺曼底、庇卡底和法兰西岛交汇的地方，当地人说话很少抑扬顿挫，正如当地景色没有什么特色。这儿出产的干酪，在整个新堡地区是最次的，而另一方面，在这地方种庄稼成本很高，因为土质多沙石，颗粒不易成团，得施大量的厩肥。

一八三五年以前，还没有直达永镇的道路，那年头上，才修了条乡间公路，把通阿勃镇和通亚眠的大路连接起来，马车从鲁昂运货去弗朗德勒，有时也走这条道。不过，虽说有了新的出路，永镇寺却一如其旧。当地人不愿在耕作上多费心，死守着那块草场不放，也不管这样值不值。这座疏懒的乡镇，既然挨不着平野的边儿，自然只好向河边伸展。远远望去，整座镇子横卧在岸上，犹如一个牧牛人在河边歇晌。

下了山坡，过桥就是堤道，栽着小山杨树，笔直通往镇口的宅子。这些宅子围着树篱，位于场院中央，院里枝叶茂密的大树底下，满是些错落的棚舍、压榨房、车库和酒坊，枝丫间悬着梯子、竿子和长柄镰刀。屋顶的茅草往下垂，犹如皮帽翻下盖住眼睛，把低矮的窗户遮去近三分之一，窗玻璃厚厚的，中间凸起，就像酒瓶底儿。石灰墙面上，沿斜角嵌着一根根黑色明梁，不时还有细瘦的梨树攀在上面，底层房门外加了扇矮矮的木栅门，小鸡能到门口啄食苹果酒泡过的面包屑，却进不了屋子。愈往里，院子愈窄，屋子挤挤挨挨，树篱不复可见，一扇窗户下面，扫帚柄上挂着捆蕨梗晃来晃去，走过敲马掌的铁匠铺，是一家大车作坊，门口拦路停放着两三辆新车。再往前，穿过一道栅栏，便见一幢白色楼房坐落在圆形草坪后面，草坪上装饰着一尊爱神，手指按在唇上，台阶两端各有一个铸铁盆饰。这座镇上最漂亮的宅子，是公证人的寓所。

教堂在二十步开外，街对面的广场入口。教堂四周是片小小的墓地，砌着齐肘高的外墙，年代久远的墓石与地面齐平，密匝匝地形成一片连绵的石板铺面，野草在缝隙中点缀出四四方方的绿色。这座教堂还是在查理十世[1]执政后期重建的。木头穹顶开始从顶上烂起，蓝色底漆上到处可见凹陷的黑斑。殿门上方，原本是放管风琴的，现在成了男人们的一条祭廊，木鞋踩在旋梯上，噔噔作响。

阳光透过全无装饰的玻璃窗，斜照在沿墙中央排列的长凳上，不时有个座位背上钉着个软垫，下面用粗体字写着“某某先生专座”。再往前，在厅堂较窄处，一边是忏悔间，另一边是圣母塑像，圣母身穿缎袍，头披撒银珠罗面纱，颧颊涂得红红的，很像桑威奇群岛[2]的偶像，景深最远的地方，有一幅内政部长馈赠的《神圣家族》复制品，悬挂在四座烛台围着的主祭坛上。冷杉木的祭台，一直没有髹漆。

菜市场，无非就是二十来根柱子撑着个瓦顶，却差不多占了永镇大广场的一半地盘。广场一角的镇公所，按一位巴黎建筑师的图纸建造，样子像座希腊神庙，与药剂师的店铺比邻。镇公所底层竖着三根爱奥尼亚式圆柱，二楼有条半圆拱腹的走廊，尽头的三角楣上满满当当的是只高卢公鸡，一爪蹬在宪章上，一爪端着司法公正天平。

最引人注目的，是金狮客栈对面奥梅先生的药房！通常天一擦黑，带油罐的油灯点亮以后，橱窗里红色绿色的矮颈大腹瓶显得分外耀眼，将两种颜色的彩光远远地射向地面，透过孟加拉烟火般的彩光，依稀可以瞧见药剂师臂肘支在柜台上的身影。店堂里从上到下贴着各种各样的药名，有斜体、圆体，也有印刷体：“维希矿泉水，苏

1 查理十世（1757—1836），法国国王（1824—1830），路易十六、十八之弟，波旁王朝复辟（1815）后的极端保皇派领袖，登位后加强专制统治。1830 年 7 月革命时出逃英国。

2 美国夏威夷群岛的旧称。

打水，巴勒吉矿泉水，净化剂，拉斯帕伊药水，阿拉伯健身粉，达塞药糖，勒尼奥药膏，绷带，浴液，营养巧克力”，等等。横贯店铺的招牌上是几个金色大字：奥梅药房。在店堂那头，柜台上那台固定的大天平后面，一扇玻璃门上写着配药室，门的中段，有黑底金字的奥梅字样。

除此之外，永镇就没什么可看的了。那条街（仅此一条）长仅一个步枪射程，两旁有些店铺，到转角处戛然而止。倘若出了街朝右走，沿圣让山脚往前，不一会儿就到了墓地。

霍乱流行的年头[1]，为扩大墓地，拆掉过一堵墙，买下了比邻的三英亩地皮，可是这块新辟的墓地几乎一直空置着，新的墓穴一如既往朝墓地大门那儿挤去。守墓人同时兼任掘墓人和教堂执事（因而从死人和堂区居民身上两头得益），他利用这块空地种了些土豆。不过，他的这一小块地还是逐年在缩小，于是，每当一种流行病蔓延之时，他真不知道是该为死人增多而高兴，还是该为墓地扩展而伤心。

“你是在吃死人呢，莱蒂布德瓦！”终于有一天，本堂神甫先生对他说了这么一句话。

这句怪吓人的话让他想了很久，有一阵他歇手不干了，可是，如今他又重操旧业，干起种土豆的营生，执意说那东西是自己从地里长出来的。

我们接下去要讲的这些事情自发生以来，永镇其实并没有什么变化。白铁皮的三色旗照样在教堂钟楼顶上转动，卖时新服饰的商店门口，两面花布小旗仍在迎风招展，药房的胎儿标本，犹如白色的火绒团团，在混浊的酒精溶液里日渐腐烂，客栈正门顶上，陈旧的金狮被

1 指 1832 年夏肆虐欧洲的霍乱大流行。

雨水淋得褪了色，犹自向过路人显示着蜷曲的鬣毛。

包法利夫妇预定到达永镇的当晚，这家客栈的女掌柜，寡妇勒弗朗索瓦太太，正忙得不可开交，满头大汗地在几只烧锅跟前团团转。第二天是镇上赶集的日子。肉得先切好，鸡得开好膛，汤和咖啡也得先准备好。况且，她还要为那几位包饭客人，以及医生夫妇和女仆张罗晚餐，台球间传来阵阵哄笑声，小间里的三个磨坊老板喊着要烧酒，柴爿烧得正旺，火炭噼啪作响，厨房的长条桌上，成爿的生羊肉中间，摞着一沓沓盆子，砧板上一剁菠菜，那盆子就直颤悠。家禽在棚里咯咯乱叫，女佣正扑过去要宰鸡哩。

一个穿双绿色皮拖鞋的男人，脸上有几点麻子，头戴金穗丝绒便帽，后背冲着壁炉在烤火。他脸上一副怡然自得的神情，头顶上方悬着个藤条鸟笼，瞧这男人的模样，他的日子准跟那只金翅鸟过得一般舒坦：这就是药房老板。

“阿泰米兹！”女掌柜喊道，“拗些细柴来，水罐添添满，烧酒端上去，快！哎哟，您等的那几位，我连给他们上什么甜点还不知道呢！天哪！那帮搬场伙计又在台球房里瞎闹了！他们的大车就那么停在门口！燕子来了会撞上去的！ 快叫伊波利特把大车挪开！……您瞧瞧，奥梅先生，他们从上午玩到现在，怕是已经打了十五盘台球，喝掉八罐苹果酒了！……他们会把球桌的呢毡划破的。”她远远地望着他们接着说，漏勺拿在手里。

“没事儿，”奥梅先生回答说，“买张新的不就行了吗！”

“买张新的！”寡妇拔高嗓音嚷道。

“反正这张也不行了，勒弗朗索瓦太太，我早跟您说过，您这是自己找亏吃！找大亏吃！如今这些玩台球的，讲究球袋要窄，球杆要沉。老式台球没人玩了，世道变喽！一个人嘛，要跟得上时代！您瞧瞧泰利埃，人家……”

客栈女掌柜气得满脸通红。药房老板往下说：

“不管您怎么说，他那张球桌就是比您的小巧，人家还会出点子，比如说，为波兰志士[1]或者里昂水灾[2]举办义赛……”

“像他这号人，我才不怕呢！”女掌柜截住他的话头，耸了耸肥厚的肩膀。“得了！得了！奥梅先生，只要金狮开一天，就不怕没人来。咱们呀，是有家底的！倒是那家法兰西咖啡馆，早晚有天早上，您会看见它关门大吉，窗板上贴着停业告示！……换张球桌，”她自言自语地往下说，“可这张球桌叠叠衣服有多方便，上回打猎季节还睡过六个客人呢！……这个磨磨蹭蹭的伊韦尔，到这会儿还没来！”

“您是等他回来，好给那些先生开饭哪？”药剂师问。

“等他？比内先生怎么办！一敲六点您准见他进门，敢情像他这么准时的主儿，世界上还没有第二个呢。他每次都得坐单间！宁死也不肯挪个地方用餐！那个挑剔劲儿！苹果酒也要左挑右挑！他可不像莱昂先生，人家呀，有时候七点来，有时候七点半才来，有什么吃什么，从不多瞧一眼。多好的年轻人！从来没有一句重话。”

“可不是，人家是受过教育的，跟当兵出身的税务员就是不一样。”

钟敲六下。比内进门。

他身穿蓝色常礼服，直统统地罩在瘦削的身躯外面，皮帽护耳在头顶上打个结，翻起的帽檐下，露出一个秃脑门，上面有常年戴军盔留下的印痕。黑呢背心，马尾衬硬领，灰色长裤，一年到头蹬一双擦得锃亮的皮靴，由于脚趾拱起，两边各有一道隆起的褶皱。下巴围一

---

1 1830年，波兰首都华沙爆发反抗沙俄统治者的起义。起义失败后，有不少人流亡法国。
2 1840年，里昂发生特大水灾。

部金黄色的络腮胡子，修得崭齐，花圃围边似的裹住发灰的长脸，小眼睛，鹰钩鼻。他玩牌无所不精，打猎是行家，又写得一手好字，自己在家里置了台车床，车餐巾环作消遣，抱着艺术家患得患失和小市民秘藏精品的心理，把这种小环在屋里堆得满满当当的。

他朝单间走去：可是得先让那三个磨坊老板出来才行。人家给他端整餐桌的当口，他默不作声地端坐在火炉旁边的老位子上，随后他照老规矩关上门，脱下帽子。

“跟人寒暄几句，不见得舌头会短掉几分！”药剂师见就剩自己和女掌柜，便开口说道。

“他从来不多说一句话，”她搭腔说，“上星期来了两个做布料生意的客人，那天晚上，两个风趣的小伙子讲了一大堆笑话，把我笑得眼泪都出来了。可您猜怎么着！他坐在那儿，像条干瘪瘦长的鲱鱼，一声不吭。”

“就是，”药剂师说，“没有想象力，不懂俏皮话，压根儿不像个见过世面的主儿！”

“可人家都说他挺有能耐。”女掌柜提出异议。

“能耐！”奥梅先生说，“他！挺有能耐？说到他那行当，倒也有可能。”他说最后那句话时，语气平和了些。

接着他又说：

“哎！要说一位生意繁忙的批发商，或是一位法律顾问，一位医生，一位药剂师，由于太过专心而变得与众不同，甚至脾气乖戾，这我能理解，书上常有揶揄他们的俏皮话！可是，好歹人家这是在思考问题。就说我吧，就有过好几回，满桌子找那支羽毛笔，想写个标签，结果怎么着，它就在我耳朵上夹着！”

不过，勒弗朗索瓦太太已经走到门口，正在看燕子有没有回来。

她冷不防打了个激灵。一个身穿黑衣的男人倏地一下进了厨房。在行将收尽的暮色中，依稀可以看出，此人脸色红润，体格像运动员。

“要我为您做些什么，神甫先生？”客栈女掌柜一边问，一边伸手到壁炉上去拿铜烛台，成排的烛台都插着蜡烛，就像个柱廊。“您喝点什么？来点儿黑茶藨子酒，来杯葡萄酒？”

教士彬彬有礼地谢绝。他是来找伞的，那天他给忘在埃纳蒙修道院了，他来请勒弗朗索瓦太太当晚差人取回送到本堂神甫住宅，说完他就往教堂而去，那儿已经在敲晚祷钟了。

药剂师等到听不见他在广场上的脚步声了，就表示他对神甫刚才的做法很不以为然。连喝一口润润嘴都不肯，在他看来真是一种可恶至极的虚伪，这些教士，在没人看见的时候，个个滥吃滥喝，而且巴不得回到什一税[1]的年代去。

女掌柜为本堂神甫打抱不平：

“再怎么说，像您这样的人，他一下子就能拎起来四个，在膝盖上一拗两断。去年他帮我的伙计运麦秸，他一次就能扛六捆，力气大着呢！”

“妙啊！”药剂师说，“那就快把您女儿送到体格特棒的壮汉跟前去忏悔吧！我呀，要是我是政府的话，就要让这些教士每个月放一次血。对，勒弗朗索瓦太太，每个月，狠狠地放一次血，对治安、风化都有好处！”

“您快闭嘴！您这是亵渎宗教！您根本没有信仰！”

药剂师回答说：

“我有信仰，有我自己的信仰，而且比那些装模作样、使尽伎俩

1 1789年法国君主立宪制度建立前，法令规定农民须向天主教会缴纳的赋税，平均占收成总数的十分之一左右。

的家伙虔诚得多！您说错了，我信奉天主！我相信有超乎一切的存在，相信有造物主，甭管他是谁，这无关紧要，他把我们安排在尘世，就是要让我们尽公民和家长的义务，可是我没有必要到教堂里去吻银盘子，用我的钱袋去养肥一群吃得比我们还好的小丑！因为我在树林，在田野照样可以表示对造物主的崇敬，甚至还不妨学学古代先哲，仰望苍穹沉思冥想。对我来说，我的天主就是苏格拉底、富兰克林、伏尔泰和贝朗瑞的天主！我赞成《萨瓦副本堂神甫信仰声明》[1]和八九年的不朽原则[2]！所以我不认为有那么个老老头天主，拄着根拐杖在花圃里踱来踱去，让自己的朋友葬身鲸腹，惨叫而亡，三天过后却又活了过来[3]：这些事情本身就荒诞不经，何况完全是违背一切自然法则的，这顺便也向我们证明了，那些教士向来就是在卑鄙而无知的泥潭里讨生活，而他们还拼命想把民众也一起拽进去。”

他闭上嘴，四下张望想找听众——这位药剂师一时说得兴起，竟把这儿当成座无虚席的镇议会了。客栈女掌柜却根本没在听他，她竖起耳朵在听远远传来的一阵辚辚声。可以听得出，马车行进声中还夹杂着松了的马蹄铁敲击地面的哒哒声，最后，燕子停在了客栈门前。

黄色的车厢由一对高大的车轮支承着，车轮高及篷布，旅客让车轮挡住视线，没法看到路面，肩头上却沾满了尘土。气窗挺窄，车门每碰一下，窗框里的玻璃就会颠几下，那层尘垢连暴雨也冲不干净，上面不时还有新溅上的泥迹。这是辆三驾马车，由一匹马打头，下坡时，车厢底部磕磕碰碰，一路颠簸。

---

1 卢梭为自然宗教（指以理性为基础的宗教，区别于以神的启示为基础的宗教）进行辩护的文章。

2 指1789年8月法国制宪议会（即国民议会）通过的《人权与公民权宣言》。

3 语出《圣经·旧约·约拿书》中“耶和华安排一条大鱼吞了约拿，他在鱼腹中三日三夜。……耶和华吩咐鱼，鱼就把约拿吐在旱地上”。

一些镇上人来到广场，大家七嘴八舌，有问消息的，有听情由的，也有来取鱼筐的。伊韦尔不知跟谁说话好。镇上的人家要进城去办点什么事，全由他包揽。他一爿爿店去办货，给鞋匠捎几捆皮料，给马蹄铁匠捎些铁板边料，给女主人捎来一桶鲱鱼，从女帽店捎回几顶便帽，从理发店捎回几绺顶发，回到镇上，就沿途分发采购的货物，站在车位上，使足劲儿大声嚷嚷，把大包小包扔过院子的树篱，听任辕马兀自往前走去。

他让一桩意外给耽搁了：包法利夫人的那条猎兔犬蹿进田野跑走了。他们吹口哨喊它，足足折腾了一刻钟。伊韦尔还掉转车头寻了半里路，总盼着能冷不丁地瞅见它，可临了还是只得往前赶路。爱玛掉了眼泪，发了脾气，她责怪这桩不幸的意外是夏尔的过错。碰巧也坐这车的布料商勒侯先生设法安慰她，举了许许多多的例子，说的都是狗丢失以后，怎么过了好多年又找到主人的。他说听人说过有条狗硬是从君士坦丁堡回到了巴黎，还有条狗，长途跋涉五十里路程，泅水过了四条河，他父亲也有过条鬈毛狗，不见了十二年，有天傍晚父亲进城去吃晚饭，正走在街上，那条狗一下子跳到了他肩上。

第二章

爱玛先下车，接着是费莉茜黛、勒侯先生和奶妈，夏尔天色一暗就睡着了，这会儿得把他从车厢旮旯里喊醒。

奥梅上前自我介绍，他向夫人表示敬意，和先生也寒暄了几句，说自己愿竭诚为他们效劳，最后又神情恳切地说明，原本该由他妻子前来恭候，适逢她有事外出，所以他就冒昧来了。

包法利夫人进了厨房，来到火炉跟前。她在膝盖处用指尖拎起长裙，正好露出足踝，然后抬起一只穿着高帮黑皮鞋的脚，从缓缓翻转的烤羊腿上面伸向炉火。那蓬火烧得正旺，强烈的光线钻进长裙的纬纱，渗入白皙皮肤上匀细的毛孔，甚至透过她时时眨动着的眼睑。每当一阵风从半开的门里吹进来，就有一大片红光掠过她的全身。

壁炉的另一头，有个金黄头发的年轻人默不作声地注视着她。

这位莱昂·迪皮伊先生（他是金狮客栈的第二位包饭客人）在吉约曼先生的事务所当书记员，他在永镇住得都发腻了，所以有意迟些来用餐，盼着能遇上个投宿的旅客，晚上好聊聊天。有些日子活儿完了，不知干什么好，就只得准点来这儿，从喝汤到吃干酪，一直跟比内面对面，好生不自在。因此，女掌柜提议他陪新来的客人一起进餐，他马上欣然同意，于是大家步入堂厅，勒弗朗索瓦太太已经在餐桌上很体面地摆好四副餐具。

奥梅请求允许他戴着那顶希腊便帽，为的是怕得鼻炎。

随后，他转身对着邻座的女客人说：

“夫人想必有些累了吧？咱们的燕子颠起来可真够呛！”

“您说得对，”爱玛回答说，“不过迁居总让我觉得挺开心，我喜欢换换地方。”

“老待在一个地方不挪窝，”书记员叹口气说，“可真没劲！”

“要是您也像我一样，”夏尔说，“一天到晚都得骑着马……”

“而我觉得，那才叫有意思呢，”莱昂朝着包法利夫人说，随即又补上一句，“可也得要能这么做。”

“不过，”药剂师说道，“在咱们这地区行医，不会太受累的，因为这儿的道路都能通马车，一般来说，诊金也相当可观，那些庄户人家手头都挺宽裕。就病症而言，除了肠炎、气管炎、胆道感染等等，收割季节偶尔还会出现些间歇热病例，但总的来说，情况都不严重，没有什么特别要交代的，只不过瘰疬病人很多，这想必跟农家卫生状况太差有关。哦！您会发现有许多偏见有待纠正，包法利先生，您按科学所作的种种努力，无时无刻不会在顽固的陈规陋习面前碰壁，因为人们还是宁愿求助于九日经、圣物和本堂神甫，也不肯爽爽快快地来看医生或者找药剂师。然而，这儿的气候，说实在的，确实不错，这个镇上还数得出好几个九十岁的寿星呢。气温计（我定时进行观察）冬天只降到四度，大暑天呢，至多在摄氏二十五到三十度之间，换算成列氏不会超过二十四度，折合成华氏（英国温标）就是五十四度，不会更高了！——要说呢，咱们这是一方面靠阿盖依森林挡住了北风，另一方面靠圣让山坡挡住了西风，不过，河流在蒸发水汽，原野上又有那么些牲畜，您知道，它们呼出大量的氨气，也就是氮、氢和氧（不，只有氮和氢），这样就形成了一股热气，这股热气促使地面腐殖土中的水分蒸发，又跟各种各样的挥发物混合在一起，形成——怎么说呢——形成一团暑气，然后，一旦大气层里有电荷存在，立马跟散布在大气中的这些电荷相结合，久而久之，就会像热带地区那样，生成有害健康的疫气。可是这股热气，话又要说回来，刚好在它过来，或者说在它原本要过来的方向，也就是南面的方向，被东南风削弱了，这种东南风经过塞纳河上方时变得凉爽起来，有时骤然间吹拂到这一带，就像来自俄罗斯的凉风！”

“这儿附近总该有些地方可以散散步吧？”包法利夫人接着前面的话茬对年轻人说。

“哦！很少，”他回答说，“有个地方，我们都管它叫牧场，在森林边缘的山坡顶上。有时候我星期天上那儿去，手里拿着本书，眺望远处的落日。”

“我觉得再没有比落日更美的景色了，”她接口说，“不过最好要在海边看。”

“哦！我爱大海。”莱昂先生说。

“而且，”包法利夫人继续往下说，“在无边无际的大海上方，思绪会更自由自在地翱翔，凝望浩淼大海，会让您的灵魂得到升华，会让您领悟什么叫天地无涯和理想境界，您难道不觉得是这样吗？”

“山区的景色也是这样，”莱昂说，“我有个表兄去年到瑞士旅游，回来以后对我说，不到那儿简直无法想象，那儿的湖多有诗意，那儿的瀑布多么迷人，冰川又多么蔚为壮观。那儿有高大挺拔的松树，巍然屹立在湍流中央，有悬在千仞峭壁上的小木屋，往下望去，从云雾散处看得见底下的河谷。这样的景观自然会叫人心潮起伏，情不自禁地祈祷上苍，欣喜激动，难以自已！难怪有位著名的音乐家，每当要激发自己想象的时候，总爱面对壮丽的景色弹琴。”

“您会音乐？”她问道。

“不会，可是喜欢。”他回答。

“哦！别听他的，包法利夫人，”奥梅俯身在餐盆上插嘴说，“他这纯粹是谦虚。喏，老弟！那天您在自己房间里唱《守护天使》，唱得简直妙不可言。我在配药室听得清清楚楚，那个抑扬顿挫呀，跟真正的演员没什么两样。”

原来莱昂寄宿在药房三楼的一个小房间里，望下去就是广场。听到房东这样夸自己，他脸都红了，而这时，药房老板已经转过身去朝着医生，一五一十向他介绍永镇的大户人家。他讲了些掌故逸闻，列数各户人家的底细。公证人的家产至今没人确切知晓，而迪瓦施家的人架子特大。

爱玛又开口说：

“您喜欢什么音乐？”

“哦！德国音乐，那种引人遐想的音乐。”

“您看过意大利歌剧吗？”

“还没有，不过明年我要在巴黎住一阵，去念完法律课程，那时候就有机会看了。”

“刚才，”药剂师说，“我有幸向您先生谈起那个卷铺盖跑路的倒霉蛋亚诺达，他特爱鼓捣，所以待会儿您会看到，你们住的是全永镇最舒服的房子。对一位医生来说，它有个特别方便的地方，就是那扇通巷子的边门，有人进出没人看得见。此外还有适宜家居的种种设施：洗涤间，带配膳间的厨房，会客室，水果储藏室，等等。这家伙花起钱来大手大脚的！他雇人在花园尽头靠河边搭了座凉棚，就为夏天好在那儿喝啤酒，要是夫人喜欢园艺的话，完全可以……”

“内人在这方面不大有兴趣，”夏尔说，“尽管大家都劝她要多活动，可她就是喜欢整天待在屋里看书。”

“我也一样，”莱昂接口说，“到了晚上，屋外的风吹得窗子直响，屋里点着灯，这时候坐在火炉边上，手里拿着书，真是再美不过了……”

“可不是？”她附和道，那双又黑又大的眼睛望着他。

“你什么也不去想，”他往下说，“时光一小时一小时地流淌过去。你端坐不动，在恍如身临其境的异国他乡神游，你的思绪跟小说交织在一起，忘情于淋漓尽致的细节描写，或是沉浸在跌宕起伏的冒险故事之中。你的思绪跟里面的人物融为一体，只觉得在他们躯壳里跳动着的是自己的心。”

“是这样！是这样！”她说。

“您有没有这种情形，”莱昂说，“有时候在书里会看到一个您也曾经有过的想法，或者某个来自记忆深处的变得模糊的形象，而且仿佛把您最微妙的情感全都展现了出来似的？”

“我有过这种体验。”她回答说。

“就为这个缘故，”他说，“我格外喜欢诗人。我觉得诗比散文更让人感动，更催人泪下。”

“可是时间久了也会叫人腻味，”爱玛说，“现在我正相反，就爱看那些让人提心吊胆，非一口气看完不可的故事。我讨厌平庸的主人公，讨厌不死不活的感情，它们跟周围的生活太相像了。”

“说的是，”书记员说，“这些作品无法打动人的心灵，依我看，它们恰恰是背离了艺术的宗旨。生活中的幻想一个个在破灭，而在这中间，要是能不时回想起那些高尚的情操、纯真的情感和幸福的图景，那有多甜蜜呵。至于我，生活在这儿，远离社交圈子，看书就是我唯一的消遣了，不过在永镇，书少得可怜！”

“想必就跟托斯特一样，”爱玛说，“所以我总托一家书铺去预订新书。”

“如果夫人肯赏脸的话，”药剂师刚好听见了最后这几句话，于是说道，“我的藏书随时可供披览，其中都是名家的作品：伏尔泰、卢梭、德利尔[1]、瓦尔特·司各特以及《专栏回声》等，此外我还要收到好些报刊，其中《鲁昂灯塔报》是天天送来的，我是该报在比希、福日、新堡和永镇附近地区的通讯员，所以沾了点光。”

这顿饭，吃了不下两个半钟头——女仆阿泰米兹心不在焉地趿拉着那双粗布条编的鞋子，一道一道地上着菜，每回总是丢三落四的，人家关照的话压根儿没听进去，非把台球室的门罅开一点，让门闩去撞墙壁不可。

莱昂一边说着话，一边不知不觉地把一只脚搁在了包法利夫人坐椅的横档上。她围着一条小巧的蓝绸领巾，像皱领那般托住打裥的直筒衣领，随着头部的动作，下半截脸蛋儿时而被衣领遮住，时而妩媚地露在外面。就这样，趁夏尔和药房老板聊天的当口，他俩挨近坐着，海阔天空地谈了起来，可谈着谈着话题总离不开他们共同感兴趣的既定中心。巴黎的节目、小说的题目、时新的四对舞，还有他们所不熟悉的社交圈、她在那儿生活过的托斯特、他俩眼下所在的永镇，兴之所至，无所不谈，直谈到晚饭吃罢。

上咖啡时，费莉西黛到新宅去收拾房间，不多一会儿宾客也离座准备动身了。勒弗朗索瓦太太在熄灭的炉火跟前打盹儿，马厩伙计一手提着灯，等着送包法利夫妇到他们的府上去。他的红头发里沾着草

1 德利尔（1738—1813），法国诗人，有“法国的维吉尔”之称。

秸，左腿一瘸一拐的。他用另一只手拿起本堂神甫先生的伞，大家就上路了。

小镇在沉睡。菜市场的柱子投下长长的影子。大地一片灰蒙蒙的，犹如夏日的夜晚。

不过，医生的住宅离客栈只有五十步之遥，几乎才一会儿工夫，就得互道晚安，各自分手了。

刚进前厅，爱玛就感到一股生石膏的凉意骤然袭来，就像有件湿衣裳搭在了肩上似的。墙壁是新粉的，木头楼梯嘎吱嘎吱作响。走进二楼卧室，只见一片灰白的光线从没挂窗帘的窗子里射将进来，望出去依稀能看见屋外的树梢和远处的原野，沿着河道，雾气在月光下冉冉升起，影影绰绰地笼罩在原野上。屋子里凌乱不堪地搁着衣柜的抽屉、大大小小的瓶子、挂帐幔的金属杆、镀金的小棒，床垫堆在扶手椅上，铜盆放在地板上——运家具的那两个家伙，把东西一股脑儿撂下就不管了。

她这已经是第四次睡在一个陌生地方了。第一次是进修道院那天，第二次是到托斯特当晚，第三次是在沃比萨尔，第四次就是这一次，每一次似乎都意味着她生活中一个新阶段的开始。她相信换了地方，情况自然也会改观，而既然已成过去的那段生活情况挺糟，想必等在前面的会好些吧。

第三章

第二天爱玛起床后，瞥见书记员在下面的广场上。她正在梳妆。他抬起头来跟她打招呼。她匆匆点了点头，就关上了窗子。

莱昂一整天都在等着傍晚六点钟的来临，但他走进客栈，瞧见的却是端坐桌前的比内先生。

昨晚的晚饭在他是件了不起的大事，这可是破天荒，他居然和一位夫人一口气谈了两个小时。他以前绝不可能说得上来的这么多的话儿，在她面前怎么会说得如此流畅，如此滔滔不绝？他平时神情腼腆，态度谨慎，其中兼有怕羞和矜持的成分。永镇人都认为他举止得体。他静静地听着年长的人高谈阔论，政治上从无过激表现，这在一个年轻人真是件稀罕事。再说他又挺有才气，会画水彩画，能识高音谱号，吃过晚饭要是不玩牌，总是看文学作品。奥梅先生看重他有学识，奥梅太太喜欢他为人殷勤，因为他常常在花园里陪奥梅家的孩子玩儿，这几个男孩成天脏兮兮的，很没有教养，生性有几分迟钝，就像他们的母亲。照看他们的，除了那个女仆还有药房的徒弟絮斯丹，他是奥梅先生的一个远房堂兄弟，奥梅夫妇做好事收留了他，同时也就把他当用人使唤了。

药剂师处处显得是个最好的邻居。他教包法利夫人挑选购货的商铺，特地让自己的苹果酒供货商送一批货来，亲自品酒，还到地窖里去督促伙计把酒桶放整齐，他详详细细地介绍买便宜黄油的窍门，还帮着跟莱蒂布德瓦讲妥了花园的事儿，这位在教堂管圣器室的掘墓人，除了圣职和丧葬事务外，还为永镇的大户人家拾掇花园，按钟点计价还是按年度收费，任凭主人选择。

药房老板这般殷勤讨好，并非全系好管闲事使然，其中另有一番深意。

十一年风月十九日[1]颁布的法令第一款规定，凡非持有执照者，一律不得行医，当时奥梅违犯了这条法令，结果，有人私下举报，他被传唤到鲁昂，在王室检察官先生的私人办公室里接受训诫。检察官站着训话，身上穿着长袍，肩披白鼬皮饰带，头戴直筒高帽。这时是早晨，接下去就要开庭。走廊里响着法警沉重的靴子声，远远地仿佛还听得见大铁锁碰上的声音。药剂师耳朵嗡嗡直响，只以为自己要中风摔倒，眼前依稀看到的景象是自己进了地牢，全家哭哭啼啼，药房变卖抵押，药瓶满地狼藉。他只得跑进一家咖啡馆，喝了一杯加苏打水的朗姆酒安安神。

渐渐地，当面受训的印象变得淡薄了，他故态复萌，又在药房内室给人看些小毛小病。可是镇长对他心存芥蒂，同行对他颇有妒意，他处处都得小心提防。对包法利先生礼数这么周到，为的就是笼络住他，让他日后即使看出什么破绽，也不至于声张出去。所以，奥梅每天早上给他把《日报》送去，下午也常常抽空离开药房，上这位官方认可的同行府上去聊会儿天。

夏尔在犯愁：没有病人来诊所。他一坐大半天，不言不语，要不

1 这是法兰西共和历纪年，相当于公元 1803 年 3 月 10 日。

就到诊室里去打个盹儿，或者瞧着妻子做针线活儿。为了解解闷，他把家里的粗活自己揽了下来，甚至还用漆匠先前剩下的涂料，把顶楼给刷了一遍。可是家里的开销让他忧心忡忡。托斯特的装修、夫人的衣装，还有这次搬家，都花费很大，两年工夫不仅把嫁妆花得一干二净，还贴上了三千埃居。另外，从托斯特搬到永镇，一路上损失惨重，好些家具碰坏的碰坏，遗失的遗失，这还没把神甫石膏像算上哩，马车有一下颠得太厉害，石膏像猛摔出去，粉身碎骨地躺在了坎康普瓦的大路上！

另外有桩操心事儿却排遣了他心中的愁绪，那就是妻子的怀孕。随着产期的临近，他对她疼爱有加。另一种血肉的联系正在形成，他仿佛时时刻刻都能感觉到一种更为复杂的结合。每当他远远看见她慵困地走来走去，腰肢在没穿紧身褡的髋部上面款款扭动，每当她跟他面对面，让他把她看个够，或者当她倦怠无力地坐在扶手椅里的时候，他就觉得心中洋溢着幸福，他立起身来，抱住她吻她，摩挲她的脸，叫她小妈妈，恨不得搂住她跳舞，还又是笑又是哭的，净说些他想得起来的种种充满温情的俏皮话。想到就要有孩子了，他感到兴奋不已。现在他什么都不缺了。他尝到了人生的全部滋味，从容自得地在人生的餐桌上支起了双肘。

爱玛起先感到惊愕万分，随即巴不得早点分娩，好知道做母亲是个什么滋味。可是，她想要买吊床摇篮、粉红绸幔和绣花童帽，却都由于手头拮据没能如愿，她一气之下，干脆甩手不管，添置衣物的事全交给一个乡下女工去做，她既不去挑选，也不出主意。因此，最初唤起母爱的那份乐趣，她并没能尝到，而她对孩子的感情，也许从一开始就受到了几分影响。

然而，夏尔每次在餐桌上都要说起小宝宝，所以不久以后她也常常想着孩子，有些放不下了。

她想要个儿子，一个体格强健、棕色头发的男孩，她要叫他乔治。她这么一心要有个男孩，图的就是有朝一日能为以往的种种无奈出一口气。一个男人，至少是自由自在的，他可以体验各种激情，周游整个世界，冲破艰难险阻，去尝一口远在天涯海角的幸福之果。而一个女人却处处受到束缚。她既委顿又驯顺，她身不由己，体力既弱，法律上又处于从属地位。她的意志，就像她的女帽上用细绳系住的面纱，随风颤悠晃动，时时有某种欲望在掀动它，又时时有某种礼俗在牵住它。

一个星期天，六点钟光景，太阳刚升起的时候，她分娩了。

“是个女儿！”夏尔说。

她转过脸，昏厥过去。

刚一会儿，奥梅太太就跑来吻她了，金狮客栈的勒弗朗索瓦大妈也及时赶到。药房老板为人谨慎，只是隔着半开的房门即兴说了几句祝词。他想瞧瞧孩子，瞧的时候直夸孩子长得好。

她在月子里就惦着要给女儿取名字。她先是逐一考虑所有带意大利词尾的名字，比如克拉拉、路易莎、阿曼达、阿塔拉，她觉得加尔斯温特[1]这名字不错，但更喜欢伊瑟[2]和莱奥卡蒂。夏尔想让孩子用他母亲的名字，爱玛不同意。他们翻遍了历书[3]，征求了好些人的意见。

“那天我跟莱昂先生说起这事，”药房老板说，“他挺奇怪你们干吗不选玛德莱娜，这名字眼下特时兴。”

---

1 原是西班牙公主，公元567年与纳斯特里亚国王希尔佩里克结婚，成为法兰克王国所属的这个小王国的王后。

2 中世纪传说故事中爱尔兰王之女，康沃尔王马克之妻，特利斯当的情人。根据这一故事演绎而成的《特利斯当与伊瑟》，是欧洲骑士文学中一部家喻户晓的作品。

3 西方历书上通常都印有圣徒的名字。

可是包法利老太太竭力反对这个女罪人的名字[1]。至于奥梅先生，他对每个能让人联想起一位显赫人物、一桩重大事件、一种崇高理念的名字，都情有独钟，他的四个孩子就是按这个模式来取教名的。因而拿破仑代表了光荣，富兰克林代表了自由，伊尔玛也许是对浪漫情调的一种让步，而阿塔莉[2]则是向法国戏剧的不朽杰作表示的敬意。因为，他的哲学信念并不妨碍他对艺术的赞赏，思想家的气质，在他身上并没有压抑感情的冲动，他善于区别对待，分清想象和狂热的界限。比如对这部悲剧，他痛斥它的思想观念，却欣赏它的文体风格，他谴责整个剧本的立意，但对剧情的细节赞不绝口，在厌恶剧中人物的同时，却为他们的对话叫好。读到精彩的段落，他会情不自禁地眉飞色舞，可是，一旦想到那些教权主义者从中为自己的生意捞好处，他又会黯然神伤，他陷于这种矛盾的感情旋涡之中，一时只想亲手为拉辛戴上大师的冠冕，一时又恨不得跟他舌战个一刻钟。

临末了，爱玛想起在沃比萨尔城堡那会儿，曾经听见侯爵夫人叫一位小姐贝尔特，于是这个名字就算选定了。而由于鲁奥老爹来不了，就请了奥梅先生当教父。他送来的礼物都是店铺的现货：六盒枣汁止咳剂、一大瓶可可淀粉、三小盒蛋白松糕，另外，还有从一个柜子里找出来的六根棒头糖。施洗礼的那天，备了丰盛的晚餐，本堂神甫也来了，席间气氛很活跃。临到饮餐后酒的时候，奥梅先生唱起了《好人的天主》，莱昂先生唱了一首威尼斯船歌，包法利老太太是孩子的教母，她也唱了一首帝国时代的浪漫曲，临末了包法利老先生硬是

1 玛德莱娜是个圣经人物。一译抹大拉，亦称抹大拉的马利亚。她“是个罪人”，曾用眼泪洗耶稣的脚，用自己的头发擦干，再抹上香膏（《新约·路加福音》第7章），也是耶稣复活的见证（《新约·约翰福音》第20章）。

2 法国剧作家拉辛的五幕诗剧《阿塔莉》（1691）中的女主人公。该剧取材于《圣经》，带有浓厚的宿命论色彩。

要人把孩子抱下楼来，端起一杯香槟酒就往孩子头上浇，说是给孩子洗礼。对第一件圣事[1]的这般嘲弄，把布尼齐亚神甫给惹火了，包法利老爹却从《众神之战》[2]里引用一句诗来回敬他。本堂神甫要退席，太太们执意挽留，奥梅先生也出面打圆场，神甫总算重新入座，不动声色地拿起托碟里才喝了一半的咖啡杯。

包法利老先生在镇上又住了一个月，每天早晨戴着军便帽上广场去吸烟，这顶嵌银饰带的橄榄帽在镇上着实出了一番风头。他喝烧酒也有瘾，不时让家里的女仆上金狮客栈去打酒，赊账记在儿子名下，他爱往绸巾上洒香水，结果把媳妇备着的科隆香水用得一干二净。

包法利夫人并不讨厌有他陪在身边。这位老爹当年可是走南闯北见过世面的：他给她讲柏林、维也纳、斯特拉斯堡，讲他当军官的年头，讲他相好过的情妇，讲他参加过的盛宴，再说他总是那么和蔼可亲，有时在楼梯上或在花园里，甚至揽住她的腰肢大声嚷嚷：

“夏尔，你可得当心呐！”

于是包法利大妈为儿子的幸福担起心来了，她生怕时间一长，自己的老伴会影响年轻的儿媳，把她的心思往歪道上引，所以催着要回家。说不定她还有更深一层的隐忧呢。她的老伴可是个肆无忌惮的男人哪。

爱玛的女儿寄养在一个细木工匠家里，由木匠老婆喂奶领养。有一天，爱玛突然急不可耐地想要见到孩子，于是来不及翻一下历书，看看圣母六周[3]是否已经期满，她就上路往罗莱家而去。罗莱家位于山

---

1 圣事一称“圣礼”，是基督教的重要礼仪。天主教认为圣事有七件，即洗礼、坚振、告解、圣餐、终傅、神品和婚配。

2 法国诗人德·帕尔尼的长诗，描写奥林帕斯诸神与圣父圣子圣灵交战的情景。字里行间颇多嘲讽调侃之词。

3 指圣诞节到圣母取洁瞻礼日（2月2日）之间的六个星期。按习俗，产妇产后要在家静养六个星期，然后进教堂行安产感谢礼。

坡脚下那个村子的尽头，刚好在大路和草原的中间。

这会儿是正午时分，家家户户都把护窗板放了下来，天空一片湛蓝，板瓦屋顶在烈日照耀下熠熠生辉，犹如人字墙的屋脊在闪光似的。吹来一阵闷沉沉的风。爱玛觉得浑身乏力，走不动了，地上的砾石硌得脚作痛，她拿不定主意，是就这么回转家里去呢，还是找个地方先歇歇脚。

就在这当口，只见莱昂先生挟着一沓卷宗，从近边的一扇门里出来。他走过来脱帽向她致意，随即退到勒侯的店铺跟前，站在灰色挑篷的阴影里。

包法利夫人说她是去看孩子，但走得累了。

“要是……”莱昂说了一半，没敢说下去。

“您要去什么地方办事吗？”她问道。

听了书记员的回答以后，她就请他陪她一起走。当天晚上，这桩新闻传遍了永镇，镇长太太迪瓦施夫人当着女仆的面，声称包法利夫人有失检点。

要去奶妈家，就跟要去公墓一样，出街以后，得向左转弯，沿着矮屋和院子中间的一条小路往前走，小路两旁都种着女贞树。女贞树开着花，那些婆婆纳、犬蔷薇、荨麻和探出荆棘丛来的树莓，也都开着花。从树篱的罅隙望进去，只见破陋的院子里有头公猪在拱着厩肥，或是几头系在树上的母牛在用犄角蹭着树皮。他俩肩并肩地款款而行，她倚身挽住他的胳膊，他放慢脚步合上她的步子，他俩跟前有群苍蝇飞来飞去，在热烘烘的半空中嗡嗡营营地叫个不停。

他俩看见了那座遮蔽在老胡桃树树阴下的房子。它矮矮的，盖着褐色的瓦片，顶楼天窗外面，顺窗檐挂着一串洋葱。一捆捆细树枝倚在荆棘树篱上，中间围着一畦生菜、几株薰衣草，攀藤的豌豆开着花。泼在草皮上的脏水到处流淌，四周晾着些破破烂烂的衣服和线袜，还有一件红色的印花布女上衣，一大幅粗布被单摊晒在树篱上。听见木栅门的响声，那奶妈迎了出来，怀里抱着个正在喇奶的婴儿。她另一只手牵着一个羸弱的男孩，脸上长满瘰疬的硬块，这孩子是鲁昂的一个针织品商寄养的，做爹娘的忙于做生意，把他撂在了乡下。

“请进，”她说，“您的小宝宝在里面睡觉呢。”

整个屋子就只有楼下这么间卧室，里面靠墙放着张大床，没挂床幔，窗前搁着和面缸，窗玻璃碎了，用蓝纸剪了个向日葵粘在上面。门后的旮旯里，鞋钉发亮的半筒靴排在洗衣板下，挨着一只装满油的瓶子，瓶颈里插着根羽毛，积尘的壁炉架上有本《马蒂厄历书》[1]，撂在火石、蜡烛头和火绒中间。临了，这屋子里最不实用的东西，就是那张正在吹号的传闻女神[2]的画像，这想必是从哪张化妆品广告上剪下来的，用六枚鞋钉钉在了墙上。

地上放着藤条摇篮，爱玛的孩子就睡在里面。她把孩子连襁褓一块儿抱了起来，摇摆身子轻轻地哼着歌儿。

莱昂在屋里踱着步，瞧着这么位穿南京棉布的漂亮夫人待在这寒碜的小屋里，他似乎觉着不对劲儿。包法利夫人脸红了，他转过脸去，心想适才自己的目光兴许有些失礼了。不一会儿，孩子吐奶吐在了她的细布皱领上，她便把孩子放回摇篮。奶妈赶紧过来给她擦拭，连连声称不会留下渍斑的。

“她老是吐在我身上，”她说，“洗都来不及洗！所以还请您费心去跟那个杂货店老板卡米说一声，让他给我留着点儿肥皂，我要用就去取，您看行吗？这样一来，我就不会来麻烦您，您也好落个清净

1 旧时在比利时列日地区刊印的一种廉价历书，通常由小贩沿途兜售。
2 指希腊神话中的俄萨，据说这位有翼的女神是吹着号角传播消息的。

不是。”

“行，行！”爱玛说道，“再见，罗莱大妈！”

说完她在门槛上擦了擦脚，走出屋去。

那婆娘一直把她送到院子尽头，边走边说自己天天晚上得起来有多辛苦。

“有时候我实在累得不行，坐在椅子上就那么睡着了，这不，您好歹就赏我一小磅磨好的咖啡吧，这就够我一个月的了，我会每天早上兑上奶喝的。”

包法利夫人耐住性子听完她的道谢，扭头便走，可她还没在那条小路走上几步，就听得身后一阵木鞋的响声，于是回过头去，又是这个奶妈。

“什么事？”

这婆娘把她拉到一旁的榆树下面，冲着她说起自己丈夫的情况来，他干的是手艺活儿，可一年六法郎船长还……

“有话快说。”爱玛说。

“唉！”奶妈一句一叹气地往下说，“我就怕他瞧着我独自一个儿喝咖啡，会心里不痛快呐。您知道，这些爷们……”

“您有不就结了吗，”爱玛说，“我会给您的！……真烦人！”

“咳！我好心的太太哟，就只为他受过伤以后，胸口老是抽紧似的疼得要命。他还说了，喝点苹果酒会好受些。”

“您有话就直说，罗莱大妈！”

“嗯，”这位行了个屈膝礼接着往下说，“要是您不嫌我太……”她又行了个礼，“您肯开恩的话，”目光中满是央求的神情，“给一瓶烧酒吧，”她终于说出了口，“我会拿点烧酒给您的小宝宝擦脚，让那双小脚嫩得像舌头似的。”

打发走奶妈以后，爱玛重又挽住莱昂先生的胳膊。她急匆匆地走了一小会儿，随即放慢脚步，目光往四下里望去，不经意地落在年轻人肩头常礼服的黑绒领子上。他的栗色头发披在领子上，平整服帖，梳得很好。她还注意到他的指甲比永镇一般人都留得长。保养指甲是书记员的一大嗜好，为此他特地在文具盒里备着一把修指甲的小刀。

他俩沿着河岸走回永镇。一到夏季，陡峭的河岸就变宽了，看得见花园围墙的脚跟，沿墙有石阶通到水边。河水悄没声儿地流过，乍看上去湍急而清凉，纤长的水草顺流偃伏，宛如随手扔在河里的绿发，平摊在清澈的水面上。灯心草的尖端或睡莲的叶片上，不时有个细脚伶仃的虫子爬过或小憩。一缕缕阳光穿过水波泛起的气泡，蓝莹莹的小气泡一路趱赶一路迸碎。修过枝的老柳树在水中映出灰蒙蒙的倒影。放眼望去，原野显得分外空旷。农庄里正是吃饭时分，少妇和她的同伴只听见自己走在小路上的脚步声、彼此交谈的说话声，还有就是爱玛裙袍有节奏的窸窣声。

墙顶嵌着碎瓶片的花园围墙，这会儿热得像暖房的玻璃窗。桂竹香从墙缝里钻将出来，包法利夫人打着伞经过，阳伞轻轻一碰，枯萎的小花就像黄色的粉末那般散落开来，间或有枝忍冬或铁线莲探出墙外，被伞边钩住，一时让绸伞拽了过去。

他俩谈起一个西班牙舞蹈团，它不久要在鲁昂剧院演出。

“您去吗？”她问。

“但愿能去。”他答。

难道就没有别的话好说了？可他俩分明在用眼睛说着更要紧的话，就在竭力找些琐事作话题的同时，他俩都感觉到有一种甜蜜的忧郁在沁入心田，它犹如心灵的倾诉，深沉而持续，在它面前任何话语都显得是多余的。他俩对这一新鲜而美妙的体验感到惊讶，但并不想向对方诉说这种感受，也不想去探究它的由来。未来的幸福，宛似热带的河岸，朝着广阔的前方传送充满乡土气息的湿热，拂去一阵香气馥郁的和风，让人如痴如梦地陶醉于其中，根本顾不上为望不见远处的地平线而担心。

有一处路面给牲口踩得陷了下去，必得踩着水洼里稀稀落落几块长了绿苔的石头才能过去。她走两步，就要稍停一停，瞧瞧下面该朝哪儿踩——这时候，她一边张开手臂，随着脚下的石块摇摇晃晃，身子往前倾斜，眼神游移不定，一边高声笑着，生怕掉进水洼里去。

到了自家花园跟前，包法利夫人推开小栅栏门，快步跑上台阶，进屋不见了。

莱昂回到事务所。头儿不在，他瞟了一眼卷宗，然后削了一支羽毛笔，临了还是拿起帽子出门而去。

他来到阿盖依山坡的顶上，在那片通往森林的牧场上，手捂着脸躺在松树下，从指缝里向天空望去。

“真烦人！”他自语道，“真烦人哟！”

莱昂觉得自己挺可怜的，生活在这么个小镇上，有奥梅这么个朋友，又有吉约曼先生这么个东家。这位吉约曼先生架金丝边眼镜，留红髯须，戴白领带，满脑子想的尽是事务所的业务，对那些细腻的情感问题可谓一窍不通，可他装出的那副不苟言笑的英国派头，当初可确实让书记员倾倒过。至于药剂师的老婆，她堪称诺曼底的贤妻良母，温顺得像绵羊，疼爱孩子，孝敬公婆，与亲戚乡邻和睦友爱，人家遭遇不幸她会伤心落泪，丈夫的事却从不多加过问，而且讨厌穿紧身胸褡。可是她一举一动都是那么慢腾腾的，说的话叫人听了就觉得腻味，既相貌平庸，又见识浅陋，所以虽说她三十，莱昂二十，两人的卧室门对着门，他又见天都要和她说话，可是他压根儿就没想过，她居然也会是人家的妻子，居然除了裙子还有别的东西也能表示她的性别。

此外还有谁呢？比内、几个商人、两三个酒店老板、本堂神甫，最后还有镇长迪瓦施先生和他那两个儿子，这些有钱人，粗鲁、愚钝，亲自下地干活，在家大吃大喝，还虔诚得要命，这个社交圈子叫人根本无法忍受。

但是，在这些嘴脸组成的总体背景上，孤零零地显现出了爱玛的形象，然而却又离得更远，因为他感到她与他之间仿佛有好些看不很分明的鸿沟。

起初，他好几回去她家里都是由药房老板陪着的。夏尔看见他去似乎并不特别感到奇怪，可莱昂仍不知道该怎么办，他一方面惟恐自己举止不得体，一方面一心想跟她关系再亲密些，却又觉着几乎没有指望。

第四章

天气一转冷，爱玛就从卧室搬到客厅来住，这是间长方形的屋子，天花板挺低，壁炉架上，镜子面前摆着一丛枝杈茂密的珊瑚。她常靠窗坐在扶手椅里，瞧着镇上的人从下面走过。

莱昂每天要从事务所到金狮客栈去两次。爱玛远远地就听见他来了，她俯身谛听，而小伙子总是那身打扮，头也不回地在窗帘下一闪而过。可是，到了向晚时分，她把刚开了个头的绣件撂在膝上，左手支颐兀自在出神，这时骤然瞥见这个人影闪过，她常常会浑身打个哆嗦。然后她就站起身来，吩咐开饭。

奥梅先生常在他们吃晚饭的当口过来。他戴着那顶希腊便帽，蹑手蹑脚地走进屋来，说是不想惊动他们，而且照例要说上一句："二位晚上好！"然后，到餐桌跟前，在主人夫妇中间坐定，向医生打听他的病人情况如何，医生则向他咨询诊金多少为宜。接下去，就聊聊报上登的消息。奥梅这时已经把报纸的内容差不多全记在心里了，于是他有头有尾地讲了起来，就连记者的述评和国内外五花八门的灾情报道也没落下。不过，眼看快要说完，他又会及时地就眼前看到的菜肴发表一些评论。有时他甚至会欠起身子，彬彬有礼地指点夫人哪块肉最嫩，或者朝女佣转过身去，教她烧荤杂烩的诀窍，告诉她怎样调味最有益于健康，他满嘴香味，肉卤、高汤、胶冻，直说得天花乱坠。此外，他脑子里装的食品制作方法，比他药房里的药瓶还多，做果酱、酸醋、甜味饭后酒都是他的拿手活儿，他还知道各种新发明的经济炊具，熟悉保藏干酪和勾兑坏酒的窍门。

到八点钟，药房要打烊了，絮斯丹来叫他回去。这时奥梅先生就以讥刺的眼光瞧着絮斯丹，费莉茜黛在场时尤其如此，因为他看出苗头，发觉这小伙计特爱往医生家里跑。

“这小子开始动坏脑筋了，”他说，“嘿嘿，我琢磨他是看上你们的女佣喽！”

而一个更严重的缺点，让奥梅先生止不住要骂他的，是他老爱听人家谈话。比如在星期天，那几个孩子在扶手椅上睡着了，背脊直把宽松的白布椅套往下蹭，奥梅太太唤絮斯丹带他们上楼去睡觉，他却说什么也不肯离开客厅。

药房老板家晚饭后有这类聚会的时候，来的人并不多，他的嚼舌和他的政治见解，使得各式各样的体面人相继对他敬而远之。书记员可是每次必到。他一听到门铃响，就快步来到包法利夫人跟前，接过她的披肩，下雪天她在鞋子外面套双粗布条编的大拖鞋，他也会接过去另外放开，搁在药铺的桌子下面。

大家先打几盘三十一点[1]，然后奥梅先生和爱玛玩埃卡泰[2]，莱昂站在她背后，给她出主意。他双手扶在她的椅背上，端详着她盘在脑后的发髻上的压发梳。她每次出牌时，胳膊一抬，右边的长裙就会提起来。盘得高高的发髻，在后背投下一片褐色的影子，愈往下愈模糊，逐渐融入阴影之中。鼓起的长裙沿坐椅两侧下垂，满是褶裥，一直拂

---

1 一种可由多人参加的纸牌游戏。最先以三张牌配成 31 点者为赢家。

2 一种纸牌游戏，两人执 32 张牌对玩，可以在入局前调牌，以垫牌为特色。

到地上。莱昂间或觉着自己的靴底踩住了长裙，赶紧挪开身子。

玩罢纸牌游戏，药剂师和医生玩多米诺骨牌，爱玛换了个位子，双肘搁在桌子上翻看《画刊》。这本时装杂志是她带来的。莱昂坐在她旁边，两人一起看杂志上的画片，先看完的就等在那儿。爱玛还不时请他给她念配画的诗句，莱昂拖长声调朗诵起来，碰到描写爱情的段落念得格外用心。可是玩骨牌的响声干扰了他，奥梅先生精于此道，赢了夏尔个满双六[1]。打满三百点以后，两人都到壁炉跟前摊平身子坐下，不一会儿就睡着了。炉火烧成灰烬，渐渐熄灭了，茶壶也倒空了，莱昂还在朗诵，爱玛一边听着，一边心不在焉地拨弄着灯罩，轻纱的灯罩上画着坐篷车的丑角和握着平衡杆走钢丝的女演员。莱昂停了下来，示意爱玛另两位听众已经睡着了，于是两人压低嗓门说起话来，这种交谈由于没旁人听见，所以对他们来说似乎显得格外甜蜜。

就这样，他俩之间有了一种默契，而且时有互借书籍或歌谱的来往，包法利先生没什么醋性，对此也就不以为怪。

他生日时，收到一个用于研究颅相学的很精致的颅骨模型，上面标着好些数字，密密麻麻地一直标到胸廓，而且涂成了蓝色。这是书记员的一片心意。他在别的地方也对医生频频献殷勤，甚至为他跑腿到鲁昂去办事，有个小说家写了本书，一时间大家趋之若鹜，栽种仙人球成了时髦，莱昂从城里给包法利夫人带回一盆，捧在手里坐那辆燕子，一路上好几个手指都给刺疼了。

她叫人在窗前搭了个有栏杆的搁架，把盆栽放在上面。书记员也在窗口弄了个花架，两人凭窗伺弄花草的时候，正好可以四目相对。

---

1 一副多米诺骨牌共28张，每张上面刻着从0到6的一对点数。对局时，出双6（亦称天牌，即头尾都是6点）者可再出一张尾点为6的牌。先将手中的牌全部出完者为赢家。

镇上的这么些窗口中，有一扇往往人影更为常见：每个星期天从早到晚，外加每天下午，只要天气晴朗，总能瞧见比内先生瘦削的身影出现在一座顶楼的窗口，只见他俯身在那台车床跟前，车床单调的隆隆声传得老远，连在金狮客栈都听得见。

有天晚上，莱昂回来，只见屋里有条呢绒地毯，浅色底子上绣着一簇簇叶丛。他把奥梅太太、奥梅先生、絮斯丹、几个孩子和厨娘全都唤了来，他还把这事告诉了吉约曼先生，大家都想见识一下这条地毯，医生太太干吗要对书记员出手如此大方？这事看上去有些邪门，大家认定，她准是他的相好。

人家听他一个劲儿地说她怎么风度好，怎么有情趣，觉着他挺乐意让人那么想，于是有一回比内丢了这么一句话给他：

“这关我什么事，我又不跟她来往！”

他搜索枯肠，想不出用什么办法来向她表明心迹：既怕惹她不高兴，又为自己的怯懦感到羞愧，总是拿不定主意，伤心气馁，却又此情难舍，不由得暗自落泪。过后他终于横下一条心来，但写了信又撕掉，定了时间又拖宕。好几次他打算什么都不顾了，立即采取行动，可是一见到爱玛，这份决心顿时就化为乌有，这时倘若夏尔正好进屋来，邀请他一起坐那辆轻便马车去看一个附近的病人，他马上一口答应，向夫人告退，往外就走。她的丈夫，不好歹也是她的一样东西吗？

至于爱玛，她还没有细细想过自己是否爱他。爱情，在她心目中应该是突如其来的，有如雷鸣电闪，有如天际掠过的狂飙骤雨，降落在生活中，掀起层层波澜，把意志如同树叶般席卷而去，把整个心带进无底的深渊。她不曾意识到，即使在屋子的露台上，一旦檐槽给堵住了，雨水也会积聚成小湖，就在她自以为平安无事待着的当口，冷不防就会瞅见墙上已经有了裂口。

第五章

二月的一个星期天下午，天下着雪。

包法利夫妇、奥梅和莱昂先生一起到离永镇半里开外的谷地，去参观一座正在建造的麻纺厂。药房老板把拿破仑和阿塔莉也带上，让他俩练练脚劲，絮斯丹也陪着，肩上扛着雨伞。

没想到那地方简直乏味极了。一大块空荡荡的场地，四周东一堆西一堆的黄沙、石子中间，乱七八糟地撂着些已经生锈的齿轮，中央一座四方形的楼房，开着许许多多小窗。楼房还没有竣工，从屋顶梁间，望得见天空。山墙的小梁上，挂着捆麦穗未脱尽的麦秸，上面的三色缎带在风中猎猎作响。

奥梅侃侃而谈。他向同行的诸位介绍这座工厂将来的规模，估算房顶的承重和墙壁的厚度，还一再表示很遗憾没有一把米尺，就是比内先生备在身边派用场的那种。

爱玛挽住他的胳膊，微微靠在他肩上，朝那轮雾蒙蒙的太阳远远望去，阳光透过薄雾射下来，依然白晃晃的很扎眼。她转过脸来，却见夏尔站在那儿。他把鸭舌帽压得低低的，两片厚嘴唇微微颤抖着，这使他的脸平添了一股傻气，就连他的背，那张好端端的背，也让人看着不顺眼，她只觉得他的平庸都已经明明白白地显示在那件常礼服上了。

她就这么端详着他，在气恼之余感到一种宣泄的快感，正在这时，莱昂往前走了一步。他冷得脸色发白，那副文弱的模样更惹人怜爱，领结和颈脖之间，衬衣领子有些松开，看得见肌肤，一绺头发披在耳朵上，只露出耳垂，那双蓝蓝的大眼睛，望着天上的云，在爱玛看来，比群山环抱、天水一色的湖更清澈、更秀美。

“混账东西！”药剂师蓦地大喊一声。

话音未落，他就朝儿子冲了过去，拿破仑刚跳进一个石灰堆，想把鞋子弄白些。孩子冷不丁挨了这顿臭骂，拉开嗓门干嚎起来，絮斯丹则抓了一把麦秸给他擦鞋子。可是污渍得用刀刮才行，夏尔把自己的小刀递了过去。

“噢！”她对自己说，“他口袋里居然装着小刀，像个乡下人！”

树上起了雾凇，大家回转永镇而去。

包法利夫人当晚没去邻家，等到夏尔出门，她觉得只有自己一个人的时候，日间那幅对照的景象，异常清晰地浮现在眼前，仿佛直接就能感觉到似的，但毕竟是回忆，又有一种可望而不可即的距离感。躺在床上，望着壁炉里明亮的火焰，似乎依稀又看见莱昂站在那儿，一只手拄着细软的手杖，一只手牵着阿塔莉，那女孩挺安静地在嘣一块冰。她觉得他很可爱，她情不自禁地要想着他，她又回想起往日里他的举止，他说过的话，他说话的声音，他的整个人，想着想着，她伸出嘴唇像要接吻似的，喃喃地说：

“是的，可爱！可爱！……他不也在爱着一个人吗？”她暗自想道，“爱谁呢？……爱我呀！”

种种足以证实这一点的迹象，刹那间全都涌现在了眼前，她心头怦怦直跳。炉火明亮地映在天花板上，欢快地颤动着，她翻过身去仰天睡平，舒展开双臂。

接着便是那永恒的怨艾："唉！但愿老天也能从人愿！可干吗不能呢？难道有谁不许不成？……"

等到夏尔午夜回来，她装出刚醒的样子，他脱衣服弄出响声的当口，她抱怨说头疼，然后漫不经心地问了句晚上玩得怎么样。

"莱昂先生很早就上楼去了。"他说。

她情不自禁地微微一笑，然后心头充满新的喜悦入睡了。

第二天向晚，那个时装服饰商勒侯先生来登门拜访。这位店主是个巧言令色的角色。

他是加斯科尼[1]人，又在诺曼底[2]住过，所以兼有南方人的饶舌和科地区人的狡黠。一张虚肿的胖脸，不长胡须，看上去像涂了层薄薄的干草液剂，满头白发，更显得那对乌黑的小眼睛精光逼人。没人知道他以前是做什么的：有人说做过货郎，也有人说在鲁托开过钱庄。有一点是毋庸置疑的，那就是他的心算本领过人，连比内也甘拜下风。他的礼貌几近谄媚，见人就哈腰，那模样又像鞠躬又像邀请。

他先把有道绉纱滚边的帽子在门口放好，然后把一只绿色硬纸盒往桌上一搁，表情极其谦恭地抱怨夫人至今不肯赏光。像他这样不起眼的小店，本来就难以指望赢得一位风度优雅的夫人的青睐，"风度优雅的夫人"这几个字，他说的时候特别强调。不过，夫人只消开口吩咐一声就是，无论是缝纫用品和床单内衣，还是针织品和时装服饰，夫人想要的货，他都有办法为她备齐，因为他每月要定期进城四趟。他跟那些最大的店铺都有业务往来。上"三兄弟""金胡须"或

---

1 加斯科尼是法国西南部的一个古地区。习惯上认为加斯科尼人倔强悍勇，好说大话。

2 诺曼底是法国西北部的一个历史悠久的省。习惯上认为诺曼底人比较狡猾。

"大野人"，尽管提他的名字不妨，那几位老板都跟他熟得不能再熟了！所以呢，今儿个他顺路给夫人送些货来看看，这些不同品种的货色，他可是好不容易瞅了个机会才觅来的哩。说着他从盒子里抽出半打绣花衣领。

包法利夫人细细看了一遍。

"我都用不着。"她说。

于是勒侯又动作轻巧地取出三条阿尔及利亚披巾、几包英国缝衣针、一双草编拖鞋，还有四只椰子壳做的蛋杯，上面的花纹是苦役犯雕镂的。然后，他双手撑桌，伸长脖子弯着腰，嘴张得大大地盯住爱玛，瞅着她的目光游移不定地在这些货物间逡巡。他不时还用指甲轻轻地在摊平的披巾上拂一下，像是要掸掉落在上面的灰尘似的，披巾微微抖动，发出极轻的窸窣声，缀在上面的金饰片犹如小小的繁星，闪烁着暮青色的光芒。

"什么价钱？"

"值不了几个钱，"他答道，"值不了几个钱，再说也不用忙，还好商量，咱们又不是犹太人！"

她想了一会儿，还是婉言谢绝了，可勒侯先生并没在意：

"咱们以后会熟悉的，我跟夫人太太向来都能谈得拢，可就是我家里的那位除外！"

爱玛笑了笑。

"我说这话，"他开了这么句玩笑以后，做出一副厚道的样子接着说，"是想让您知道，钱我可是不放在心上的……要是您手头紧，我可以借给您。"

她做了个表示惊讶的手势。

"噢！"他赶紧压低声音说，"我不用跑到大老远去张罗的，这您尽管放心！”

说完他又问起泰利埃老爹的情况，法兰西咖啡馆的这位老板，这会儿是包法利先生的病人。

“他到底得的是什么病呐，这位泰利埃老爹？——他咳起嗽来整座屋子都会摇，我真有些担心，赶明儿没准他要不了法兰绒上衣，倒是要件松木的外套了！他年轻的那会儿太放荡！夫人，这种人是半点分寸也不知道的！他呀，是让烧酒给烧坏的！不过，话又说回来，眼看着一个老相识就这么要走，心里总不是滋味。”

他一边关上盒子，一边就这么议论着医生的病家。

“想必是天气的缘故，”他苦着脸瞧着窗外，“这个病那个病的就是烦人！就说我吧，也觉得不对劲儿，腰背老是疼，改天我是得来让先生给看看。得，包法利夫人，我就此告辞了，在下不揣冒昧，愿意随时为您效劳！”

说完他轻轻地把门带上。

爱玛吩咐给她把晚餐端到卧室里来，搁在壁炉旁边，她慢慢地吃着，看来似乎都挺不错。

“我可够谨慎的！”她想到那几条披巾时，暗自这么说道。

她听见了楼梯上的脚步声：是莱昂。

她站起身来，矮柜上堆着一沓要缲边的抹布，她随手拿了一块。他进门的当口，她看上去正忙得很。

谈话毫无生气，包法利夫人说说停停，他呢，好像挺尴尬。他坐在壁炉边的一张低凳上，用指头转动着那只象牙针线匣，她走针引线，还不时用指甲按褶裥。她不说话了，他不作一声，她的沉默犹如她的说话一样，把他给镇住了。

“可怜的小伙子！”她心想。

“我什么地方惹她不高兴了？”他暗自思忖。

临了，莱昂还是说了他过几天要去鲁昂，事务所有桩事儿要办。

“您的音乐杂志快期满了，要我给您续订吗？”

“不用。”她回答说。

“为什么？”

“因为……”

说着她抿紧嘴唇，慢慢地拉起一针长长的灰线。

这针线活叫莱昂看着觉得心里不受用。爱玛的指尖好像擦伤了，他脑子里转过一句体己话，可是没敢说出口。

“这么说您打算放弃了？”他说。

“什么？”她很快接口说，“音乐吗？噢！老天爷，没错！您没看见我有屋子要收拾，有丈夫要照料，有这么一大堆活儿，有这么多更要紧的事情要尽心尽力去做吗？”

她瞧了瞧钟。夏尔要回来晚了。她表现出很担心的样子。她再三地说：

“他人真好！”

书记员挺喜欢包法利先生。可是看到爱玛对他如此情深，他不免有些不快，感到挺惊讶，不过他还是称赞包法利先生，说人人都夸他好，尤其是药房老板。

“噢！他也是个好人。”爱玛接口说。

“没错。”书记员说。

接着他就提起奥梅太太，他俩平时常拿这位太太的不修边幅当作笑料。

“这有什么关系？”爱玛截住他的话头说，“一个好主妇是不会为自己的打扮多操心的。”

说完她又闷声不响了。

随后几天情况依旧，她的谈吐、她的举止，全都跟以前不一样了。大家眼瞧着她时时把家务放在心上，准时去教堂，对女佣管得也严了。

她把贝尔特从奶妈那儿接了回来。遇到有客人来，费莉西黛就把孩子带出来，包法利夫人脱开她的衣服，让客人看她的小胳膊小腿。她一再说自己喜欢孩子，孩子在她就是安慰，就是欢乐，就是刻骨铭心的爱，她抚爱女儿时流露出来的热情，不住永镇的人看在眼里，不由得会想起《巴黎圣母院》里的莎谢特[1]。

夏尔回到家里，只见拖鞋搁在炉火刚熄的壁炉边上烘着。现在背心不少衬里，衬衫不缺纽子，他还能喜滋滋地看见柜子里整整齐齐地放着一沓沓他的棉便帽。她一改往日脾气，不再反对到园子里去散散步，他不管说什么，她都百依百顺，即便不明白他的用意，也绝无半句怨言，每当莱昂瞧见他饭后坐在壁炉旁边，双手放在肚子上，两脚搁在柴架上，吃得饱饱的，脸颊绯红，心满意足得眼睛湿润发亮，小女儿在地毯上蹒跚学步，体态苗条的妻子在椅背上俯身吻他的前额，不禁就会在心里对自己说：

“别昏头了！我怎么接近得了她呢？”

在他看来，她是那么纯洁，那么可望而不可即，他感到完全丧失了信心，就连最渺茫的希望也不复存在了。

然而，这种感到无望的心情，却使他把爱玛放在了一个很不寻常的位置上。对他来说，她已经超脱于他无缘消受的秀美姿容之上，她

1 雨果小说《巴黎圣母院》中的人物。她本名帕盖特，沦落为妓女后生了一个女儿（即小说女主人公爱斯美腊达），她对孩子“爱到发狂的地步”。女孩被拐走后，她进隐修院当了修女。

在他的心目中升呀升呀，令人惊羡地羽化成了渐渐飞远的女神。这是一种于日常生活无碍的纯真情感，他将它珍藏在心头，正因为它难得一见，失去它的悲痛，比起拥有它的快乐来，是有过之而无不及的。

爱玛变得消瘦下来，脸色苍白，脸颊也拉长了。瞧着她分梳两边的黑发、大大的眼睛、挺直的鼻子，还有那如今变得悄没声儿的轻盈步态，难道不让人觉得她是身处尘世而不染，额头依稀有着上天赐予的高贵印记吗？她那么忧郁，又那么宁静，那么动人，那么矜持，在她身边会让人感到一种玉洁冰清的美，犹如置身于教堂之中，透着大理石寒意的花香叫人嗅着打颤。就连旁人也抵御不住这种诱惑。药房老板发话了：

"这女人天资聪颖，就是当专员夫人也绰绰有余。"

主妇夸她持家有方，病家说她礼数周全，穷人说她慷慨仁慈。

可是她心头却充满了欲念、愤懑和怨恨。打直裥的长裙里面，藏着的是一颗骚动不宁的心，模样娇羞的嘴唇无法诉说心间的苦楚。她爱恋着莱昂，她喜欢独自待着，为的就是能自在地享受思念的快乐。当面看见他，反而会干扰这种冥想的快感。听到他的脚步声，爱玛的心就怦怦直跳：可是，见了他的面，她的情绪就会低落下来，过后她自己也对此感到大惑不解，于是又平添了几分愁情。

当莱昂心绪黯然地走出爱玛家门的时候，他不知道他一走她就立起身来，为的是目送他在街上的身影。她战战兢兢地注视着他的步履，她小心翼翼地觑看着他的脸容，她精心编造了一个故事，以便有个借口去看看他的居室。药剂师的太太能跟他睡在同一个屋檐下，在她看来真是福分不浅，她的思绪时时刻刻都会飞向这座屋子，就如金狮客栈的鸽子要飞往檐槽，来浸洗它们粉红的脚爪和雪白的羽翼。可是爱玛愈是意识到这份爱情，她就愈是往后退，一心想别看见它冒头，想让它的来势减弱些。她但愿莱昂能猜到她的心思，还为此设想了种种对他有利的事由和变故。她克制住了自己，想必是由于悠忽、畏怯，还有害羞的缘故。她心想已经把人家推得太远了，现在为时已晚，一切都完了。她认定自己是作出了牺牲，而只有当她想到“我很贞洁”或是对镜顾影自怜的时候，心里的那份骄傲和欣幸，才能使她感到些许安慰。

于是，肉体的需求、金钱的诱惑和感情的压抑，交织成一种深沉的痛苦，她非但没法不去想它，反而愈陷愈深，到了无法自拔、处处偏要自寻烦恼的地步。上菜稍有不慎要生气，房门没有关好要发火，还没完没了地抱怨柜里没有毛料，身边没有幸福，哀怜自己心气太高，屋子太小。

最让她生气的，是夏尔看上去对她的苦楚浑然不知。他一心以为已经让她感到很美满，这对她来说真是一种愚不可及的侮辱，他居然就此心安理得，那更是一种忘恩负义。她这么谨慎，究竟是为的谁呀？难道不正是他，才是她走向幸福的障碍，才是她一切苦难的根由，就像这条把她箍得紧而又紧的皮带上的一根根尖头扣针吗？

因此，她把因烦恼而生的怨恨一股脑儿全都归咎于他，而且这种怨恨是有增无减，由不得她的，因为她所作的努力，徒然只能增添几分沮丧的心情，使她更觉着跟他的生分。他对她的柔情蜜意，叫她感到无法忍受。家居的平庸使她向往奢华和绮靡，夫妻间的温存使她滋生通奸的欲念。她巴不得夏尔揍她一顿，好更名正言顺地恨他，报复他。对自己这些个匪夷所思的念头，她有时不由得也会感到吃惊，可她仍然得做出笑脸，听自己一遍遍地说自己幸福，并且要装得似乎就是这样，让人家相信真是这样！

对这种虚伪，她从心里感到厌恶。她不止一次地想到跟莱昂私奔，去到一个很远很远的地方，去尝试一种新的生活，可是每想到这儿，她的心头就会骤然现出一个黑黢黢望不见底的深渊。

“何况，他已经不爱我了，”她心想，“我怎么办？能指望谁来帮助我，安慰我，为我分忧呢？”

她心酸气急，不禁潸然泪下，低声抽噎起来。

“您干吗不对先生说呢？”女仆进来见她这样，就问道。

“我这是心里烦，”爱玛说，“你别对他说，他要难过的。”

“噢，是啊，”费莉茜黛接口说，“您就跟盖丽娜一个样，她爹就是波莱[1]那个打渔的盖兰老汉，我是在到您家来以前，在迪耶普认识她的。她那伤心的模样呀，真叫人可怜，叫人可怜哪，瞧着她站在门口的身影，你真会觉得屋前是挂着条殓布。她看上去呀，像是犯了迷糊病，整天恍恍惚惚的，大夫都治不了，本堂神甫也没办法。犯病犯得厉害的时候，她会独自一个人跑到海边去，海关的人巡逻到那儿，常常见她趴在海滩上，哭个不停。后来结了婚，听说这病就好了。”

“可我这病，”爱玛说，“是结了婚才犯的。”

1 迪耶普郊区的一个地名。

第六章

一天傍晚，爱玛坐在敞开的窗前，刚才还看见教堂执事莱蒂布德瓦在修剪黄杨枝叶，蓦然间却听见响起了晚祷的钟声。

正是四月初的天气，报春花绽开了蓓蕾，一阵和风拂过拾掇过的花圃，各家的花园就像女眷一样，仿佛都披上了盛装来迎接夏天的节日。透过棚架眺望四周，只见原野上的那条河，若隐若现，一路迤逦在草地上勾勒出它的身影。暮霭弥漫在没有叶片的杨树枝丫之间，给它们的轮廓染上朦朦胧胧的紫色，即便给枝丫装点上一层薄纱，也不会比这更淡雅、更透明。远处，成群的牲畜在行走，既听不见它们的脚步声，也听不见它们的叫声，而教堂的钟声依然在回荡，显得柔和而凄婉。

听着晚钟声声，少妇的思绪岔到了往事的回忆，想起了少女时代和女修院的寄宿学校。她仿佛又见到那些高大的烛台，放在祭坛上比满是鲜花的花盆和带小立柱的圣体龛还高。她真想还能像以前一样，置身于戴着白面纱的同学中间，在这雪白的长长队列里不时还能看见匍匐在祈祷凳上的嬷嬷，浆过的黑色帽兜显得格外抢眼，礼拜天做弥撒时，她抬起头来，便会在袅袅上升的蓝蒙蒙的香烟里望见圣母和蔼的脸容。想到这儿，她感到一股温情攫住了自己，只觉得浑身发软，犹如一片羽毛般身不由己地随风飘荡，于是就在不知不觉间，她向教堂走去，不问那儿有什么仪式，只求能让自己的灵魂匍匐在主的面前，让整个肉身消融在那儿。

在广场上，她遇到了正往回赶的莱蒂布德瓦。他一心想用足每天的时间，所以宁可一件活儿干了一半先搁下，回头再接着干，这样一来，晚祷钟什么时候敲，也就得看他的方便了。不过，早点敲钟也有好处，可以提醒孩子们去上教理问答课。

已经来了一帮孩子，有几个正在墓地的石板上打弹子。其余的骑在矮墙上，晃荡着双腿，使劲用木鞋去蹭矮墙与新坟间长得高高的荨麻。这是仅有的一点绿地，余下的都是墓石，而且终年积着灰尘，尽管圣器室的扫帚时有光顾。

不穿木鞋的孩子们在上面跑来跑去，仿佛那是他们专用的场地，透过訇然的钟声，仍能听见他们的喧嚷。从钟楼垂下的粗绳，直拖到地面，随着粗绳振幅的减小，钟声也渐渐变弱了。嘤嘤而鸣的燕群，骤然划破天空，急速飞回檐瓦下棕黄的窝巢。教堂深处，亮着一盏灯，也就是说有根细细的灯芯，在悬空的玻璃罩里发出黯淡的光。远远望去，亮光如豆，在灯油上方颤悠。一缕长长的阳光射进整座中殿，那些侧道和墙角就显得更加昏暗了。

“神甫在哪儿？”包法利夫人问一个小男孩，这孩子正在摇着门轴已经松动的旋转木栅玩儿。

“他就来。”他回答说。

果然，本堂神甫住宅的门嘎吱作响，布尼齐安神甫走了出来，孩子们乱作一团，纷纷逃进教堂。

“这帮淘气鬼！”教士低声地说，“总是这副样子！”

说着，他脚下踢着本皱巴巴的教理问答课本，便捡了起来：

"简直是无法无天！"

可是，他一瞧见包法利夫人在跟前，就说：

"对不起，我没想到是您。"

他把那本教理课本塞进衣袋，停住脚步，圣器室沉甸甸的钥匙夹在两个手指中间，一来一回地晃悠。

落日的余晖正照在他脸上，那件肘部磨得发亮、下摆有些脱线的厚呢长袍，颜色便有些模糊了。宽阔的胸部，油斑和烟草渍顺着那排小纽扣而下，离领巾愈远，斑渍愈多，领巾处叠着层层肉褶子，红彤彤的皮肤上布满黄色的斑疹，延伸到又粗又硬的胡子那儿。他刚用过餐，喘着粗气。

"您近来身体好吗？"他问。

"不好，"爱玛答道，"我觉得难受。"

"嗯！我也是啊，"教士接口说，"这天一转暖，您就觉着软绵绵的没一点力气，是这样吧？可是，有什么法子呢！就像圣保罗说的，我们生来就是要受苦受难的[1]。倒是包法利先生，他怎么说来着？"

"他！"她做了个表示不屑的手势。

"怎么！"这位老兄大为惊异地说，"他没给您开点药？"

"哦！"爱玛说，"我要的不是大夫开的药。"

可这位本堂神甫不时在往教堂里瞧，只见那些孩子一边跪着，一边用肩膀推推搡搡，就像推纸片游戏似的倒成一片。

"我想要知道……"她接着往下说。

"等一下，等一下，里布代，"教士气势汹汹地喊道，"你这坏

1 据《圣经·新约·使徒行传》载，圣保罗在传道时说："我们进入神的国，必须经历许多艰难。"

小子，你看我不来抽你巴掌！”

随后他又回过头来对着爱玛：

“这就是那个木匠布代的儿子，做爹妈的有了几个钱，就一味纵着孩子。其实他只要肯要，学起东西来还是很快的，小家伙脑子挺灵的。我么，有时候爱开个玩笑，就管他叫里布代（跟去马罗姆半道上的那座小山一个名儿），甚至还说：小二儿里布代。哈哈！听上去就像小山儿里布代！那天我说给主教大人听，他也乐了……大人赏脸笑了起来。——哦，包法利先生好吗？”

她好像没听见。他就又说：

“想来还是忙得很吧？我跟他呀，我们俩一准算是这教区里事儿最多的人了。不过他呢，治的是肉体的毛病，”他呵呵地笑着说，“我呢，治的是心灵的创伤！”

爱玛用央求的目光凝视着神甫。

“是啊……”她说，“您能解救所有的苦难。”

“哦！可别这么说，包法利夫人！就在今儿早上，我不得不跑了趟下迪俄镇，那儿有头母牛得了鼓胀病，他们以为它是中了邪。所有那些母牛，我也不知道是怎么回事……噢，对不起！隆格马尔和布代！见鬼！你们倒是有完没完哪！”

说着，他一个箭步，冲进教堂。

于是那帮顽童一窝蜂挤到大讲经台跟前，爬上唱诗班的矮凳，翻开祈祷书，有几个蹑手蹑脚的，眼看就要溜进忏悔室。可是冷不防神甫蹿将上来，劈劈啪啪就是一阵耳刮子。他提着他们的衣领，拎起来狠狠地往地上摔去，摔得他们一个个双膝着地跪在祭坛的地砖上，像是打算就此生根不再挪窝似的。

“得，”他回到爱玛身边开口说道，一边用牙齿咬住印花大手绢的一角，把它抖落开来，“庄稼人真是可怜！”

“可怜的不光是他们。”她回答说。

“可不是！比如说吧，还有城里的工人。”

“我不是说他们……”

“请您原谅！我认识一些工人家的主妇，又安分又贤惠，我敢说，一个个都是女圣人，可她们连面包也没有。”

“可是有些人，”爱玛接口说，一边说着，一边嘴角抽动了几下，“她们有面包，可是没有……”

“取暖的柴火。”神甫说。

“哎！那有什么关系？”

“什么！有什么关系？依我看，一个人只要住得暖和，吃得好……因为，说到底……”

“我的主呵！我的主呵！”她连连叹道。

“您觉得不舒服吗？”他神情不安地走上前来说，“大概是因为停食了吧？您得回家去，包法利夫人，喝点茶，提提神，要不就喝杯糖开水。”

“干什么？”

她的表情，就像是刚从冥想中回过神来。

“您把手按在额头上。我还以为您头晕呢。”

随即他话锋一转：

“您刚才是有事问我吧？是什么事来着？我记不得了。”

“我吗？没有……没有……”爱玛连连说道。

说着，她收回环视四周的目光，缓缓地落到这位穿教士长袍的老人身上。两人面对面地看着对方，都没作声。

“那就失陪了，包法利夫人，”他终于说道，“您知道，这就叫责有攸归，我得去管管这帮淘气鬼了。眼看初领圣体的日子就快到了。我真怕到时候又要弄得措手不及！所以，从耶稣升天节[1]起，我要他们每星期三准时来加一个钟头课。这些可怜的孩子！要尽早把他们领上主指引的路才是唷，其实，主早就借圣子之口嘱咐过我们——请多保重，夫人，代我向您先生致意。”

说完他就走进教堂，进门前朝圣殿方向行了个单膝下跪礼。

爱玛看着他微微侧转头，胳臂撑开，手半握拳，步履沉重地往前走去，消失在两排连在一起的长凳中间。

然后，她像个装在轴上的木头人，一下子就原地转了个身，举步往家里走去。可是本堂神甫的大嗓门和孩子们清脆的童声，还不时从身后传进耳朵：

“你是基督徒吗？”

“是的，我是基督徒。”

“什么叫基督徒？”

“基督徒就是受过洗礼的人……过洗礼的人……洗礼的人。”

她把着扶手，走上楼梯，进了卧室，便跌坐在一张圈椅里。

玻璃窗上泛白的光线，晃晃悠悠地渐渐黯淡下去。待在原地的那些家具，仿佛变得更加沉寂，消融在夜色之中，犹如湮没在黑黢黢的大海里面。壁炉里的火灭了，座钟仍在滴答滴答响着，爱玛恍惚间只觉着四周静得出奇，而她心里却充满着骚动。这当口，穿着绒线鞋的小贝尔特正在窗子和做针线活的桌子之间蹒跚学步，摇摇晃晃地朝妈妈走来，想要抓住她罩袍上的带子。

“走开！”爱玛说着，用手推开她。

---

1 据《圣经·新约》，耶稣在复活节后第四十天升天，所以这一天便叫耶稣升天节。

小女孩一会儿又转了回来，而且越发靠得近了，她把小胳臂倚在妈妈的膝上，抬起蓝色的大眼睛望着她，一绺清莹的口水从唇边流到了绸罩袍上。

“走开！”年轻的妈妈这回当真上了火。

她的神色吓着了孩子，小女孩哇地哭了起来。

“哎！叫你走开嘛！”爱玛说着，又用胳臂肘去推她。

贝尔特摔倒在柜脚的铜花饰上，划破了脸颊，出了血。包法利夫人急忙过去扶起她，拉铃太猛把铃绳拉断了，就拼命使劲喊女仆来，而她刚要责怪自己，只见夏尔出现在门口。已经是吃晚饭的时候，他回家来了。

“你瞧，亲爱的，”爱玛声音平静地对他说，“刚才小家伙在玩，一不小心摔伤了。”

夏尔安慰爱玛说，情况并不算严重，说着他就去找油酸铅硬膏了。

包法利夫人没有下楼到客厅去，她想独自留在屋里照看孩子。于是，瞧着入睡的女儿，她心头的不安渐渐消释，觉得自己刚才为了这么点小事就慌了手脚，真是傻气特足，心肠特软。这不，贝尔特已经不哭了。现在她呼吸得挺平稳，胸口的棉被微微地起伏着。半闭的眼睑角上还挂着大滴的泪珠，透过睫毛，可以看见两颗浅色的眼眸，深深地陷在眼窝里，脸颊上贴着橡皮膏，皮肤绷得紧紧的，脸蛋儿显得有些歪斜。

“真怪，”爱玛暗自思忖，“这孩子怎么会这么难看！”

夏尔十一点钟从药房回转（晚饭过后，他把用剩的药膏给送回去），只见妻子伫立在摇篮边上。

“我不是对你说过没事的吗，”他吻着她的额头说，“别折磨自己了，小乖乖，要不你会病倒的！”

他刚才在药房里待了很久。虽说他看上去并没显得很激动，奥梅先生还是硬要给他鼓鼓劲，让他提提神儿。于是他聊起了孩子可能发生的种种意外，以及仆人的粗心大意。奥梅太太曾经深受其害，至今胸口还有个疤，就是当年厨娘把一盆麸炭打翻在她罩裙上落下的伤痕。因此她慈爱的父母事事防范，处处小心。刀子从不开锋，地板从不打蜡，窗口装有铁栅，壁炉前有结实的栏杆。她自己的几个男孩，尽管娇纵得很，但一举一动都有人管着，稍有一点感冒，做父亲的就要给灌咳嗽药水，每人从小就得戴衬棉垫的防跌软帽，直要戴到四岁多，毫无通融余地。诚然，这是奥梅太太的自作主张，先生心里颇不以为然，生怕智力器官给箍得这么紧，会造成不良的后果，这天他忍不住对她说道：

“你难道想让他们变成加勒比人或者博托库多人[1]不成？”

不过，夏尔好几次想中断谈话早点离开。刚要下楼时，他凑到走在前面的书记员耳边低声说：“我有话要对您说。”

“莫非他起了疑心？”莱昂暗自寻思道。他心头怦怦直跳，胡乱猜测起来。

结果，出得门来，夏尔不过是央求他在鲁昂打听一下，照一张体面的达盖尔相片[2]是个什么价钱，他一心想穿黑色大礼服拍张照，给妻子一个意外的惊喜，对她献个小小的殷勤，让她感受到他对她的情意。不过他想心里先有个数，这个要求想必不会使莱昂感到为难，反正他差不多每星期都要进城去。

进城的目的何在？奥梅疑心这是年轻人在玩花样，其中自有一段

1 加勒比人和博托库多人，分别指居住在拉丁美洲北部和巴西米纳斯吉拉斯州的印第安人。
2 法国人达盖尔在1838年发明了一种照相技术，成像于金属板上。用这种方法拍的照片，在当时很时髦。

风流韵事。但是他猜错了，莱昂根本没有去找相好的念头。他比以前更忧郁了，勒弗朗索瓦太太看在眼里，他现在盆子里经常要剩下好些菜来。为了探明底细，她去向税务员打听，比内没好气地回答说，他没在警署领过饷。

不过，他也觉着这位同桌用餐的同伴确实挺奇怪，因为莱昂常常撑开双臂仰坐在椅子上，没头没脑地抱怨日子过得没意思。

“这是因为您没有足够的休闲活动。”税务员说。

“什么活动？”

“我要是您，就弄它一台车床！”

“可是我不会开车床。”书记员回答说。

“噢！可也是！”对方抚摩着下巴说道，那副神情既透着鄙夷不屑，又显得踌躇满志。

莱昂已经厌倦了没有结果的爱，再说，日复一日的生活始终没有变化，你既别想从中得到一点好处，也别指望会有任何盼头，这样的生活开始让他感到不堪重负了。永镇和永镇人都让他感到乏味透了，见到有些人、有些房屋，他就觉得心里不痛快，觉得受不了，药房老板尽管是个好好先生，但在他眼里也变得完全无法忍受了。然而想到真要换个新的环境，他既感到心向往之，又觉得畏缩害怕。

这种畏葸不前很快就转变成了焦急不安，这会儿，巴黎化装舞会上的乐声和年轻女缝衣工的笑声，已经远远地撩拨得他心旌动摇了。既然他早晚得到那儿去念完法律课程，那他干吗不去呢？有谁拦住他了？于是他开始在心里盘算起来。他先安排的是生活起居。他在那儿要过一种艺术家的生活！他要去学弹吉他！他要着便袍，戴巴斯克软帽，穿蓝丝绒拖鞋！他甚至已经在想象中欣赏起了交叉挂在壁炉上方的一对花式剑，以及再上面的一副头骨和那把吉他。

事情难就难在要让母亲同意，不过看来这毕竟是明智之举。就连他的东家也鼓励他去另找一家事务所试试，谋个更好的前程。于是他采取了一个折中的办法，先到鲁昂去找个助理书记员的职位，可是没能找到，最后他给母亲写了封长信，详详细细说明了他必须马上住到巴黎去的理由。她同意了。

可他并不急着动身。这一个月里，伊韦尔每天为他运送各种行李箱、手提箱和大大小小的包裹，从永镇到鲁昂、从鲁昂到永镇来回地跑，莱昂添了一批衣装，让人把三把扶手椅换上新的垫料，买了好多薄绸围巾，总而言之，备齐了足够去环游世界的日用品，可他仍然一个星期、一个星期地拖宕行期，到头来还是母亲又来了封信，催他快点动身，因为他还得赶在假期以前通过考试呢。

相互拥抱分手的时候到了，奥梅太太哭出声来，絮斯丹也抽泣起来，奥梅是条硬汉，极力掩饰住自己的情感，他坚持要帮朋友拿着外套，一直把他送到公证人的花园门前，莱昂搭他的车去鲁昂。动身在即，莱昂只剩下去向包法利先生告辞的那点时间了。

他走上楼梯，停下脚步，只觉得气都快喘不过来了。包法利夫人看见他进屋，倏地站了起来。

“我又来了！”莱昂说。

“我知道您准会来！”

她咬住嘴唇，浑身的血都在往上涌，从发根到颈脖都变红了。她依然站着，肩膀靠在护壁板上。

“先生不在家吗？”他开口说道。

“他不在。”

她又重复了一遍：

“他不在。”

接下来是一阵沉默。他俩彼此对望着，两人的思绪，融合在相同的焦虑中，犹如两个急剧起伏着的胸膛，紧紧地贴在了一起。

“我挺想抱抱贝尔特。”莱昂说。

爱玛走下几级楼梯，去唤费莉茜黛。

他很快地环视了一下四周，依恋的目光掠过墙壁、搁架、壁炉，就像要把它们都看透，都带走似的。

但她回屋来了，女仆领着贝尔特，孩子低着头，晃着一个用线系住的风车玩具。

莱昂在她的颈项上连吻了好几下。

“再见，小乖乖！再见，小宝贝，再见！”说着他把她交还给她母亲。

“把她带走吧。”爱玛说。

屋里只剩他们两人。

包法利夫人转过身子，把脸贴在窗玻璃上，莱昂手里捏着那顶鸭舌帽，轻轻地在自己的大腿上拍着。

“天要下雨了。”爱玛说。

“我有件斗篷。”他答道。

“噢！”

爱玛转过身来，下颏低垂，额头往前。阳光从额上掠过，犹如从大理石上滑过，直照到弯弯的眉毛，没人知道她在向远方望些什么，也没人知道她心里在想些什么。

“好了，再见啦！”他叹着气说。

她蓦地抬起头来：

“哦，再见啦……您走吧！”

他俩彼此走近：他伸出手去，她犹豫了一下。

“噢，是照英国式呀。”她勉强笑道，伸手让他握住。

莱昂握着这只手，觉得她的整个人、整个生命仿佛都汇聚到了这汗津津的手掌心里。

他慢慢松开手，他俩又四目相望了一会儿，随后他走了。

走到下面菜市场，他停住脚步，躲在一根柱子后面，想最后看一眼这座白屋子和它的四扇绿色百叶窗。他依稀觉得屋里窗后有个人影，可就在这时，窗帘悄悄地从钩子上滑落下来，仿佛根本没人碰过它似的，长长的斜褶缓缓移动，倏地一下张开，就此静静地直垂在那儿，宛如一堵新粉刷的墙。莱昂撒腿跑起来。

他远远瞧见东家的那辆双轮马车停在大路上，边上有个穿粗麻布衣服的汉子牵着缰绳。奥梅和吉约曼先生在闲聊。他们在等他。

“来拥抱我吧，”药房老板眼里噙着泪水说道，“这是您的外套，我的好朋友，当心着凉！要好好照顾自己！多多保重身体！”

“来吧，莱昂，上车！”公证人说。

奥梅俯身在挡泥板上，声音哽咽地说出这令人黯然神伤的话：

“一路顺风！”

“晚安，”吉约曼先生回答说，“赶车上路！”

他们走远了，奥梅才转身回去。

包法利夫人推开朝着花园的窗子，望着天上的云层。

乌云在西边鲁昂的方向聚拢，黑压压地急遽翻滚而来，一道道阳光从云层后面射将出来，宛似高悬空中的壶饰里的金箭，而没被云层遮蔽的那半爿天空，则像瓷器那般白晃晃的。一阵狂风吹弯了杨树，骤然间下起雨来，雨点打得绿叶噼啪作响。随即又出太阳了，母鸡咯咯直叫，麻雀在湿漉漉的树丛里抖动着翅膀，沙土上的积水往外流淌，载走朵朵淡黄色的合金欢花。

"哎！他大概已经走得好远了！"她这么想道。

奥梅先生按照老规矩，在六点半钟，他们吃晚饭的时候来串门。

"得！"他一边坐下一边说，"这就算是把咱们的小伙子给送走了吗？"

"可不是！"医生回答说。

随即他转过脸去问道：

"府上怎么样？"

"没什么。就是我太太今儿下午情绪有些激动。您知道，女人家嘛，没事也会自寻烦恼！我家那口子就更不必说了！可谁要是因此大惊小怪，那就错了，她们的神经组织本来就比我们脆弱得多。"

"这可怜的莱昂！"夏尔说，"他怎么在巴黎生活哟！……他能过得惯吗？"

包法利夫人叹了口气。

"甭担心！"药房老板咂嘴说道，"餐馆里的聚会！化装舞会！香槟酒！我可以担保，他会如鱼得水的。"

"我不相信他会学坏。"包法利表示异议。

"我也不相信呀！"奥梅先生接着说，"可他总得跟别人一样吧，要不人家就要说他假正经喽。您不知道在拉丁区[1]那些浪荡子弟是怎么跟女戏子鬼混的唷！再说，大学生在巴黎可吃香呢。只要头脑活络一些，上层社会就会接纳他们，甚至还有圣日耳曼区[2]的贵妇人会把他们当情人，这样一来，他们就不愁没机会攀上一门好亲事。"

"不过，"医生说，"我担心他……在那儿……"

"您说得对，"药房老板截住他的话茬说，"凡事有好的一面，

1 巴黎位于塞纳河南面的一个地区，通常是艺术家和大学生群集之处。
2 巴黎邻近拉丁区的一个地区，旧时为贵族聚居地。

总也有坏的一面！ 在那儿，你可真得手捂着钱包，时时提防才行。我打个比方吧，比如您正在公园里，只见有个人走过来，穿着挺讲究，甚至还佩着勋章，一眼看上去就像个外交官。他上前来跟您搭腔，你们聊了起来，他一点点地跟您套近乎，请您吸一撮鼻烟啦，帮您拾起顶帽子啦。然后你们的交往就多了起来，他带您上咖啡馆，请您到他的乡间别墅去做客，趁您酒酣耳热之际把您介绍给各式各样的人，而这十有八九不是要骗您的钱，就是要把您引到歪道上去。"

"是这样，"夏尔回答说，"不过我更担心的是生病，比如说伤寒吧，外省的大学生很容易得这种病。"

爱玛打了个哆嗦。

"原因是饮食习惯的改变，"药房老板接口说，"以及由此引起的全身机理紊乱。再说，巴黎的水，也够呛！餐馆里尽是些加辛香作料的菜，多吃了容易上火，说什么也比不上美美的一盆蔬菜牛肉浓汤。我呀，向来喜欢吃家常菜：这更有益于健康！所以，我在鲁昂学药剂学那会儿，就在一家膳宿公寓里包饭，跟老师们一起用餐。"

随后他又滔滔不绝地谈到他的一般见解和个人爱好，直到絮斯丹来说等他回去调蛋奶糖浆，这才打住话头。

"一刻也不得空闲！"他没好气地大声说，"就跟拴在链子上似的！我就不能离开一分钟！就得像匹耕地的马那样，累死累活地流血流汗！简直是服苦役！"

随即，刚走到门口，他又说道：

"对了，那个消息您听说了吗？"

"什么消息？"

"塞纳河下游地区的农业展评会，"奥梅扬起眉毛，表情极为认真地说，"今年很有可能就放在永镇开。至少风声是在这么传。今儿早晨的报纸上也透露了一些消息。这可是咱们这地区的头等大事啊！不过这事以后再谈吧。谢谢，我看得见，絮斯丹有提灯呢。”

第七章

第二天对爱玛来说是个阴郁的日子。周围的一切仿佛都笼罩着凄迷的雾气，它影影绰绰地在物件的外表上浮动，悲伤涌进她的心扉，带着哀怨的呻吟，有如冬天的风吹进废弃的城堡。那是一种对逝去的时光怅然的梦寻，是在某事无可挽回地有了结局时感到的疲惫，总之，这就是习惯的节律一旦中断、持续的震颤一旦停止时，您会感到的那种痛苦。

就像从沃比萨尔回来以后，四组舞的旋律还在脑际回旋一样，她此刻感到一种阴沉的忧郁，一种麻木的绝望。浮现在眼前的莱昂，显得更高大，更英俊，更可爱，更缥缈，虽然他跟她已天各一方，但他并没有离开她，他还在那儿，屋里的四壁仍依稀留有他的身影。她依恋的目光在他走过的地毯、坐过的空椅上流连。小河依旧在流淌，在光滑的河岸边轻轻泛起阵阵涟漪。他俩一次次地在这河边漫步，听着微波荡漾的絮语，踩着覆满青苔的砾石。照在他俩身上的阳光多么明媚！他俩单独在花园深处树阴下度过的那些下午，又有多么美好！他没戴帽子，坐在一张细树干钉的椅子上，朗读着一本书，从原野吹来的清风，拂动他的书页和棚架上的旱金莲……哎！他走了，带走了她生活中唯一可爱的内容，带走了获得幸福唯一可能的希望！当这幸福出现在眼前时，她怎么就没去把它紧紧抓住呢？当这幸福要弃她而去之时，她为什么不伸出双手，不跪下双膝去拦住它呢？她责怪自己当初没有去爱莱昂，她多么渴望他的嘴唇啊。她满怀激情，只想奔到他跟前，扑进他的怀抱对他说："我来了，我是你的！"可是，一想到事情做起来有多难，她就先自担起心来了，而愈是感到悔不当初，心中的欲念就愈是难以按捺得住。

从这以后，对莱昂的思念就仿佛成了她一切烦恼的中心，它比俄罗斯大草原的旅人遗留在雪地上的篝火烧得更旺。她疾步上前，在它跟前蹲下，小心翼翼地拨弄这行将熄灭的火堆，四下里寻寻觅觅，一心想再能把它弄旺，遥远的回忆，不久前的场景，身经或想象的事情，日趋淡漠的感官上的渴求，枯枝般迎风爆裂的对幸福的企求，未果的令德，幻灭的希望，家庭的累赘，所有这一切，她全都聚拢、捡起，想用来拨亮火堆，温暖自己凄凉的心。

然而不知是燃料已经耗尽，还是堆得太多的缘故，火苗偃了下去。离别使爱情之火缓缓熄灭，惆怅随着时日而消逝，一度映红过她心中那片灰暗天空的火光，已被更浓的阴影所覆盖，渐渐消失了。她变得麻木而混沌，对丈夫的厌恶，在她就是对情人的渴念，憎恨的灼烧，居然成了柔情的温暖。可是，由于狂风始终在刮，激情早已烧成灰烬，既没人援手，也不见阳光出来，因而只见周围是一片浓重的夜色，她置身于彻骨透心的寒冷之中无以自拔。

于是又回复到托斯特那般凄苦的日子了。但她觉得现在要痛苦得多，因为她已经尝到过忧愁的滋味，确信它是绵绵无穷期的。

一个甘愿作出如此巨大牺牲的女人，往往容易耽于种种忽发的奇想。她买了一张哥特式的祈祷跪凳，她在一个月里买了十四法郎的柠檬来洗指甲，她写信到鲁昂，为的是订一袭蓝色开司米的长裙，她在勒侯的铺子里挑选最漂亮的披巾，把它束在便袍的腰间，然后，放下百叶窗，手里捧一本书，就那么怪模怪样地仰面躺在长沙发上。

她常常变换发式，时而打扮成中国女人模样，把发卷弄得松松的，编成长长的辫子，时而在一侧分出条头路，把头发往下梳，像个男人似的。

她要学意大利文：买了几本词典、一本语法书和一人摞白纸。她一本正经地试着阅读历史和哲学的著作。夏尔有好几回在夜间猛地惊醒，以为有病家找他去出诊。

“我就去。”他迷迷糊糊地说道。

可那只不过是爱玛重新点灯划火柴的声音，而爱玛的阅读也跟刺绣一样，时做时辍，一件没完便换另一件，刚开个头就塞进衣柜。

她性子一上来，经不住人家三言两语便会做出荒唐的举动。有一天她跟丈夫斗嘴，硬说大杯的烧酒她能喝半杯，夏尔居然傻乎乎地激将她，她二话不说，端起杯子一饮而尽。

尽管爱玛举止轻浮（这是永镇那些太太的说法），但她看上去并不快乐，嘴角旁经常保持的那种表情，正是让老处女和失意野心家脸面起皱的持续痉挛。她没有半点血色，惨白的脸色有如床单，鼻翼上的皮往鼻孔抽紧，眼神一片茫然。就为鬓角上有了三茎花白的头发，便总说自己老了。

她不时会感到一阵虚脱。有一天甚至咯出一口血，夏尔忙着照料她，显出一副慌乱不安的样子。

“哎！”她说，“这有什么要紧？”

夏尔躲进自己的诊室，坐在颅骨标本下面的扶手椅里，双肘支着桌子哭了起来。

然后他就写信给母亲，把她请来，两人就爱玛的情况作了长谈。

怎么解决这个问题呢？既然她拒绝一切治疗，那还能怎么办？

“你知道你老婆该要的是什么吗？”包法利老太太说道，“是强迫她做事，干手工活儿！要是她也像旁人一样得自食其力，她就不会犯这种头晕气郁的毛病了。整天无所事事，脑子里装着这么些乱七八糟的念头，当然就要犯这种病喽。”

“可她也挺忙的呀。”夏尔说。

“嗬！她挺忙的！忙些什么呢？看她的小说，看那些不三不四的书，那些诋毁教规，引用伏尔泰的话来挖苦教士的书。这一切后果够严重的，我可怜的孩子，凡是不信教的人，到头来总要变坏的。”

于是，决定不让爱玛看小说。这事做起来不会容易。老太太主动承担了下来：她路过鲁昂时，要亲自到那家租书铺去跑一趟，正言相告他们不要再替爱玛预订新书。倘若对方一意孤行，非要从事这种诲淫诲盗的勾当，难道她就没有向警方举报的权利吗？

婆媳间的告别是冷冰冰的。她俩一起相处的这三个星期里，除了在餐桌上稍稍说几句，在临睡前道个晚安，加在一起说不上四句话。

包法利老太太是星期三走的，那天正好是永镇赶集的日子。

广场上一早就停满了大车，全都车屁股着地，车辕朝天，沿着店铺一溜儿排开，从教堂一直排到客店。另一边，临时搭起的布棚下在卖棉制品、毯子和羊毛袜，还有马笼头和成捆的蓝缎带，缎带的一头在迎风飘拂。笨重的日用五金制品就地排开，两旁是一堆堆鸡蛋和一筐筐干酪，里面还钻出些黏糊糊的麦秆，脱粒机边上，一群群母鸡咯咯乱叫，从鸡笼里伸出脖子来。人群挤着挨着，可谁也不肯挪个窝，有几回险些把药房的橱窗给挤破。每逢星期三，这儿总是人头攒动，你推我搡，虽说也有来买药的，但更多的是来看病的，因为在周围的村镇里，奥梅先生真可谓是名闻遐迩。他那沉着镇定的仪态，让这帮乡下人佩服得五体投地。他在他们的心目中简直就是个神医。

爱玛臂肘支在窗上（她常这么凭窗而立。在外省，窗户就替代了巴黎的剧院和散步去处），正瞧着这些熙熙攘攘的庄稼汉解闷儿，忽然瞥见一位身穿绿绒常礼服的先生。他脚上套着厚实的鞋罩，手上却戴着副黄色的手套，只见他朝着医生寓所而来，后面跟着个庄稼汉，低着头，心事重重的模样。

“请问，大夫在家吗？”他向正在门口跟费莉茜黛聊天的絮斯丹问道。

他把絮斯丹当成了医生家的男仆：

“请通禀一下，拉于歇特的罗多尔夫·布朗热先生求见。”

他在姓氏前冠以地名，并非出于贵族炫耀自己采邑的虚荣心，而是为了让对方容易知道他是何许人。其实，拉于歇特是永镇附近的一块地产，他新近才买下那儿的宅邸和两个农场，亲自料理农事，但并不十分操劳。他是个单身汉，据说至少有一万五千利弗尔年金！

夏尔走进客厅。罗多尔夫先生把带来的下人领给大夫看，说他想放放血，因为他觉得浑身像有蚂蚁在爬似的又痒又麻。

“这样我可以解解毒。”不管别人怎么劝他，他都认定这句话。

于是包法利取来一卷绑带和一只脸盆，让絮斯丹捧住脸盆。然后，冲着那个脸色已经变白的汉子说道：

“别怕啊，老弟。”

“不怕，不怕，”那人回答说，“动手就是了！”

说着，他装出一副什么都不怕的样子，伸出粗壮的胳膊。柳叶刀轻轻一划，鲜血迸射而出，溅到了镜子上。

“盆靠近点！”夏尔大声吩咐。

“你们倒是瞅瞅！”这乡下人说道，“像不像一眼小小的喷泉！

我的血有多红！这该是个吉兆吧，对不？”

“有时候刚开始一点也不觉得什么，”开业医生说，“过后就会不省人事，像他这样体格强壮的人往往如此。”

那个乡下佬一听这几句话，顿时手一松，撂下方才拿在手里转来转去的匣子。肩膀一阵抽动，弄得椅背咯吱咯吱作响。帽子也掉在了地上。

“我早就料到会这样。”包法利一边说着，一边用手指摁住血管。

那只铜脸盆也开始在絮斯丹手里抖动起来，他膝头直摇晃，脸色变白了。

“太太！太太！”夏尔喊道。

她三步并作两步地奔下楼来。

“拿醋来！”他大声说，“哦！天哪，一下子两个！”

他心一慌，差点儿连纱布也包不好了。

“没事。”布朗热先生扶住絮斯丹，神色镇静如常地说道。

说完，他让絮斯丹坐在桌子上，背靠着墙。

包法利夫人着手给絮斯丹解领口的系带。衬衣的带子打了死结，她纤巧的手指在小伙子颈脖下方忙了好一阵，然后她倒了些醋在自己的细麻布手帕上，轻轻地按擦他的太阳穴，小心翼翼地往上吹气。

赶大车的小伙子醒了过来，可是絮斯丹还是不省人事，白蒙蒙的巩膜上瞧不见瞳仁，就像蓝花消失在了牛奶里。

“最好别让他看见这东西。”夏尔说。

包法利夫人拿起脸盆，把它放到桌子底下去，弯下腰去的当口，她的长裙（一条有四道镶褶的夏季长裙，黄颜色，腰身较长，裙幅很宽）蓬开摊在身边的地砖上。由于爱玛弯下去时身子一晃，张开了双臂，蓬开的裙幅随着上身的动作，在有些地方瘪了下去。过后，就在她取来一瓶水，搁进几块方糖的当口，药房老板赶到了。女仆刚才去喊他的时候，他火气大得很，这会儿瞧见徒弟眼睛已经张开，他松了一口气。他在小伙子身边转来转去，上上下下地打量起他来。

“笨蛋！”他说道，“小笨蛋，一点儿不错！不折不扣的小笨蛋！切个静脉放个血，又算得了多大的事哪！还说什么男子汉天不怕地不怕呢！你们瞧瞧他，还自以为能像个松鼠似的，爬得老高老高地去摇核桃哩。啊！来呀，你倒是说话，倒是再吹牛皮呀！你日后要想开药房的话，这会儿就该好好学着点，因为说不定哪天有个棘手的案子，就会把你传上法庭，让你帮法官分析一下案情，这时候，你可得保持头脑冷静，说话有条有理，像个堂堂男子汉的样子，要不人家就会把你看成窝囊废！”

絮斯丹没作声。药剂师接着往下说：

“有谁让你来啦？你老是过来打扰先生和夫人！再说，星期三我身边也少不了你。此刻铺子里还有二十个人正等着呢。我撂下他们，不就是为了来照料你吗。好了，走吧！快跑！先到家等我，留心那些药瓶！”

絮斯丹穿好衣服出门以后，大家又谈了一会儿昏厥的话题。包法利夫人从来不曾昏厥过。

“一位夫人能这样，可真不简单！”布朗热先生说，“要说呢，有些人也真是敏感。有一回决斗，我就见过一个证人，才不过听见手枪装子弹的声音，就失去知觉了。”

“我呢，”药剂师说，“看见别人的血，我一点儿也不在乎，可要是想到是自己在流血，想着想着我就会浑身发软。”

这会儿布朗热先生打发他的下人先回去，关照他好好放宽心，既然他的怪念头已经过去了。

“可多亏这样，我才有幸认识各位。”他随即说了这么一句。

说这话的时候，他的眼睛始终看着爱玛。

然后他把三个法郎往桌角上一放，漫不经心地打了个招呼便扬长而去。

他不一会儿就走到了河对岸（这是回拉于歇特的必经之路）。爱玛瞥见他的身影在草原的杨树底下前行，不时放慢步子，像是有心事的模样。

“她非常可爱！”他心里想道，“这位医生太太非常可爱！漂亮的牙齿，乌黑的头发，一双脚那么小巧，身段比得上巴黎的娘们儿。她是打哪儿钻出来的？那个胖家伙到底是从哪儿把她弄到手的？”

罗多尔夫·布朗热先生三十四岁，生性粗鲁，精明干练，他常在女人堆里混，是个情场老手。这个女人让他觉着挺漂亮，于是他就一个劲儿地想着她，还有她的丈夫。

“我看他是个蠢货。她大概早就对他腻烦了。他指甲脏兮兮的，一脸胡子足有三天没刮了。他一路颠颠跑跑地去出诊，撇下她一个人在家里补袜子。她有多无聊！她一准巴不得住在城里，每天晚上跳波尔卡！可怜的小娘们儿！她渴望爱情，就像案板上的鲤鱼渴望水。我敢断定，三句献殷勤的话一说，她就会爱得你要命！一定又温柔，又迷人！……是啊，不过事后怎么从中脱身呢？”

隐隐约约觉着日后即使成了好事，只怕也少不了麻烦，他不由得想起了他的情妇，拿她来作个比较。那是个鲁昂的女演员，眼下由他供养着，可她的模样刚在记忆里浮现出来，他就感到腻烦了。

“哦！”他想道，“包法利夫人比她漂亮得多，尤其是娇美得多。维吉妮眼看愈来愈胖喽。她那些逗乐的玩意儿，简直太乏味了。再说，她吃长臂虾都会吃得那么上瘾，真没劲！”

空旷的田野，四下里不见人影，罗多尔夫只听见野草擦着靴子有节奏的响声，以及远处藏在荞麦田里的蟋蟀的叫声，他眼前又浮现出爱玛在客厅里的身影，就像方才他见到的那样穿着衣服，然后他把她的衣服都剥了下来。

“嗨！我一定要把她弄到手！”他喊出声来，抡起手杖把前面的一个土块击得粉碎。

他立即考虑起具体的行动方案来。他寻思道：

“到底在哪儿见面？用什么办法？那个孩子老是缠住她，还有女仆、邻居、丈夫，全都是些麻烦事儿。”

“哦！”他说，“这太费功夫了！”

过后他的念头又转了回去：

“可她那双眼睛一看着你，就像要钻到你的心里，勾掉你的魂似的。脸色又那么白……我呀，就喜欢肤色白的女人！”

走到阿盖依山坡顶上，他的决心已定。

“没问题，只要找机会就行。嗯！我有时候得去走动走动，给他们送点野味、家禽什么的，真有必要，我就去放血，我们会成为朋友，我要邀请他们到我家去做客……啊！对了！”他忽然又想到一个主意，“马上就要开农展会了，她一准会去，我可以在那儿见到她。事情会入港的，放大胆干就是了，保险得很。”

第八章

著名的农展会终于开幕了！从这天早晨起，全镇的居民都在门口议论盛典的筹备情况，镇公所的三角楣上装饰了常春藤，草坪上支起一个帐篷，准备在里面张席请宴，广场中央，教堂前面架起一门臼炮，省长驾到和宣读获奖农民名单的当口都要鸣炮。比希的国民自卫队（永镇没这个组织）奉命前来，以壮消防队的声威，而这支消防队的队长就是比内。他这天戴了个比平日更高的硬领，制服裹在身上，胸部硬邦邦的动弹不得，于是他的那股劲儿仿佛都往下注进了两条腿里，它们节奏分明地举起放下，整齐划一地迈着有力的步伐。税务员与上校暗中较劲，都想显显自己的能耐，所以各自带着手下的弟兄卖力操练。只见红肩章、黑胸甲交替着来回往返。队列行进没完没了，一拨过去一拨又来！如此风光的排场，着实是让人开了眼！镇上的好些人家，头天起就把屋子刷洗干净。半开的窗户悬挂着三色旗。所有的酒馆都挤满了人。这天赶巧是个大晴天，上过浆的软帽、金色的十字架、彩色的头巾，都在明艳的阳光下亮得耀眼，明晃晃的比雪还白，缤纷的色彩更反衬出黑礼服和蓝工装色泽的单调。四邻的农妇方才生怕弄脏裙子，把裙边撩上去用粗别针别住，此刻下得马来，先自将别针一一取下，做丈夫的则不同，为爱惜帽子起见，他们拿手帕盖在上面，轻轻用牙齿叼住帽檐。

人群从镇的两头拥上大街。夹弄、小巷、街屋也都有人流汇聚过去，不时能听见门环落下的声响，那是戴着纱手套的女主人出门去观瞻庆典的盛况。最让众人交口称赞的，是那两株高高的紫杉，上面缀满彩灯，中间是安排当局人士入座的主席台，更令人叫绝的，是镇公所门口的四根柱子上绑着四根长竿子，分别挑出四面浅绿色的小旗，上面写着金字。只见一面上写着“推动商业”，另一面上写着“促进农业”，第三面上是“发展工业”，第四面上是“弘扬艺术”。

可是，人人喜笑颜开的这种热闹气氛，似乎把勒弗朗索瓦太太这位女掌柜弄得心情很坏。她站在厨房踏级上，低声嘀咕着：

“瞧这傻样！瞧这帆布棚的傻样！难道他们以为让省长待在帐篷里吃饭，活像个走江湖的，他会吃得舒服吗？这副穷酸相，居然说是为地方上节省开支！那么，何必再到新堡去找个蹩脚厨师来呢！这到底算是烧给谁吃？给那些放牛的！给那些叫花子！”

药剂师走过。他身穿黑色上装，米黄色长裤，海狸皮皮鞋，还特地戴了顶礼帽——一顶低筒礼帽。

“有什么吩咐，您哪！”他说，“真对不起，我急着呢。”

胖墩墩的寡妇问他上哪儿去。

“您大概觉得奇怪了，是吗？我平时整天都待在配药室里，就像老先生[1]的那只耗子整天钻在干酪里。”

“什么干酪？”女掌柜问。

“哦，没什么！随便说说！”奥梅接着说，“我只不过是想给您解释一下，勒弗朗索瓦太太，平日里我一向是深居简出的。不过，今

1 此处指法国著名寓言作家拉封丹。下文耗子云云，典出拉封丹的一则寓言《遁世的耗子》。

儿个这场面，我可得……”

“噢！您是去那儿？”她摆出一副不屑的神气说。

“对，我是去那儿，”药剂师惊愕地说，“我不是咨询委员会的成员吗？”

勒弗朗索瓦大妈打量了他几分钟，然后笑吟吟地说道：

“这就是另一回事了！可是种庄稼跟您有什么相干？难道说您连这也在行？”

“我当然在行，我是药剂师，不也就是化学家了吗！化学这东西，勒弗朗索瓦太太，研究的是自然界所有物体分子间的相互作用，由此可见，农业也属于这个领域！这不，肥料的成分、酒类的发酵、气体的分析乃至疫气的影响，我要请问，所有这些如果不是朴素而纯粹的化学，又是什么呢？”

酒店女掌柜不作一声。奥梅继续往下说：

“难道您以为，作为农学家，就非得亲自去种地，去喂养家禽不可？他首先应该掌握的，乃是有关的物质成分，地层的结构，大气的作用，土壤、矿物、水源的质地，不同物体的密度及其毛细现象！还有什么来着？噢，还必须对各种卫生标准烂熟于心，从而能对建筑的格局、牲畜的饲养以及家庭的饮食加以指导，予以评论！勒弗朗索瓦太太，他还应该精通植物学，要能鉴别各种不同的植物。您明白吗？要能区分哪些是对身心健康有益的，而哪些则是有害的，哪些产量低，哪些营养好，是否适宜把某些作物从一个地方移栽到另一个地方，是否需要推广这一些品种而废弃另一些品种，总而言之，要经常阅读各种小册子和报纸，了解科学发展的动向，要能紧跟潮流，及时提出改进的方案……”

女掌柜目不转睛地瞅着法兰西咖啡馆的店门，药房老板管自往下说：

“但愿我们的农业工作者都能成为化学家，或者至少能多听听科学家是怎么说的！所以我呢，最近写了一本很有分量的小册子，也就是一篇有七十二页还多些的论文吧，题目就叫《论苹果酒及其酿造与效用，兼谈有关这一问题的几点刍见》。我寄给了鲁昂农学会，并且有幸被接纳入会，分在农业大组的仁果类果树栽培组。唔！要是我的作品能够发表……”

药剂师打住了话头，因为勒弗朗索瓦太太整个儿就是一副心神不定的模样。

“您倒是瞧瞧这帮人，”她说，“真叫人看不懂！居然上这么家破饭店！”

说完她耸耸肩膀，这一绷，胸前毛衣的网眼都撑了开来。对手的那爿咖啡馆里传出阵阵歌声，她伸出双手指向那儿说：

“反正事情长不了，不出一个星期，就全得完。”

奥梅吃了一惊，不由得退后一步。她走下三步踏级，凑近他耳边，说：

“怎么！这事您还不知道？它这星期就要给扣押查封了。是让勒侯给逼的。他凭手里的票据，活活把人家往死路上赶。”

“真是无妄之灾！”药剂师大声说，凡是能预想到的种种情况，他都有现成的评语。

女掌柜于是把事情的原委一五一十地告诉他，这些消息，她都是从吉约曼先生的男仆泰奥多尔那里听来的，她虽然讨厌泰利埃，可还是严词申斥勒侯，骂他是骗子，是马屁精。

“嘿！瞧，”她说，“他就在菜市场，在跟包法利夫人打招呼，包法利夫人戴着顶绿颜色的帽子，还挽着布朗热先生的胳膊哩。”

“包法利夫人！”奥梅说，“我得赶紧去向她致个意。要是能在场子里给她安排个柱廊下面的位子，大概会让她挺高兴的。”

说完，药剂师便匆匆走开。勒弗朗索瓦大妈在后面唤他，还想给他把事情讲完，可他已经顾不上这些了。他笑容可掬，脚底生风，一路不停地朝左右两边的熟人频频致意，所过之处，黑礼服宽大的下摆迎风飘起，甩得很高。

罗多尔夫远远看见他，赶忙加快脚步，可是包法利夫人气喘吁吁了，他只好放慢步子，脸带笑容但语气粗浮地对她说：

“我这是要躲开那个胖子：您知道，就是那个药剂师。”

她用胳膊捅了他一下。

“这是什么意思？”他暗自思忖。

他一边往前走，一边从眼梢里看着她。

从侧面看去，她的表情显得非常平静，一点也看不出她心里在想些什么。她戴着顶椭圆形女帽，白色的系带宛似芦苇的叶片，整张脸的侧影在明艳的阳光中勾勒得很分明。睫毛又长又弯，眼睛望着正前方，虽然张得大大的，但由于细腻的皮肤下血液微微的脉动，仿佛被颧颊夹得稍稍闭拢了些似的。鼻中隔有一层淡淡的红晕。头侧向一边，双唇中间露出两排晶莹洁白的齿尖。

“她是调侃我？”罗多尔夫寻思道。

其实爱玛刚才这一捅，只是给他提个醒儿，因为勒侯先生跟着他俩，还不时在对他们说上一句两句，看上去挺想能插进来一起聊聊。

“今儿天气可真好！大家都出门来了！刮的是东风哩。”

罗多尔夫根本不睬他，包法利夫人也没去答理他，可是只消他俩稍有一个小小的动作，他马上就会伸手一按帽檐，凑上前去说道：“恕我耳拙，二位说什么来着？”

一路来到铁匠铺跟前，罗多尔夫突然一侧身，不再沿大路往栅栏门而去，挽着包法利夫人径自走上一条小道，嘴里还喊道：

"回见，勒侯先生！您走好嘞！"

"瞧您，就这么把人家给打发走了！"她笑着说。

"干吗要让人家挤进来呢？"他说，"既然今天我有幸和您在一起……"

爱玛脸红了。他没把话说完，就掉转话头说起天气怎么好，在草地上散步有多惬意等等。有些雏菊已经开花了。

"瞧这些雏菊多可爱，"他说，"就这些，也够近边的恋人们预卜用了。[1]"

接着他又加上一句：

"我想去摘一朵。您说呢？"

"莫非您也是恋人？"她稍稍咳声嗽，说道。

"哎哟！谁知道呢。"罗多尔夫答道。

草坪上愈来愈挤，主妇们撑着大伞，挎着篮筐，带着孩子挤来挤去。时不时会迎面碰到一长列乡下姑娘，得给她们让路，这些帮工的村姑穿着蓝袜子、平底鞋，戴着银戒指，从她们身边走过，闻得到一股牛奶味儿。她们手牵着手在草坪上走，从那行山杨树到设宴的帐篷，都有她们的身影。不过，这会儿评审的时间到了，这些农夫村妇拥进一个类似赛马场的圈地，圈地四周敲了木桩，揽了绳子。

牲畜都围在里面，鼻子朝向绳子，臀部参差不齐地排成一列。没睡醒的猪用嘴拱着土，牛犊和母羊的叫声，哞哞咩咩地此起彼落，母牛屈起后腿，肚皮贴在草地上，一边慢悠悠地反刍饲料，一边眨着沉甸甸的眼皮，任凭小飞虫嗡嗡营营地在头上打转。种公马直立起来，张大鼻孔在母马边上嘶鸣，车把式们光着膀子，抓牢它们的笼头。母

1 法国民俗，摘取一朵雏菊，掰花瓣时依次说"有点，非常，死去活来"，若掰到最后一瓣时正好念到"死去活来"，即预示恋人对自己爱得死去活来，等等。

马静静地伸长颈项，垂下马鬃，小马驹在它们的庇荫下歇息，或者有时走过来嘬几口奶，在这片绵延起伏的牲畜队列之上，一眼望去，只见雪白的鬃毛迎风飘拂，牲畜尖尖的犄角和奔跑着的人的脑袋时隐时现。百米开外，栅栏门外，有一头黑黝黝的大公牛套着嘴罩，穿着鼻环，伫立着不动，有如一尊青铜铸像。一个衣衫褴褛的小孩手里牵着牛绳。

然而，有几位先生曳着笨重的脚步，穿行在两列牲口中间，每视察一头牲口，便低声磋商一番。其中一人，看上去身份最高，边走边在一个小本本里记上两笔。此人就是评审委员会的主席——庞镇的德罗兹雷先生。一认出罗多尔夫，他就疾步走上前去，非常客气地笑着对他说：

"怎么，罗多尔夫先生，您撇下我们不管了？"

罗多尔夫连忙声明他一会儿就过去。但等这位主席一走，他便对爱玛说道：

"老实说，我才不会去呢，跟您在一起，可要比跟他在一起有趣多了。"

不过，罗多尔夫虽说一个劲儿挪揄展评会，可为了走动方便，还是向值勤岗哨出示了自己的蓝色请柬，偶尔遇上些出色的展品，他还会驻足瞧上几眼，可包法利夫人对此毫无兴趣。他注意到这一点后，便拿永镇太太们的穿戴开玩笑，随后又拿自己的不修边幅自我解嘲。他的衣着既随便又考究，显得不大协调，一般人看在眼里，往往会觉得从中透露出一种怪僻的生活方式，不仅有情感的骚乱、手段的峻切，而且始终有一种对社会习俗的藐视在里面，有人看得着迷，有人看得光火。但见他身穿袖口打裥的细麻布衬衫，灰色斜纹布背心，风一吹，衬衫就在背心开口处鼓起来，宽条纹的长裤垂到脚背，露出一双米黄色的布面镶皮靴子[1]。靴帮擦得很亮，草影清晰可鉴。他就那么一手插在上衣口袋里，头上歪戴着草帽，蹬着这双靴子，一路往马粪踩去。

“再说，”他接着话茬说下去，“一旦住在乡下……”

“也就别想指望什么了。”爱玛说。

“可不是！”罗多尔夫说，“您想想，这么些人里面，能对大礼服款式说出个名堂来的，一个也没有！”

这一来，他俩就谈起了外省生活的平庸，这样的环境令人感到压抑，感到幻灭。

“所以，”罗多尔夫说，“我总觉得有一种无法排遣的忧愁……”

“您！”她惊奇地说，“我还以为您再快活不过呢！”

“哎！表面上是这样，因为我知道怎样在人前装出一副乐天派的样子，可是有好多次，当我在月光下看见一座座坟墓，我就不由得会问自己，倘若去跟这些长眠地下的人做伴，是不是更好些……”

“哦！那您的朋友呢？”她说，“您就不想想他们了？”

“朋友？什么朋友？我有吗？谁想着过我了？”

说最后那句话时，几乎有些不胜唏嘘的味道。

不过这当口，他俩不得不分开一下，因为身后有个人正扛着一大堆椅子走上前来。来人满载而行，只见得到他的木鞋鞋尖和伸得笔直的两臂的前端。此人就是掘墓人莱蒂布德瓦，他把教堂里的椅子搬了出来。但凡事关切身利益，他的主意来得特别快，所以就想了这么个点子到农展会来赚点外快，结果大获成功，生意好到都招呼不过来

1 这种布面皮帮的靴子，是当时大城市的时尚。前文提到的黄手套亦是如此。

了。那些乡下人浑身燥热，都争着租椅子坐，这些椅子的草垫上还留有乳香的味儿，靠在沾着蜡烛油的椅背上，让人不由得会生出几分崇敬之情。

包法利夫人又挽住罗多尔夫的胳膊。他自言自语似的继续说道：

“是啊！那么多的机会我都错过了！到今天还是孤零零的一个人！呵！要是我在生活中有个目标，要是我赢得了爱，找到了另一个人……哦！我就会竭尽全力去越过任何障碍，去把所有想要阻拦我的东西踩得粉碎！”

“可我觉得，”爱玛说，“您并没有什么好抱怨的。”

“哦！您这么认为？”罗多尔夫说。

“因为毕竟……”她接着往下说，“您是自由的。”

她犹豫了一下：

“又有钱。”

“您不是在取笑我吧。”他回答说。

她发誓说绝无取笑之意，正在这时，只听得一声炮响，人群立刻乱哄哄地朝村子里拥去。

却不料这一炮开错了，省长大人还没驾到，评委们被弄得非常尴尬，不知是宣布开会好呢，还是再等下去好。

终于，广场那头驶来了一辆双篷出租马车，前面由两匹瘦马拉着，头戴白帽的车夫挥臂扬鞭赶马。比内总算还来得及高喊一声：“举枪！”那位上校也照此办理。两帮人朝一堆堆交叉支架的长枪跑去。大家争先恐后，有人急得连假领都忘了戴上。可是省里来的那行人马，仿佛料到了会有这番混乱，只见那对驽马衔着马辔小链蹒跚而行，等它们踏着碎步来到镇公所柱廊跟前时，正赶上国民自卫队和消防队的爷们打着鼓，踏着步，列好了队。

“原地踏步！”比内喊道。

“立定！”上校喊道，“向左看齐！”

举枪时，只听得一阵丁零哐啷的枪箍碰击声，好似有只铜锅沿着楼梯往下滚，礼毕后枪又通通放下。

这当口，只见四轮马车里走下一位身穿银线绣花短礼服的先生，前额已秃，后脑门还有一簇头发，脸色灰白，相貌和善。大眼睛，厚眼睑，此刻半眯着眼在打量场上的人群，尖鼻子微微翘起，瘪嘴唇浮着笑意。他从三角肩带认出了镇长，便告诉镇长，省长大人不能前来，他本人则是省府参议员。随后他又说了几句客套话。迪瓦施答话时恭维有加，对方连连表示不敢当，两人就这样面对面站着，额头几乎碰在一起，四周围着全体评委、镇议会成员和其他头面人物、国民自卫队员和各色人等。参议员先生把那顶小小的黑色三角帽按在胸前，频频向众人致意，迪瓦施腰弯得像张弓，也满脸堆着笑，结结巴巴地斟酌字眼，竭力表白自己对王室的一片忠心，以及对永镇所受恩宠的感激之情。

客栈伙计伊波利特过来接过缰绳，一瘸一拐地拖着条跛腿，把那两匹马牵到金狮客栈的门廊下面，许多乡下人挤到那儿观瞻马车。一时间鼓声大作，炮声轰鸣，宾主鱼贯登上主席台，在乌德勒支[1]红绒坐椅上就座，这些椅子都是迪瓦施太太借出来的。

这些人的模样都是相仿的。肌肉松弛，肤色浅黄的脸被太阳一晒，有些近乎褐色，就像甜苹果酒的颜色，蓬松的髯须簇在浆过的高硬领上面，白色的领饰打成炫目的玫瑰花结。背心一色是丝绒面料，交叉式圆翻领式样，挂表细长的饰带梢头都荡着个椭圆形玛瑙印章，人人都双手贴在大腿

---

1 荷兰的一个城市，以纺织业著称。

上，小心翼翼地叉开双腿露出裤裆，还不曾下过水的裤料光头十足，比脚上厚实的皮靴还要亮些。

有头有脸的夫人们坐在门厅廊柱中间，一般人等则都在对面，有的站着，有的坐在教堂坐椅上。原来，莱蒂布德瓦从牧场那儿搬来的椅子，全拿到了这儿，他甚至还分秒必争地跑回教堂又搬来一些，可给他这么一倒腾，通道着实弄得拥挤不堪，要挤到主席台的那把小梯子跟前，还真得费点周折。

“依我看，”勒侯先生说（冲着路过他跟前去就座的药房老板），“那儿得竖两根威尼斯式立杆，挂些时新服饰之类既不失严肃又绚丽招眼的东西，那样看上去就漂亮多了。”

“那当然，”奥梅答道，“可有什么办法呢！全是镇长在自作主张。这个可怜的迪瓦施，他可没有多少鉴赏力，至于说到艺术禀赋，那就压根儿谈不上喽。”

就在这时，罗多尔夫挽着包法利夫人走上镇公所二楼，步入议事厅，一看里面没人，他说不如就在这儿看评奖场景，可以清静些。国王胸像下面有张椭圆形会议桌，他过去拿了三个凳子，搁在一扇窗子跟前，然后两人并肩坐下。

主席台上起了一阵骚动，先是长时间的交头接耳，接着又是一番磋商。最后，参议员先生站了起来。现在有人已经知道他名叫利欧万，于是这个名字沸沸扬扬地在人群中被传来传去。他拿出讲稿检查页码，把眼睛凑在上面看清楚了，方才开口说道：

诸位先生，

首先请允许我（在向你们阐述这次会议的宗旨以前，因为我相信，这种感情想必会是我们所共有的），我是说，请允许我向最高当局，向政府，向君主表示应有的敬意。先生们，我们至尊的君主，这位万民拥戴的国王，为国家繁荣昌盛、黎民安居乐业殚精竭虑、日夜操心，并亲手坚定而英明地把握国家航船的轮舵，引导我们在风急浪高的大海里历尽艰险，勇往直前，同时他也教导我们，要像重视战争那样重视和平，要充分重视工业、商业、农业和艺术。

“我得往后挪一下。”罗多尔夫说。

“为什么？”爱玛问。

正在这当口，参议员猛地拔高了嗓门，慷慨激昂地说道：

先生们，国人纷争、血染广场的时代已经一去不复返了，业主、商贾乃至工匠在深夜的酣睡中猛然惊醒、被大火的警钟声吓得胆战心惊的日子已经一去不复返了，鼓吹颠覆王国的异端邪说猖獗一时的年头已经一去不复返了……

“因为他们在下面能看得到我，”罗多尔夫接着说，“随后就得花上十天半个月去作解释，而我本来就名声不佳……”

“哦！您是在说坏自己。”爱玛说。

“不是这样，我的名声是够坏的，一点儿不假。”

参议员还在往下说：

可是，先生们，倘若暂且把记忆中这些悲惨的场景撇在一边，展望一下我们壮丽祖国当前的局势，我又会看到怎样的图景呢？到处是商业和艺术欣欣向荣的景象，到处是新辟的交通干线，如同国家肌体增添了众多动脉，制造业的各大中心重又充满活力，宗教更深入人心，慰藉着每一颗心，我们的港口装卸繁忙，我们重振了信心，总而言之，法兰西赢得了新生！……

“其实，”罗多尔夫接着刚才的话头说，“从世俗的眼光来看，他们或许也有道理吧？”

“什么道理？”她问。

“噢！”他说，“莫非您不知道有些人是始终在受着煎熬吗？他们需要梦想，也需要行动，需要最纯洁的爱情，也需要最恣意的享乐，所以，他们就整天沉湎在种种不着边际的幻想和荒诞无稽的念头之中。”

她望着他，用的是人们平时看见异邦游客时凝神注视的目光，随后她开口说道：

“我们这些可怜的女人，就连这样的消遣也没有呵！”

“徒添愁绪的消遣，因为其中是根本找不到幸福的。”

“可它究竟能不能找到呢？”她问。

“它是可遇而不可求的。”他答道。

参议员说道：

> 这就是你们，你们这些农业生产者和农业工人已经了解的情况，你们，在以和平的手段开拓着一项文明事业！你们，代表着社会进步和道德观念！我说了，你们已经了解，政治风暴确实要比气候的变化无常更可怕……

“它是可遇而不可求的，”罗多尔夫又说了一遍，“会有那么一天，在你已经绝望之时，它却突然一下子来临了。这时候天际会显出一道亮色，仿佛有个声音在喊：‘来了！’你会感到有一种需要，想向这个人倾诉自己的心曲，奉献自己的一切！用不着任何解释，彼此就心领神会。两人都有似曾在梦中相识之感。（他说这话时，凝神望着她。）总之，你苦苦寻觅的珍宝，它就在那儿，就在你眼前，它璀璨夺目，它光彩照人。可你还是疑虑重重，你还不敢相信这是真的，你仍然感到眼花，就像刚从黑暗中出来见到阳光一样。”

说到最后这句话时，罗多尔夫还做了个手势。他把手遮在脸上，就像一个人被炫目的阳光照得睁不开眼睛似的，然后他让这只手落在爱玛的手上。爱玛抽回自己的手。而参议员还在滔滔不绝地往下讲：

> 先生们，有谁会对此感到奇怪呢？只有那些抱残守缺、冥顽不化（我不怕这样直言不讳），那些冥顽不化的人，他们不肯抛弃上一世纪的偏见，死不承认农业工作者的才干。说到底，除了在乡间田头，哪儿还能找到如此这般的爱国心，哪儿还能找到如此这般献身于公益事业的可贵精神，总而言之，哪儿还能找到如此这般的聪明才智？先生们，我指的不是那种肤浅的才智，不是那种无所用心者要弄的小聪明，而是那种深刻而稳健的聪明才智，那种致力于追求实用的目标，从而为大众的利益、社会的进步和政权的巩固做出贡献的聪明才智，那是尊崇法律、恪尽责任的成果……

“啊！又是这一套，”罗多尔夫说，“没完没了地说什么责任责任，我都听得发腻了。总有这么一帮子穿着法兰绒背心的老傻瓜、踹着脚炉拨弄念珠的老虔婆，在我们耳边不停地聒噪：‘责任！责任！’嗨！责任是什么！当然是去感受高尚的情感，去珍爱美好的事物，而不是接受社会的种种陈规陋习，以及它强加于我们的耻辱。”

“不过……不过……”包法利夫人想表示异议。

“哦，不！为什么要对激情横加指责呢？这世上唯一美好的东西，难道不正是激情吗？英雄气概的源泉，创作灵感的源泉，诗歌、音乐、艺术乃至一切事物的源泉，难道不正是激情吗？”

“可是对社会的舆论，”爱玛说，“多少总得考虑一下，对它的道德准则也得遵守才是吧。”

“哦！有两种道德准则，”他接着说，“一种是不足道的、习俗的、为世人所接受的，它变化无常，叫得最凶，趴得最低，猥琐庸俗，就像您现在看见的这群傻瓜蠢货。而另一种，是永恒的，是无所不在而又凌驾万物的，就像我们周围的田野和给我们光明的天空。”

利欧万先生掏出手帕，擦了擦嘴，继续往下说：

> 诸位，难道还用我来向你们论证农业的实用意义吗？是谁满足了我们的需求？是谁提供了我们的衣食？难道不正是农业吗？先生们，正是农业生产者用勤劳的双手，在乡村肥沃的田地上播下种子，种出麦子，再把麦子放进精巧的机器磨成粉，也就是所谓的面粉，然后运到城市，随即送进面包房，制成不分贫富人人都能享用的食品。是谁在牧场饲养众多的羊群来供应我们的衣着？难道不还是农业生产者吗？要是没有这些农业生产者，试问我们穿什么，吃什么？诸位，这样的例子难道还有必要再去找吗？就拿我们饲养场里那些可爱的小家禽来说吧，它们既为床上提供了松软的枕头，又为餐桌提供了鲜美的肉食和蛋品，我们从中得到的好处，有谁会轻易忘怀呢？大地精心养育它的产品，就如同慈爱的母亲倾注全部心血养育自己的孩子，而这样的产品实在是不胜枚举的。这儿是葡萄园，或者是一片可以酿酒的苹果树，那儿是油菜，再远些是干酪，还有亚麻，诸位，千万别忘了亚麻！近年来亚麻产量有了大幅度提高，我要特别提请大家注意这一点。

他无须提请大家注意：因为人群中的每张嘴都张得大大的，就像要把这些话活活吞下去似的。迪瓦施在他旁边瞪大眼睛在听，德罗兹雷先生不时轻轻地合上一下眼皮，再过去些，药房老板两腿把儿子拿破仑夹住，一手搭在耳背上，生怕漏掉一个字。其他评委慢腾腾地晃动着搁在背心上的下巴，表示颇有同感。消防队员们站在主席台下，拄着上了刺刀的长枪，比内手执军刀，举到齐鼻的高度，刀尖朝上，纹丝不动。他兴许听得见，但想必什么也看不见，因为头盔的脸甲挂到了鼻子上。他的副手，迪瓦施先生的小儿子，比他有过之而无不及，因为他的那顶头盔特别大，戴在头上直晃荡，露出一角印花棉布的头巾。他在头盔底下甜甜地、孩子气地微笑着，苍白的小脸上淌着汗珠，露出一种兴奋、疲惫、困倦的神情。

整个广场和周围的房屋，都已人满为患。只见扇扇窗户都挤满了人，家家门口也挤满了人，絮斯丹站在药房橱窗跟前，目不转睛地望着前面像是出了神。尽管没人说话，利欧万先生的声音还是在半道上就消失了。好不容易传来片言只语，还不时要受人群中拖动椅子声响的干扰，随即冷不防身后传来一头公牛长长的叫声，或是一群羔羊在街角相互应答的咩咩叫声。原来，牛倌和牧羊人把牲口赶到了那儿，于是它们不时一边叫上几声，一边用舌头从垂到嘴边的枝叶舔下些嫩叶。

罗多尔夫挨近爱玛，低声很快地说道：

“世道的险恶，人心的叵测，难道没激起您的愤慨吗？有哪一种感情不曾遭受过谴责？凡是高尚的天性、纯真的感情，都会受到骚扰，受到中伤，一旦有两个可怜的人儿终于相遇了，这股势力就会搅在一起，定要拆散他们而后快。然而他们偏要试试，两人拍击着翅膀，相互呼唤着。哦！没关系，半年一年，十年八年，迟早有一天他们会相聚在一起，会彼此相亲相爱，因为命运就是这样安排的，他俩都是为对方而来到这世上的。”

他抱住双臂撑在膝盖上，仰起脸来对着爱玛，离得很近地凝望着她。她看见他的眼睛里有些细小的金光，从黑色的眼眸向四周射出来，她还闻到了他抹的发蜡的香味。她顿时觉得全身软绵绵的，回想起了沃比萨尔那位请她跳华尔兹的子爵，他的胡子也像这些头发一样，有一股香草和柠檬的气息，她情不自禁地眯起眼睛，想要更真切地闻到这股气息。而就在她保持这姿势，靠在椅背上挺起胸来的时候，她远远地瞥见在天际尽头，那辆燕子号旧驿车正缓缓驶下野狼冈的山坡，在车后扬起一道长长的烟尘。当初莱昂就是三日两头坐着这辆黄色的马车来跟她相会的，而他也正是沿着那条大路一去不复返的！她依稀觉得他就在面前，就在窗旁，接下去就一切都变得模糊起来，仿佛阵阵云雾在眼前掠过，她似乎还在跳着华尔兹，在枝形烛灯的光影里，由子爵挽着不停地旋转，而莱昂也离得不远，他就要过来了……然而她又始终感觉得到罗多尔夫的头在她旁边。于是这种甜蜜的感觉渗入了昔日的渴念，犹如被阵风扬起的沙粒，在弥散心头、令人陶醉的芳香里旋转飞舞。她好几次使劲张开鼻孔，尽情吸进攀在柱头上的常春藤的清香气息。她脱下手套，擦了擦手，又用手帕扇着自己的脸，而与此同时，她透过太阳穴汩汩的脉搏声，听见了人群中嗡嗡营营的嘈杂声响，以及参议员那单调的演讲声：

> 坚持下去！不要懈怠！不要去听那些墨守成规的老生常谈，更不要轻信经验主义操之过急的鲁莽言论！一定要花大力气来改良土壤，施用优质肥料以及培育马牛猪羊的新品种！希望这次展评会能成为你们友好竞争的赛场，也希望优胜者在离开这个赛场之际，能向失败者伸出友谊之手，祝愿对方来日取得更好的成绩！你们，你们这些可敬的臣民，谦恭的仆人！在这以前，从来没有一个政府想到过对你们的辛苦劳作表示尊重之意，而今天，请来接受对你们默默操劳的美德的奖赏吧！请你们相信，从今以后，国家将会关注你们，鼓励你们，保护你们，满足你们正当的要求，并尽量减轻你们艰苦奉献的负担！

利欧万先生重新落座，德罗兹雷先生站起身来，开始做另一个演讲。与参议员的演讲相比，他也许显得华彩有所不足，却以一种更为实际的风格见长，也就是说，他的演讲学识更专，立论更高。因此，演讲中少了些对政府的颂扬，宗教和农业则占了更多的篇幅。

他论证了两者相互间的关系，以及它们对文明的矢志不渝的促进作用。罗多尔夫则跟包法利夫人谈起了梦、预感和吸引力。演讲者追溯到人类社会的蒙昧时期，描述了那个蛮荒时代的人们怎样栖居在森林深处，采食栎实为生。从那以后，人类才渐渐脱离兽皮，织布为衣，耕田种地，栽植葡萄。这究竟是不是好事，在这种进化过程中究竟是否弊大于利呢？德罗兹雷先生提出了这个问题。罗多尔夫则从吸引力渐渐谈到了意气相投，就在那位主席先生援引辛辛纳图斯[1]如何扶犁耕地，戴克里先[2]如何莳种白菜，以及中国皇帝如何将播种期定为新年伊始这些例证的时候，这位年轻人向少妇解释了这种难以抵御的吸引力是如何由前世的缘分而定的。

“就说我们吧，”他说，“我们为什么会相识？为什么会有这样的机缘？这想必是我俩特定的气质在吸引着我们，让我们走到一起，就像两条河穿越遥远的时空，终于汇合到一起来了。”

说着他捏住她的手，她没有抽回去。

“精耕细作综合奖！”主席高声说道。

“比如说，我不久前上您家去的那会儿……”

“授予坎康普瓦的比内先生。”

“我怎么知道以后会跟您做伴呢？”

---

1 辛辛纳图斯（公元前约519—前约439），古罗马贵族，据传他被推举为独裁官时，正在自家田地上扶犁耕地。

2 戴克里先（约243—约313），罗马皇帝（284—305）。退位后安于种菜莳田的生活，拒绝复出重登皇位。

“七十法郎！”

“有多少次我都想走了，可最后我还是舍不下您，留了下来。”

“厩肥优胜奖！”

“正如今儿傍晚，`明天，以后的每一天，我这一辈子，都要留在您身旁一样！”

“授予阿盖依的卡隆先生，金牌一枚！”

“因为我在别人身上，从来没有见过这样令人倾倒的魅力。”

“授予吉弗里圣马丁的班恩先生！”

“所以我会永远记住您。”

“美利奴公羊……”

“可是您会忘记我，有一天我会像个影子消失得无影无踪。”

“授予圣母堂的贝洛先生……”

“噢不！我在您心里，您的生活里，还会有一席之地的，是吗？”

“肉猪良种奖，授予勒埃里塞先生和居朗布尔先生，六十法郎！”

罗多尔夫握着她的手，觉得这只手热乎乎地颤动着，犹如一只被捉住的斑鸠想要飞出去，可是不知她是试着抽回这只手，还是对另一只手的轻按作出反应，她的手指做了个动作。他大声说道：

“哦！谢谢！您没有拒绝我！您真好！您知道我是属于您的！让我看着您，让我把您看个够吧！”

一阵风从窗口吹进来，桌上的薄毯起了皱，下面的广场上，村妇们宽大的女帽飘动起来，宛似一群白蝴蝶在振动着翼翅。

“油菜籽饼应用奖。”主席还在往下宣读名单。

他愈读愈快：

“人粪施用奖……亚麻种植奖……排水引流奖……长期租赁奖……雇工劳作奖。”

罗多尔夫不再作声。两人相对凝望着。发干的嘴唇被一股强烈的欲火烧得颤动不已，两双手都变得柔软而乏力，自然而然地让手指紧贴在一起。

“萨斯托－拉－盖里埃尔的卡黛丽娜－尼凯兹－伊丽莎白·勒鲁，表彰她在同一农庄任雇工达五十四年之久，银牌一枚——奖金二十五法郎！”

“她在哪儿？卡黛丽娜·勒鲁！”参议员又重复一遍。

她还是没有露面，只听见传来一阵低语声：

“去呀！”

“不。”

“往左走呀！”

“别害怕！”

“嘿！瞧她有多傻！”

“她到底在哪儿？”迪瓦施喊道。

“在！在这儿呐！”

“那就让她上来！”

于是，人们看见一个矮小的老妇人，衣着寒碜，全身干瘪，畏畏缩缩地走上了主席台。她脚上套着一双硕大的木靴，腰间束着一条蓝布大围裙。瘦削的脸庞裹在没有边饰的女帽中间，皱纹比日子放久了的苹果还多，红色短上衣的袖口里，伸出两只骨节粗大的长长的手。谷仓的尘土、洗衣的碱水、羊毛的粗脂，使这双手变得又糙又硬，布满老茧和裂口，尽管用清水冲洗过，看上去仍然脏兮兮的，而且，由于长年都在干活，手指总是微屈着，仿佛这双手本身就是她深受苦难的卑微见证。脸上印有一种修女般的峻刻的表情。眼神漠然，既无悲苦亦无矜悯，因而更显得僵滞。成年累月跟牲畜打交道，久而久之也就变得木讷寡言，跟它们差不多了。这是她第一回瞧见自己被这么多人围在中间，这些旗帜、军鼓、穿黑礼服的先生，还有参议员胸前的荣誉勋章，她看着只觉得心里发怵，木呆呆地站在那儿，不知道是该向前走，还是该往后退，也不知道下面的人群干吗要把她推上来，这些评审先生又干吗要这么笑吟吟地看着她。这位操劳了半个世纪的女雇工，就这样站立在喜气洋洋的先生太太们跟前。

“请过来，尊敬的卡黛丽娜－尼凯兹－伊丽莎白·勒鲁！”参议员先生从主席手里接过获奖名单，开口说道。

他看了看名单，再朝老妇人瞧了瞧，语气慈祥地重复说道：

“请过来，请过来！”

“你聋了吗？”迪瓦施从坐椅上跳将起来。

他冲着她的耳朵大声喊道：

“五十四年劳作奖！银牌一枚！二十五法郎！都是给您的。”

她接过银牌，端详着它，然后脸上漾开一股充满幸福的笑意，旁边的人听见她边往下走，边喃喃地说：

“我要把它交给本堂神甫，请他为我做弥撒。”

“瞧她那股傻劲儿！”药房老板朝公证人俯过身，大声说道。

评奖会结束了，人群四散开去。既然演讲已经念过，现在人人各就各位，大小事情一如其旧：东家责骂雇工，雇工叱打牲口，获奖的牲口角上挂着荆冠，懒洋洋地回棚而去。

这当口，国民自卫队员登上镇公所的二楼，刺刀上扦着蛋糕，军鼓上挂着一筐酒。包法利夫人挽住罗多尔夫的胳臂，他把她一路送回家。两人在门口分手，随后他独自在牧场上散步，等着开宴。

宴席时间拖得很长，吵闹不堪，招待挺差劲，宾客们实在坐得太挤，要动一下胳臂肘都不容易，权充长凳的窄条木板吃不住上面的分量，险些断下来。人人放开肚皮，狼吞虎咽地对付自己的那份肴馔。每个人的额头都淌着汗，一股白蒙蒙的雾气，犹如秋日早晨河上的薄雾，飘浮在餐桌上方、油灯之间。罗多尔夫背靠着帐篷篷壁，一个劲儿地想着爱玛，所以对周围的一切都充耳不闻。他身后，仆人们在草地上堆放用过的盆子，邻座跟他说话，他没有搭理，人家给他斟上酒，周围的喧闹声也愈来愈响，可是他的脑子里却是一片寂静。他默想着她说过的话、她嘴唇的模样，她的脸，亮闪闪地显现在筒形军帽的帽徽上，就像映现在魔镜里似的，她的长裙褶裥沿着篷壁垂挂下来，爱情的时光绵延不尽地展现在未来的图景上。

晚上放焰火时，他又见到了她，不过她是跟丈夫、奥梅太太和奥梅先生在一起，药房老板见到火星掉下来，生怕会出事，担心得不得了，时不时要撇下他们，跑去对比内叮嘱几句。

焰火筒都是事先运到迪瓦施先生府上的，镇长先生过于谨慎，把它们全都藏在了地窖里，这样一来，火药受了潮，几乎没法点着，而压轴的那枚，原本应该呈现一条龙咬住自己尾巴的图案，结果根本没放成。偶尔有几枚不起眼的万花筒腾空而起，张着嘴巴的观众中顿时响起一片喧哗，其中还夹杂着女人的尖叫声，因为有人趁黑捏了她们的胸脯。爱玛默不作声，轻轻地依偎在夏尔的肩头，而后，她仰起脸，目光随着划过黑色夜空的焰火。罗多尔夫在彩纸灯笼的亮光下凝视着她。

灯笼渐次熄灭。星星在闪烁。天上飘下几滴雨点。爱玛把披巾裹在没戴帽子的头上。

这会儿，参议员的马车驶出了客栈。车夫喝醉了酒，一时竟打起了瞌睡，远远望去，只见顶篷上的两盏车灯之间，车夫的身子忽左忽右地摇来晃去，和着烟罩支柱颠簸的节拍。

“说真的，”药剂师说，“必须严惩酗酒！我想镇公所门前得专门设块布告牌，每周公布一次酗酒者的名单，看看有哪些人犯了酒精中毒的毛病。再说，有了这些统计资料，就像有了本年鉴一样，需要时就可以……噢，对不起，失陪一下。”

说着他朝消防队长那儿奔去。

那一位正在回家路上。他要去看看他的车床了。

“也许您还是费心让手下哪个队员，”奥梅对他说，“要不就亲自去跑一趟……”

“别来烦我行吗，”税务员回答说，“这不屁事也没有吗！”

“各位但请放心，”药剂师回到朋友们身边说道，“比内先生向我保证，已经采取了必要的措施。火星不会溅落下来。唧筒里也储满了水。咱们回去睡觉吧。”

“嗨！我真的倦极了，”奥梅太太打了个大呵欠说，“不过话说回来，今儿这一天可过得真开心。”

罗多尔夫目光温柔地低声应道：

“哦！没错，真开心！”

接着，大家互道晚安，各自回家。

两天以后，《鲁昂灯塔报》上刊登了一篇有关农展会的长文。那是奥梅在第二天满怀激情写就的大作：

> 为什么会有这么些彩饰、鲜花和桂冠？那么些顶着把热力洒向我们晒垡田的炎炎烈日，有如大海汹涌的波涛那般蜂拥而去的人群，他们又在奔向何方？

接下去，他谈到农民的处境。当然，政府已经做了许多工作，但是，还做得不够！“坚持下去！”他向政府呼吁，“还有成千上万的改革措施等着出台，让我们去把它们付诸实行吧。”再往下说到参议员莅临与会时，他既没忘记“我们民兵雄武的英姿”，也没落下“我们乡镇活泼的姑娘”，还特地写到了那些秃顶的老头，“那些德高望重的长者也在台上，其中有些人当年曾是我们不朽军队的成员，今天听到雄壮的军鼓声，他们的心禁不住又在跳动不已”。他把自己的名字放在评委会名单的头几名中间，还在一段附记中提到药剂师奥梅先生曾向农学会提交一篇有关苹果酒的论文。写到颁奖场面时，他用一种稍嫌过分的赞颂的笔调，描绘了获奖者的喜悦心情。“父亲抱吻儿子，哥哥抱吻弟弟，丈夫抱吻妻子。不止一人满怀骄傲地展示了那块小小的奖牌，而且想必回家以后，还会当着贤妻的面，流着喜泪把它挂在茅屋的陋墙上。”

> 下午六点，设在列雅尔先生牧场上的宴席上，聚集着庆典的主要与会者。宴席自始至终洋溢着诚挚友好的气氛。宾主频频举杯祝酒：利欧万先生提议为国王干杯！迪瓦施先生提议为省长干杯！德罗兹雷先生提议为农业干杯！奥梅先生提议为工业和艺术这对姐妹干杯！莱普利希先生提议为全面改良干杯！是晚，焰火齐放，顿时把夜空照得通明。整个夜幕简直就像一个名副其实的万花筒，一堂不折不扣的歌剧布景，一时间，这个小镇竟被搬进了《一千零一夜》的梦境之中。

我们看到，这次充满亲情的聚会，不受任何不愉快事件的干扰。

紧接着，他又补上一句：

但我们注意到，教会人士并未出席盛会。想必教会方面对社会进步自有其不同的观点。那就请便吧，罗耀拉的先生们[1]！

1 罗耀拉（1491—1556），西班牙人，天主教耶稣会的创始人。“罗耀拉的先生们”显然指耶稣会会士。

第九章

六个星期过去了。罗多尔夫没有来过。后来有一天晚上，他终于来了。

农展会的第二天，他就在心里思量：

“别马上赶去，那会是个错误。”

一个星期过后，他外出去打猎。

打完猎，他心想时间已经太晚，转念却又想道：

“不过，倘若她一开头就爱上了我，那么因为思念心切，她现在只会更加爱我。就这么再等下去吧！”

当他走进客厅，瞧见爱玛脸色变白的时候，他明白自己的算计成功了。

她一人在家。天色已晚。平纹细布小窗帘遮没了窗户，给暮色平添了几分浓意，气压计的金饰让一缕斜阳照着，火也似的映现在镜子里，在错落有致的珊瑚枝丫中间闪闪发光。

罗多尔夫站着不动，对他的问候，爱玛几乎没有反应。

“我一直在忙，”他说，“还生了场病。”

“病得重吗？”她急忙问道。

“哦！”罗多尔夫一边坐在她身边的凳子上，一边说道，“没事！……我只是不想来罢了。”

“为什么？”

“您猜不出？”

他又一次注视着她，迎着这热辣辣的目光，她不由得涨红了脸，低下头去。他接着说：

“爱玛……”

“先生！”她说着，挪开了一点距离。

“哦！您心里很明白，”他语调忧郁地说，“我不想来是有道理的，因为这个名字，这个充满我的心间、使我不禁脱口而出的名字，您居然不让我叫它！包法利夫人！……哎！所有的人都这么称呼您！……可这并不是您的名字，这是另一个人的！”

他重说一遍：

“另一个人的！”

他用双手捂住脸。

“是的，我无时无刻不在想念您！……想起您我就悲痛欲绝！噢！对不起！……我要离开您……永别了！……我要走得很远很远……让您以后再也听不见有人说起我！……可是……今天……我也不知道是什么力量把我推向您身边的！天意不可违，天使的微笑无法抵御！面对一个美丽、可爱、迷人的天使，一个人会身不由己跟着她走的！”

爱玛还是第一回听见有人对她说这些话，她的虚荣心，就像一个人在蒸汽浴室里全身松软地舒展开来，整个儿都沐浴在这番话语的温暖之中。

“不过，虽然我没来，”他继续说道，“唉！虽然我没能见到您，可我还是每天都在出神地望着您周围的一切。夜里，每天夜里，我都起身来到这儿，望着您的屋子，望着月光下闪着银辉的屋顶，望着在您窗前摇曳的花园里的树木，望着一盏小灯，一点如豆的亮光，在夜色中从这些窗户穿透出来。唉！您是不会知道有个可怜的人就在那儿，远在天边近在眼前的……”

她哽咽着朝他转过脸来。

“哦！您真好！”她说。

“不，我爱您，仅此而已！难道您没猜到吗！告诉我，一句话！一句话就够了！”

说着罗多尔夫的身子不知不觉地从凳子上滑了下去，膝盖挨到地上，但他忽然听见厨房里传来木鞋的声音，抬眼一瞥，看见客厅的门没关。

“求求您行个好，”他起身接着往下说，“满足一下我的忽发奇想。”

原来是想参观屋子，他想熟悉一下她的家。包法利夫人觉得这并无不妥之处，两人立起身来的当口，夏尔进屋来了。

“您好，大夫[1]。”罗多尔夫对他说。

医生没料到人家会这么称呼他，有点受宠若惊，忙不迭地说了些很殷勤的客气话，对方趁这工夫定了定神，随后开口说道：

“夫人跟我说起她的健康情况……”

夏尔马上接过话茬：他其实也焦急万分，他妻子气闷的老毛病又犯了。于是罗多尔夫问，去骑骑马不知道有没有好处。

“当然！太好了，好极了！……这是个好主意！你得照着做。”

爱玛说不行，她没有马，罗多尔夫先生就表示愿意借一匹给她。她谢

---

1 此处原文为 docteur。作为对医师的称呼，它意为具有医学博士学位的医师。夏尔没有博士学位，所以按说只能称为 médecin（医生）。

绝了他的提议，他没再坚持。然后，为了给来访找个由头，他就说起他的车夫，就是上回来放血的那个，一直觉得头晕。

“我去给他看看。”包法利说。

“不用，我会让他来的，我们来您这儿，对您来说更方便些。”

“噢！那太好了。谢谢您。”

然后，等只剩他俩的时候：

“你干吗不接受布朗热先生的提议？那可是一片好意哪。”

她做出赌气的样子，找了许许多多理由，最后说，那样做兴许会让人家笑话的。

“啊！这我才不在乎呢！”夏尔说着，踮起一只脚转了个身，“健康第一！你想得不对！”

“哎！我连件骑马裙都没有，你叫我怎么骑马呀？”

“你该去订购一套！”他回答说。

骑马裙有了，事情也就算定了。

裙子准备好以后，夏尔写信给布朗热先生，说他妻子恭候大驾，此事多有叨扰，不胜感激。

第二天中午，罗多尔夫来到夏尔的门前，手里牵着两匹骏马的缰绳。其中一匹的耳朵上系着粉红的绒球，身上备着麂皮的女式马鞍。

罗多尔夫蹬着一双长筒软靴，心想她大概还从没见过这种软靴哩。果然，当他身穿宽松的丝绒上衣和雪白的羊毛马裤，出现在楼梯平台上的时候，她不由得为这身装束暗中叫起好来。她早就准备停当，正等着他来呢。

絮斯丹溜出药房瞧她，药剂师也搁下手头的事儿走了出来。他叮嘱布朗热先生说：

“闯祸可是一眨眼的工夫！要小心！您的马没准挺爱使性子！”

她听见头顶上方有声音：费莉茜黛在弹玻璃窗逗小贝尔特玩儿。小女孩给妈妈一个飞吻，妈妈扬扬马鞭球饰作答。

“一路走好！”奥梅喊道，“千万别大意！别大意！”

他挥动手里的报纸，目送他俩远去。

出了镇子，爱玛的马小步奔跑起来。罗多尔夫跟她并肩同行。两人不时说上一两句话。她微微俯着脸，右手抬起，胳臂前伸，随着奔马的节奏在鞍垫上很自如地颠簸起伏。

到了小山脚下，罗多尔夫松开缰绳，两人一齐跃上山坡。到得山顶，两骑马骤然停步，她的蓝色宽面纱又垂落下来。

正是十月初的天气。乡野弥漫着雾气。岚烟沿着冈峦的轮廓线，一直绵延到远方，另有些雾岚飘散开去，升到半空不见了影踪。有时从云块的罅隙射下一道阳光，远远望去，永镇的屋顶、河边的花园、庭院、围墙、教堂钟楼全都展现在眼前。爱玛微微眯起眼睛辨认着自家的屋宇。自己住的这个小镇，她还从没觉着它才这么一丁点儿大呢。从山顶望下去，整个峡谷就像一个白茫茫的大湖，雾气不停地从那儿蒸腾而起。林丛犹如黑色的岩礁，东一处西一处地矗立在那儿，一排排高大的杨树，从雾岚上方露出树梢，宛似风儿吹动的沙滩。

旁边有片草地，冷杉丛中，只见一道深黄的阳光在温暖的氤氲里游弋。橙红色的泥土，宛如烟草碎末，马蹄踩上去悄然无声，马儿行过，落在地上的松果给踢到前面。

罗多尔夫和爱玛就这样沿着林缘纵马前行。她不时转过脸去避开他的目光，这时眼前只见冷杉一排接着一排，不禁看得有些头晕目眩。马儿喘着气。鞍革嘎嘎作响。

他俩进入森林的当口，太阳出来了。

“老天在保佑我们！”罗多尔夫说。

“您这么想？”她说。

“往前！往前啰！”他接着说。

他用舌头发出“嗒”的一声，两匹坐骑撒腿奔了起来。

小径边上长长的蕨草卷进爱玛的马镫。罗多尔夫一边策马前行，一边随时俯身去拽蕨草。有时，他为了拨开树枝，跟爱玛靠得挺近，她感觉得到他的膝头在她腿上擦过。天空变成湛蓝色，树叶纹丝不动。开阔的林间空地长满盛开的欧石南，与大片紫堇交错杂生的，是各色的灌木，色泽因叶片而异，有灰的，也有浅褐和金黄的。不时从灌木丛下传来扑棱翼翅的轻响，或是随着沙哑而轻柔的啼叫，从橡树林中飞起一群乌鸦。

两人下了马。

罗多尔夫拴好缰绳。她踩着车辙间的青苔，走在前面。

可是裙子太长，即使把下摆撩了起来，行走仍有些不便，罗多尔夫跟在后面，盯着黑裙黑靴中间那截曲线优美的白袜，仿佛这就是她裸露的小腿。

她停住脚步。

“我累了。”她说。

“来，再走走看！”他说，“鼓劲儿！”

然后，又走了百十来步，她重又停下，透过从男式帽檐斜垂到腰间的面纱，只见她脸上荡漾着蓝莹莹的光影，仿佛在蔚蓝色的水波中游动似的。

“我们这是去哪儿呀？”

他没回答。她呼吸急促起来。罗多尔夫朝四下里瞧了瞧，咬了咬唇髭。

两人来到一片更为开阔的空地，好些砍伐下来的树木倒在地上。

他俩坐在一根横卧的树干上，罗多尔夫开始向她诉说自己的爱情。

他怕一开头就净说恭维话会吓着她。他的表情显得平静、严肃而忧郁。

爱玛低着头听他讲，脚尖不经意地在碎木屑上划来划去。

听着听着，突然听到了这么一句：

“现在我俩的命运不是连在一起了吗？”

“哦，不！”她回答说，“您很清楚，这是不可能的。”

她立起身想走。他抓住她的手腕。她停住脚步，用一双含情脉脉、水灵灵的眼睛望了他几分钟，急促地说道：

“哦！好了，请别说了……马在哪儿？我们回去吧。”

他做了个恼怒的手势。她重又说道：

“马在哪儿？马在哪儿？”

这时，他带着古怪的笑容，眼神凝定，牙关咬紧，伸开双臂迎上前去。她发着抖往后退，结结巴巴地说：

“哦！您吓着我了！您让我很难受！我们走吧。”

“您一定要走就走呗。”他换了副脸容接口说。

他当即又变得谦恭、温柔、羞怯了。她把手伸给他。两人往回走去。他说道：

“您这是怎么啦？为什么呢？我弄不明白。您想必是误解了，是吗？您在我心目中就像台座上的圣母，高高在上，坚定而纯洁。可是，我没有您就没法活呀！我需要看见您的眼睛，听见您的声音，知道您的想法。做我的朋友，做我的姐妹，做我的天使吧！”

说着他伸出胳臂挽住她的腰。她想轻轻地挣脱出来。他管自挽着她往前走。

这会儿，他俩听见了马儿嚼食树叶的声音。

“哦！瞧您又来了，”罗多尔夫说，“咱们别走！留下吧！”

他挽住她再往前走，来到一个小池塘旁边，浮萍给水面平添了一番绿意。凋零的睡莲凝立在灯心草间。听见草地上的脚步声，几只青蛙跳开躲了起来。

“我不该这样，不该这样，”她说，“我听您的话真是疯了。”

“为什么？……爱玛！爱玛！”

“哦！罗多尔夫！……”少妇依偎在他肩上，悠悠地说。

她的呢裙和他的丝绒上衣粘在了一起，她仰起白皙的颈脖，长叹一声，而后，她身子开始发软，流着泪，抖个不停地以手掩面，顺从了他。

暮色降临，余晖从枝桠间射进来，照得她眼睛发花。周围的叶丛和地面，到处都是颤颤悠悠的光斑，犹如一群蜂鸟飞过，抖落一片片羽毛。四下里静悄悄，树丛中仿佛散发出一股温馨宜人的气息，她感觉得到自己的心又在咚咚地跳动，血液如同乳汁那般汩汩地流遍全身。这时，她听到树林那头，另一片冈峦上，远远传来一声朦胧而悠长的叫唤，在空中回荡，她侧耳静听，仿佛那就是与她心弦震颤的余音交融在一起的乐声。有一匹马的缰绳断了，罗多尔夫嘴里衔着雪茄，手拿小刀在修接。

他俩原路返回永镇，见到了两人的马并排印在泥地上的蹄痕，两旁的灌木丛，草地上的砾石，一切依旧。周围的景物没有改变，然而她刚才经历的事变，却比眼前的山峦骤然挪位更非同小可。罗多尔夫不时俯身过来，拿起她的手吻一下。

她骑在马上，那模样可真迷人！纤细的腰肢挺得笔直，屈起的膝头贴住马鬃，迎着清新的晚风，脸蛋儿让彩霞映得红扑扑的。

进了永镇，她胯下的马在石板路上蹦跳小跑。

镇上的人打窗户里瞧着她。

用晚餐时，她丈夫发现她气色挺好。不过看上去，她根本没听见他问她骑马外出情况如何的说话。她兀自把胳膊肘支在餐盆边上，愣坐在两支点燃的蜡烛中间。

“爱玛！”他说。

“什么事？”

“嗯，今天下午我到亚历山大先生家去，他有一匹上了牙口的牝马，还挺不错的，就是腕关节稍有些伤，我拿准了，一百埃居准能……”

他顿了顿又往下说：

“我想到您准会高兴的，就跟他说定……就买了下来……我做得对吗？告诉我。”

她点了点头，接着，一刻钟过后：

“你今晚出去吗？”她问。

“是的。有什么事？”

“哦！没什么，没事，亲爱的。”

等到把夏尔打发走，她就上楼把自己关在卧室里。

起先，是一种类似眩晕的感觉，她眼前依稀又是树枝、小径、沟渠、罗多尔夫，而且她似乎觉得他仍然搂紧着她，边上的树叶犹自在抖个不停，灯心草也在簌簌作响。

可是，当她在镜子里瞥见自己的脸时，她不由得吃了一惊。她从没见过自己的眼睛这样大，这样黑，这样深邃。有一种微妙的东西在她身上弥散开来，使她变美了。

她反复在心里说：“我有情人了！我有情人了！”这个念头使她欣喜异常，就好比她又回到了情窦初开的年岁。爱情的欢乐、幸福的癫狂，她原以为已无法企盼，此刻却终于全都拥有了。

她进了一个神奇的境界，这儿的一切都充满激情，都令人心醉神迷、如痴如狂，周围笼罩着浩瀚无边的蓝蒙蒙的氛围，情感的顶峰在脑海里闪闪发光，平庸的生活被推得远远的，压得低低的，只是偶尔在峰峦的间隔中显现。

于是她回忆起从前看过的书里的女主人公，这群与人私通的痴情女子，用嬷嬷般亲切的嗓音，在她心间歌唱起来。这种以身相许的恋人，曾令她心向往之，而此刻她自己仿佛也置身其间，也变成想象的场景中一个确确实实的人物，圆了少女时代久久萦绕心头的梦。此外，爱玛还尝到了一种报复的快感。她受的罪还不够多吗？而她现在胜利了，抑制已久的爱情，终于淋漓酣畅地尽情迸发了出来。她细细品味着这爱情，无怨无悔，无忧无虑。

第二天，是在一种新的甜蜜中度过的。两人都信誓旦旦。她向他诉说自己的愁闷。罗多尔夫用一个个吻打断她，她微微闭上眼睑，要他再唤她“爱玛”，再一遍遍地说他爱她。他们还在头天的那片森林里，躲进一间木鞋工匠的草屋。墙是麦秆糊的，屋顶低得直不起身来。他俩并排坐在一张干树叶铺的床上。

从这一天起，他俩天天晚上都给对方写信。爱玛把信带到河沿的花园边上，藏在露台的一条缝隙里。罗多尔夫取出她的信，换上自己的，可她读了总嫌太短。

有一天清晨，天还没亮夏尔就出门了，爱玛一时心血来潮，想立时见到罗多尔夫。她只要马上出发，拉于歇特一忽儿工夫就到了，待上一个钟头回永镇，镇上的人还在睡觉呢。

想到这儿，她心急火燎得再也按捺不住，不一会儿，她已经到了草场中央，头也不回地疾步往前。

天色破晓。爱玛远远认出了情人的庄园，屋顶上的两只燕尾风标，在蒙蒙亮的天际勾勒出黑黢黢的轮廓。

庭院尽头有座主体建筑，想必就是宅邸。她长驱直入，就像四周的墙壁见到她来都自动让道似的。一座笔直的大楼梯通往楼上的走廊。爱玛拧开一扇门的把手，倏地瞥见房间那头睡着一个人。那是罗多尔夫。她喊出声来。

“是你呀！是你呀！”他一迭连声地说，“你是怎么来的？……唷！你的裙子都湿了！”

“我爱你！”她搂住他的脖子回答说。

这次得手以后，每逢夏尔一大早出门，爱玛就快快穿上衣服，蹑手蹑脚地走下石阶，往河沿而去。

可是，碰上给母牛铺的垫板抽去的日子，她就只得沿墙脚在河边往前走了。陡峭的河岸滑溜溜的，她用手紧紧攀住丛丛枯萎的桂竹香，生怕掉下去。接着要穿越犁过的农田，她高一脚低一脚地径直往前走，纤巧的靴子不时陷进泥里去。裹在头上的披巾，在草场上迎风飘拂，她怕牛，慌忙奔了起来，上气不接下气地赶到时，她脸颊泛红，全身上下散发着树木、青草和晨风的清香。这时罗多尔夫还没醒呢。她一进他的卧室，就像把春天的早晨带了进来。

沿窗悬挂的黄色窗幔，悄悄透进凝重的金黄光泽。爱玛眨着眼睛，摸索着前行，挂在头发上的露珠，宛似一道黄玉的光晕，围住她的脸庞。罗多尔夫笑着拉她，把她紧紧搂在怀里。

事后，她在屋子里东张张西望望，打开柜子的抽屉，用他的梳子梳头，在他刮脸的镜子里端详自己。床头柜上，水瓶旁边有个大烟斗，就跟柠檬和方糖搁在一块儿，她常爱把这烟斗衔在嘴里。

两人话别得足足花上一刻钟。这时爱玛会哭上一阵，她真想能永远厮守在罗多尔夫身边。有一股她无法抵御的力量，在把她朝他推去，她简直到了不能自已的地步，以致有一天，他瞧见她不期而至时，竟自蹙起额头，好像很生气的样子。

“你怎么啦？”她说，“不舒服吗？告诉我呀！”

临了他还是神情严肃地说了，她这么来访很不谨慎，会招来人家闲话的。

第十章

罗多尔夫的担心，渐渐地传染给了她。起先她陶醉在爱河里，除了爱情根本想不到别的事儿。可是现在，既然爱情已成为生活中不可或缺的部分，她就惟恐它缺掉点什么，生怕它被扰乱。每次从他家回转的路上，她那不安的目光总在四下里逡巡，紧张地注视着远远走过的每个人影，小心地张望着镇上每扇能打里面瞧得见她的天窗。她屏息谛听种种脚步声、叫喊声、犁地的吆喝声，她伫立不前，头上的白杨枝叶簌簌摇曳，而她的脸色比树叶更白，身子也晃得更厉害。

有一天早晨，她正这么往回走，冷不防瞥见一支猎枪长长的枪筒，似乎就对准着她。沟渠旁边有个木桶，下半截没在草丛里，那枪筒就打木桶边缘斜伸出来。爱玛吓得险些晕厥过去，但还是脚步不停地直往前走，这时只见木桶里钻出一个人，就像玩具盒里蹦出一个玩偶似的。他的护腿一直扣到膝头，鸭舌帽压在眼睛上，嘴唇哆嗦，鼻子通红。这原来是比内队长，正埋伏在那儿打野鸭。

“您老远就该喊嘛！”他嚷嚷着，“瞧见有枪总该招呼一声。”

税务员这么说，是想掩饰自己刚才过于惊慌的失态，因为，省里有条法令，只准驾船捕猎，严禁枪杀野鸭，比内先生虽说向来遵纪守法，这回可是明知故犯违禁了。所以他每时每刻伸长着耳朵，生怕碰上乡警。不过这种担惊受怕也自有它的乐趣，先前他独自待在木桶里，正沾沾自喜地想着自己运气有多好，办法有多妙哩。

见来人是爱玛，他好像大大松了口气，马上跟她攀谈起来：

“天气挺凉的，真够呛啊！”

爱玛没搭腔。他又说：

“您敢情是一大早就出门了吧？”

“是的，”她讷讷地说，“我刚从孩子的奶妈家出来。”

“哦！很好！很好！我么，您也看得出，打拂晓起就在这儿了，可这鬼天气阴沉沉的，除非鸟儿撞到枪口上……”

“再见，比内先生。”她打断他的话，转身就走。

“随时为您效劳，夫人。”他冷冷地说。

说完他又钻进桶里。

爱玛后悔刚才不该那么匆忙离开税务员。十有八九，他会作出种种对她不利的揣测。奶妈一说是个蹩脚透顶的借口，永镇谁都知道，包法利家的小女孩接回父母家都有一年了。再说，这一带根本不住人，这条道只能通往拉于歇特，比内猜到她从哪儿来，当然不会就此闷声不响，他一准会张扬出去！她左思右想，直到天黑还在绞尽脑汁编谎话，眼前不断浮现那个傻瓜背着猎袋的模样。

晚餐过后，夏尔见她心事重重，就让她一起去药剂师家散散心，不料一进药房，她劈面就瞧见了他，那个税务员！他站在柜台跟前，脸上映着红药瓶的反光，开口说道：

“劳驾给我来半两[1]矾油。”

“絮斯丹，”药剂师大声说，“去把硫酸拿来。”

---

1 指法国古两。一古两合十六分之一利弗尔。利弗尔原来是重量单位，后又被当作记账货币，一个利弗尔相当于一古斤银的价格。

然后，见爱玛要上楼到奥梅太太房里去，他就对她说道：

“噢，请慢着，不用劳驾上楼，她马上就下来。请在炉子边上暖暖身子，稍等片刻……恕我眼拙……晚上好，大夫（药房老板喜欢用大夫这个称呼，不光因为他觉得这称呼听上去气派，而且这么一叫别人，好像自己也沾了几分光）……嗨，瞧你，当心碰翻研钵！上小间去搬椅子，店堂的扶手椅不能搬来搬去，这你是知道的嘛。”

说着，他赶忙从柜台里出来，把扶手椅放回原处，这时比内又对他说要买半两糖酸。

“糖酸？”药房老板神情鄙夷地说，“我不知道，没听说过！您大概是要草酸吧？草酸，对不对？”

比内解释说，他要一种腐蚀剂，想自己配制一种擦铜水来擦除各种猎具的锈渍。爱玛打了个哆嗦。药房老板接过话茬说：

“可也是，这天气是不怎么的，潮气太重。”

“不过，”税务员神情狡黠地说，“也有人不在乎。”

她几乎透不过气来了。

“劳驾再给我来……”

“他敢情是不想走了！”她心想。

“半两松香和松脂，四两黄蜡，三两骨炭，我要擦洗一下猎具上的漆皮。”

药剂师动手切黄蜡的当口，奥梅太太下楼了，怀里抱着伊尔玛，身边带着拿破仑，后面跟着阿塔莉。她在靠窗的丝绒长凳上坐下，男孩蹲在一张矮凳上，他姐姐则在爸爸边上，围着装枣儿的盒子转悠。做父亲的往漏斗里倒药剂，然后塞好瓶盖，贴上标签，再捆扎打包。大家在边上静悄悄的，只有他往天平上搁砝码时的叮当声，伴着他偶尔轻轻关照徒弟的说话声。

“您的小姑娘怎么样？”奥梅太太蓦地问道。

“别出声！”她丈夫喝道，他正在记账。

“干吗不把她带来？”她低语说。

“嘘！嘘！”爱玛指指药剂师说。

可是比内全神贯注在盯着账单，看样子根本没听见她们的说话。最后他总算走了。爱玛这才如释重负，长长地吁出一口气。

“您呼气可真重！”奥梅太太说。

“噢！屋里太热。”她回答说。

于是，第二天他们就商量怎么安排幽会。

爱玛想给女仆送件礼物来收买她，可最好还是在永镇找一座不显眼的房子。罗多尔夫答应去找。

整个冬天，他每星期有三四次深夜来到花园。爱玛有意拿掉了木栅门的门闩，夏尔只以为是丢了。

罗多尔夫来了，就往百叶窗上扔一把沙子通知她，她当即跳下床来。不过有时候她也得等着，因为夏尔特别喜欢坐在壁炉边上说东说西，说个没完。

她心急如焚，假如她的眼睛能把他举起的话，她早就把他从窗子里摔下去了。临了，她就换好晚妆，拿起一本书，大气不出地看了起来，仿佛看得挺有味儿。夏尔这时已经上床，叫她也去睡。

“来呀，爱玛，”他说，“该睡了。”

“好，我就来！”她回答说。

不过，由于烛光刺眼，他翻过身去冲着墙，一会儿睡着了。她屏住气，带着笑，心头直跳，脱下睡袍，溜了出去。

罗多尔夫有件宽大的披风，他把她周身裹住，搂紧她的腰，默不作声地带着她来到花园那头。

他俩坐在凉棚下的木条凳上，当初那些夏日的夜晚，莱昂就在这树枝钉的木凳上深情地凝视过她。现在她已经不再想到他了。

透过没有叶片的素馨枝条望去，星星在天空中闪烁。他俩听见小河在背后流淌，河岸上不时传来芦苇干裂的声响。浓重的阴影，一处处地在黑暗中凸显出来，有时遽然一阵震颤，猛地竖起，有如黑压压的排浪那般扑将下来，要把他们吞没。深夜的寒意使他俩搂得更紧，唇间吁出的轻叹，听上去仿佛更响，隐约可辨的眼睛，看上去仿佛更大，四周一片寂静，轻轻诉说的低语，每字每句落在心头，变得清脆而洪亮，余音袅袅，回响不绝。

下雨的夜晚，他们躲进车棚和马厩中间的诊室。她点亮厨房的蜡烛，那是她事先藏在书堆后面的。罗多尔夫待在这儿就像在家里。瞧着书橱、写字桌，还有这整个房间，他都觉得挺逗的，禁不住要拿夏尔来开上一大通玩笑，让爱玛听得很窘。她愿意看见他更严肃，甚至有时更富于戏剧色彩，就像那一回，她觉得听见小路上有脚步声愈走愈近。

“有人来！”她说。

他吹灭蜡烛。

“你有手枪吗？”

“干吗？”

“咦……为自卫呀。”爱玛说。

“为对付你丈夫？嘿！这可怜的家伙！”

罗多尔夫说最后一句话时，做了个手势，意思是说：“我手指头一弹，就把他给弹扁喽。”

她对他的勇敢感到极为惊讶，虽然她觉得其中有种未加掩饰的粗俗不雅的味道，让她有些反感。

罗多尔夫对手枪这茬儿想得很多。假如她说这话是当真的，“那未免很可笑，”他心想，“甚至可鄙。”因为他没有理由去恨那个老实的夏尔，夏尔可不是那种所谓的醋坛子，——对了，爱玛还对他发过一个毒誓，他听了也觉得不怎么对劲儿。

何况，她变得多愁善感起来了。先是要交换肖像细密画，再是要各人剪一绺头发给对方，这会儿她又要一枚戒指，一枚真正的结婚戒指，作为永结同心的见证。她经常对他讲起晚钟和天籁，后来她又说起她的母亲和他的母亲。罗多尔夫的母亲去世都二十年了。可爱玛仍然用矫揉造作的话语安慰他，就像在安慰一个双亲刚去世的小男孩，有时候她甚至会望着月亮对他说：

“我相信她俩在天上，也会为我们的相爱感到欣慰的。”

可是她又这么漂亮！他过去有过的情妇，几乎没有一个是像她这样单纯的！这种没有放荡的爱情，在他是一种新鲜的体验，让他摆脱了种种浅薄的习惯，同时既满足了他的情欲，又满足了他的虚荣心。爱玛的狂热，按他的布尔乔亚标准来说，是不足为训的，但是他又在心底里觉得那是弥足珍贵的，因为那是冲着他本人的。

结果，他由于吃准了她爱自己，就不再感到局促不安，态度也在不知不觉中起了变化。

他不再像以往那样，说些情意绵绵的话让她感动得流泪，或者用充满激情的抚爱让她如痴如醉。到头来，他们高迈的爱情，从前仿佛是一条大河，她完全沉浸在其中，如今却眼看水在浅下去，河床变得干涸了，她还瞅见了河底的淤泥。她不愿相信这是真的，她对他倍加温柔，而罗多尔夫，却愈来愈不在意掩饰他的冷漠。

她不知道自己是后悔顺从了他呢，还是反过来不想再爱他了。觉着自己软弱的屈辱感，变成了一种怨恨，只是肉体上的快感，缓解了这种怨恨的情绪。这不是两情相悦的依恋，而是像一种周而复始的诱奸。他制服了她。她几乎对此感到惧怕起来。

然而表面上却分外平静，罗多尔夫已经稳操胜券，想勾她上手就能勾她上手，半年下来，春天到了，他俩彼此相处犹如一对夫妻，安安静静地维持着一种家庭式的爱情生活。

又到了鲁奥老爹送火鸡来答谢治腿之恩的时节了。礼物上照例附了一封信。爱玛剪断缚在篮筐上的绳子，取下信念起来：

> 亲爱的孩子：
>
> 希望你们看到这封信时身体都好，也希望这只火鸡不比过去的差，我敢说它恐怕还稍稍更嫩些，也更壮些。不过下一回，我想捎只公鸡去给你们换换口味（除非你们还是宁可要火鸡），请把这只筐子连带以前的两只一起还我。我的车棚遭了殃，有天夜里风刮得太猛，把棚顶给掀到林子里去了。庄稼也长得不大好。总之，我说不定多会儿能去看你们。如今，打从这家里就剩我一个人后，我可怜的爱玛，要离家出去走一趟可就难喽！

写到这儿，行距拉大了些，好像老人搁下笔想了会儿心事。

> 我挺好，就是上回去伊夫托赶集得了感冒，那回是去找个新羊倌，老的那个让我给辞了，因为他吃东西太挑精拣肥。这帮无赖可真难弄！再说，他这人很粗鲁。
>
> 有个小贩去年冬天上你们那儿去，拔了一颗牙，我听他说包法利干活儿还是那么巴结。这我听了可不觉着意外，他给我看了他的牙齿，我们一块儿喝了咖啡。我问他有没有看见你，他说没有，可他在马厩瞧见两匹马，我就琢磨你们日子过得挺顺当。这就挺好，亲爱的孩子，但愿仁慈的天主不断赐福给你们。
>
> 我还没见过我心爱的小外孙女贝尔特·包法利，这叫我想起来

挺伤心。我在园里为她种了棵李树，就种在你那间屋的窗下，平时我不许别人碰它，因为我以后要为她做糖渍李子，给她藏在柜子里，等她来时让她吃。

再见了，我亲爱的孩子们。吻你，我的女儿，也吻您，我的女婿，还吻小外孙女，两边脸都吻。

祝你们万事如意。

你们亲爱的爸爸

泰奥多尔·鲁奥

她手里拿着这张糙纸，冥想了几分钟。信上拼写错误比比皆是，可爱玛感受得到那份拳拳的爱心，从字里行间流露出来，犹如母鸡在棘篱后面探出身来咕咕地叫。信纸用炉灰吸过墨水，有些灰色粉末从纸上滑到她的裙上，她眼前浮现出父亲朝炉膛弯下身去拿火钳的情景。当年待在他身边，坐在壁炉跟前的矮凳上，炉膛里芦苇劈劈啪啪烧得正旺，她拿根细棍搁进去看它烧，这些都是那么遥远的事了！……她回想起那些红霞满天的夏日傍晚。小马驹一见旁边有人走过，就欢快地嘶鸣，奔到东，奔到西……她的窗前有个蜂箱，蜜蜂在阳光中嗡嗡飞舞，有时猛不丁撞到玻璃窗上，像颗金色的弹子似的弹回去。那时候多么幸福！多么自由！那是满怀希望、沉湎在幻想中的年月！这样的年月一去不复返了！一次次的心灵遭际，一次次的境遇变迁，从少女到少妇，从少妇到情妇，那些美好的时光已经让她靡费殆尽了。她沿着生命的历程一路失去它们，就如一个旅客把钱财撒在沿途的一家家客栈里。

可又究竟是谁使她变得如此不幸的呢？究竟是什么非同寻常的灾难把她卷了进去呢？她抬起头，环顾四周，好像要找出自己受苦受难的根源。

四月绚丽的阳光，照得搁架上的瓷器熠熠生辉，壁炉里火烧得正旺。她穿着拖鞋，感觉得到脚下的地毯软软的。屋里光线明亮，暖洋洋的，她听见了女儿的欢笑声。

原来屋外在翻晒干草，那小女孩这会儿正在草皮上打滚。她高高地趴在一个草垛上面。女仆拽住她的裙子。莱蒂布德瓦在边上耙草，一见他走近，她就两手乱划，俯下身去。

“把她带进来！”爱玛说着，迎上去抱住小女孩吻着，“我有多爱你呵，小乖乖！我有多爱你呵！”

她看到孩子的耳垂有些脏，赶紧拉铃吩咐端来热水，亲自给她擦洗，给她换内衣、袜子和鞋子，还一遍一遍地问女仆孩子身体怎么样，就像她是刚出远门回来。最后，她一边又是吻她，又是抹眼泪，一边把孩子交还女仆，女仆看到如此宣泄亲情的场面，不由惊呆了。

罗多尔夫当晚发觉她比往常严肃。

“没事儿，”他心想，“这是在使性子。”

接下去，他一连三次没去幽会。等到他去的时候，她显得很冷淡，神色间几乎有种鄙夷的意味。

“嗨！你这是在浪费时间，我的宝贝……”

说着，他摆出一副神情，似乎根本没注意到她又是苦着脸唉声叹气，又是掏手帕抹眼泪的模样。

就在这时候，爱玛感到悔恨了！

她扪心自问，凭什么要恨夏尔呢，她甚至在想，当初假如能爱他的话，情况是不是会好些。可是他并没有给她什么机会来把感情移回到他身上，所以她空有一腔牺牲之情，却处于颇为尴尬的境地，这时多亏药剂师无意间给她提供了一个机会。

第十一章

他新近读到一篇文章，盛赞一种矫治畸形足的新方法，他向来热衷于科学进步，于是当即萌生一个爱国主义的想法，觉得永镇有义务跟上时代步伐，也来施行矫治足部畸形手术。

“因为，”他对爱玛说，“咱们何风险之有呢？您看（他说着扳起指头，列举试行新疗法的种种好处）：手术十拿九稳，既能为病人免除痛苦、修整仪表，又能让手术大夫一举成名。干吗，就比如说您先生吧，干吗他不去给金狮客栈那个可怜的伊波利特矫治一下呢？请注意，他一旦治愈，就少不得会一五一十去讲给客栈的每个客人听的，再说（奥梅压低嗓门，朝四下里扫了一眼）又有谁能阻止我给报纸来上一段报道呢？嗬唷！文章一发表……大家传来传去……结果没准就像滚雪球一样喽！这可谁也说不定呐？嗯？”

可也是，包法利不妨一试，还没有任何迹象让爱玛肯定觉着他没这份能耐，而对她来说，要是能鼓励他跨出这名利双收的一步，又该有多么称心如意！

她现在一心想找样比爱情更实在的东西来支撑自己。

夏尔经不住药剂师和她的怂恿，也动了心。他托人从鲁昂捎来了迪瓦尔大夫的专著，每天晚上两手捧着头苦读不辍。

他研究了马蹄足、内翻足和外翻足，换言之，就是足弓畸形、内踝畸形和外踝畸形（或者说得通俗一些，就是脚往下、往里和往外的各种拐法），以及跗骨下位畸形和趾骨上位畸形（也就是脚掌往下扭和脚趾往上翘），与此同时，奥梅先生正在苦口婆心地规劝客栈伙计接受手术。

“就那么一丁点儿疼，兴许你都不会觉得。就不过扎一下，跟放点儿血差不多，还没挖个鸡眼疼呢。”

伊波利特傻乎乎地转动眼珠寻思着。

“其实，”药房老板接着说，“这又不关我的事！这全是为了你！纯粹是人道主义！伙计，我可不想老看着你这么难看地瘸着腿，扭着腰，凭你怎么说，这模样对你干活儿总是大有影响的。”

奥梅接着向他描述，手术过后他会怎么有男子气，怎么步履轻捷，他甚至还暗示马厩伙计，这对他讨女人欢心也大有裨益，听得那伙计暗自直闷笑。随后，药剂师又进攻对方的虚荣心：

“嗨，你难道就不是个男子汉？倘若有一天要你去服役，去跟在军旗后面冲锋陷阵，你怎么办？……哎！伊波利特哟！”

说完他扬长而去，留下话说他真不明白，一个人怎么会这么死心眼，这么不开窍，硬是不肯接受科学带来的好处。

那可怜虫屈服了，因为他就像置身于一个阴谋集团的包围之中。平时从不过问别人闲事的比内，会同勒弗朗索瓦太太、阿泰米兹和邻居街坊，乃至镇长迪瓦施先生，所有的人全都对他晓之以理，动之以情，说得他无地自容，不过，最终让他下定决心的，还是这不用他花一个子儿。包法利连手术器材都全包了。这慷慨之举原是爱玛的主意，夏尔欣然赞成，心想妻子真是个天使。

根据药房老板的建议，夏尔请细木工匠牵头，铁匠相帮配合，前后返工三次，制成一个重约八利弗尔的盒子模样的器械，为做这玩意儿，铁皮、木头、钢板、皮革、螺钉和螺帽可都没少用。

不过，要知道得在伊波利特腿上割哪根筋腱，首先得弄明白他的畸形足属于哪种类型。

他的脚背跟小腿几乎位于一条直线，可照样又往里那么扭进去，所以这是一只略带内翻的马蹄足，或者也可以说是马蹄足特征很明显的轻度内翻足。可是，这只马蹄足果真有马蹄那般宽，皮肤粗糙，筋腱干硬，趾甲黑乎乎的活像马掌钉，就这样，这个足弓畸形患者还从早到晚像头牡鹿似的跑来跑去。在广场上常能见到他那条瘸腿一甩一甩的，围着大车跳来跳去。看上去，这条瘸腿反倒比另一条腿更有劲儿。由于用得勤，这条腿就像有了灵性，变得坚韧而有力，遇上人家给他干重活儿的时候，他往往靠这条腿来支撑全身重量。

那么，既然是马蹄足，就该割断跟腱喽，即便以后还要再对前胫肌动次手术另治内翻足，也只能如此，因为大夫不敢冒险同时进行两个手术，只要一想到说不定会误伤自己不熟悉的重要部位，他就已经不寒而栗。

无论是昂勃鲁瓦兹·帕雷[1]在塞尔苏斯[2]身后十五世纪首次直接结扎动脉，还是迪皮特伦[3]在颅腔里穿过叠体切开脓肿，或是让苏尔[4]进行首例上腭切除手术的那会儿，他们都肯定没像包法利先生手执皮下手术刀走近伊波利特的当口这么心发慌，手发抖，神经也肯定没像他这

1 法国外科医生，史称近代外科学之父。他最先在手术中用结扎大血管代替传统烙铁烧灼血管办法来止血。
2 罗马奥古斯都时代的医生，以能言善辩著称，人称“医学界的西塞禄”。他曾在《医学》一文中提出过用结扎法来止住动脉出血的设想。
3 法国外科医生，曾任路易十八和查理五世的御医。
4 法国外科医生，医学史上成功施行切移上腭骨手术的第一人。

么紧张。这时只见旁边的一张桌子上，就像在医院里那样，放着一摞摞旧布纱团、蜡线，还有许许多多的绑带，堆得像座小山，药房里的绑带全都在这儿了。这些准备工作，奥梅从一早就开始在张罗，他一则想在邻居街坊面前露露脸，二则也想给自己打打气。夏尔从皮上扎下去，只听得干巴巴的"喀答"一声，跟腱割断，手术也就做完了。伊波利特惊魂未定，扑下身去抓起包法利的双手拼命乱吻。

"行了，安静些，"药剂师说，"你的感激之情，留着以后再向恩人表示吧！"

说完他就下楼去，把手术结果讲给等在院子里的人听，这五六个看热闹的人还以为伊波利特马上就能走路了哩。而夏尔把病人的脚用模具夹住以后，便也回转家去，爱玛在家门口心焦地等着他。她扑上去搂住他的脖子，两人在餐桌旁坐定。他吃得很多，在上甜点时，甚至还要来杯咖啡，这是平时星期天有客人来才享受的排场。

整个傍晚过得温馨宜人，两人谈兴很浓，大谈其共同的梦想。他们谈到未来的幸福，谈到家里哪些地方要改善条件。他看见自己声名传了开去，日子愈过愈舒坦，妻子一如既往地爱着他，她由于体验到一种全新的、更健康的、更美好的情感而容光焕发，由于对这个钟爱她的可怜男人生出了些许柔情，而感到很高兴。罗多尔夫的影子，有一刹那掠过她的脑际，不过她的目光回到了夏尔脸上，她甚至惊奇地发现，他的一口牙齿还挺不错。

两人已经上了床，不料奥梅先生不顾厨娘的劝阻，硬是冲了进来，手里拿着一张墨迹未干的稿纸。这是他准备投给《鲁昂灯塔报》的捧场文章。他是拿来给他俩看的。

"还是请您给念一下吧。"包法利说。

他念了起来：

“‘尽管种种偏见仍像一张网似的笼罩着欧洲的部分土地，阳光却已经射进了我们的田野。上星期二，就在我们的永镇小城，人们有幸目睹了一次外科手术，一次体现高尚的博爱精神的壮举。包法利先生，一位最杰出的开业医师……’”

“噢！过奖了！过奖了！”夏尔激动得几乎话都说不上来了。

“哪儿的话！怎么能说过奖呢！……‘施行了一次畸形足矫正手术……’我没有用医学术语，因为，您知道，报纸上的文章……有些人也许会看不懂，得让大家都……”

“那当然，”包法利说，“请继续念下去。”

“我再往下念，”药房老板说，“‘……包法利先生，一位最杰出的开业医师，施行了一次畸形足矫正手术，患者名叫伊波利特·托坦，已在金狮客栈当了二十五年马厩伙计，该客栈系守寡的勒弗朗索瓦太太所开，位于阅兵广场。出于对试行手术的新奇感，以及对手术对象的关切之情，众多居民前往观瞻，手术室外人满为患。而此次手术唯神奇二字堪以形容，患者身上只有少许几点血迹，简直可以说，那根冥顽的筋腱面对高超的技艺，终于败下阵来了。令人称奇的是（我们都是亲眼目睹），病人几乎没有叫过一声痛。他目前情况良好，相信很快就能康复，在下次乡镇集会上，谁敢说我们好样的伊波利特不会置身于欢歌笑语的人群中间，跳起狂欢的舞蹈，以热情奔放的蹦跳击腿来向人们证实他已经痊愈了呢？让我们向胸怀开阔的学者致敬！向孜孜不倦夜以继日，献身于改善人类处境、减轻同胞痛苦的人们致敬！致敬！致敬致敬再致敬！我们何不借此机会为盲人重见光明，为失聪者听见声音，为足疾患者行走自如而欢呼呢？昔日所谓上帝选民方能得到的神启，今天科学已经给予普天下的人们了！有关这次惊人手术的情况，我们还将向读者作连续报道。’”

文章归文章，五天过后，勒弗朗索瓦太太上气不接下气地跑来嚷嚷道：

“快救救他！他要死了！……我方寸都乱了！”

夏尔拔腿往金狮客栈奔去，药房老板瞧见他光着头穿过广场，便也撇下药房跑出来。他赶到那儿，气直喘，脸通红，神色慌张，见到有人上楼就问：

“咱们这位出了风头的畸形足患者怎么啦？”

这位畸形足患者正处于极度痉挛状态，疼得乱扭乱动，夹在腿上的那副模具死命往墙上撞，像要把它捅穿似的。

他们小心翼翼，尽量不碰手术部位，把那木盒卸下一看，只觉情况不妙。整只脚肿得不成样子，整张皮肤仿佛眼看就要胀破，而且到处都是那个宝贝模具留下的瘀斑。伊波利特一直叫痛，但没人理会他。现在得承认，他叫痛并非全无道理，于是允许他松绑几小时。不过，一见浮肿稍有消退，两位知识渊博的主儿立即断定，这条腿要重新放进模具而且要夹得更紧，以便加快治疗进程。又过了三天，伊波利特终于忍无可忍，于是两人再次取下模具，一见眼前的景象，却都不禁倒抽一口冷气。青灰色的肿胀蔓延到了整条小腿，东一处西一处地长满水疱，往外渗着黑色的脓水。情况看来相当严重。伊波利特变得烦躁起来，勒弗朗索瓦大妈把他挪进那个小间，紧挨着厨房，让他好歹能散散心。

可是每天来小间用餐的税务员勃然作色，发话说他受不了旁边搁这么个家伙。所以只得再把伊波利特搬到弹子房。

他躺在那儿，盖着厚厚的毯子，呻吟不绝，脸色惨白，胡子老长，眼眶凹陷，汗津津的头不时在脏兮兮的枕头上转来转去，躲避空袭的苍蝇。包法利夫人常来看他，捎来敷药的绷带，安慰他，鼓励他。再说，他也不缺人陪，尤其碰上赶集的日子，那些庄稼汉围着他打弹子，拿球棒当剑耍，抽烟，喝酒，唱歌，大声嚷嚷。

“你怎么样？”他们拍着他的肩膀说，“嚯！看上去有点蔫不唧儿的！”然后就说这是他自己不好，原该如何如何才对。

他们告诉他，有人用了别的治法，结果全治得挺利索，临了，他们用安慰的口气对他说：

“你呀，太娇气！别再老躺着了！瞧你有多舒服，就像个国王！哦！得啦，装模作样的老弟！你身上的气味可不怎么样！”

确实，坏疽在向上扩展。包法利自己也急得一筹莫展。他每过一会儿就来跑一趟。伊波利特目光充满惊恐地望着他，抽抽噎噎地说：

“我什么时候才能好呀？——哦！救救我吧！……我可真倒霉呵！我可真倒霉呵！”

医生临走时总关照他要禁食。

“别听他的，孩子，”勒弗朗索瓦大妈说，“他们已经把你折磨得够惨了！再不吃点东西，身子骨就更虚了。来，大口地吃！”

她不是给他盛点肉汤，就是给他来片羊腿肉或者来块大肥肉，有时还有一小杯烧酒，他却连沾也不敢沾一滴。

布尼齐安神甫得知他病情恶化，传话说要来看他。神甫一到，先对病人表示了同情，但马上又说这是天主的旨意，所以应当感到庆幸，赶快趁此机会请求天主的宽宥。

“可也是，”教士以慈父般的语气说道，“你有些疏忽了自己的职责，诵日课经时难得见到你的人影。你有多少年没走近圣餐台了？我明白，你活儿挺忙，又让俗事分了心，所以可能顾不上考虑灵魂的永生。而现在，该是思考这个问题的时候了。不过，你也别泄气，我见过有些罪孽深重的人，在行将面对天主接受审判的时候（我当然知道，你还没到这份上）苦苦哀求主的怜悯，他们终于都死得很平静很安详。希望你也能像他们一样，为我们提供很好的例证！所以你要先做准备，不妨就每天早晚念诵一遍'礼拜圣母马利亚'和'圣父在天之灵'吧！对，就算是为我，看在我面上，这样做吧！这能费什么事呢？……你答应我了？"

这可怜虫答应了。本堂神甫随后几天来得很勤。他跟女掌柜聊天，甚至还说些琐闻趣事，中间穿插了开玩笑的俏皮话和伊波利特听不懂的文字游戏。然后，看看气氛差不多合适了，话头就又回到宗教问题，脸上换上相应的表情。

功夫不负有心人。那位畸形足患者不久就表示，他病愈后想去普佑教堂朝圣：布尼齐安先生回答说，他认为这并无不妥之处，两手准备总比一手准备强呗。反正坏不了事。

药剂师对所谓教士使的伎俩感到不胜愤慨，他声称，这些伎俩会妨碍伊波利特的康复，他一再对勒弗朗索瓦太太说：

"别去烦他，别去烦他！你们这种神秘主义的做法，会搅乱他的神志的！"

可这位好心肠的太太连听也不要听。他才是罪魁祸首哩。她有意跟他对着干，在病人床头挂了个装得满满的圣水瓶，里面插着根祝圣的黄杨枝条。

但是宗教并不比手术高明，看来还是救不了他，顽固的坏疽从脚趾上升直达腹部。重配药剂，更换敷料，全都不顶用，皮肉溃烂日甚一日，这时勒弗朗索瓦大妈问夏尔了，既然事已如此，能不能让她去请新堡的那位名医卡尼韦先生来试试，夏尔点点头默许了。

这位医生同行有博士头衔，五十来岁年纪，名声颇佳，自视甚高，一见这条烂到膝部的腿，便肆无忌惮地嗤笑了一通。他断然声称必须截肢，随即来到药剂师那儿，大骂那些蠢驴居然把一个可怜人弄到这副样子。他揪住奥梅先生常礼服的纽子，在药房里大叫大嚷。

“这就是巴黎来的新花招！这就是京城那些先生的好主意！什么斜视矫正啦，氯仿麻醉啦，膀胱碎石术啦，这么些匪夷所思的做法，政府当局理应禁止才是！可是有些人就是要托大，硬把这些疗法塞给你，全不管结果怎样。我们这些人，可就没这么大的能耐喽，我们既不是耍嘴皮的学者，也不是花花公子和纨绔子弟，我们是医生，是给人治病的，我们可不想去给一个好端端的人开上一刀！矫治畸形足？畸形足能矫治吗？这不好比要把驼背扳直吗！”

奥梅聆听这番高论，心里不是滋味，可他用奉承的笑容掩饰住了心里的不自在，因为卡尼韦先生可得罪不得，他开的药方有时候人家会拿到永镇来配的。于是他没帮包法利辩解，干脆不作声，到底生意要紧，不但原则可以放弃，牺牲尊严也在所不惜喽。

卡尼韦大夫施行截肢手术，在这镇上是桩了不得的大事！这一天，全镇男女老少早早就起身，大街上虽说挤满了人，气氛却有些凄清，就像是在大出丧。大家聚在杂货铺议论伊波利特的病情，店铺全都不售货，镇长夫人迪瓦施太太守住窗口，心焦地等着主刀大夫来。

他亲自驾着轻便马车来了。右侧的弹簧在他肥胖的身躯下塌瘪了，所以车身在行进中始终倾斜着，他边上的那只坐垫上，放着一个红羊皮面的大提包，上面的三枚铜搭扣神气地闪着光。

大夫一阵风似的驶进金狮门廊，大声吩咐卸马，然后就跟到马厩去看马儿吃不吃燕麦。他每回上病家去，总要先照管好自己的马和车。有人甚至这样说：“噢！卡尼韦先生，那是个怪人！”但就为这种从来不坏规矩的做派，大家越发敬重他。天下人可以都死光，剩下他照样规矩不变。

奥梅迎上前去。

“我要您相帮，”大夫说，“咱们都准备好了吗？开步走！”

可是药剂师红着脸，说自己十分敏感，瞧着做这样的手术只怕会受不了。

“一个人光在旁边看，”他说，“您知道，很容易七想八想！再说我的神经系统特别……”

“行了！”卡尼韦打断他的话说，“我倒是觉得，您哪，特别容易中风。不过，这在我也不奇怪，因为你们这些药房先生，成天钻在配药室里，日子一长当然体质就差了。瞧我，嗯，我每天四点钟起床，用冷水刮胡子（我从来不怕冷），而且不穿法兰绒衣服，我从来不感冒，胸肺都棒得很！我各种生活都能对付，这样能过，那样也能过，如同哲人，随遇而安。就这缘故，我才不像你们那样神经脆弱，对我来说，给一个病人开一刀，跟随手抓只鸡鸭宰一刀完全是一码事。说到底，唔，习惯……习惯哪！……”

于是，这两位先生撇下盖着毯子急得直冒汗的伊波利特，自顾自聊了起来：药剂师把外科大夫的冷静沉着，比作将军的指挥若定，这个对比正中卡尼韦的下怀，他滔滔不绝地大谈他这门技艺如何之不易。在他眼里这是一种神圣的职业，尽管他已经让好些开业医师给玷污了。最后，话题回到病人身上，他检查奥梅带来的绷带——就是上回手术用的那些，还吩咐来个人帮他按住那条坏腿。

于是把莱蒂布德瓦给找了来，卡尼韦先生卷起袖子，迈入弹子房，药剂师留在门外，跟阿泰米兹和女掌柜做伴，她俩脸色比围裙还白，耳朵却贴紧在门上。

包法利这会儿不敢出家门一步。他待在楼下没生火的客厅里，坐在壁炉架边上，下巴颏垂到胸口，双手紧握，两眼发直。“真倒霉！”他心想，“真叫人丧气！”可他已经考虑周全，采取了预防措施的呀。真是命运不济。这算怎么回事唷！伊波利特过两天要是死了，岂不变成了死于他之手。还有，以后出诊，碰到人家问起，他可怎么回答？也许，他说不定是在什么地方出了纰漏？他左想右想，想不出来。其实就连最有名的外科医生也会出纰漏。可人家就是不肯信！他们非但不相信，还要取笑你，说坏你！事情会一直传到福日！传到新堡！传到鲁昂！到处都传遍！谁知道那些同行会不会写文章攻讦他呢？要是挑起一场笔战，就还得在报纸上应战。伊波利特没准还会跟他打官司。他仿佛眼见自己在出乖露丑，倾家荡产，身败名裂！他的脑子里乱纷纷地闪过种种假设，思绪在这些假设上颠簸晃荡，犹如一只空桶在海上随波逐流，翻来滚去。

爱玛跟他对面而坐，目光注视着他，她不是在分担他的耻辱，她想的是另一桩耻辱：自己居然会以为这么个男人还能有点儿出息，教训已有十次二十次之多，她怎么还没看透他的平庸。

夏尔在房间里来回踱步。靴子在地板上喀喀作响。

“坐下，”她说，“你让我心烦！”

他重又坐下。

她怎么竟会（以她这么聪明的一个人！）又一次看走眼的呢？还有，她到底是着了什么魔，居然会如此一而再、再而三地作出牺牲，来作践自己的生活？她回忆起自己对奢华的本能向往，回忆起心灵的枯竭，婚姻和婚后生活的平庸，有如受伤燕子跌落泥沼般失落的那些梦，回忆起她曾渴望过，她曾拒绝过，以及她本该得到的那一切！这究竟是为什么？为什么？

寂静的小镇上空，掠过一声撕心裂肺的惨叫。包法利脸色发白，险些晕倒。爱玛神情烦躁地皱了皱眉头，然后继续想下去。这一切，还不全是为了他，为了这个人，为了这个什么也不懂、什么也感觉不到的男人吗！瞧他一声不响地坐在那儿，根本就想不到他的名字成了笑柄，她也得跟着遭殃哩。而她还做过努力来爱他，还流着泪后悔过委身于另一个男人。

“他莫非是外翻足？”冥思苦想的包法利蓦地叫出声来。

这句话猛不丁撞进她的脑海，有如一只铅球落进银盘，爱玛打了个激灵，抬起头来揣测他究竟想说什么，两人静静地对视着，不胜惊讶地感觉到，内心的意识已然使彼此相隔得如此遥远。夏尔用醉汉混浊的目光望着她，一动不动地谛听被截肢者最后的几声惨叫，听着这叫声转成拖长的哀号，中间断断续续夹着一声声尖叫，就像宰牲口时远远传来的嚎叫。爱玛咬住没有血色的下嘴唇，指尖搓动着一根掰断下来的珊瑚枝，定睛盯住夏尔，眼里冒出的怒火犹如两支点火待发的羽箭。他身上的一切，现在都让她看着就来火，他的脸、他的服装、他没说出的话、他的整个人，总之，他的存在就让她生气。往日的贞洁，仿佛是一种罪孽，她为之感到后悔，纵使如今还有留剩，此刻也在傲气的发作下灰飞烟灭了。通奸得手，让夏尔戴上绿帽子，这叫她觉得痛快极了。情人的身影，魅力无穷地浮现在眼前，她为一股新的激情所裹挟，整个心灵都被这种魅力吸引过去，对她来说，夏尔犹如一个行将死去，由她在送终的人，所以他已经变得跟她的生活并不相干，好像根本不会再有这么个人，好像这个人根本就不可能存在，根本就是乌有之物。

人行道上传来一阵脚步声。透过放下的百叶窗，夏尔往外看去，只见灿烂的阳光下，卡尼韦大夫在菜市场边上，用绸巾擦额头的汗。奥梅跟在后面，拎着一只红色大提包，两人朝药房方向走去。

这时，夏尔心头若有所失，陡然涌上一股柔情，转身对妻子说：

“亲亲我，宝贝儿！”

“别碰我！”她气得满脸通红地说。

“你怎么啦？你怎么啦？”他惊愕万分，连声问道，“你冷静些，镇定一下！你知道我这是爱你呀！……来吧！”

“够了！”她神色吓人地嚷道。

她走出客厅，把门砰的一声关上，震得气压计从墙上摔到地上，跌得粉碎。

夏尔倒在扶手椅里，心绪纷乱，想知道她到底是怎么了，疑心她是神经出了毛病，他流着泪，隐隐约约感到，自己周围有某种不祥而又费解的东西在游荡。

罗多尔夫当晚来到花园，只见情人在石阶的最低一级等着他。两人紧紧拥抱，怨恨像雪一样，在热吻之下消融了。

第十二章

他俩又相爱了。就连白天，爱玛常常也会一下子提起笔来写信，然后，隔窗对絮斯丹做个手势，他赶忙解下系在腰间的粗麻布，撒腿往拉于歇特跑去。罗多尔夫来了，爱玛原来就为告诉他，她有多么愁闷，丈夫有多讨厌，日子有多难过！

“那我又能怎么样呢？”有回他听得不耐烦了，大声说道。

“哦！你想做，就能！……”

“做什么？”罗多尔夫说。

她叹了口气。

“我俩到外地去生活……换个地方……”

“你真是疯了！”他笑着说，“这可能吗？”

她过后又回到这茬上来，他只当没听懂，把话岔开了。

让他弄不懂的是，像男欢女爱这么简单的一桩事情，哪来这么些夹缠。她却自有一种理由，一种原因，而且那仿佛就是她的恋情的一种后援。

原来，对丈夫的反感，天天都在助长这份柔情。她愈是眷恋这一个，就愈是嫌恶那一个。每次跟罗多尔夫幽会过后，又和夏尔待在一起的时候，夏尔都会变得格外可厌，手指那么粗笨，脑子那么迟钝，举止那么平庸。于是，她一边扮演为人妻、讲德行的角色，一边心里像烧着团火，如饥似渴地思念着那头披在晒褐的额头上的黑色鬈发，思念着那副又健壮又优雅的身材，思念着这个处世如此干练、情欲如此炽烈的人儿！为了他，她才像首饰匠那般精细地修剪指甲，肌肤上有敷不完的cold-cream[1]，手帕上有洒不够的广藿香。她戴上手镯、戒指、项链。每当他要来，她总在那两只蓝玻璃花瓶里插满玫瑰，把房间和自己拾掇得体体面面，就像一个妓女在恭候一位亲王。女仆得不停地洗衣服，费莉茜黛整天不离厨房，那小厮絮斯丹常来陪她，在旁边看她干活。

他双肘支在她长长的熨衣板上，眼馋地注视着摊在身边的这些女人衣物：衬裙，披巾，细布绉领，腰部宽松裤腿收紧、有束带夹层的内裤。

“这是干什么用的？”小伙计摸着有衬架的女裙或是衣服上的搭扣，问道。

“敢情你从没见过？”费莉茜黛笑着回答，“难道你们老板娘奥梅太太不用这些玩意儿？”

“哦，奥梅太太！她用！”

他若有所思地接着说：

“可她能跟你们夫人比吗？”

不过，费莉茜黛瞧着他老在身边打转，觉得不耐烦了。她比他大六岁，泰奥多尔——吉约曼先生的那个男仆，已经在向她献殷勤了。

“别来烦我！”她边挪浆钵边说，“去捣你的杏仁。你呀，老想往女人身边蹭。小鬼，等你下巴长了胡子再动这脑筋吧。”

---

1 英语，意为冷霜。指当时一种用鲸蜡和杏仁油配制的护肤霜。

“得，您别生气，我这就帮您去给她擦靴子。”

说着他从壁炉框上取下爱玛的靴子，上面沾的泥浆——幽会的泥浆——已经干了，手指一揉就掉落，他瞧着粉尘在一缕阳光中袅袅升起。

“你还怕碰坏它们呀！”厨娘说道，她擦起皮鞋来可没这么当心，因为夫人只要新头穿过，就丢给她了。

爱玛的柜子里有好多鞋子，她一双接一双地穿了就丢，夏尔不敢多半句嘴。

她觉着该买条木制假腿送给伊波利特，他也就掏出三百法郎照办。这条假肢衬着软木，关节部位装有弹簧，结构相当复杂，外面罩一条黑色长裤，配一只漆皮靴子。可是伊波利特舍不得天天用这么漂亮的假腿，他求包法利夫人再给他一条简易型的。自然，这笔费用又是医生开销的。

于是，马厩伙计渐渐就忙乎起来。只见他跟从前一样，在镇子上到处跑，可夏尔远远听见木腿敲在石子路上笃笃的响声，赶紧另走别的道儿。

假肢是由中间商勒侯先生去订货的，这一来他有了机会和爱玛经常交往。他跟她聊巴黎的时新商品，介绍形形色色的女佣饰物，态度殷勤，从不谈钱。爱玛本来就心思活泛，能这么轻易地顺心遂意，可谓正中下怀。于是有一回，听说鲁昂一爿伞店有根非常漂亮的马鞭，她就想买来送给罗多尔夫。下个星期，勒侯先生把马鞭放在了她的桌上。

可是第二天他来时，随身带着张二百七十法郎的发票，零头已免。爱玛窘极了：书桌的只只抽屉都是空的，莱蒂布德瓦和女仆那儿，分头欠着半个月和两个季度的工钱，此外还有一大摞账得还清，包法利一直心焦地等着德罗兹雷先生的钱，他照例在每年圣彼得节前后结算付清诊金。

她起先还能招架，可后来勒侯没了耐性：人家跟在他屁股后面讨债哩，他把本钱都垫进去了，要是收不回一部分的话，就只能把给她的货全都拿回去了。

“哎！拿回去吧！”爱玛说。

“嘿！说说笑话！”他马上改口说，“不过，我可真心疼那根马鞭。得！我去向您先生讨。”

“别去！别去！”她说。

“哈！这下你让我给攥着了！”勒侯暗自思忖。

他吃准这发现没错，于是一边往外走，一边习惯地吹着口哨，低声念叨道：

“好吧！咱们走着瞧！咱们走着瞧！”

她一心琢磨着怎样摆脱这困境，正在这当口，厨娘进来把一个蓝色小纸卷搁在壁炉架上，那是德罗兹雷先生让人送来的。爱玛抢上前去，打开纸卷。里面有十五枚拿破仑[1]。这是诊金。她听见夏尔上楼的声音，忙把金币扔进抽屉最里面，取下钥匙。

三天过后，勒侯又来了。

“我有个主意，请您听好了，”他说，“要是先不谈咱们说妥的那笔钱，您愿意……”

“给您钱！”她说着把十四枚拿破仑放进他手心里。

中间商惊呆了。接着他只想别露出心中的失望，一个劲儿地又是道歉，又是表示愿意效劳，但爱玛一概谢绝，过后，她伫立片刻，摸着围裙衣袋里两枚一百苏[2]的硬币，那是他给她的找头。她对自己说，以后得节约些，还清这笔钱……

1 旧时法国的一种金币名。上面镌有拿破仑头像，一枚折合二十法郎。
2 旧时法国的一种辅币名。一百苏折合五法郎。

“嗨！”她转念一想，“他想不到这上头去的。”

除了带镶金银球饰的马鞭，罗多尔夫还收下了一枚火漆印章，上面的题铭是：Amor nel cor[1]，另外还有一块当围脖用的绸巾，以及一只雪茄烟匣，模样跟从前子爵的那只完全一样，那只烟匣当初夏尔在路上捡到后，爱玛藏了起来。不过这些礼物让他觉得脸上有些挂不住。他多次推辞，她执意不肯，结果罗多尔夫只得听她的，心里觉得她专横，太爱强加于人。

此外她还有不少怪念头：

“夜里敲十二点钟的时候，”她说，“你都得想着我噢！”

而要是他承认没这么想着她，接下来就是一迭连声的责备，煞尾则永远是这句话：

“你爱我吗？”

“当然爱你！”他回答说。

“很爱很爱？”

“那还用说！”

“你没爱过别的女人，嗯？”

“你难道以为我会一直守身如玉吗？”他笑道。

爱玛哭了，他信誓旦旦地劝慰她，中间还夹了些文字游戏的俏皮话。

“哦！这是因为我爱你呀！”她接着说，“我爱你，我不能没有你，这你知道吗？有时候我一心只想见到你，因爱生出的恨让我肝肠寸断。我对自己说：‘他在哪儿？也许他在跟别的女人说话？她们在对他笑，他走过去了……’哦！不，别的女人是不会让你动心的，是吗？有比我长得更美的女人，可是我，我知道怎样刻骨铭心地爱！我

1 意大利文诗体题铭，意为心心相印。

是你的奴仆，你的情妇！你是我的国王，我的偶像！你心地好！你模样俊！你聪明！你了不起！”

这些话他听得太多，所以已经不觉得有新鲜感了。爱玛跟别的那些情妇没什么两样。新奇的魅力，渐渐地像件衣裳那般滑脱，裸露出情爱永恒的单调，始终是同样的模式、同样的腔调。这个征逐情场经年的男人，却不会从表白的雷同中分辨情感的不同。因为，为情欲所煽动的嘴唇也好，为钱财所煽动的嘴唇也好，在他耳边喁喁说着同样的情话，他是不大相信这些话里会有真情的。他心想，这些夸大其词的话背后，只是些平庸至极的情感而已，所以对这些动听的话是当不得真的。这正如内心充沛的情感有时无法用极其空泛的隐喻表达出来，因为任何人都无法找到一种很准确的方式来表达他的需要、他的观念以及他的痛苦，人类的话语就像一只裂了缝的蹩脚乐器，我们鼓捣出一些旋律想感动天上的星星，却落得只能逗狗熊跳跳舞。

不过，他身上自有一种优秀批评家的气质，一事当前，在作出表态或行动之际，总能先退后几步，拉开一点距离，因此罗多尔夫在这场爱情中瞥见了某些有待发掘的乐趣。他断定做羞涩状只会惹人厌烦。他干脆随心所欲地对待她。他把她调教成了一个又柔顺又放纵的尤物。这是一种痴愚的眷恋，其中既充满对他的爱慕，也充满让她感到满足的快意，这是一种令她销魂的至福，她全身心地沉湎其中，终至醉而溺死其中，就如克拉伦斯公爵[1]醉死在那桶马姆齐甜酒[2]里。

习惯成了自然，包法利夫人的举止做派居然全都变了。她的目光变得更大胆，说话变得更随便，甚至肆无忌惮地衔着香烟和罗多尔夫

1 乔治·克拉伦斯（1449—1478），英格兰国王爱德华四世的弟弟，因叛逆罪被处死刑。相传他是依他自己的意愿沉入一桶马姆齐甜酒溺死的。

2 产于希腊的一种烈性白葡萄酒。

先生一起散步，像是故意要做出不把旁人放在眼里的模样。终于有一天，当镇上人瞧着她像男人那样穿着紧身背心走下燕子的时候，原先还心存疑窦的也不再存疑了，包法利老太太刚跟老伴大吵了一场，到儿子家来待一阵，见了爱玛这做派，也跟街坊的太太小姐同样地大惊失色。让她看着来火的事情还多着呢：首先夏尔竟然不肯听她的话去禁止爱玛看小说，还有，家里的规矩她也看不惯，她忍不住要发表自己的意见，结果有一次为了费莉茜黛，婆媳两人终于破口大吵起来。

包法利老太太头天晚上穿过走廊的当口，撞见有个男人陪着费莉茜黛，这人长一脸棕色的络腮胡子，大约四十岁光景，一听见她的脚步声，就很快溜进了厨房。爱玛听罢，哈哈大笑，老太太火冒三丈，声称除非压根儿没想把道德规范放在眼里，否则做东家的理应对仆人严加管束。

“您是什么出身？”做媳妇的说这话时，眼神简直放肆之极，包法利老太太忍无可忍，反问她是不是在回护自己。

“你给我出去！”少妇跳起来嚷道。

“爱玛！……妈妈！……”夏尔两头劝和。

可是两人都盛怒难消，甩下他就走。爱玛边顿足边嚷嚷：

“嘿！没有半点教养！十足的乡下婆娘！”

他朝母亲跑去。她怒不可遏，上气不接下气地喊道：

“真是放肆！不知检点！简直不是东西！”

她马上就要动身离去，倘若对方不来向她赔不是的话。夏尔回到妻子面前，央求她让一步：他跪了下去，她总算回答说：

“好吧！我去。”

临了她伸手给婆婆时，神情高傲得像侯爵夫人，嘴里说了句：

“请原谅，夫人。”

说完，爱玛上楼回到卧室，合扑在床上，脸埋在枕头里，哭得像个孩子。

她和罗多尔夫有过约定，遇有非常情况，她就在百叶窗上挂一小片白纸，他如果刚好在永镇，就可以赶到宅后的小巷里来。爱玛挂了信号。她足足等了三刻钟，突然瞥见罗多尔夫就在菜市场边上。她想开窗喊他，可是他已经不见了。她又变得非常沮丧。

但不一会儿，她好像听见有人走在河边的小道上。那准是他，她走下楼梯，穿过院子。是他，站在外面。她扑进他的怀里。

“你倒是小心点呐。”他说。

“哦！你听我说嘛！”她说。

她心急意忙地要把情况全告诉他，可她说得颠三倒四，既夸大事实，又添枝加叶，还掺杂一大堆题外话，弄得他什么也听不明白。

“好了，我可怜的天使，打起精神来，想开些，忍着点儿！”

“可我一直在忍耐，都已经忍了四年啦！……我俩的爱情，何必再藏藏掖掖呢！他们一直在折磨我。我受不了啦！救救我吧！”

她紧紧抱住罗多尔夫不放。她眼里噙满泪水，亮晶晶的宛如水波下的闪光，胸口急遽地起伏着，他从没像此刻这般忘情地爱过她，竟致一时昏头，脱口说道：

“该怎么办呢？你要我怎么做？”

“把我带走！”她大声说道，“把我拐走！……哦！我求求你！”

她扑上去吻他的嘴唇，仿佛只等那声允诺会在某个吻中出其不意地流露出来，她好接个正着似的。

“可是……”罗多尔夫说。

“什么？”

“你的女儿呢？”

她沉吟片刻，回答说：

“咱们把她带上，只能这样了！”

“真是个妙人儿！”他目送她远去时暗自想道。

她是在往花园而去。刚才有人喊她。

以后几天，包法利老太太着实让儿媳的变化给弄懵了。

这不，爱玛显得那么顺从，甚至恭恭敬敬向她讨教一种醋渍小黄瓜的腌制方法。

这是为了把这母子俩瞒哄得更严实？还是她出于一种带有快感的坚忍精神，想更深切地品味一下即将舍弃的东西的苦涩？其实，她是无心的：她此刻的生活，仿佛已经沉湎于预先品尝来日的幸福。这也是她和罗多尔夫交谈的永恒话题。她偎依在他肩头，喃喃地说：

“哎！等我们坐进邮车，那该有多美啊！……你想过吗？这真的可能吗？我只觉得，当我感到车轮往前滚动的那一刹那，我俩就会像乘着气球在往上升，就会像朝着云朵飞去。你知道我在一天天地数着日子吗？……你呢？”

包法利夫人在这段期间分外显得光彩照人，这种笔墨难以描摹的美，是欢悦、热情、成功使然，是一种气质与环境的和谐。贪欲，忧愁，两情相悦的体验和永远天真的幻想，有如肥料、雨水、风和阳光，日渐催开苞蕾，她就像一朵怒放的鲜花那样，充分展露了天生的丽质。眼帘仿佛裁剪得恰到好处，顾眄流盼的目光更显得妩媚传情，让瞳仁隐没在了其中，呼吸稍重时，只见纤巧的鼻翼翕动着，丰腴的唇角微微翘起，在光亮下可以看见嘴唇上方有些许淡黑的寒毛。那头卷成螺旋形挽在颈项上的秀发，简直像出自一个诲淫有方的艺术家之手：秀发挽成个沉甸甸的发髻，显得漫不经意，而且总是蓬蓬松松的，依稀让人能想见幽会做爱的睡姿。她的嗓音变得更圆润，腰肢也更柔韧，就连长裙的褶裥和弓起的脚背，都自有一种令人动心的风韵。夏尔恍如新婚燕尔，觉得她娇美之极，令人销魂。

他午夜时分回到家里，不敢惊醒她。瓷瓶灯盏幽幽的圆光，射在天花板上，颤颤悠悠的，放下帐幔的摇篮，好似一座小白屋，兀立在床边的阴影里。夏尔注视着帐幔。他觉着听见了女儿轻微的呼吸声。她现在要长成大姑娘了，每个季节，快得很，都会长高一截。他已经看见她傍晚放学回家，笑意盈盈的，罩衫上溅着墨水，胳臂上挽着书包，接着该让她进寄宿学校了，这要花好多钱，怎么办呢？他沉思起来。他想在附近租下个小小的农场，每天早晨出诊时亲自去照看。收入要积攒下来，存入储蓄银行，然后挑家股份公司去买股票，哪家都行，另外就诊人数也得增加。他得指靠这些，因为他希望让贝尔特受良好的教育，希望她有天分，希望她学钢琴。噢！再晚些，等她十五岁长得和妈妈挺像了，在夏天跟她一样戴宽边细草帽，她会有多美啊！远远看去，人家会以为她们是姐妹俩呢。他想象着她晚上和他们待在一起，在烛光下干活儿，她会给他绣拖鞋，她会料理家务，她会让全家感受到她的亲切和欢愉。最后，他考虑到她的婚事：要给她找个事业有成的好小伙子，他会给她带来幸福，直至天长地久。

爱玛没有睡着，她在装睡，等到他在身边呼呼入睡，她就睁开眼睛，陷入迥异的遐想。

一星期来，四匹辕马不停地疾驰，把她带往一个陌生的国度，他俩将在那儿定居，再也不回来了。他俩一路往前，往前，手臂紧紧抱在一起，不说一句话。常常，从山巅上会蓦地瞥见一个熠熠生辉的城市，有穹顶，有桥，有船，有成片的柠檬树和白色大理石的教堂，尖尖的钟楼上有鹳鸟筑的窝。辕马缓缓而行，因为路面是大块石板铺就的，沿途撒满身穿红色紧身褡的姑娘抛给你的花束。他们听见钟声悠扬，骡匹嘶鸣，伴着吉他铮铮的琴声和喷泉淙淙的水声，水汽随风飘洒，润湿金字塔般堆在白色雕像脚下的鲜果，雕像脸上绽着笑容，沐浴在喷水中。随后他俩在某个黄昏来到一处渔村，只见沿着峭壁和棚屋，迎风晾着棕褐色的渔网。这儿就是他们居留之地：他俩住的那座低矮的平顶屋舍，上面有棕榈树遮荫，位于海湾深处。他俩乘坐威尼斯轻舟随流东西，睡在吊床上轻轻荡悠，他们的生活轻松而舒缓自如，一如他俩身上的丝绸衣裳，温煦而缀满繁星，一如他俩凝望的美妙夜空。她所想象的未来的广阔天地中，从无任何独特的东西：日复一日，始终那么美妙，宛似款款相逐的波浪，它们荡漾在渺远的天际，显得那么和谐，蓝莹莹的，洒满阳光。可这当口，孩子在摇篮里咳嗽起来，要不就是包法利打鼾打得更响了，爱玛到清晨入睡时，晨曦已经给窗户染上一抹白色，小絮斯丹也在广场上推开了药房的挡雨披檐。

她把勒侯先生叫来，对他说：

“我要一件披风，一件大翻领、有衬里的长披风。”

“您是要出门？”他问。

“不！可是……反正，我们这就算说定了，对吗？要快哦！”

他欠了欠身子。

“我还要，”她接着说，“一只箱子……别太重……轻便些。”

“对，我明白，九十二厘米左右，宽五十，眼下时兴这尺寸。”

“还要个旅行袋。”

“没错，”勒侯暗自想道，“准是闹得不可开交了。”

“给，”包法利夫人从腰间掏出挂表，“这您拿着，费用就从里面开销吧。”

可是供货商大声嚷了起来，说她这就不对了，大家都是熟人，难道他还信不过她？真是孩子气！但她执意要他至少收下表链，而等勒侯收下表链放进衣袋正要走的当口，她又喊住了他。

“这些东西您都放在您店里。至于披风，”她看上去考虑了一下，“也不必拿来。您只消把裁缝的地址给我，告诉他准备好，我随时会去取的。”

他俩原先约定下个月私奔。她从永镇出发，只说是去鲁昂买点东西。罗多尔夫张罗预订车位、办理护照，甚至还要写信到巴黎，全程包租一辆驶往马赛的邮车，打算到那儿买下一辆敞篷四轮马车，一路直奔热那亚而去。她要设法把行李送到勒侯那儿，直接装上燕子，做得不让任何人起半点疑心，而所有这些安排，都没考虑到她的女儿。罗多尔夫是避而不谈，她也许是没想着。

他想推迟半个月，以便了结一些事务，接着，一星期后，他说再要延迟两星期，接着他又病了，随后他外出一趟，八月份过去了，行期一拖再拖，最后他俩说定九月四日星期一，讲好不再改期。

终于到了行期前两天的那个星期六。

罗多尔夫夜里来了，到得比平时早了一些。

“都准备妥了？”她问他。

“妥了。”

于是他俩绕花坛走了一圈，来到露台边上，在围墙的石栏上坐定。

“你有心事。”爱玛说。

“没有，怎么啦？”

他深情地望着她，但眼神有些怪。

“是因为要走？”她接着说，“要离开你心爱的东西，离开你现在的生活？哦！我懂……可是我，我在这世上一无所有！你就是我的一切。所以，我以后也就是你的一切，就是你的家，就是你的故乡：我会照顾你，会爱你。”

“你真可爱！”他把她紧紧抱在怀里说。

“真的吗？”她开心地笑道，“你爱我？那你发誓！”

“问我爱你吗！问我爱不爱你！我没命地爱你，我的宝贝！”

一轮浑圆的月亮，红嫣嫣的，从草场尽头的地面上升起。它在杨树枝丫间迅速上行，不时被密枝繁叶所遮蔽，宛如在一幅剜了好些洞的黑色幕布后穿过。随后它又现了出来，显得分外皎洁，把一片清辉洒向寥廓的天空，而后，它冉冉穿行在夜空，圆圆的光影投射在河面上，变成无数波光粼粼的小星星，银辉宛如披满闪亮鳞片的水蛇，蜿蜒迤逦钻向河底。这又像一盏巨大的枝形烛台，千万滴熔化的钻石连绵不断地往下流淌。四下里夜色温柔，枝叶间黑影幢幢。爱玛微微闭上眼睛，大口大口呼吸拂面而来的清风。两人都不说话，忘情地沉湎在各自的梦中。往日的柔情重又回到他俩心间，汩汩不绝，悄然无声，犹如流经身旁的那条河，它优柔不迫地流过，带来了山梅花的幽香，也在他俩的记忆里投下一个个暗影，比一排排伫立草场的柳树的树影更大得出奇，更令人伤感。时常有刺猬或黄鼬之类的夜行动物出没其间，碰得树叶簌簌有声，有时还能听见果树上的桃子熟透坠地的声响。

“呵！多美的夜晚！”罗多尔夫说。

“我们以后会有很多这样的夜晚！”爱玛说。

然后，她仿佛是在自语：

“是啊，旅途会很顺利……可我心里为什么会这么惆怅呢？是担心未来不熟悉的生活……是留恋已经习惯的这一切……还是为了别的什么？不，这是因为幸福太多了的缘故！我神经太脆弱了，是吗？请原谅我！”

“现在还来得及！”他脱口嚷道，“好好想想吧，以后你说不定会后悔的。”

“我决不后悔！”她神情激昂地说。

而后她又挨近他说：

“我究竟会遇到什么不幸呢？有你在一起，任凭怎样的沙漠、悬崖和大洋，都挡不住我的路。我俩生活在一起，就像拥抱在一起，每天都会抱得更紧、更贴心！我们不会有任何东西来打扰，不会有忧虑，也不会有阻碍！我们只属于自己，就我们俩，直到永远……你说话呀，回答我嘛。”

他过一会儿回答一声：“对……对！……”她伸手抚摸着他的头发，听凭大颗大颗的眼泪流下来，用孩子般的嗓音连声说道：

“罗多尔夫！罗多尔夫！……哦！，亲爱的罗多尔夫！”

午夜的钟声敲响了。

“午夜了！”她说，“好了，就是明天啦！还有一天！”

他立起身要走，仿佛他的这个动作就是他俩私奔的信号，爱玛一下子变得神采飞扬：

“护照齐了？”

“齐了。”

“你没有忘记什么？”

“没有。”

“肯定？”

“当然。”

“你在普罗旺斯旅馆等我，对吗？……中午十二点？”

他点点头。

“那就明儿见了。”爱玛最后一次抱吻他说。

然后她目送他渐渐远去。

他没有回头。她追上去，跑到河边的灌木丛中探身喊道：

“明儿见！”

他已经过了河，在对岸的草场上疾步走着。

几分钟过后，罗多尔夫停住脚步。他看着她的白裙幽灵似的渐渐融入黑暗之中，骤然感到一阵心跳，赶紧靠在一棵树上才没摔倒。

“我真浑！”他边说边狠狠地骂了一句，“可话要说回来，她真是个漂亮的情妇！”

顿时，爱玛美丽的容貌身段，连同这份情爱的种种欢悦，全都浮现在了他的眼前。一开始他心软了，继而他奋力把她的形象甩开。

“因为说到底，”他挥动着手叫道，“我是不可能移居国外的，何况还拖着个孩子。”

他把心里这些想法大声说出来，好让自己的心变得硬起来。

“再说，还有那种种难堪，种种花销……呵！不，不行，一百个不行！那样做太蠢了！”

第十三章

罗多尔夫刚回家，就一屁股坐在靠墙的书桌跟前，墙上悬着那只作为狩猎纪念品的鹿头。可是，一提起笔，他却脑子里空落落的，不知写什么好，于是两手支着头，思索起来。对他来说，爱玛似乎退到了遥远的过去，仿佛他下的决心，方才骤然把他们拉开了一段漫长的距离。

为了勾起对她的些许回忆，他在床头的那个柜子里找出一个旧的兰斯饼干盒，平时他情妇写给他的信都藏进这个盒子，里面有一股尘封的潮气，还有枯萎的玫瑰花瓣的气味。他一眼先看见一块手帕，上面有些灰白的斑点。这块手帕是她的，有一回散步时她出过鼻血，这事他都忘了。旁边有个嵌在盒子里的细密肖像画，这是爱玛给的。她的打扮让他觉着挺做作，那种暗送秋波的眼神更是俗不可耐，一边端详小照，一边追想原型的模样，爱玛的容貌渐渐在回忆中变得模糊起来，仿佛真人的形象和画上的形象相互磨来磨去，终于都给磨掉了。最后他拿起她的信读了起来，信里写的全是有关出走的事，简短、具体、仓促，好像公事便笺。他想再看看以前的那些长信。要到盒底去找，先得把其他东西挪开，他在一大堆纸张和物件中间翻找，结果乱七八糟翻出了好些花束、一根袜带、一个黑色脸罩、一些别针，还有头发——头发！棕色的、金色的，其中还有几根缠在了盒子铰链上，打开盒子时给拉断了。

他一边让思绪在这些纪念品中间游荡，一边端详这些来信，信上的字体笔迹和遣词造句各不相同，堪与拼写的五花八门为匹。有写得温柔或快活的，也有滑稽或伤感的，有的是来要爱情，有的是来要钱。有时候一句话就让他想起了她们的面容，某些姿势或特定的嗓音，但有时候，他什么也想不起来。

其实，他脑海里这些纷至沓来的女性，你推我挤的愈变愈小，仿佛面对一条爱情的标高，她们全都彼此彼此，一齐落到标高以下去了。于是他随手抓起一把信来，出神地看着它们从右手三三两两地落到左手，看了足有几分钟。临了，他觉得腻了，困了，就走过去把饼干盒放回柜子，嘴里说道：

“都是扯淡！……”

这句话道尽了他的所思所感，当年的欢洽相悦，犹如小学生玩耍过的校园，在他心里已经给践踏得寸草不生，其中相干的人儿，比小学生还轻率，甚至没像他们那样在墙上刻个名字。

“得，”他对自己说，“开始吧！”

他动笔写道：

坚强些，爱玛！坚强些！我不想给您的生活带来不幸……

“说到底，这是真话，”罗多尔夫心想，“我这是为她好，我是问心无愧的。”

您的决定有没有经过深思熟虑？您可知道我会把您拖进怎样的

深渊，可怜的天使？您没有，您也不知道，是吗？您信任我，义无反顾地一往无前，满心以为等着您的是幸福，是美好的未来哦！我们这两个可怜虫！我们都失去了理智！

罗多尔夫停住笔，想找一个自圆其说的借口。

“要不我就说我破产了？……啊！不行，再说，这也拦不住她。破产了还可以重新开始嘛。对这种女人有什么道理好讲呢？”

他想了一下，接着写道：

请您相信，我是不会忘记您，是会对您忠贞不贰的，可是，早晚有一天，这种热情（人世间的事命定如此）难免会减退的！我们会感到厌倦，而且谁知道我是否会由于眼看您后悔，而感到刻骨铭心的痛苦，甚至为咎由我起而同样感到后悔呢。一想到您会伤心痛苦，我就心如刀割，爱玛！请把我忘了吧！我当初为什么要认识您？您为什么要长得这么美？难道这是我的错吗？哦，天哪！不，这只能怪命运！

“这个词儿是处处管用的。”他暗自想道。

哦！要是您是个平日里常见的那种轻浮女子，我出于自私的目的，当然不妨去尝试一种对您无伤大雅的体验，可是您这种可爱的激情，在使您变得格外动人的同时，又成了您痛苦的渊源，它让您（一个令人崇拜的女人）无法理解，我们对未来的设想其实都是虚假的。我也一样，起初什么也没多想，就像躺在毒番石榴下那样，躺在这理想中幸福的阴影里，全然不知后果会是怎么样。

“她也许会以为我退缩是舍不得花钱……噢！管它呢！反正这事总得有个了结！”

这世界是残酷的，爱玛。我们不管到哪儿，都无法从中逃脱。您会遇到无礼的盘问，会遭到诽谤，您得看人白眼，说不定还得受人凌辱。看您受人凌辱！哦！……我但愿能让您坐上女王宝座！我要把对您的思念，当作我的护身符！因为我要为自己对您的伤害，以自我流放作为惩罚。我走了。去哪儿？我也不知道，我疯了！别了！愿您永远是宽容的！这个失去了您的不幸的人，愿您仍能记着他。把我的名字讲给您的孩子听，让她为我祈祷吧。

两支蜡烛的火苗晃晃悠悠地抖动起来。罗多尔夫起身关上窗，重新坐下。

“我看这就差不多了。噢！还得加上一点，省得她再来跟我纠缠不清。”

当您看到这封愁肠百结的信时，我已经在很远的地方了，因为我只想走得愈远愈好，为的是摆脱重见您一面的诱惑。请别过于伤感！我还会回来的，说不定到那一天，我俩还会再聚在一起，心如止水地谈到昔日的爱情。别了！

后面还有一个“别了”，是分开写成“别——了”的，他认为这样显得更有韵味。

“现在，落款怎么写呢？”他心想，“您忠诚的……不好。您的朋友？……对，就这样。”

您的朋友

他把整封信看了一遍，觉得挺好。

“可怜的好女人！”他怜惜地想道，“她会以为我的心比石头还硬了，得在上面洒几滴眼泪，可我，我哭不出来，这不是我的错。”说着，罗多尔夫拿杯子盛了水，手指伸进去蘸了蘸，高高地滴下一滴，墨水洇成一个淡淡的斑痕，随后，他找火漆印章封口，不想找到的正是那颗心心相印。

“用在这场合好像有点那个……哎！嗨！管它呢！”

封好火漆以后，他抽了三筒烟斗，去睡觉了。

第二天起床（已是两点左右，头天晚上睡得挺晚），罗多尔夫找人摘了一篮杏子。他把信放在篮底，用葡萄叶遮住，吩咐那个平日犁地的雇工吉拉尔，小心在意地给包法利夫人送去。这是他和她约定的通信办法，平时随季节不同，或是送水果，或是送野味。

“她要是问起我，”他说，“你就回答说，我已经出门去了。一定要把篮子送给她本人，交到她手上……去吧，当心点儿！”

吉拉尔穿上新罩衫，掏出手帕盖住杏子，四面扎牢，蹬着那双打铁掌的木底套靴，迈着沉重的大步，不动声色地往永镇而去。

他到的时候，包法利夫人正和费莉茜黛在厨房桌子上整理衣物。

“给，”那雇工说，“我们老爷让送给您的。”

她心头一阵发怵，一边在衣袋里找硬币，一边神情惊慌地打量这个农夫，而他也大惑不解地瞪眼瞧着她，不明白这么件礼物为什么会让一个人这般激动。他总算走了。费莉茜黛还在厨房里。她按捺不住，跑进客厅，只做得要把杏子放在那儿似的，翻转篮筐，扯掉叶子，找到那封信，拆了开来，顿时就像身后烧起一蓬大火，她惊骇万分，直往卧室逃去。

夏尔在家，她瞥见了他。他对她说话，她什么也没听见，径自疾步上楼，呼吸急促，神色仓皇，一副魂不守舍的样子，手里始终捏着的那张可怕的信纸，在指间犹如铁皮似的喀喀生响。奔到三楼，她停在顶楼房门跟前，房门关着。

这时她想要镇静一下。她想起了这封信，得把它看完，可她不敢。再说，在哪儿看？怎么看？别人会看见她的。

“噢！没事，”她想道，“这儿就行。”

爱玛推门进去。

重浊的热气，从板岩顶上直逼下来，她觉得太阳穴发胀，透不过气来。她乏力地走到关紧的窗子跟前，拉开窗闩，令人目眩的阳光猛地泻进屋来。

越过面前的屋宇看去，整个田野一望无际。底下是空荡荡的小镇广场，行人道上的石子熠熠发亮，家家户户的风标都寂然不动，街角一个往下的楼层里，传出忽高忽低、尖厉刺耳的轰鸣声。那是比内在开车床。

她倚在窗口上，又看了遍信，气得直冷笑。可她愈是想集中心思，思绪就愈是紊乱。她又看见了他的身影，听到了他的声音，她张开双臂搂住了他，心头怦怦直跳，仿佛有台打桩机在锤击前胸，一下快似一下，间隔很不均匀。她环顾四周，冀盼地面塌陷下去。为什么不来个一了百了？难道有谁拦住她吗？她是自由的呀。她往前迎去，望着街面对自己说：

“跳呀！跳呀！”

从底下径直升腾而上的光束，把她身子的重量拽向那深渊。她觉得广场的地面在摇晃，在沿着墙面竖立起来，而地板那头直往下斜，犹如一条前后颠簸的船。她这么探身在窗外，几乎像悬在半空，四周就是浩茫的空间。湛蓝的天空融入她的身体，气流在她空荡荡的脑子里打旋，她只消听其自然，把一切置之度外就行了，车床的轰鸣声始终不停，活像一个发怒的声音在唤她。

“我的太太！我的太太！”夏尔大声叫道。

她停住了。

“你在哪儿？来呀！”

想到刚才险些送命，她吓得差点儿晕过去。她闭上眼睛，随即觉着有人碰她的衣袖，不禁打了个哆嗦，是费莉茜黛。

“先生在等您呐，夫人，汤都摆好了。”

得下楼去！得去就餐！

她想勉强吃几口。食物噎得她透不过气来。于是她铺开餐巾像要看织补得怎样，而且当真起念要干这活儿，数起针数来了。蓦地，她想起了那封信。难道她把它给掉了？要上哪儿去找？可她感到困乏之极，简直想不出一个借口离开餐桌。随后她又变得很胆怯，她怕夏尔，他一准什么都知道了！可不是，他这句话就说得挺蹊跷：

“看来，我们最近是见不着罗多尔夫先生了。”

“谁对你说的？”她打着哆嗦说。

“谁对我说的？”他听到这突兀的语气，有些吃惊地应声说，“是吉拉尔，刚才我在法兰西咖啡馆门前碰到他来着。罗多尔夫先生已经出门了，要不也快动身了。”

她噎了一下。

“你这有什么好奇怪的？他经常这么出门去消遣散心，说实话，我赞成他！他有的是家产，又是单身汉！——何况，我们这位朋友，他可会寻欢作乐呢！他是个老手！朗格洛瓦先生告诉我……”

他很有分寸地没往下说，因为女仆进来了。

女仆把散在搁架上的杏子归拢放进篮里。夏尔没注意到妻子的脸红，吩咐把篮子端过去，拿起一只就咬。

"哦！棒极了！"他说，"嘿，你尝尝。"

说着他把篮子递过去，可她轻轻地推开了。

"那你闻闻：多香！"他连连把篮子伸到她鼻子底下。

"我透不过气来！"她腾地一下子立起身，大声说道。

不过，她强自克制，这阵痉挛总算过去了。随后她说：

"没事！没事！只是一阵烦躁，你坐下吃呀！"

因为她怕他会反反复复问她，照料她，不离她的左右。

夏尔听她的话，重新坐下，把杏核吐进手心，搁在盘子里。

突然间，一辆蓝色轻便双轮马车驶经广场迅疾前去。爱玛一声尖叫，直挺挺地往后倒在地上。

原来，罗多尔夫考虑再三，还是决定去鲁昂。然而，从拉于歇特到比希，永镇是必经之路，因此他只得过镇而去，而爱玛借着那盏如同一道暮色般笔直驱前的车灯的光亮，认出了他。

药房老板听见这边屋里嘈杂的声响，急忙赶过来。餐桌，连同所有的盘子，全都掀翻在地，调味汁、肉块、餐刀、盐瓶和作料瓶架，撒得满房间都是，夏尔连声呼救，贝尔特吓得直哭，费莉茜黛双手颤抖，在解开夫人的衣纽，而她全身在一阵阵抽搐。

"我去一下，"药剂师说，"到配药间找点香醋来。"

随后，当她嗅了醋瓶睁开眼睛时，他说：

"我料定没事，这东西就是死人也弄得醒。"

"你说话呀！"夏尔说，"你说话呀！你醒醒！是我，是爱你的夏尔呀！你认得出我吗？瞧，这是你的小女儿，抱抱她！"

女孩朝母亲伸出胳臂，想搂她的脖子。可是，爱玛扭过头去，费力地说：

"不，不……谁也不要！"

她又昏厥过去。众人把她抬到她的床上。

她平躺着，嘴巴张开，眼睑闭紧，双手平放，一动不动，苍白得像尊蜡像。眼里流出两行泪水，缓缓地淌到枕头上。

夏尔站在床头凹进的墙角，药房老板挨着他，作沉思静默状，这种姿态在人生的若干重要场合显得非常得体。

“您放心吧，”他碰了碰夏尔的胳膊肘说，“我看危险期已经过去了。”

“是的，她现在有点儿要睡了！”夏尔答道，他在瞧着她入睡。“可怜的女人！……可怜的女人！……她又病倒了！”

这时奥梅问到发病的起因。夏尔回答说是在她吃杏子时突如其来犯的病。

“怪事！……”药房老板接口说，“不过晕厥有可能是杏子引起的！有些体质的人，同时闻到某几种气味就会过敏！这敢情是个挺好的研究课题，无论是从病理学还是从生理学的角度而言。祭司了解这一问题的重要性，所以他们举行仪式时总把几种香料掺杂在一起。那是为了麻痹你的感官，使你神志恍惚，这一点在女性身上格外容易奏效，因为她们特别敏感。有人举过例子，说有的女性闻到焚烧角质组织或新鲜软面包的味道，就会晕过去……”

“小心别吵醒她！”包法利轻声说。

“不光人类有这种异常现象，”药剂师接着往下说，“就连动物也有类似情形。这不，您想必也知道nepeta cataria[1]，俗称猫儿草，有刺激猫科动物性欲的奇特效果，另外，不妨再举个我可以保证确凿无疑的例子，布里杜（我的一位老同学，现在的寓所在马尔帕吕街[2]）有

1 荆芥的学名。

2 鲁昂市中心的一条街道。

一条狗，只要给它闻一下鼻烟盒，就会浑身抽搐。他甚至经常带朋友上他在纪尧姆森林[1]的小屋去做试验。一样普普通通的引嚏剂，竟然会对一种四足动物的感官产生如此强烈的刺激，这叫人怎么想得到呢？真是不可思议，对不对？”

“对。”夏尔说，他并没在听。

“这就向我们证明了，”那 位满脸宽容而满足的神情，笑吟吟地接着说，“神经系统的异常情形是不胜枚举的。至于夫人的情形，坦率地说，我一直觉得她是典型的神经质气质。所以，老弟，我建议您，凡是那种打着治病的幌子，实际上作践身子的所谓药方，一概不要采用。对，这些毫无用处的药千万别用！注意饮食，这最要紧！加点镇静剂、缓和剂和糖浆。还有，您不觉着，也许得让她活泛活泛脑筋吗？”

“用什么东西？怎么个弄法？”包法利说。

“啊！这是个问题！这正是问题所在：That is the question！我最近刚在报上看到这么一句。”

可这时爱玛醒来，大声嚷道：

“信呢？信呢？”

大家以为她在说胡话，到午夜她真的说起胡话来了。

诊断是脑炎。

一连四十三天，夏尔不离她的左右。他撇下了所有的病人，他不睡觉，不停地给她诊脉，敷芥子泥，做冷敷。他差絮斯丹老远跑到新堡去找冰块。冰在半路上融化了，他差他再去。他请卡尼韦先生来会诊，还从鲁昂把当年的老师拉里维埃尔大夫也请了来，他沮丧极了。

---

1 位于鲁昂市郊的森林，当时为度假胜地，现已辟为公园。

最让他害怕的，是爱玛的虚弱，因为她不说话，也不听人说话，甚至似乎不觉得痛苦，仿佛她的肉体和灵魂一齐从烦躁中解脱出来，得到了安息。

到十月中旬，她可以垫着枕头坐起来了。夏尔看着她吃第一片涂了果酱的面包，不由得哭了。元气恢复了，她每天下午起来几个小时，有一天她觉得好多了，他就试着扶住她在花园里走一圈。小径的细沙上遮着枯叶，她穿着拖鞋，一步一步冉冉往前走，肩膀靠在夏尔身上，不住地微笑着。

他俩就这样一直走到花园尽头，来到露台边上。她慢慢挺直身子，举手遮亮望去：她望得很远，很远很远，可是天际只有大片大片烧荒的火堆，烟雾弥漫在冈峦上方。

“你会累着的，亲爱的。”包法利说。

说着，轻轻推她到凉棚下去：

“坐这凳上，你会舒服些。”

“哦！不，别坐那儿，别坐那儿！”她声音虚弱地说。

她觉得一阵眩晕，到傍晚，又犯病了，而且这回确实病情很不稳定，症状也更复杂。先是心口不舒服，接下去胸口、头里、胳膊腿都不舒服，然后是呕吐，夏尔当时就觉着这是一种癌症的初期症状。

这可怜的年轻人，他不光要为这揪心，还得为钱操心呢！

第十四章

首先，他不知道在奥梅先生那儿拿了这么些药，该怎么报答他才好，虽说他是医生，可以不用付钱，可是他领了这份情，总感到有些赧颜。其次，眼下厨娘在当家，家用开支大得吓人，账单雪片般飞来，店主们啧有烦言，勒侯先生更是纠缠不休。原来，这位老兄趁爱玛病得最重的当口，赶紧把披风、旅行袋、两只（而不是一只）箱子，还有一大堆别的东西全都拿来讨账了。夏尔说他用不着这些东西，可说了也是白说，商人傲慢地回答说，这些东西都是当初订的货，要退货可不行。况且，夫人正在恢复期，那么着只怕会惹她气恼吧，先生还是再考虑考虑为好。总而言之，他决心已定，即便要打官司也奉陪到底，而要他放弃自己的权益，把这些货物拿回去，那可没门儿。夏尔随即吩咐把货送回他店里去，可费莉茜黛给忘了，他呢有好些别的事要操心，这事也就没人再想起了。勒侯先生又来讨账，又是恫吓又是诉苦，弄到最后，包法利终于签了一张半年期的借据。而他刚签好这张借据，突然冒出一个大胆的设想：向勒侯先生借一千法郎。于是，他神情发窘地问对方有没有办法弄到这笔钱，并且说明借期一年，利率听便。勒侯奔回店里，拿来这笔钱，口授了另一张借据，让包法利写清来年九月一日应付与债权人一千零七十法郎。连同已立字据的一百八，总共一千二百五十法郎。这样一来，利息百分之六，加上四分之一的佣金，那批货又至少盈利三分之一，一年下来，他就能净赚一百三十法郎。他还指望这笔交易不致就此了结，指望对方无力偿还，展期续借，指望他的这笔小钱能把医生家好好滋养一番，等将来回到他身边的时候，着实发了福，壮得撑破钱袋。

再说，他眼下诸事顺遂，得意得很。新堡医院就苹果酒供应项目公开招标，他是中标人，吉约曼先生答允将格吕梅尼尔泥炭矿的股票转让给他，而且他还打算在阿盖依和鲁昂之间新辟一条驿车线路，一旦事成，金狮的那辆破车早晚得完蛋，新驿车跑得又快，收费又低，运货又多，准能统吃永镇的贸易业务。

夏尔反复盘算，不知有什么办法能在来年还清这么一大笔钱。他左思右想，考虑种种应急办法，比如求助于老爸或变卖家产等等。可是老爸准会无动于衷，而家产他又实在没什么好变卖的。一看事情如此棘手，他就把这段令人不快的思绪撇在了脑后。他责备自己忘了爱玛，仿佛他的所思所念既已全都归属这个女人，那么再有片时半刻不想着她，就无异于从她那儿诈取了什么。

严冬寒峭。夫人恢复得很慢。天气晴朗的日子，她坐在椅子里，让人推到临广场的窗前。花园现在惹她讨厌，那边的百叶窗始终是闭上的。她说过要把那匹马卖掉，以前喜爱的东西，她眼下全都瞧着不受用。她看上去一门心思只想着自己。她待在床上吃点心，拉铃唤女仆进来问汤药熬得怎样了，或者就让她陪着聊天。其时，菜市场顶篷上的积雪，把一抹反光射进屋里，白晃晃的，凝然不动，随后，下起雨来。爱玛天天带着一种焦虑的神情，等待一些日常琐事势所必然的重现，而那些事其实是跟她并不相干的。其中最大的事，就是每天傍晚燕子的回镇。这时女掌柜大声嚷嚷，旁人的声音在应答，而伊波利特在车篷顶上找箱子，手里的风灯犹如夜色中的一颗星星。中午夏尔回家来，接着他又出门。随后她喝盆汤，五点钟光景，天色转暗，孩子们放学回家，木套靴在人行道上橐橐作响，每人手拿一把尺，挨次敲击护窗板上的渔网沉石。

布尼齐安先生总在这时候来看她。他问候她的健康，给她捎来大大小小的新闻，在温存可亲又不失风趣的轻声交谈中劝勉她虔诚信教。瞧见他的教士长袍，她就觉着精神了点儿。

她病得最重的那会儿，有一天觉得自己要不行了，就让人请神甫来举行领圣体仪式。众人在她的卧室里准备圣事，把堆满糖浆瓶的五斗橱布置成祭坛，而费莉茜黛往地板上撒大丽菊的当口，爱玛却渐渐感到有一股强劲的力量流经全身，使自己超脱肉身的痛苦，超脱于一切感知和意识之上。得到解脱的肉体不再有思维存在，另一个生命开始了，她只觉得自己的身子向天主升去，消融在天主的爱里，犹如一炷香化作了一缕青烟。床单上洒了圣水，神甫从有盖的圣杯中取出洁白的祝圣面饼。她伸出双唇去吻这圣体，满怀虔诚的欢愉，激动得几乎晕厥。床幔轻柔地鼓起围裹住她，仿佛天上的云朵，五斗橱上两支蜡烛放射的光亮，在她眼里宛如炫目的光轮。于是她不由得低下头去，觉得耳边远远传来天使弹奏竖琴的乐声，眼前依稀看见蔚蓝的天际，在手执绿色棕榈叶的诸神中间，天父坐在金灿灿的宝座上，通体发出威严的光芒，做手势命令翅翼熠熠闪光的天使们降临尘世，托起她飞上天去。

这一辉煌庄严的幻象，作为她所能梦想得到的最美的图景，深深地留存在了记忆中，至今她还常常尽力去重温这种感觉，这感觉始终还在，虽然不再像当时那样占据整个身心，但那种甜美的感受却一如既往地沦肌浃髓。被骄矜弄得疲惫不堪的心灵，终于在基督的谦卑精神中得以安歇。爱玛品味着生为弱者的愉悦，眼看自己内心的任性骄纵不复有容身之地，因为它们必得为圣宠让出一个宽阔的入口。原来在尘世的幸福之外还有更崇高的至福，在形形色色的爱之上还有另一种爱，绵亘不尽，有增无已！在充满希望的种种幻景中，她依稀看见一个纯净明澄的幻境，飘浮于大地之上，与上天融为一体，令她憧憬之至。她想望成为一位圣徒。她买来了念珠，佩上了护身符，她一心想在卧室床头放个镶嵌祖母绿的圣物盒，好让自己天天晚上吻吻它。

本堂神甫对她的这些安排大为赞叹，虽说在他看来，爱玛的宗教信仰正因为过于炽烈，日后说不定会转向异端，甚至走火入魔。可是，他自问对这些问题懂得不多，一旦超出某个范围他就不甚了了，于是他写信给主教大人的供书商布拉尔先生，请这位书商寄些适合一位绝顶聪颖的女性阅读的好书来。那位书商就像给黑人发送假首饰那般，漫不经心地打包寄来一批时下行销的宗教伦理书籍。其中有一问一答的抨击性小册子，语气一如德·梅斯特尔[1]先生那般傲慢，还有那些粉红书壳、文风甜腻的小说，炮制者不是自诩为行吟诗人的神学院学生，就是迷途知返的女才子。其中有《劝君三思》，多枚勋章膺获者某某先生所著《匍匐在圣母脚下的名流》，青年读物《伏尔泰指谬》，等等。

包法利夫人的神志，还没清醒到足以专心致志地做一桩事情。再说她拿到书就读，有点饥不择食的味道。她讨厌有关教规的书，论战文章口气傲慢，措词激烈地对她不认识的人穷追猛打，也让她看着不舒服，至于那些宗教色彩很浓的世俗小说，她又觉着写得太不谙世事，使她企盼得到验证的真理，反而在不知不觉间显得更生分了。然

1 德·梅斯特尔（1753—1821），法国作家、外交家，以反对信仰自由、维护保守传统态度坚决著称。

而她锲而不舍地读下去，每当一本书读完放下的时候，她总觉着自己沉浸在了符合天主教教义的伤感之中，而那正是一个纯洁的心灵所能感受到的最高雅的情感。

至于对罗多尔夫的回忆，她已经把它埋在了内心深处。它留在那儿，比地下王陵中的木乃伊更庄严，更安谧。这伴着香料殓藏的崇高爱情偶尔散发的气味，越过重重阻隔，亲切地熏香了她想在其中生活的纯洁无瑕的氛围。她跪倒在那张哥特式祈祷凳上，向天主说的那些温柔的话语，正是当初她在两情缱绻的媾合之际向情人倾诉的喁喁私语。她祈祷是为了获得信仰，可上天没有赐给她半点这样的快乐。她立起身来，四肢疲软，心里隐隐约约觉得上了个大当。这种追求，她想，自然又是一桩功德。她为自己的虔诚感到骄傲，于是不由得跟昔日的那些名媛贵妇相比起来，当初她曾经对着拉瓦丽埃尔的一幅肖像，出神地缅怀过她们的荣耀，遥想当年，这位贵妇人，仪态万方地曳着镶绦饰的裙裾，走向孤寂的退隐之所，为的就是怀着一颗被生活刺痛的心，匍匐在基督脚下一掬伤心的泪水。

于是，她热心无度地施舍行善。她为穷人缝衣，给产妇送柴，夏尔一天回来，只见厨房里有三个流浪汉，围在桌前喝汤。她生病期间，夏尔把女儿送到了奶妈家去，这会儿爱玛让人把女儿接回家来。她一心想教贝尔特念书，任凭女儿怎么哭闹，她就是不发火。这是一种抱定主意的忍让，一种无所不包的宽容。无论遇到什么事，她说话间总有一种和蔼宁静堪称完美的意味。她对女儿说：

“你肚子不疼了吗，我的天使？”

包法利老太太觉得媳妇无可指摘，即便有，也无非是给孤儿结毛衣过于热心，自家的抹布破了却丢着不管。再说，老太太待在老家，包法利老爹天天跟她吵架，她也实在受不了，所以乐得在儿子家享个清净，有时一待就待到复活节过后，免得回去领教老爹的恶作剧，老头子每到复活节前的那个星期五[1]，总忘不了嚷着要吃香肠。

有婆婆伴在身边，她判断的正确和态度的严肃，又为爱玛增添了几分自信，此外，爱玛差不多每天都另有交往。常来的有朗格洛瓦太太、卡隆太太、迪伯勒伊太太、迪瓦施太太，以及那位两点到五点照例在座的好心的奥梅太太，她对人家散布的有关这位邻居少妇的流言蜚语，一概不去相信。两个小奥梅也来看她，絮斯丹陪他们来。他跟他们一起上楼来到卧室，然后就待在门口，站在那儿既不动弹，也不作声。包法利夫人往往根本就没注意到他在门口，管自梳妆起来。她先是取下梳子，很快地摇了摇头，把头发甩开，当他第一次瞥见这头秀发整个儿披散开来，一直垂到膝弯，瞧着这些乌黑发亮的发卷，这可怜的孩子，就像骤然窥见了一片奇妙而新鲜的天地，耀眼的辉煌让他受惊不已。

爱玛自然没有注意到这种默默的爱慕和羞怯。她压根儿不会想到爱情，从她的生活中消失的爱情，竟会在这儿，在她身边，在这件粗布衬衣里面，在为她的美艳而敞开的少年的心扉里怦怦地跳动着。况且，她现在已经把一切都看得那么淡然，她谈吐亲切，目光高傲，态度说变就变，让人没法辨别那究竟是自私还是慈善，是堕落还是美德。比如说，有天傍晚，女仆想要外出，结结巴巴地找了个借口对她说了，她先是火冒三丈，紧接着却冷不丁说了这么一句：

“这么说你爱他喽？”

随即，她不等脸红耳赤的费莉茜黛答话，神情黯然地说道：

“行了，快跑！去乐你的去吧！”

---

1 这一天是耶稣受难日，按教规应该守斋。

开春时节，她吩咐把花园从这头到那头拾掇了一遍，根本不听包法利的劝阻，而他瞧着她终于表现出了某种个人意愿，心里还是挺高兴的。身体日渐康复，她也变得愈来愈有主见。她先是设法撵走了罗莱大妈，这位奶妈趁她养病的当口，三天两头带着她那两个喂奶的孩子，还有那个食量大如牛的寄宿生，上这儿的厨房来蹭饭。

而后她又疏远了奥梅一家子，陆续谢绝了其他客人的来访，就连教堂也去得不那么勤了，药剂师对此颇为赞许，趁机客客气气地对她说道：

“前一阵您是有点儿让戴教士帽的给缠住了！”

布尼齐安先生一如既往，每天教理课一上完必来露个脸。他喜欢在室外呼吸绿荫丛中的新鲜空气，那是他对凉棚的称呼。这时候夏尔正好回来。他俩都觉得挺热，女仆端来甜苹果酒，两人一起为夫人的痊愈干杯。

比内也在那儿，就是稍低些，挨在露台的边上钓螯虾。包法利邀他也来喝一杯，他可是起瓶塞的行家。

“得这样捏住酒瓶，”他得意的目光朝四下扫视一遍，投向天际的景色，“竖直放在桌上，割断细绳以后，起软木塞要很小心，轻轻地，慢慢地，就像餐馆侍者开苏打水瓶子那样。”

可就在他演示的当口，苹果酒常常溅得他们满脸都是，这时教士少不了要似笑非笑地开这么句玩笑：

“果然是酒香扑鼻！”

他确实是个好好先生，有一天药房老板劝夏尔带夫人上鲁昂剧院，去看那位有名的男高音拉加尔迪演出，他居然也没表示愤慨。奥梅见他不作声，很是惊讶，想要知道他有何高见，于是神甫说，他认为有伤风化以文学为烈，相比之下音乐要好些。

可是药房老板还要为文学辩护。戏剧的宗旨，他声称，就是抨击偏见，在娱乐的幌子下教化世人。

“Castigat ridendo mores[1]，布尼齐安先生！这不，您瞧瞧伏尔泰的大部分悲剧，里面巧妙融进的哲学思想，无论就道德风尚还是处世之道而言，着实对寻常百姓大有教益。”

“我呢，”比内说，“从前看过一出戏叫《巴黎小子》，里面那位老将军实在妙极了！他把一个纨绔子弟狠狠教训了一顿，因为他勾引一个女工，弄得她……”

“无须讳言，”奥梅管自往下说，“也有蹩脚的文学，就像有蹩脚的药房一样，不过，全盘否定这门最重要的艺术，在我看来是一种愚蠢的做法，一种陈旧的观念，只能叫人想起伽利略遭到囚禁的那个黑暗年代。”

“我知道，”神甫还嘴说，“确实存在好作品和好作者，可是，男男女女混杂相处，待在一个装饰极尽奢靡、令人心荡神驰的场所，再加上渎神的装扮、浓重的脂粉、摇曳的烛影、娇滴滴的声腔，到头来自然就会滋生某种放纵的意识，让你心存邪念，难逃淫秽的诱惑。这至少是每位神甫的看法。总之，”说到这儿，他突然换成一种神秘兮兮的语气，同时往大拇指放上一撮鼻烟丝，“教会要是谴责演戏，那自然是有道理的，我们总该服从教谕才是。”

“教会干吗把演戏的逐出教门？”药剂师说道，“就因为当初他们经常在宗教祭礼上抛头露面。他们粉墨登场，在唱诗班中间演些叫什么神迹剧的闹剧，礼法常在剧中受到亵渎。”

教士只来得及发出一声长叹，药房老板就又往下说了：

1 拉丁文，意为“笑声起，风俗易”。这是17世纪诗人桑特尔为喜剧题写的一句铭言，后来莫里哀在他的剧本中引用过。

“这就跟圣经里一个样，那里面有……，你们知道……，好些细节……挺有趣的，有些地方……确实……够轻佻的！”

瞧见布尼齐安先生满脸愠色做了个动作，他连忙说：

“啊！敢情您也同意这不是本适合年轻人看的书呐，我可不许阿达莉……”

“可劝人读圣经的，”那一位忍不住大声嚷道，“并不是我们，而是那些新教徒呀！”

“这不管，”奥梅说，“我感到吃惊的是，时至今日，在这么个太平盛世，居然还有人执意禁止这样一种精神娱乐，而它恰恰是全无害处的，劝人向善的，有时甚至是有益于身心健康的，您说不是吗，大夫？”

“可不是。”医生没精打采地回答说，或许呢，他同意这种看法，但不想得罪任何人，或许呢，他压根儿就没有看法。

谈话似乎到此结束了，可药房老板觉得不妨再最后戳一枪。

“有些教士换上你我这般的打扮，就去看舞女蹦蹦跳跳，他们呀，我都认得。”

“您得了吧！”本堂神甫说。

“嘿！我都认得！”

说着，他又拖长声腔重说一遍：“我——都——认得。”

“好吧！他们是不对。”布尼齐安息事宁人地说。

“就是嘛，他们干的好事还多着呢！”药剂师嚷道。

“先生！……”教士说这两个字时，目露凶光，药剂师一时竟给镇住了。

“我只不过是说，”他的语气放缓和了些，“宽容是引导人们信教最可靠的办法。”

“没错！没错！”好好先生随声附和，重新落座。

可是他只待两分钟就走了。等他出门奥梅先生就对医生说：

“这就叫舌战！您也看见了，我总算把他给治服喽！得，听我的话，陪夫人去看看戏，就算是您一辈子也惹黑乌鸦发一次火吧！我要不是店里的事儿脱不了身，一准陪你们一起去。快别磨蹭了！拉加尔迪只演一场，他说定了要去英国，报酬可观得很哪。他是个精明的家伙，这可是人家说得有板有眼的！他富得在钱堆里打滚！随身就带着三个情妇、一个厨师！这些大艺术家全都一个样，花起钱来挥霍无度，他们非得过一种放荡的生活，才能激发一下创作的激情。到头来他们往往死在济贫院里，就因为年轻那会儿想不着要节俭过日子。好了，祝你们胃口好，明儿见！”

去看场戏的念头，迅即在包法利的头脑里生了根，他很快就把这想法告诉了妻子，她先是拒绝了，理由是太累，太烦，太花钱，可是，夏尔这回却一反常态，非但不肯让步，而且坚持认为这样出去散散心，对她肯定有好处。在他看来，这事全无问题。母亲前不久给他们寄来三百法郎，这笔钱他原先并没打在预算里，眼前非还不可的债务微不足道，而欠勒侯先生的债务离到期还远，这会儿根本不用去想。况且，夏尔心想她那么说正是一种体贴的表现，就更执意要去了。临了，她实在拗不过他，终于松了口。于是，第二天八点钟他俩就坐上了燕子。

药剂师虽说在永镇没什么打紧的事，可他总觉得自己是分身乏术，实在跑不开，眼看他俩动身，他不由得长叹一声。

“好了，一路平安！”他对他俩说，“你们真是对幸运儿！”

随即，他对着蓝绸裙上滚了四道荷叶边的爱玛说：

“我看您就像爱神一样漂亮！您在鲁昂会引人注目的。”

驿车驶抵博伏瓦齐纳广场上的红十字旅店。说是旅店，其实就是外省每个市郊都有的那种客栈，马厩大，客房小，院子中央停着旅行供货商溅了泥浆的轻便马车，只见一只只母鸡钻在车底下啄食燕麦。房子有了年头，阳台的木栏杆早已蛀空，在冬夜的寒风中嘎吱作响，可屋子里照样到处是人群，到处是声音，到处是粗粝的饭食，黑黢黢的桌子上黏糊糊地粘满掺了烧酒的咖啡，厚厚的玻璃窗让苍蝇弄得黄黄的，潮唧唧的餐巾溅满劣质红酒的斑渍，这等客栈好比农家雇工学城里人穿着，总脱不了一股乡土气，朝街的这边是咖啡座，沿田野的那边却是畦菜园。夏尔急不可待地赶去买票。他弄不清幕侧包厢和顶层楼座，池座和楼厅包厢之间的区别，请教了一遍还是不得要领，票房让他去问经理，然后回客栈，去戏院，来回往返横贯全城，奔波于剧院与广场大街之间。

夫人采购了帽子、手套和花束。先生悬着心生怕错过开场，两人连汤也没来得及喝，就急匆匆赶去剧场，不料还没开门。

第十五章

人群聚集在墙边，被栏杆围成对称的两堆。附近街道的转角，一张张大幅海报上都用巴洛克风格的字体赫然印着："拉美莫尔的露西娅[1]……拉加尔迪……歌剧……"天气晴朗，人人觉得热，汗滴在鬈发里往下淌，掏出的手帕纷纷在发红的额头拭着，时而从河面拂来一阵和风，微微掀动咖啡馆门上布篷的边缘。而稍低些，就是一阵凉飕飕的气流，从中闻得出油脂、皮革和食油的味道。那是来自夏雷特街的气息，那儿到处是黑洞洞的高大货栈，工人在里面把大桶滚来滚去。

爱玛生怕让人看着可笑，想在进场前先到港口去转悠一圈，包法利出于谨慎，手里捏住两张票子，插进裤袋，紧贴在腹部。

爱玛从进前厅起，心头就不由得怦怦直跳。她见人群急匆匆地沿另一条走廊往右拐去，而自己却登上通包厢的楼梯，不由得露出得意的一笑。她用手指去推挂着门帘的宽门时，就像一个孩子那样快活。她深深地吸了一口气，把走廊里的灰尘气味尽情吸了进去，在楼厅包厢落座以后，她腰挺得笔直，神态有如公爵夫人那般雍容大方。

剧场大厅里渐渐坐满了人，夫人小姐从皮套里取出观剧望远镜，

1 19世纪意大利歌剧作曲家唐尼采蒂（1797—1848）根据英国小说家司各特的小说《拉美莫尔的新娘》（1819）改编的歌剧。

在剧院订座的常客远远看见了，彼此打着招呼。他们上这儿来，本想在艺术的氛围中松弛一下绷得紧紧的神经，可是生意经到哪儿也忘不了，到了剧场谈的还是棉花、三六烧酒[1]或靛蓝染料。只见一些老人的脸纹丝不动，漠无表情，头发和脸色都呈灰白色，很像蒙着一层厚厚水汽的银牌。风雅时髦的年轻人神气活现地坐在池座，背心领口露出粉红或苹果绿的团花领结。包法利夫人欣羡地往下望去，看着他们把黄手套箍得紧紧的手掌按在手杖的金球饰上。

这时，乐池的烛光亮了起来，天花板垂下的枝形吊灯，水晶切面熠熠闪亮，把光线洒向大厅，剧场顿时平添了一种欢乐的气氛，随即乐师们鱼贯进入乐池。先是好一阵乱哄哄的不协和音，其中有嗡嗡的低音号声，有嘤嘤的小提琴声，有嘹亮的短号声，也有长笛和古竖笛鸟鸣般的啁啾声。接着，只听得台上响了三下，定音鼓擂了起来，铜管乐器奏出几小节和音，幕启处，显出一片乡村景色。

那是一片林中空地，左侧的一棵橡树下，有一眼喷泉。乡民和领主，肩上斜披着格子花呢长巾，齐声唱着一首狩猎歌，随后上场的是个卫队长，他伸手朝天，祈求恶天使助他一臂之力，另一个卫队长也上场来，他俩退场以后，狩猎的行列又唱起那首歌。

她觉得自己又沉浸在少女时代阅读小说的那种氛围，回到了沃尔特·司各特笔下的场景。穿过这片雾霭，她依稀听到苏格兰风笛声久久回荡在欧石南丛中。而且，小说的回忆有助于领会歌剧的台词，她逐句逐句往下听，完全能把握剧情的脉络，而那些飘忽不定的思绪，刚闪回脑海旋即消散在狂飙般的乐声中。她听任自己随着旋律摇荡，觉得整个心灵都在颤动，仿佛那些小提琴是在她的心弦上走的弓。服

---

1 旧时一种85°以上的烧酒。取三份酒兑三份水，即得六份普通烧酒，故名。

装、布景、人物，还有画在布上的树木，旁边有人走过就会颤悠，以及那些丝绒帽子、披风、长剑，幻景般的这一切，犹如在另一个世界的氛围中，在和谐悦耳的乐声中摇晃起伏。而这当口，有个年轻女子走上前来，一边随手将钱袋扔给一个绿衣侍从。她独自留在台上，这时只听见一支长笛在吹奏，笛声有如泉水潺潺流淌，又如小鸟啁啾鸣啭。露西娅神情决绝地唱起那首G大调咏叹调，她悲叹爱情，祈求上天给她翅膀。爱玛感同身受，企望逃离这人世，在拥抱中飞上天去。骤然间，埃德加·拉加尔迪上场了。

他脸上那种灿然的苍白，为热情似火的南方人平添了一种大理石般高贵的气质。他体格矫健，穿棕色紧身短上衣，左边大腿上悬着一柄镂花小刀。他目光忧郁地左顾右盼，露出一口雪白的牙齿。他的游艇在比亚里茨[1]海滩进行坞修，据说有天傍晚，一位波兰公主听见了他的歌声，就此坠入情网，结果她为他弄得个身败名裂。他把她甩在那儿，又去追逐别的女人，而这种情场花絮，对抬高他的艺术家身价却是有百利而无一弊的。这个工于心计的戏子，甚至每次都忘不了在海报上塞进一句诗歌体的广告，暗示自己风度如何迷人，又如何是个多情种子。一条好嗓子，一副沉稳而放肆的神态，凭体魄藏智力之拙，靠夸张补激情之缺——这个江湖骗子兼有理发师与斗牛士特征的奇特气质，大致就可以如是勾勒。

他从第一场起就拼命煽情。他把露西娅紧紧抱在怀里，他把她撇下，他重又回来，他似乎绝望了，他勃然大怒，随即声音嘶哑地喘着气，哀婉动人之至，从那裸露的颈脖吟出的乐音，满含悲泣和热吻。爱玛俯出身去看他，指甲把包厢的丝绒给抓破了。凄哀的歌声，在低

1 法国西南部城镇，濒临比斯开湾。

音提琴的伴奏下拖着长腔，犹如海难幸存者在风雨交加、波涛汹涌的海面上的哀号，占据了爱玛的全部身心。她从中听见的，是当初险些让自己走上绝路的痴醉若狂和焦虑不安。女演员的歌声在她犹如脑海中思绪的共鸣，犹如令她忘却生活中不快的幻觉。可是世上还没有人像这样地爱过她。那个最后的夜晚，他俩在月光下彼此说着“明儿见，明儿见！”的时候，他并不曾像埃德加这样泪流满面。剧场里响起震耳欲聋的喝彩声，演员重唱一遍赋格曲中的那段密接和应，那对情人说到他们墓上的鲜花，说到信誓旦旦和远走他乡，说到命运和希望。当他俩最终诀别的时候，爱玛不禁失声尖叫起来，但叫声淹没在了幕终的和弦之中。

“那个领主，”包法利问，“干吗要这么折磨她？”

“不是的，”她答道，“那是她的情人。”

“可他发誓说要向她的家族复仇哩，而那一位，就是刚才出场的那位却说：‘我爱露西娅，我相信她也爱我。’再说，他是跟她父亲手挽手下场的。那个帽子上插着公鸡毛、其貌不扬的小个子，敢情就是她的父亲，这总错不了吧？”

任凭爱玛怎么跟他解说，当戏演到吉尔伯特把他的毒计告诉主子阿什顿，两人唱起二重唱的宣叙调时，夏尔看见那枚用来哄骗露西娅的订婚戒指，以为这就是埃德加给她的定情之物[1]。不过，他承认自己没弄懂剧情，原因是音乐太响，唱词听不清楚。

“那有什么？”爱玛说，“别作声了！”

“可你知道，”他俯身在她肩头接着说，“我什么事都喜欢弄个

1 城堡领主阿什顿与埃德加有世仇，阿什顿的妹妹露西娅却爱上了埃德加。阿什顿千方百计想拆散他俩。为此，城堡卫队长吉尔伯特献上一条毒计，让露西娅误以为埃德加移情别恋，已与另一女子订婚。

明白。”

“别作声！别作声！”她不耐烦地说。

露西娅由侍女搀扶着走上前来，头上戴着橙树条编的花冠，脸色比白缎长裙还白。爱玛不由得想起了她的婚礼日，她仿佛看见自己置身于麦田中间的小路上，随着队列向教堂走去。当初她干吗不像露西娅一样矢志反抗、苦苦哀求呢？她非但没这样做，反而满心喜悦，根本没有意识到自己正匆匆走向一个深渊——哦！要是能在结婚带来耻辱、通奸带来幻灭之前，趁青春美貌之际，把终生托付给一个心地高尚、稳重可靠的男人，那么，美德、温情、肉欲和职责就可以合而为一，她也就不至于从至福的巅峰跌落下来了。可是这样的幸福，想必也是一种欺骗，是编派出来安慰万念俱灰的人的谎言。她现在明白了，艺术夸张所渲染的激情，实在是微不足道的。因而爱玛尽力把思绪从中拉出来，想把这再现自己痛苦的表演，仅仅看作一种愉悦耳目的虚构之作而已，所以当一个裹着黑披风的男子出现在舞台深处丝绒门帘下面的时候，她心里掠过一阵暗笑，觉得人家可笑又可怜。

这男子做了个动作，那顶西班牙宽边帽掉落在地，乐队和演员即刻开始那段六重唱。埃德加眼里喷出狂怒的光芒，以清脆的嗓音把其他演员的声音都压了下去，阿什顿用庄严的中音向他提出决死的挑衅，露西娅用女高音诉说着她的怨愤，一旁的阿瑟在中音区抑扬有致地唱着，牧师的男低音有如管风琴那般发出共鸣，而侍女们优雅地合唱着叠句。他们站成一排，各自做着手势。愤怒、仇怨、忌妒、恐惧、怜悯和惊愕，同时从他们张开着的嘴里喷将出来。怒不可遏的情人挥舞着出鞘的长剑，镂空花边的皱裥领圈，随着胸部的起伏在颤动，他穿着开口很大的短筒软靴，跨着大步在舞台两侧走来走去，镀金的银马刺踩在地板上铿锵作响。

她心想，他准得有着取之不尽的爱，才能如此慷慨地把它遍洒全场观众。面对角色身上这种沦肌浃髓的诗意，她原先的贬意早就烟消云散了。剧中人物的形象在把她引向这个男子，她竭力去想象他的生活，这种豁亮、出众、辉煌的生活，倘若不是命运乖舛的话，她原本也是可以过得上的。他俩是应当相识，应当相爱的！和他在一起，她会从京城到京城，游遍欧洲的每个王国，分享他的劳顿和豪情，捡起人群扔给他的花束，亲自为他刺绣戏装，然后，每天晚上待在包厢深处，在镀金的栏杆后面屏息敛容地静听这个可人儿倾诉他满腔的激情——他只为她一个人而歌唱，他在舞台上表演，而无时无刻不在望着她。想到这儿，一个荒唐的念头攫住了她：他正在望着她，千真万确！她一心想奔上去扑进他的怀抱，在他强壮躯体的庇护下，犹如在爱神化身的庇护下得到休憩，她要对他说，对他大声地说："把我带走，把我掳走吧，走吧！我的满腔激情，我的全部梦想，都是冲着你，属于你的！"

大幕落下了。

煤气灯的味儿，和着人们嘴里呼出的气味，纨扇扇出的风，使混浊的空气更叫人气闷。爱玛想到场外去，走廊里都挤满了人，她回来重新落座，心头怦怦直跳，透不过气来。夏尔生怕她晕过去，赶紧上饮料柜台去给她买巴旦杏仁水。

他费了好大劲儿才走回自己的座位，因为他双手都端着杯子，每走一步，总有人碰他的胳膊肘，中途还撞到一位穿短袖的太太，把四分之三杯糖水泼在了她肩上，这位鲁昂女士突然觉着凉凉的液体流到了腰间，不由得尖叫起来，就像有人要宰了她似的。她丈夫是个纱厂老板，见夏尔这么不当心，也大光其火，那女人掏出手帕在樱桃色塔夫绸裙子上拭水渍的当口，他没好气地直嘟哝，赔偿损失之类的话，说了一大堆。最后，夏尔总算回到妻子身边，气喘吁吁地对她说：

“我真以为要，要回不来了呐！到处是人！……真挤！……”

他喘了口气又说：

“你猜猜，我在上头遇见谁了？莱昂先生！”

“莱昂？”

“就是！他会过来向你问好的。”

话音刚落，永镇先前的那位书记员已经进了包厢。

他风度洒脱地伸出手来：包法利夫人不由得也把手伸了过去，仿佛她是在听命于某种更强有力的意志。自从春雨淅淅沥沥落在绿叶上，他俩站在窗前话别的那个夜晚以后，她就没有再碰过这只手。但她很快想起目前身处的场合，这么冷场是很失礼的，于是竭力抛开那些回忆，结结巴巴地匆匆说道：

“哦！您好……怎么！您也在？”

“别说话！”楼下有人喊道。第三幕开场了。

“那您是在鲁昂喽？”

“是的。”

“多久了？”

“出去！出去！”

好些人转过脸来冲着他俩。他不作声了。

但就从此刻起，她不再去听台上唱些什么了，宾客的合唱、阿什顿和仆人间的那场戏、雄浑的D大调二重唱，在她都显得那么遥远，仿佛乐器的声音变轻了，台上的人物退到后面去了。她回忆起了药房里的牌戏和去奶妈家路上的相遇、凉棚下的诵读小说、火炉旁的促膝谈心，回忆起整个那段可怜的爱情，它曾是那么平静，那么漫长，那么审慎，那么温柔，而她已经把它忘了。那他干吗又要回来？命运到底是怎样又把他安排进她的生活里来的？他站在她身后，肩膀靠在包厢的隔板上，她有时感觉到他鼻孔里呼出的热气拂过自己的头发，不禁微微打起颤来。

“您爱看这戏吗？”他俯身说这话时，跟她挨得很近，唇髭都擦着她的脸颊了。

她没精打采地回答说：

“哦！天哪！不大爱看。”

于是他提议到剧院外面去找个地方吃点冷饮。

“哦！别急呀！再待会儿！”包法利说，“她的头发都披散了，结局一准是悲剧。”

可是爱玛对剧中人物的痴狂已经不感兴趣，而且觉得女演员的表演也太过火。

“她嚷得太响了。”她转过身去对专心听戏的夏尔说。

“对……可也是……是有那么点儿。”他接口说道，到底是维护一下自己的乐趣呢，还是对妻子惟命是从，他有点犹豫不定。

这时莱昂叹了口气，说道：

“里面可真热……”

“就是！叫人受不了。”

“你觉得不舒服？”包法利问。

“是的，我闷得慌。咱们走吧。”

莱昂先生态度优雅地给她披上那条有花边的长披肩，三人一起出来，在码头上一家咖啡馆前的露天座坐下。起先话题是她的不适，可爱玛不时要打断夏尔，因为她说怕这会让莱昂先生觉得腻烦，这位先生则告诉他俩，他来鲁昂的一家大事务所干两年，想好好熟悉一下业务，因为巴黎的办事方式跟诺曼底那儿有所不同。他又问起贝尔特、奥梅一家子和勒弗朗索瓦大妈。而后，由于当着丈夫的面实在已经无话可说，谈话不一会儿就中止了。

从剧场散戏出来的人群，在人行道上经过，不是嘴里哼着歌，就是扯开嗓门高声嚷嚷："哦，美丽的天使，我的露西娅！"莱昂不想让人觉得他对音乐是门外汉，就谈起音乐来了。唐比里尼、吕比尼、佩西亚尼和格丽齐[1]的演出，他全都看过，跟他们一比，拉加尔迪虽说眼下挺走红，实在根本算不了什么。

"可是，"夏尔嘴里小口小口咬着朗姆酒汁冰糕，打断他说，"听说他在最后那一幕里演得真是无懈可击，我真后悔没看完就出来了，我还是刚看出点味道来呢。"

"没关系，"书记员接口说，"他不久还要演一场。"

可是夏尔回答说，他们第二天就得回去。

"除非，"他转过身对着妻子说，"你愿意独自留下，我亲爱的小猫咪，嗯？"

那年轻人一见机会来得这么巧，居然让他看见了一线希望，连忙改弦易辙，一个劲地恭维拉加尔迪在最后那场戏里的演技。那真是棒极了，简直妙不可言！于是夏尔坚持要妻子留下。

"你可以星期天再回去。得，你快拿定主意吧！要是你以为这样做未必对身体有什么好处，那你就完全错了。"

这当口，边上的一张张桌子跟前，全都空无一人了。一个侍者闷声不响地走过来，站在他们旁边，夏尔明白他的来意，便掏出钱包，书记员伸出胳膊拦住他，不光抢先付了账，而且没忘多撂下两枚硬币，碰在大理石的桌面上铮铮作响。

"真不好意思，"包法利嗫嚅着说，"让您破费……"

---

1 这四位都是意大利著名的歌唱家，曾在巴黎演出意大利歌剧作品。

那一位挺亲热地做了个无所谓的手势，然后拿起帽子：

“那就说定了，明儿六点，对吗？”

夏尔又重申一遍他不能再耽搁了，不过爱玛完全可以……

“可我……”她喃喃地说，带着很奇怪的笑容，“实在说不上来……”

“那好！你再想想，然后告诉我们，夜里头脑来得清醒……”

说完，他朝着一路陪送他俩的莱昂说：

“既然您又回来了，您也许能不时抽空来舍下吃顿便饭吧？”

书记员回答说，少不得要前去叨扰，况且他的事务所有点事，正好得去一趟永镇。于是大家在圣埃勃朗道口分手，这时大教堂的钟楼敲响了十一点半。

第三部

第一章

莱昂先生还在法律系念书的那会儿，就算得上是茅顶别墅舞厅[1]的常客，甚至在那些打情骂俏的年轻女工中间颇为春风得意，她们觉着他风度出众。他是个举止得体的大学生：头发既不太长也不太短，更不会在月头就把一季度的钱挥霍一空，跟老师相处得也很融洽。出格胡闹的事，他从来不做，既是由于生性懦弱，也是出于处事谨慎。

他待在房间里，或是傍晚坐在卢森堡公园的椴树下面看书的时候，常会让手中的法典滑落，情不自禁地思念起爱玛来。渐渐地，这种情思日趋淡薄，别样的贪欲聚拢来遮没了它——尽管它仍在竭力挣脱出来，因为莱昂并没死心，他心间犹存一线朦胧的希望，在未来的远处荡悠，好似悬在一棵奇妙无比的树上的金果。

于是，一别三载重又相逢，他的激情马上就复苏了。他寻思，是该横下心来占有她了。再说，常跟那些爱闹着玩的女伴厮混，他已不再是那副怯生生的模样了，这次他重返外省，见到那些没穿漆皮靴子走在林荫道上的人，打心眼里就看不起。若是在巴黎的沙龙里，主人是名闻遐迩的学者，佩勋饰，乘高车，这可怜的书记员挨在一位衣裙

1 巴黎位于蒙帕纳斯林荫大道上的著名舞厅。

镶饰花边的巴黎淑女身边，免不了会像孩子似的周身打颤，可是在这儿，在鲁昂的码头，面对这个小医生的妻子，他觉得挺自在，料定对方准会对自己着迷。神态自若，少不得要依仗身处的境地：一个人到了中二楼[1]，说话就跟在五楼不一样，阔太太仿佛在紧身褡的夹层里塞满了钞票，铠甲似的保护着贞洁。

头天晚上跟包法利夫妇分手后，莱昂一路远远地尾随在后面。看见他俩停在了红十字旅店门前，他才转身回去，左思右想盘算一宵，拿定了个主意。

且说第二天五点钟光景，他走进那家旅店的厨房，喉咙发紧，脸色发白，一副胆小鬼发了狠心的模样。

“先生不在。”一个伙计答话说。

这在他是个好兆头。他上楼而去。

她见他来并没吃惊，反倒向他致歉，说是忘了把他们下榻的地方告诉他了。

“哦！我猜得到。”莱昂说。

“怎么猜得到？”

他说是运气好，凭直觉找到她这儿来的。她笑了起来，莱昂意识到自己说了蠢话，赶紧说其实他一大早就跑遍一家家旅店，满城找她来着。说完，他问道：

“这么说，您决定留下了？”

“是的，”她说，“可我不该这样。一个人真不该贪图这些不切实际的享受，这不，身边有着重重约束……”

“哦！我能想象……”

---

1 法国建筑中一种介于底楼与二楼之间的楼层。

"哎！您想象不出的，因为您，您不是女人。"

可是男人照样有男人的苦恼呀，于是谈话围绕着一些哲理的思考继续下去。爱玛大谈其尘世间感情贫乏，永恒的孤独让人觉得心像死了一般。

年轻人为了博得对方的好感，或者出于天真想模仿她这种排遣不去的忧郁，声称自己也时时刻刻都被学业弄得烦透了。诉讼案卷惹他来火，他真想改学别的行当，而母亲每回来信又总让他看了心里叫苦。他俩都谈到自己苦恼的原因，愈谈愈细致入微，眼看彼此间知心话愈说愈多，两人都禁不住有些兴奋起来。不过两人有时还是欲言又止，没把自己的想法和盘托出，而是设法另找一句话来表达那点意思。她没提对另一个男人的激情，他也没说自己一度把她忘了。

也许他已记不起跟女工们跳舞后共进的夜宵，她大概也忘怀了清晨穿过草地奔向情人庄园的幽会。城市的喧嚣几乎传不到他俩的耳畔，房间仿佛变小了，就像特意要让他俩与世隔绝似的。爱玛身穿凸纹细平布罩衫，颈背枕在旧扶手椅靠背上，黄澄澄的墙纸在她身后宛如一道金色的背景；她没戴帽子，镜子里映出她的脑袋，正中是露白的头路，两鬓的秀发没把耳朵遮严，耳梢露在了外面。

"不过，对不起，"她说，"我真不像话！这么没完没了地诉苦抱怨，一定让您听得烦死了！"

"没有，一点不烦！一点不烦！"

"要是您能知道就好了，"她接着说，一边抬起那双美丽的眼睛望着天花板，眼眶里噙着泪水，"我做梦都在想些什么哟！"

"那我呢！哦！我也在受着煎熬！我常到外面去，信步沿着河岸往前走，让人群的喧闹声来麻醉自己，可还是没法排遣萦绕在心间的忧思。那条林荫道上有家画铺，里面有幅意大利版画，画的是位缪斯。她身穿宽大的裙袍，仰望着月亮，披散的秀发上簪着勿忘草。那儿始终有一种东西吸引着我，我会待上好几个小时流连忘返。”

随即，声音变得发颤了：

“她有点儿像您。”

包法利夫人转过脸去，她觉着唇边浮上了一丝无法抑制的笑意，不想让他看见。

“这是常有的事，”他接着说，“我给您写信，写好了又撕掉。”

她没作声。他继续说道：

“我有时候心想，说不定机缘会把您带到我的跟前。我仿佛觉得在街角瞥见了您的身影：只要马车门帘里飘出一截披巾、一角面纱，和您的有点相像，我就会跟在车后追啊追啊……”

她似乎拿定了主意听他往下讲，不去打断他。她双臂抱在胸前，低着头，兀自望着自己拖鞋上的玫瑰花结，不时在里面动动脚趾，缎子的鞋面也随之微微掀动。

这时，她叹了口气：

“最可悲的还是您我这样，不死不活地过着一种毫无意义的生活，您说是吗？要是我的痛苦能对另外某个人有好处，我想着这是牺牲，倒还会感到一点安慰！”

他于是赞颂起美德、责任心和默默的奉献精神来，他自己也渴望献身，可是没法如愿。

“我真想，”她说，“去当济贫院的修女！”

“唉！”他接口说，“男人就没有这些神圣的使命，我看哪儿都找不到一种职业……除非医生……”

爱玛微微耸耸肩，打断他的话，说起那场差点儿让她送命的病来。真是遗憾！要真那样，现在倒也不用再受苦了。莱昂随即表示他向往墓茔的安谧，其实有天晚上他把遗嘱都写好了，让人把他裹在美丽的床罩里入殓，这幅有丝绒条纹的床罩，是她送给他的。由于他俩但愿自己当初真是那样，所以现在两人都设想了一种完美的境界，把过去的生活纳入其中去。何况，话语本身是一种轧碾器，总要把情感加以延展。

不过听到床罩一说，她不由得问道：

“这是为什么？”

“为什么？”

他犹豫片刻。

“因为我爱您呀！”

莱昂庆幸自己终于闯过了这一关，打眼梢里瞅着她的脸色。

犹如风儿骤起，吹散了满天乌云，曾让这双蓝色眼眸显得黯然无光的愁绪忧思，顷刻间消散得无影无踪，整张脸变得容光焕发了。

他等待着。她终于回答道：

“我早就想到了……”

于是，他俩彼此谈起那段遥远岁月的种种细节，刚才他们只用一句话，便概括了这段时光的欢欣与忧愁。他俩回忆着攀满铁线莲的绿廊、她当初穿的长裙、她房间里的摆设以及那整幢屋子。

“咱们那些可怜的仙人掌，它们怎么样了？”

“去年冬天全冻死了。”

“哦！您知道我有多么想念它们吗？我眼前常会浮现它们的身影，就像过去那些夏日的早晨一样，阳光透过百叶窗倾泻进来……我仿佛又看见您裸露的手臂在花儿中间移动。”

“可怜的朋友！”她说着把一只手伸给了他。

莱昂迅即把嘴唇贴上去。随后，他深深地喘了口气：

“当时，您对我来说，简直就像一股神奇的吸力，正是这种让我说不清道不明的吸力，把我整个儿给俘虏了。比如说，有一回我上您家去，不过您大概已经记不得这事了吧？”

“我记得。您往下说。”

“您在楼下的前厅，正准备出门，站在底下的那级台阶上。您还戴着一顶有蓝色小花的帽子。您并没邀请我，我却情不自禁地跟着您出了门。尽管我每时每刻愈来愈感到自己是在做傻事，可我还是在您旁边一路走着，既不敢跟得您太紧，又不肯离开您。您走进一家服装店，我待在街上，从橱窗里瞧着您脱下手套在柜台上数硬币。您随后去了迪瓦施太太家，您拉了门铃，有人来给您开门，您进了门，门碰上了，可我还像个白痴似的站在沉甸甸的大门跟前。”

包法利夫人一边听他说，一边暗自惊讶自己竟然这么老了。所有这些重现的往事，犹如拓展了她的生活空间。那就好比是纷至沓来的感情经历，勾起了她一段又一段的回忆。她不时半闭着眼睑低声说：

“对，是这样！……是这样！……是这样！……”

博伏瓦齐纳街区多的是寄宿学校、教堂和空关的高大宅邸，这会儿只听得四下里钟敲八点。他俩都不再说话，可是两人四目相视，却感到脑海中嘤嘤作响，仿佛有个发声的物件在从对方凝定的眼眸传将过来。他俩依然手握着手，过去、未来、回忆和梦想，所有一切此刻都融进了令人销魂的柔情蜜意中。墙上暮色渐浓，而半明半暗之间，依稀可见几幅版画上浓艳的色彩，这四幅分别描绘《奈尔塔》[1]各幕场景的彩印版画下面，写着西班牙文和法文题词。从拉窗望出去，只见尖尖的屋顶之间，露出一角幽黑的夜空。

1 法国作家大仲马（1802—1870）与盖拉代合写的四幕悲剧。

她起身点亮五斗橱上的两支蜡烛，随即重又坐下。

“嗯？……”莱昂说。

“嗯？”她应声说。

他在寻思怎样重新开始一度中断的谈话，却听得她对他说道：

“这是什么道理呢，为什么在这以前始终没人向我表示过这样的感情？”

书记员极力表明，对性格完美的人，一般人是难以理解的。

而他，第一眼看见她，就爱上了她，当初要是天从人愿，让他俩早些相识，百年好合，永不分离，那该有多幸福，每想到这儿，他就懊丧不已。

“我有时也这么想来着。”她接口说。

“多美的梦呵！”莱昂轻声说道。

他抚摸着她白色腰带上的蓝色镶边，又说道：

“可谁说我们就不能重新开始呢？……”

“不，我的朋友，”她说，“我太老了……您太年轻……忘了我吧！会有别的女人来爱您……您也会爱她们的。”

“不会像您一样！”他喊道。

“您真是个孩子！好了，我们都要明智些！我愿意那样！”

她向他说明他俩是不可能相爱的，两人之间应该像过去一样，保持一种兄妹般单纯的友谊。

她这么说可是当真？大概连爱玛自己也说不清，此刻她既强烈地感觉到诱惑的魅力，又一心想着必须抵御这种诱惑。于是，她含情脉脉地凝视着年轻人，可当他怯生生地要伸手抚摩她时，她却轻轻地推开了那双颤抖的手。

“呵！对不起。”他后退着说道。

爱玛见他往后退去，骤然感到一阵隐隐约约的恐惧，只觉得对她来说，这种腼腆矜持比罗多尔夫张开双臂迎上来的肆无忌惮更加危险。她觉得从没见过如此俊俏的男人。他的举止中透出一种优雅动人的淳朴。他那弯弯纤细的长睫毛，这会儿垂了下去。皮肤柔嫩的脸颊泛起红晕——爱玛心想——是因为他渴望得到她，她感到一种难以抑制的冲动，直想去吻这脸颊。

她赶紧侧过身去看钟，像是要看一下时间。

“天哪！都这么晚了，”她说，“瞧我们聊得多起劲！”

他明白了弦外之音，起身找帽子。

“我连看戏都忘了！可怜的包法利就为这才让我留下的哩！大桥街的洛尔莫先生说好跟他太太一起来陪我上剧院的。”

而且机会就此错过了，因为她第二天就要动身回去。

“真的吗？”莱昂问。

“真的。”

“可我得再见您一次，”他说，“我有事要跟您说……”

“什么事？”

“是件……很重要、很严肃的事情。哎！不，真的，您不能走，您不能这么做！要是您知道……您听我说……难道您还不明白我的意思？难道您还猜不出吗？……”

“您可真会说话。”爱玛说。

“呵！您还开玩笑！够了，够了！您就行行好，让我再见您……一次……就一次。”

“好吧！……”

她顿了顿，而后，仿佛改了主意：

“噢！别在这儿！”

“在哪儿都行。”

“您看……”

她好像想了一下，接着语气简捷地说：

“明天，十一点，在教堂。”

“我一定去！”他一把握住她的双手大声地说。

她把手抽了回去。

此刻他俩都站着，他在她后面，而爱玛低着头，所以他就俯身在她的颈项上长长地吻了一下。

“您疯了！哦！您真是疯了！”她轻声咯咯笑着说，他一而再再而三地吻着她。

而后，他从她肩膀上探过脸去，似乎想从她眼睛里看到赞许的表示。她把眼睛对着他，眼神庄严而冷峻。

莱昂往后退下三步，想要告辞。他在门口停了一下。随后他声音发颤，低声说道：

“明儿见。”

她点点头算是回答，像只小鸟似的消失在旁边的房间里。

爱玛当晚给书记员写了封长信，说明她不能赴约，现在一切都结束了，他俩要为各自的幸福着想，不应该再见面。可是信写好后，由于不知道莱昂的住址，她觉得挺犯难。

“我就自己交给他，”她暗自思忖道，“反正他会去的。”

第二天，莱昂推开窗，在阳台上一边哼着曲子，一边擦着那双薄底浅口皮鞋，上了几遍油。他换上雪白的长裤、精致的袜子，穿一件绿色上装，把全部香水都洒在了手帕上，然后，把卷好的头发弄弄散，好让一头秀发显得更潇洒自然。

“还太早哩！”他瞥了一眼理发铺的挂钟想到，那座模拟杜鹃叫声的挂钟指着九点。

他拿起一本旧时装杂志翻了一会儿，出得门来，点上一支雪茄，反向走过三条街，寻思着时间差不多了，便朝着圣母堂前的广场款款走去。

这是个夏日晴朗的上午。金银器店铺里的银餐具闪闪发亮，阳光斜照在教堂上，灰色石块的边沿映得熠熠生辉，鸟群在蓝天飞翔，绕着有三叶饰的小钟楼打旋，广场上叫卖声此起彼伏，铺石周围的花丛阵阵飘香，玫瑰、茉莉、石竹、水仙和晚香玉，间距不等地夹在缬草和海绿草之类湿润的绿丛中间，中央喷泉水声汩汩，宽大的伞篷下面，没戴帽子的女商贩在叠得高高的甜瓜边上忙乎着，用纸裹起一束束紫堇花。

小伙子买了一束。这是他第一回买花给一个女人，他挺起胸膛，心头充满了骄傲，仿佛这份要去献给人家的敬意，这会儿朝着他迎了上来。

可他又生怕让人瞧见，他神情决然地走进教堂。

左首大门正中间，席间起舞的玛丽安娜[1]底下，此刻站着一位教堂侍卫，他头上插着羽翎，腰间的长剑碰到腿肚子，手里攥着节杖，仪态威严赛过红衣主教，浑身上下圣体盒似的闪光发亮。

他朝莱昂迎上前来，带着教士问小孩话时故作和蔼的笑容：

“先生大概不是本地人吧？先生想瞧瞧教堂里的收藏品吗？”

“不。”莱昂回答。

说完，他先沿着教堂侧廊转了一圈，随后走到广场上张望。爱玛还没来。他回进教堂，来到祭坛跟前。

---

1 鲁昂大教堂三角楣上的浮雕名称，又名《在希罗底面前起舞的莎乐美》。典出《圣经·新约》。

中殿尖形穹隆的底端，还有一部分彩绘玻璃，都倒映在盛得满满的圣水缸里。而彩绘画幅的反光在大理石的边沿折转，又沿着石板地面往前绵延，犹如色彩斑斓的地毯。三扇敞开的大门，把外面明亮的阳光分成三股宽大的光柱延接进教堂。殿堂深处，不时有神职人员在经过圣坛跟前时，侧身屈一下膝，倒像是来去匆匆、假作虔诚的教徒。水晶枝形吊灯寂然不动地悬在那儿。祭坛上点着一盏镀银的灯，从侧殿，从教堂暗处，时而传来叹气般的声息，一扇铁栅门关上的响声，会在高高的穹顶下久久回荡。

莱昂步态庄重，靠墙踱来踱去。他觉得生活从未像现在这样美好。一会儿她就会来这儿，妩媚、激动，偷眼去迎身后追随的目光——长裙上的镶褶、金色的长柄眼镜、薄薄的高帮皮鞋，无不有着风情万千的优雅，是他平生所未曾领略过的，而节行惟其恐怕难保，更显得有一种不可言喻的诱惑。教堂就像一座硕大无朋的贵妇客厅，延展在她的周围，穹顶俯下身来，在暗处倾听她爱情的表白，彩绘玻璃熠熠生辉，为她照亮脸庞，线香也行将点起，让她在缭绕的香雾中看上去像位天使。

可是她没来。他坐在一张椅子上，目光无意间投向一块蓝莹莹的彩绘玻璃，只见上面画着一群手拎鱼篓的船夫。他凝望着这幅画，心里数着鱼儿身上的鳞片和紧身短衣上的纽扣，而思绪却飘飘忽忽地追寻着爱玛。

那个侍卫待在一边，眼见此人自说自话游览教堂，心里好生愤慨，在他看来这简直是大逆不道，几近从他身上偷走东西，大有渎圣的意味。

石板地上丝绸的窸窣声，一顶宽边女帽的边檐，一袭黑色的网眼面纱……是她！莱昂一跃而起，快步迎上前去。

爱玛脸色苍白。她走得很快。

“您看吧！”她说着把一张纸递给他，“……哦！不！”

她倏地缩回手，走进圣母堂，跪倒在一张椅子上祈祷起来。

这种心血来潮的过分的虔诚，让年轻人感到有些不受用，但他随即又觉得，看着她在幽会时像位安达卢西亚[1]的侯爵夫人似的忘情祷告，也挺有趣的，可不一会儿他又烦恼起来，因为她老也没个完。

爱玛潜心祈祷，或者说竭力让自己潜心祈祷，但愿会有某种天启骤然从天而降让她顿下决心，她一心企盼着这种神助，凝眸望着闪烁发光的圣体龛，热切地吸进高瓶里散发出的白香芥的味儿，侧耳向四下里谛听，而教堂的宁静只是徒添她心头的纷乱而已。

她立起身来，两人一起出门而去，那位侍卫却忙不迭地赶上前来说道：

“夫人大概不是本地人吧？夫人可要看看教堂里的收藏品？”

“不要！”书记员嚷道。

“看看又何妨！”她说。

因为，她把自己岌岌可危的节行维系在圣母马利亚和这些雕像、墓石之类的东西上了。

于是那侍卫按顺序，把他俩先领回挨近广场的教堂入口，用节杖指给他们看个黑石砌成的大圆圈，那上面既无题铭亦无雕饰。

“瞧，”他神态庄严地说，“这就是昂布瓦斯巨钟[2]安放的所在。这口钟重达四万利弗尔，在欧洲堪称无与伦比。浇铸巨钟的那个工匠过于兴奋，就此一命呜呼……”

1 西班牙南部的一个地区。法国浪漫主义诗人缪塞（1810—1857）的诗集《西班牙与意大利故事》（1830）中，有一首很著名的诗，名叫《安达卢西亚女人》。

2 以曾任路易十二时代首相的乔治·德·昂布瓦斯的名字命名的一口大钟。

“咱们走吧。”莱昂说。

那位老兄起步往前走，随后，重又来到那座圣母殿，他伸出胳膊做了个笼统介绍的手势。神情之自豪，比起乡绅向人炫耀自家种植的果树林来有过之而无不及：

“就在这块普普通通的石板下面，安葬着瓦雷纳暨布里萨克领主、普瓦图大元帅、王室派驻诺曼底行政长官皮埃尔·德·布雷泽，他于一四六五年七月十六日在蒙莱里战役中捐躯。”

莱昂气得咬起嘴唇，直跺脚。

“在右边，那位全身披挂骑在直立的骏马上的爵爷，是他的孙子，布雷瓦尔暨蒙肖韦领主、御前侍从、受勋骑士路易·德·布雷泽。他同时又是德·莫尔弗里埃伯爵、德·莫尼男爵，这位爵爷也曾是王室派驻诺曼底的行政长官，正如铭文上所记，他死于一五三一年七月二十三日，一个星期天，下面雕的那个正要下葬的人，就是这位爵爷。把死亡表现得如此完美，想必无人再能企及，二位意下如何？”

包法利夫人端起长柄眼镜。莱昂伫立不动，望着她，甚至既不想再说一句话，也不想再做一个动作，眼前这两位，一个死命讲个没完，一个存心不来睬他，他只觉得沮丧之极。

那个没完没了的侍卫还在往下说：

“在他旁边，那位跪着哭泣的夫人，就是他的配偶黛安娜·德·普瓦蒂埃，她同时又是德·布雷泽女伯爵、德·瓦朗蒂诺瓦女公爵，生于一四九九年，卒于一五六六年，左边抱着孩子的那位就是圣母。现在，请转到这边来：这就是昂布瓦斯叔侄俩的墓。他俩都当过红衣主教和鲁昂的大主教。那边是路易十二国王的一位大臣的墓。他为这座教堂做过许多好事。他还立下遗嘱，在身后把三万金埃居施舍给穷人。”

他一边不停地讲着，一边不由分说地把两人带进一个堆满栏杆的殿堂，挪开几根栏杆后，只见露出一大块石头，看上去大概是当年的一尊粗劣的雕像。

"从前，"他长叹一声说道，"它可是竖在英格兰国王和诺曼底公爵、狮心王理查[1]前的装饰哪。是那些加尔文教徒[2]，先生，把它弄成这个样子的。他们心怀叵测，把它埋在了主教大人的坐椅下面。瞧，主教大人就是打这扇门回府的。咱们再去瞧瞧檐楼喷口的那些彩绘玻璃。"

可是，莱昂从袋里掏出一枚白花花的硬币，一把揽住爱玛的胳臂就走。教堂侍卫呆若木鸡，不明白这不合时宜的赏钱算怎么回事，对陌生人来说，要看的东西还多着呢。于是他一迭连声地说：

"哎！先生。钟楼尖顶！钟楼尖顶！……"

"谢谢了。"莱昂说。

"先生这可就不对了！它高四百四十尺，只比埃及大金字塔低九尺。它完全是浇铸而成，它……"

莱昂逃也似的往前走去。他觉得，这两小时来，自己的爱情已经像这些石头一样凝定在这教堂里，而此刻立即又要化作一缕轻烟，沿着这截去半段的管子、长圆形的笼子、镂空的烟囱消遁而去，这么个尖顶奇形怪状地耸在教堂上面，简直就像哪个匪夷所思的冷作工忽发奇想干的好事。

"我们这是去哪儿呀？"她说。

---

1 理查一世（狮心王，1157—1199），英格兰国王，率领十字军第三次东征，成为后世传奇中的骑士楷模。

2 16世纪宗教改革运动中，法国神学家加尔文倡导基督教新教神学学说，否认罗马教会的权威。加尔文教徒即指加尔文主义（或加尔文宗）的信徒。

他不作答，管自疾步往前走，可就在包法利夫人已经把手指浸进圣水缸的当口，两人只听得背后传来一阵呼呼直喘粗气的声响，还均匀地夹着节杖橐橐的击地声。莱昂回过头去。

“先生！”

“什么事？”

只见教堂侍卫双手捧着二十来本厚厚的精装书，腆出肚子不让往下掉。这些都是论述这座教堂的著作。

“白痴！”莱昂低声骂了一句，快步冲出教堂。

有个小淘气在广场上玩耍：

“快去给我叫辆马车来！”

孩子飞也似的沿四风街奔去，于是他俩面对面地单独待了几分钟，稍稍有些尴尬。

“哦！莱昂！……真的，我不知道……我该不该……”

她娇媚地说着。随即，神情变得严肃起来：

“这样做很不妥当，您知道吗？”

“有什么不妥当？”书记员说，“在巴黎都这样！”

这句话，好比一个无可辩驳的论据，使她下了决心。

可是出租马车还没来。莱昂真怕她会回进教堂去。好在马车总算到了。

“你们说什么也得走北门哇！”教堂侍卫兀自站在门口，冲他俩喊道，“那还可以看一下《耶稣复活》《最后审判》《天堂》《大卫王》，还有那些受地狱之火煎熬的《被天主弃绝者》呀。”

“先生去哪儿？”车夫问。

“随便去哪儿！”莱昂说着把爱玛推进车厢。

沉甸甸的马车往前驶去。

它顺大桥街而下，穿过技艺广场、拿破仑河沿街和新桥，冷不丁停在皮埃尔·高乃依塑像跟前。

“往前走！”车厢里有个声音喊道。

车子重又上路，到了拉法耶特十字街口，就沿着下坡道一路疾驶进了火车站。

“别停，一直往前！”刚才那个声音喊道。

出租马车驶进铁栅门，不一会儿就来到林荫大道，辕马在高大的榆树中间迈着碎步。车夫擦擦前额的汗，皮帽往两腿中间一夹，把马车拉出平行侧道，驶上草地边上的河沿。

马车顺着河岸，行进在铺着碎石的纤道上，在奥伊塞尔那一带驶了很长一程，把一座座沙滩撂在了后面。

可是突然间，它往前猛冲过去，一路掠过四塘镇、索特镇、大围堤和埃尔勃夫街，停在植物园跟前，作第三次的歇脚。

“往前走呀！”那个声音火气很大地喊道。

马车旋即上路，驶经圣塞韦、居朗迪埃河沿街、牟尔河沿街，重新过桥，驶过练兵场，从济贫院后面经过时，有一群穿黑上衣的老人，正沿着一道攀满常春藤的平台散步晒太阳。

马车驶上布弗勒伊林荫道，顺肖舒瓦兹林荫道往前，然后沿里布代山，一直驶到德镇山坡。

车子掉头往回走。而这一回，既无目标又无方向，只是在随意游荡。只见它先是驶过圣波尔教堂、勒斯居尔、加尔刚山、红墉镇、快活林广场，随后是马拉德尔里街、迪南德里街、圣罗曼塔楼、圣维维安教堂、圣马克洛教堂、圣尼凯兹教堂，再驶过海关、旧城楼、三管道和纪念公墓。车夫不时从车座上朝那些小酒店投去绝望的目光。他不明白车厢里的那二位究竟着了什么魔，居然就是不肯让车停下。他试过好几次，每回都即刻听见身后传来怒气冲冲的喊声。于是他只得狠下心来鞭打那两匹汗涔涔的驽马，任凭车子怎么颠簸，怎么东磕西碰，全都置之度外，他蔫头耷脑，又渴又倦又伤心，差点儿哭出来。

在码头，在货车与车桶之间，在街上，在界石拐角处，城里的那些男男女女都睁大眼睛，惊愕地望着这幕外省难得一见的场景——一辆遮着帘了、比坟墓还密不透风的马车，不停地在眼前晃来晃去，颠簸得像条海船。

有一回，中午时分在旷野上，阳光射得镀银旧车灯锃锃发亮的当口，从黄布小窗帘里探出只裸露的手来，把一团碎纸扔出窗外，纸屑像白蝴蝶似的随风飘散，落入远处开满紫红花朵的苜蓿地里。

随后，六点钟光景，马车停进博伏瓦齐纳街区一条小巷，下来一个女人，面纱放得很低，头也不回地往前走去。

第二章

包法利夫人回到旅店，一见驿车不在，不由大吃一惊。伊韦尔等了她五十三分钟，终于先走了。

留下也未尝不可，但她事先答应过当晚回去的。再说，夏尔在等她，首先她心里已经有着那种怯生生的驯顺感觉了，对许多女人来说，这种感觉是一种惩罚，同时也是对私通的一种赎罪。

她匆匆收拾好箱子，结了账，在院子里唤了一辆双轮轻便马车，一路上对车夫又是催促，又是打气，还不停地问他跑了多长时间，跑了几里路，总算在驶近坎康普瓦镇口那排房屋的当口，追上了燕子。

刚在车厢里坐定，她就闭上眼睛，等车抵山坡脚下重又睁开时，远远地只见费莉茜黛守在铁匠铺跟前。伊韦尔勒住马，那厨娘踮起脚凑到车厢气窗上，神秘兮兮地说道：

“夫人，您得马上到奥梅先生家去一趟。他有急事等您。”

村子里跟平日一样安静。屋前路口，到处有一小堆一小堆粉红色的东西在冒着热气，因为正是熬果酱的时令，永镇家家户户都在这一天熬制果酱以备贮藏。而到了药房跟前，那才叫人不由得要叫好呢，那儿堆垒的果子，比别处高得多。正宗药房的家伙跟普通人家的行灶相比，自有其优越之处，一般意义上的需要跟因人而异的爱好，亦无法相提并论。

她走进药房。那把大扶手椅翻倒在地，就连《鲁昂灯塔报》也撂在地上，躺在两根臼杵之间。她推开过道门，只见厨房中央，在大大小小装满去籽茶藨子、方糖块和细糖粉的坛子，以及放在桌上的天平和搁在炉上的大盆中间，奥梅一家子全都在场，人人围裙系到下巴颏，手里拿着叉。絮斯丹耷拉着脑袋站在那儿，药房老板冲他吼道：

“谁叫你到杂物间去找的？”

“怎么回事？出什么事啦？”

“出什么事？”药剂师答道，“我们在熬果酱：酱汁煮开了，可是汤水太大，眼看要溢出来，我就吩咐再拿个大盆子来。这可好，他也不知是犯了困劲，还是招了懒虫，竟然上我的配药室，一把摘下挂在钉子上的杂物间钥匙！”

药剂师所说的杂物间，指的是顶楼的一个小间，里面满满当当尽是药房器具和成货。他常在里面一待就老半天，不是贴标签，就是倒药、捆扎，这个小间在他心目中，不单单是个堆货的栈间，而是一个实实在在的圣地，经他之手从那儿出来的，是各种各样的药片、药丸、药剂、药水，源源不断地为他扬名四方。旁人从没踏进过这个小间。他对它看重至极，就连打扫也必亲自动手。所以，如果说正门堂堂开的药房是他炫耀自诩的所在，那么杂物间就是他韬光养晦、寄情于心爱之业的去处。而絮斯丹的莽撞在他看来便是天大的不敬了。这当口，他脸涨得比茶藨子还红，重复说道：

“对，杂物间的钥匙！锁在里面的可是浓酸和烧碱哪！居然去拿备用的大盆！一只有盖的大盆！这盆子我兴许根本就不会去用的！干咱们这一行，每一步都有讲究，凡事都不能掉以轻心！嗨！首先得分清是干什么用的，总不能把配药的专用器具，拿去干家务活吧！这就好比拿解剖刀杀鸡，好比法官……”

“你少说两句行不！”奥梅太太说。

阿塔莉扯住他的外衣：

“爸爸！爸爸！”

“不，别拦我！”药剂师径自往下说，“别拦我！哼！还有什么好说的，干脆干个杂货铺得了！来，干呀，管它什么呢！砸呀！摔呀！把水蛭放掉！把蜀葵烧掉！大口药瓶拿来腌黄瓜，绷带统统撕掉！”

“可您让人……”爱玛说。

“待会儿！——你知道自己闯了什么祸吗？……你在左手第三块搁板的边上，难道什么也没看见吗？说呀，回答呀，你倒是开口呀！”

“我不……知道。”小伙子嗫嚅着说。

“噢！你不知道！可我，我知道！你瞧见了一只瓶子，蓝玻璃的，黄蜡封口的，装着白色的粉末，瓶子上我还写了：危险！你可知道这里面是什么东西？砒霜！可你居然要去碰它！去拿一只就在它边上的盆子！”

“就在边上！”奥梅太太双手一握嚷道，“砒霜？你会把我们全都毒死的！”

孩子们也哭喊起来，仿佛他们已经觉得肚子里剧痛难忍了。

“要不就是毒死病人！”药剂师接着往下说，“你莫非巴望看我走上重罪法庭的被告席，看我走上断头台？你难道就没看见吗，我尽管是行家里手，平时一举一动仍然是小心翼翼，如履薄冰。一想到自己所负的责任，我常常不寒而栗！因为政府当局变着法儿要来整我们，专治我们的那些荒谬法令，不折不扣就像一把悬在头顶上的达摩克利斯剑！”

爱玛不想再问为什么叫她来了，药房老板气喘吁吁地往下说：

“人家对你一片好心，你就是这样来感恩的啊！我对你无微不至的关怀，你就是这样来报答的啊！这不，要没有我，这会儿谁知道你在哪儿？谁知道你在干什么？是谁供你吃供你穿，供你受教育，想方设法让你将来有一天能地位显赫地跻身上层社会？可要这么着，总也得舍得流汗划桨，照老话说的，不怕手上起茧子哪。Fabricando fit faber，age quod agis.[1]”

他一发怒连拉丁文也说出来了。他要是懂中文和格陵兰语[2]，想必也会说出来，因为他此刻处于发作的状态，胸中已藏不住半点东西，一家一当非得一股脑儿地全翻出来不可，就好比暴风雨天气的大西洋，从海边的墨角藻到海底的沙子，全都搅了起来。

他接着说：

“我后悔莫及，当初真不该收养你！你出身卑微，孤苦伶仃，我那会儿要是不来管你就好了！你就甭想出头，就去当你的猪倌羊倌去吧！你不是搞科学的料！就只会贴贴标签！可你却到我家里享清福来了，好吃懒做，日子过得倒挺滋润！”

这时爱玛回过头去，对奥梅太太说：

“他们让我来……”

“哦！天哪，”这位好太太神情忧伤地打断她说，“我怎么对您说才好呢？……是个不幸的消息！”

她没能往下说。药剂师的话声訇然大作：

“把它倒空！擦干净！拿回去放好！你给我赶快呀！听到没

---

1 这是两句拉丁文谚语，意为“不打铁成不了铁匠，凡事须谨言慎行”。

2 北美洲格陵兰岛上爱斯基摩居民使用的语言。

有！”说着，他抓住絮斯丹短罩衣的领子直摇晃，不想却把一本书从衣袋里给摇了出来。

小伙子弯腰去捡。奥梅眼明手快，抢先捡起来一看，不禁两眼圆睁，嘴巴张了开来。

“《夫妻……情爱》！”他一字一顿地读道，“啊！很好！很好！好极了！还有画儿呢！……哼！这太过分了！”

奥梅太太凑上前来。

“不，你别碰！”

孩子们想看那些插图。

“出去！”他厉声喝道。

他们出去了。

他先是来回踱着大步，叉开手指捏住那本翻开的书，眼珠滴溜溜地转，喉咙发哽，腮帮鼓起，看上去像中了风。随后他径直朝学徒走去，抱起胳臂直挺挺地立在他跟前：

“敢情你什么毛病都有哇，坏小子？……你给我小心点儿，你在往下滑呢！……难道你没想过，这本该死的书要是让我这几个孩子拿到手，就好比在他们的心灵里落进了火星，会玷污阿塔莉的纯洁，会唆使拿破仑去学坏吗！你得给我说清楚，你能肯定他们没有看过这本书吗？你敢不敢向我发誓？……”

“哎，先生，”爱玛说，“您不是有话要对我说吗？……”

“没错，夫人……您公公死了！”

原来包法利老先生前晚死了，是在晚餐后中风猝死的。夏尔担心过头，生怕爱玛感情脆弱受不住，特地拜托奥梅先生把噩耗委婉地转告她。

奥梅打了腹稿，字斟句酌，反复推敲，连语调的抑扬顿挫也考虑到了。这是一篇构思缜密而言词恳切、章法严谨而文采斐然的杰作，可是盛怒之下说出口的话，就全然顾不得修辞了。

爱玛不再多问，就离开了药房，因为奥梅先生又在继续他的训话了。不过，现在他气消了，一边把那顶希腊软帽拿在手里扇风，一边语气和蔼地数落着：

“我并不全盘否定这本著作！它的作者是位医生。里面有些科学内容，一个男人了解一下并没坏处，而且我敢说，一个男人应该了解这些内容。不过要再等等，再等等！至少要等到你真的称得上是个男子汉，心劲也有了再说。”

听见爱玛叩门环的声音，正等着她的夏尔张开双臂迎上前去，带着哭腔对她说：

“哦！我亲爱的……”

说着他轻轻地俯下身去吻她。她刚接触到他的嘴唇，对另一个人的回忆立刻涌上了心头，她浑身发颤，伸手捂住脸。

可她还是回答说：

“是的，我知道……我知道……”

他把母亲报丧的信拿给她看，信中没有丝毫虚饰的伤感语气。老太太唯一觉得遗憾的，是老伴没能在临终前接受来自宗教的精神支持，因为他是在杜德镇跟几个当年的军官聚餐叙旧以后，刚走出咖啡馆，便当街倒在地上死去的。

爱玛把信递还夏尔，而后在吃饭时，她出于人之常情，做出有些厌食的模样。不过，经不住夏尔一再相劝，她也就不管那么多，照常吃了起来，而夏尔坐在她对面，一动不动，神情发蔫。

偶尔他也抬起头来，用充满忧伤的眼神久久地注视她。有一回，他叹了口气：

“我真想再见见他！”

她没作声。可临了，她明白自己总得说些什么才是。

“你父亲，他多大年纪了？”

“五十八岁！”

“噢！”

话头就此打住了。

一刻钟过后他又说：

“可怜的母亲……也不知她现在怎么样了？”

她做了个并不知晓的表情。

见她这样沉默寡言，夏尔心想这准是悲伤所致，他很感动便不再说什么，免得加深她的这种痛苦。他反而强忍自己的悲痛问道：

“昨天你玩得开心吗？”

“嗯。”

餐具撤下后，包法利并没立起身来。爱玛也一样，她默默地看着他，看着看着，这场景的单调乏味渐渐把心头的那点怜悯全给抹去了。在她眼里，他羸弱、单薄、无能，说到底，是个不折不扣的可怜虫。怎么才能摆脱他？晚餐后的这段时间怎么这么长哪！一种鸦片烟似的令人麻醉的东西，使她变得木然了。

他俩听见前厅响起木棍敲击地板的干涩声音。是伊波利特给夫人把行李背来了。

小伙子用假腿艰难地划过小半道圆圈，才算把行李放了下来。

“他连这茬儿都忘了！”她瞧着这可怜家伙暗自想道，小伙子满头粗硬的红发里渗出了汗珠。

包法利在钱袋底上找出一枚小钱，他似乎根本不明白，眼前这个人站在那儿，对他来说意味着何等的耻辱，那就像是对他无可救药的愚陋的一种活生生的嘲责。

“哟，你这束花可真漂亮！”他看到了壁炉架上莱昂送的那束紫堇花。

“对，”她漠然说道，“这花是我今天下午……从一个要饭女人那儿买的。”

夏尔拿起这束紫堇花，贴在哭得红肿起来的眼睛上，轻轻嗅着花的香味。她迅即从他手里拿回花束，走过去插在一个玻璃杯里。

第二天，包法利老太太来了。她和儿子抱头痛哭。爱玛借口要吩咐下人，走开了。

下一天，大家得一起准备丧服。他们带着针线盒来到河边，在凉棚里坐了下来。

夏尔在想父亲，对这个他一直以为自己爱得并不很深的人，如今回想起来居然这么动感情，他觉得真有些吃惊。包法利老太太在想老伴。以往即使最糟心的日子，现在也让她留恋不已。长年厮守成了一种习惯，出于对它本能的怀恋，一切的恩怨都就此勾销了，她一边行针走线，一边不时会有一大颗泪珠顺着鼻梁往下滚，在鼻尖挂上一小会儿。

爱玛在想差不多整整两天以前，他俩待在一起，远离尘嚣，如痴如醉彼此望着只觉得总也看不够。她竭力想回忆已经逝去的那一天的每个细节。可是有婆婆和丈夫在眼前，她没法集中心思。她恨不得能什么都不听见，什么都不看见，好不致妨碍自己静心回想那段爱情，那段任凭她百般努力也眼看就要消失在外界干扰之中的爱情。

她正在拆一条长裙的衬里，身旁地上都是些零星布片。包法利大妈垂着眼帘，手里的剪刀嚓嚓作响，夏尔穿着粗布条编的拖鞋和当睡袍用的棕色旧外衣，两手插在袋里，也不作一声，在他们边上，贝尔特系着白色小围裙，用小铲在刮小径上的沙子。

突然，他们看见那位布料商勒侯先生从木栅门进来了。

他是鉴于眼下的不幸局面，特地前来效劳的。爱玛回答说，她想他们自己能对付。可布料商并不罢休。

“实在对不起，”他说，“我有些事想私下里谈谈。”

随即压低嗓音：

“是关于那桩事情，您明白？”夏尔的脸刷地一下红到耳根。

“噢！对……当然。”

说着，他窘态可掬地转脸对着妻子：

“要不就你来……亲爱的？……”

她看来明白他的意思，因为她立起身来了，于是夏尔对母亲说：

“没什么！大概就是些家务事。”

他不想让她知道借据的事，怕受她指责。

没旁人在场，勒侯先生开门见山祝贺爱玛继承了遗产，然后就闲扯些不相干的话题，果树啦，收成啦，至于他的身体么，总是马马虎虎，不好也不坏。别看人家说得有鼻子有眼的，其实他辛辛苦苦没命地干，也就只够在面包上抹层黄油罢了。

爱玛由着他往下说。这两天来，她正觉得闷得慌哩！

“您完全康复了吧？”他接着说，“说实在的，前一阵我看您可怜的丈夫也真够呛！他人还是挺厚道的，虽说我俩有些过节。”

她问是怎么回事，因为夏尔把赊货而起的争执瞒着没告诉她。

“这事您是有数的！”勒侯说，“就是为您那点小东西，那两个旅行箱呗。”

他把帽檐压得低低的，双手背在身后，笑嘻嘻，轻声吹着口哨，就这么劈面望着她，弄得她浑身不自在起来。莫非他疑心到什么事情了？她心里七上八下，不知怎么是好。最后总算听他说道：

“我们已经和好，我还给他出主意，把事情另作一番安排。”

这是指把包法利签署的借据展期的事。不过，先生爱怎样便自然完全听便，尤其是眼下，他有一大堆烦心的事得去办，就不必为这么点事想不开了。

“其实他还不如把这事托给一个人，比如说托给您，只要有份委托书，就方便得多了，这样一来，咱们之间有些小事情也就好商量了……”

她没听懂。他却打住不说了。随后，他把话题转到生意上，夫人还得常上他那儿去买货才是。他回头就叫人送一段黑颜色的巴勒吉纱罗来，十二米，正好做件长裙。

“您身上的这件，在家里穿挺合适。可您还得有件出客唷。我一进门，第一眼就看出来了。我的眼睛尖着哩。”

衣料他不是让人捎来，而是亲自送来的，过后，他又上门来量尺寸，接下去又找了些其他借口上门来，每次都竭力做到态度和蔼，服务周到，照奥梅的说法，一副俯首帖耳的模样，而且不时捎带着给爱玛出点主意，帮她筹划委托书那档子事。他没再提起过借据。她也没想到这上面去，夏尔在她养病那会儿倒是跟她说起过，可在那以后，她心里掀起过几多波澜，早就把这茬儿给忘了。何况，她也无意引发一场与钱有关的讨论，这可是出乎包法利大妈意料之外了，她把儿媳脾气的这种转变，归因于生病期间培养的宗教感情。

不过，等她一走，爱玛立即以其处事的精明令包法利大为惊叹。情况要掌握清楚，抵押要核实手续是否完备，还得看看是否有必要进行一次拍卖或清偿。

她随口引用一些术语，满嘴步骤、未来、远见之类的大字眼，对继承遗产则一刻不停地极言其手续之繁复：结果有一天，她给他看了一份全权委托书的样本，上面写明了委托当事人“经营管理一应事务，处理一切债务，签署及背书一切票据，支付一切款项，等等”。她把勒侯教的那些东西全用上了。

夏尔天真地问她，这张纸是从哪儿弄来的。

“吉约曼先生那儿。”

说完，她冷静非凡地补上一句：

“我对他不大信得过。公证人的声誉都够糟的！或许得去请教一下……可我们没人……哦！没人认识。”

“除非找莱昂……”夏尔想了想，说道。

可是通信联系实在太不方便。于是她自告奋勇跑一趟。他婉言劝阻。她执意要去。两人争着体贴对方，各不相让。最后，她娇嗔地大声说道：

“不，我就是要去嘛。”

“你真好！”他吻着她的额头说。

第二天，她就乘燕子到鲁昂，向莱昂先生咨询，在那儿待了三天。

第三章

这是充实、美妙、辉煌的三天，是真正的蜜月。

他们住在码头附近的布洛涅旅馆。整个白天，百叶窗关得严严的，房门锁得紧紧的，地上放着鲜花，桌上搁着冰镇果汁，那是侍者一早就给送来的。

到了傍晚，他俩乘一艘有篷的小艇，去一座岛上用餐。

这时，船坞附近回响着捻缝工用木槌敲击船壳的声音。树丛间逸出焦油沥青的烟雾，河面上只见漂浮着一摊摊油渍，在紫红色的夕照下起伏荡漾，犹如一片片佛罗伦萨古铜。

小艇从停泊的船只中间顺流而下，上端轻轻擦过那些斜拉着的长长的缆绳。

市声渐渐远去，码头上辚辚的车轮声、嘈杂的叫喊声、尖厉的犬吠声，都消失在了身后。她摘下帽子，两人登上他们的小岛。

他俩走进一家小酒馆低矮的堂屋，酒馆门边上挂着些黑乎乎的渔网。他们吃着炸胡瓜鱼、奶油点心和樱桃。他们仰卧在草地上，他们在杨树下没人瞧见的地方抱吻，他们一心只想能像两个鲁滨逊那样，长此以往地生活在这个小岛上，对感到无比幸福的他俩来说，这儿就是世间最美妙的地方。他们以前也见过树丛、蓝天、草地，也听过河水汩汩流淌和微风吹动树叶的声音，然而他们大概从没好好欣赏过这一切，仿佛大自然在这以前就没存在过，或者说从他们的欲望得到满足之时起，它才开始变得美丽。

入夜，他们返回旅馆。小艇沿着一些沙洲前行。他俩待在船舱的阴影里，谁也不出声。方柄的船桨在铁架上嗒嗒作响，在寂静中听起来像是节拍器清脆的甩动声，船尾的掣索拖在水中，轻柔的汩汩声不绝于耳。

有一阵，月亮露出脸来。他俩觉得这月光幽婉动人，充满诗意，于是引用了好些华丽的辞藻。她还唱了起来：

有个晚上，你可记得？我们划着船……[1]

她轻曼的歌声迅即淹没在涛声里。风儿挟住乐句拂过，在莱昂听来犹如鸟儿振翼掠过身旁。

她面对着他，身子靠在小艇的板壁上，月光从一扇开着的小窗照进舱来。黑色长裙的下摆，扇子也似的摊了开来，使她显得更为苗条而修长。她仰着脸，双手合在一起，举目望着天空。时不时，她的整个身影隐没在柳树的阴影里，随后蓦地显现出来，宛如一个幻影，置身在月亮的清辉中。

莱昂在她身边的地上，顺手捡起一根深红色的缎带。

船夫细细看了一会儿，开口说道：

“噢！这没准就是那天搭我船的那伙人的。那回来了一大群嘻嘻哈哈的男男女女，带着糕点、香槟，还有短号什么的，东西多着哩！这当中有个男的，长得又高又俊，留着小胡子，那可真叫逗哩！大伙

1 歌词见于法国诗人拉马丁的《湖》。

儿都这么叫他：

“‘嘿，给我们讲一段……阿多尔夫……道多尔夫……’好像是叫这名儿来着。”

她打了个哆嗦。

“你不舒服？”莱昂凑近她问道。

“哦！没什么。太概是夜里有些凉了。”

“他身边一准也少不了娘们儿。”老船工缓缓地添上一句，在他这算是对那位陌生人的一句恭维话。

说完，他往手心吐些唾沫，又划起桨来。

然而终须有分手的一刻！道别让人黯然神伤。他俩约定写了信都送到罗莱大妈家，她不厌其烦地千叮万嘱，还关照他一定要装两层信封，他对这种爱情的机巧激赏不已。

“那么，你能肯定一切都没问题了？”她在给他最后一个吻时说。

“噢，当然！”——“可干吗，”他随后独自在街上往回走的时候想道，“她对委托书这么念念不忘呢？”

第四章

不多久，莱昂就在同事面前摆出一副高人一等的架势，懒得跟他们多交往，把卷宗更是抛在了脑后。

他等她的信，他反反复复地读这些信。他给她写信。他竭力凭自己的欲望和回忆，在心中亲切地呼唤她。重见一面的渴望，并不因对方不在眼前而淡薄，变得愈来愈强烈，他终于熬不住，在一个星期六的早晨溜出了事务所。

到得山顶，望着山谷里的教堂的钟楼和随风转动的白铁风信旗，他心头充溢着兴奋，其中夹杂着洋洋得意的虚荣心和难脱自私的怜悯心，这种感觉，想必是百万富翁荣归故里时都会有的。

他来到她的屋前流连徘徊。厨房里有灯光亮着。他盼望在窗帘后面瞥见她的身影，但却不见人影。

勒弗朗索瓦大妈见到他，高兴得直嚷嚷，她觉得他“长高了，清瘦了些”，阿泰米兹却觉得他“长得结实了，晒黑了些”。

他跟往日一样，在小间里用餐，不过是独自一人，没有税务官在座，因为比内等燕子回家等腻了，决定把用餐时间提前一小时，所以，如今他五点整吃晚饭，而且还常常称那只旧表走得慢了。

莱昂还是下了决心，他来到医生宅前敲门。夫人在楼上卧室里，要一刻钟后才下来。先生见到莱昂显得很高兴，不过他今儿晚上不想出门，明儿一天也打算待在家里。

当晚，他很晚才跟她单独见面，在花园后面，那条小巷里，——在小巷里，跟那位一模一样！下起了暴雨，他俩在一把伞下互诉衷肠，闪电不时照亮对方的脸。

相别时简直难舍难分。

“真不如死了呢！”爱玛说。

她泪流满面，倒在他怀里抽噎不止。

“再见！……再见！……我们何时才能再见呢？”

两人重又往回走，为的是再一次紧紧抱吻，她在他怀里许下诺言，说什么她也要尽快想出一个长久之计，好让他俩不受阻碍地相会，至少每星期能见一次面，对此她挺有把握。确实，她此时满怀希望。她马上就会有钱了。

她还买了两幅黄颜色的宽条窗帘，挂在卧室里，勒侯先生早就在她面前一个劲儿地说这窗帘便宜，她想要块地毯，勒侯决然声称“这是小菜一碟”，礼貌有加地说这事就包在他身上。她再也离不开他的效劳了。一天里不下二十次，她差人去找他，他则立即放下手里的活儿赶来，绝无半句怨言。更让人看不明白的，是罗莱大妈干吗天天都到府上来吃饭，甚至还单独去见夫人。

就在这时，也就是说在初冬时分，她仿佛入了迷似的，对音乐倾注了巨大的热情。

有天晚上夏尔听她弹琴，她把同一小节连弹了四遍，愈弹愈气恼，可他根本听不出其中有什么差异，大声说道：

“棒极了！……很好嘛！……你这是何必呢！往下弹呗！”

“唉！不行！简直糟透了！手指都僵了。”

第二天，他请她再为他弹个曲子。

“好吧，让你高兴高兴！”

夏尔也觉得她弹得是有点不对劲。她又是看错谱，又是按错键，临了，干脆停住不弹了：

“唉！完了！我得让人给我上上课才行，可是……”

她咬着下嘴唇，接着说完：

“每课要二十法郎，太贵了！”

“是啊，的确……是有点……”夏尔憨笑着说，“不过，我觉得或许能有些更便宜的。有些没有名气的艺术家，往往比那些名家更有本事。”

“那你去找吧。”爱玛说。

第二天他回家时，眼神狡黠地望了她好半天，到头来还是忍不住开口说道：

“你有时候可真是认准一条道就不拐弯！我今天去了巴弗舍尔。利埃雅尔夫人告诉我，她的三个女儿都在仁济院学琴，那儿每课只收五十苏，老师还挺有名哩！”

她耸耸肩膀，从此连琴盖也不打开了。

每当她从钢琴跟前走过（倘若包法利也在场），她就会叹着气：

“唉！我可怜的琴哟！”

有人来看她，她总忘不了告诉人家，由于种种原因，音乐她已荒废多时，现在要拾起来也难了。于是人家就对她表同情。这岂非可惜了！以她这样的天分！人家甚至会把这些话去对包法利讲。他们的话让包法利羞愧难当，尤其是药剂师的这番话：

“这可是您的不是喽！大自然赐予的禀赋，千万荒废不得。再说您想想哪，我的好老弟，现在夫人去学琴，以后等您的孩子学琴的时候，不就省钱了吗！我以为，做母亲的应该亲自教孩子，这是卢梭的观点，也许新了点儿，不过早晚大家都会接受的，我对此深信不疑，情况就像母乳喂养和接种牛痘一样。”

夏尔于是重又提起学琴的问题。爱玛语气乖戾地回答说，还不如把琴卖了好。这架可怜的钢琴，曾给她的虚荣心带来过极大的满足，如今要看着它搬走，这对包法利来说，简直就是眼睁睁看着她割去身上的一块肉啊。

“要是你愿意……”他说，“隔一阵子去学一次琴，毕竟也不会太贵吧。”

“可是学琴，”她接口说，“不定期学是不会收效的。”

就这样，她终于让做丈夫的答应了她每星期进城一次，去看她的情人。一个月过后，大家居然真的觉得她大有进步。

第五章

星期四。她起身，悄悄地穿衣，免得吵醒夏尔，听他嘀咕不该大清早就梳妆打扮什么的。随后她来回踱步。她立定在窗前，瞧着下面的广场。曙光在菜市场的柱子间游弋，药房的百叶窗还关得严严的，但在鱼肚白的晨曦中，已能看清招牌上那排大写字母。

时钟指到七点一刻，她动身去金狮客栈，阿泰米兹打着呵欠来给她开门。她给夫人拨旺了炭火。爱玛独自待在厨房里。但她过不一会儿，就要出去一次。伊韦尔慢条斯理地套着车，一边还要听勒弗朗索瓦大妈对他说话，她从一扇小窗探出戴棉布睡帽的脑袋，关照他要采购哪些东西，絮絮叨叨地说个没完，换了别人，早就听得心烦了。爱玛把鞋跟在院子的石板地上蹬得咯咯作响。

他吃完汤里的面包片，披上那件粗毛大衣，点上烟斗，握好马鞭，最后总算不紧不慢地登上了驾车座。

燕子颠颠地上了路，不出四分之三里路，就停了好几回，让立在路边或院子矮门跟前候车的乘客上车。有些人是头天预约的，到时候却姗姗来迟，有的还在屋里睡大觉，伊韦尔喊不应，就扯开嗓门叫，夹着粗话骂，随后干脆爬下车座，跑去狠狠地敲门。冷风打车窗的罅缝往车厢里钻。

车厢里的四条长凳终于坐满了人，驿车往前行驶，把一排排苹果树掠到车后，道路夹在积满污水的、长长的沟渠当中，一直延伸到天际，变得愈来愈窄。

爱玛对这条路非常熟悉，她知道，过了牧场有一个路桩，然后是一棵榆树、一个谷仓和一座养路工棚屋，有时她甚至故意闭上眼睛，好让自己猛地睁开眼时看看到了什么地方。而她心里始终清晰地感觉得到，前面还有多少路程。

终于，那排砖房遥遥在望了，车轮辚辚驶过路面，燕子穿行在花园之间，从栅栏门望进去，看得见里面的塑像、葡萄棚、修剪过的紫杉、秋千。随后，城市蓦地呈现在眼前。

像圆形剧场那样下凹，沐浴在雾霭之中的这座城市，过了桥那头才渐渐开阔，布局也没了章法。再往后，平坦的田野重又走势单调地隆起，延接到远处苍茫的天际。从高处如此望去，整片景色了无动静，像一幅画，下锚的船只挤挨在一隅，河流在葱郁的冈峦脚下描画出流畅的弧线，椭圆形的岛屿恰似露出水面的一条条黑色大鱼。工厂的烟囱吐出滚滚浓烟，随风飘散开去。铸造厂传来隆隆的响声，和着矗立在雾中的教堂钟楼清脆的排钟声。大街两旁的树木，凋零了树叶，宛似屋宇间一蓬蓬紫色的荆棘，屋顶上的雨水犹自闪着亮光，屋面随地势起伏而明暗不一。时而，一阵风挟着云团掠向圣卡特琳娜山冈，犹如股股气浪悄没声儿地撞碎在峭壁上。

这种簇拥堆叠的场景，让她看到了某种令人眩晕的东西，她的心为之而鼓胀，仿佛在城里搏动着的这十二万颗心，都在同一瞬间把她设想中的热情的气息发送了出来。面对这片天地，她的爱情越发变得浩茫，升腾而上的影影绰绰的嘈杂声，更使喧嚣纷乱充盈其间。她又把这种感受向外倾注，倾注在广场，在林苑和街道，于是这座诺曼底古城展现在她眼前，依稀就是一座大而无当的都城，就是一座她行将进入的巴比伦城[1]。她双手扶住车窗，探出身去呼吸清冽的空气，三匹辕马撒腿跑着。泥潭里的石块嘎嘎作响，驿车一路摇摇晃晃，伊韦尔大老远地就在招呼前面的车辆当心，刚从纪尧姆森林过夜归来的城里人，这会儿正乘着小小的家用马车，悠悠然顺坡而下。

驿车在城门口停住。爱玛解开木底鞋的扣襻，另换一副手套，整了整披肩，等燕子再驶出二十步，她就下了车。

这会儿，整座城市刚刚醒来。戴着希腊软帽的伙计在擦拭店面，挎着篮子的娘儿们走在街上，时不时响亮地吆喝上一声。她低下头，沿着墙根往前走，放得低低的黑色面纱后面，漾起愉悦的笑意。

她怕有人看见，所以往往绕着道走。她冷不丁地拐进一条条幽暗的小巷，满脸是汗地来到国民街端头的喷泉边上。这一带多的是剧院、小咖啡馆和妓女。不时会有一辆大车从她身旁经过，车上载着的布景一路直晃悠。系着围裙的伙计，往绿色灌木间的石板路上撒沙子。空气里有苦艾、雪茄和牡蛎的气味。

她拐过一条街，一眼认出了他——就凭他露出帽子外的那绺鬈发。

莱昂在人行道上，继续往前走。她跟在后面来到那家旅馆，他上楼，他开门，他进去……多么忘情的抱吻！

抱吻过后，是争先恐后的互诉衷肠。他俩忙不迭地把一星期来的愁闷，把种种预感和等信的焦虑，全都告诉对方，可是此刻，一切都抛在脑后去了，他俩面对面望着，心满意足地笑着，温柔地呼喊着心上人的名字。

床是一张船形的桃花心木大床。红色的利凡廷里子绸帐幔，从天

1 古代巴比伦王国的首都，位于巴格达以南。常用以泛指奢靡浮华的大城市。

花板下垂，低到两端宽口的长枕的位置，才呈拱形往外鼓出。当她不胜娇羞地合拢两条赤裸的胳臂，把脸埋进手心的时候，栗色的头发和白皙的肌肤映衬在这片猩红的背景上，真是美得无以复加。

这暖融融的房间，连同厚厚的地毯、俏皮的装饰和静谧的光线，似乎都对两情相悦再相宜不过。幔杆顶端成了箭状，阳光一射进来，圆铜花饰和柴架硕大的圆球顿时熠熠生辉。壁炉架上，枝形大烛台中间有两只粉红色的大海螺，拿起来贴近耳朵，能听见大海的涛声。

这个充满欢乐的温馨的房间，尽管华丽里透出些许衰颓，他俩依然钟爱无比！每次来总能看到家具依然如故，有时还会在台钟的底座上找到几枚发卡，那是上星期四她忘在这儿的。壁炉边上，有张镶嵌螺钿的黄檀木小圆桌，他俩就在这张圆桌上用餐。爱玛把肉切开，连同温柔甜蜜的千言万语，一块儿递给他，香槟泡沫从精致的酒杯溢出，流到她的戒指上，她忘情地纵声大笑。他俩已经完完全全被对方所占有，根本无法自拔，因此都以为这儿就是他俩的家，他们要在这儿一起生活，直到地老天荒，就像一对年轻的终身夫妻那样。他们说我们的房间、我们的地毯、我们的椅子，她甚至管莱昂送她的拖鞋叫我的拖鞋，那是当初看她喜欢，莱昂特地买给她的礼物。这双粉红缎面的拖鞋，用天鹅绒毛滚着边。她坐在他膝上，脚够不到地，只能悬在半空，这时那双小巧玲珑、鞋跟不包革的拖鞋，就单靠光脚的脚趾掂着。

他生平第一次领略到窈窕淑女妙不可言的魅力。谈吐的优雅、衣着的不苟、体态的妖娆，都是他从未听过、见过的。她情绪的激奋和裙裾的花边，都令他倾心。况且，她不正是一位上流社会女人，而且还是有夫之妇吗！总之，这不正是一个名副其实的情妇吗？

她性情多变，时而神秘兮兮，时而喜形于色，时而喋喋不休，时而沉默寡言，时而暴躁，时而疏懒，这样就在他心中激起了层出不穷的欲念，唤醒了种种本能和回忆。她成了所有小说中的恋人，所有戏剧中的女主人公，所有诗歌中那个泛指的她。他在她的肩膀上看到了《后宫浴女》[1]中迷人的琥珀色，她有着中世纪贵妇那般修长的腰身，她很像那位巴塞罗那脸色苍白的夫人[2]，但她最像的还是天使！

常常会这样，他朝她望着望着，就觉得自己的魂灵出了窍，缓缓地向她流去，波浪似的溢流在她脸庞周围，然后往下，被引入她那白皙的胸脯。

他面对她席地而坐，他双肘支在膝盖上，仰起脸，笑吟吟地凝视着她。

她朝他俯下身去，仿佛兴奋得喘不过气来，喃喃地说：

"哦！别动！别说话！看着我！你的目光里有一种非常甜美的东西，让我感到舒服极了。"

她管他叫孩子：

"孩子，你爱我吗？"

而她没听到他的回答，因为他的嘴唇已经迫不及待地凑上来，贴在了她的嘴上。

座钟上有尊小巧的丘比特铜像，弯着胳膊揽住一个金灿灿的花饰，娇媚之态可掬。他俩常要拿这爱神取笑一番，但临到分手的时刻，这一切对他们来说都显得很严肃了。

他俩相向而立，一动不动，轻轻地说：

"下星期四见！……下星期四见！……"

---

1 19 世纪初，法国有不少画家热衷于以土耳其后宫姬妾为题材作画，如安格尔和德拉克洛瓦等著名画家都画过这类题材的作品。

2 巴塞罗那是西班牙港口城市。法国诗人缪塞曾描绘过"巴塞罗那脸色苍白的夫人"的形象。

她蓦地捧住他的脸，飞快地在额头上吻了一下，叫了声“别了”，就疾步奔下楼去。

她到喜剧院街的一家理发店去做头发。夜色降临，店里点起了煤气灯。

她听见剧院的铃声在召集演员去候场，她看见对面过去一群脸涂得很白的男人和穿着褪色戏装的女人，相继走进那扇后台门。

这个小小的房间天花板很低，假发和发蜡中间又生着火炉，非常闷热。烫发钳的气味，加上那双摆弄着头发的油腻的手，不多一会儿就让她感到头脑发晕，围着罩巾有点儿昏昏欲睡。那伙计一边给她做头发，一边再三向她兜售化装舞会的票子。

随后她就上路了！她沿着街道往回走，来到红十字旅店。她拿出早上藏在长凳下面的木底鞋，重新套上，在自己的座位坐定，挤在那群急于回家的乘客中间。有些乘客过了山冈就下了车。最后车厢里只剩下了她一个人。

每驶过一个弯道，就见那座城市又多了些灯光，宛似一大片明亮的气雾，飘浮在密集的屋宇之上。爱玛跪在座垫上，茫然失神地望着眼前炫目的景观。她抽噎起来，唤着莱昂的名字，向他诉说温柔的话语，送去一个个吻，可它们都随风飘散了。

山坡上有个可怜的家伙，老是拄着根棍子在驿车中间窜来窜去。他肩头乱七八糟地披着些破布片，一顶又破又旧的海狸皮帽，像个铜脸盆扣在头上，把脸给遮住了，摘掉帽子，只见眼睑的部位露出两只血迹斑斑的眼眶，血肉模糊地耷拉着，脓水一直淌到鼻子，结成绿色的疥瘢，黑乎乎的鼻孔痉挛地抽吸着。他要冲你说话时，仰起脸来，白痴似的呵呵傻笑，而后两只浅蓝色的眼珠骨碌碌直转，往太阳穴上牵，碰到新鲜创口的边缘。

他一边跟着驿车跑，一边唱着小调：

暖洋洋天气放晴，
大姑娘动了春心。

接下去就尽是鸟儿，阳光，树叶什么的。

有时候，他冷不丁出现在爱玛背后，光着头。爱玛尖叫着往后躲。伊韦尔拿他逗着玩儿，不是怂恿他到圣罗曼集市上去摆个摊位，就是笑呵呵地问他心上人可好。

常有这样的事，车子正驶着，突然间他的帽子从车窗飞进车厢，他呢，用另一条胳膊紧紧钩住踏板，任凭泥浆溅得一身。他的声音，先是微弱而带哭音，随后就变得非常尖厉。这尖叫声曳过夜空，仿佛一种听不真切的哀号，宣泄着心中无以名状的悲痛。越过辕马的铃铛声、树林的簌簌声和空车厢的隆隆声，它捎带着某种来自远方的东西，搅乱了爱玛的心绪。它犹如深渊里的旋涡，直沉到她的心灵深处，把她带入一片无垠的忧郁之境。伊韦尔这会儿觉出了车重失衡，抡起马鞭朝那瞎子狠狠抽去。鞭梢抽在他的伤口上，他一声惨叫，滚进泥泞之中。

随后，燕子上的乘客们终于打起盹来，有的张着嘴，有的耷拉着脑袋，下巴支在邻座肩上，或者干脆把胳臂伸进车座皮带里，马车一路颠簸，他们一路有节奏地摇来晃去，车灯在窗外荡悠，光线照着辕马的臀部，透过咖啡色的布帘射进车厢，在一张张寂然不动的脸上投下血红色的光影。爱玛沉浸在一片愁绪之中，浑身发抖，觉得一股股寒气从脚底往上钻，心如死灰。

夏尔在家等她，燕子每逢星期四就误点。夫人总算回来了！爱玛很勉强地吻了吻小女儿。晚饭还没准备好，没关系！她不怪厨娘。现在这丫头似乎爱怎么干都行。

做丈夫的见她脸色发白，常常问她是不是病了。

“没有。”爱玛说。

“可你今晚看上去挺不对劲呐。”他接着说。

“哎！没事！没事！”

有些天，她一回家就上楼进了卧室。絮斯丹在那儿，蹑手蹑脚地转来转去，比专门侍候贵妇人的女仆还勤快周到。他端整好火柴盒、蜡烛盘和一本书，放好短上衣，掀好盖被。

“行了，”她说，“很好，你去吧！”

可他兀自站着，双手垂下，眼睛睁开，仿佛突然之间想入非非，被纷沓而至的思绪给缠住了。

第二天是个怏怏不乐的日子，接下去的几天，由于爱玛按捺不住地渴望着那份幸福，就变得更难熬难挨了。熟悉的场景浮现在眼前，使她欲火中烧，到第七天，这股欲火便在莱昂的爱抚中尽情地宣泄。莱昂的热情则表现为赞叹和感激，不那么外露。爱玛审慎而一往情深地品尝这爱情，极尽娇媚地维系这爱情，可总有些担心，惟恐有一天会失去它。

她常常语气忧郁地款款对他说：

“唉！你呀，早晚会离开我的！……你会结婚！……你会像别人一样的。”

他问：

“什么别人？”

“那些男人呗。”她答道。

随后，她又用一种伤感而惹人爱怜的姿势推开他，说道：

"你们呀，都是些没心没肺的东西！"

有一天，他俩随便闲聊，谈到世事的无常，她说起（意在试探他妒心重不重，抑或出于一种不吐不快的强烈需要）从前，在他以前，她爱过另一个人，"跟爱你不一样！"她马上又说，并拿女儿罚咒，信誓旦旦地说他们之间没发生过任何事情。

年轻人相信了她，但还是想知道他是怎么个人。

"是个船长，亲爱的。"

这么一说，岂不是既可以省得他再追问，同时又可以抬高自己的身价吗？因为依她所说，那人自然是个生性好勇斗狠、一向受人敬重的男子汉了，而这样的男子汉居然也抵挡不住她的诱惑。

书记员于是感到了自己的地位卑微，他向往肩章、十字勋章和职衔。这些东西准能让她欢喜，从她花钱大手大脚的习惯，就猜得到这一点。

然而爱玛还有好些荒唐放恣的想法没说出来，譬如说她一心想有辆蓝色的轻便双轮马车，辕马也是英国种的，由足蹬翻边皮靴的小厮驾车送她去鲁昂。这么忽发奇想，还是絮斯丹起的头，这伙计曾经央求她收下他当个贴身男仆，没有这么辆车，虽说未必会减弱每次赴约幽会时的乐趣，但肯定会增添归程的愁苦。

他俩在一起说到巴黎时，她临了常常会喃喃地说：

"哎！要是我俩能在那儿生活，那有多好！"

"我们现在不也很幸福吗？"年轻人伸手抚摸着她的头发，柔声问道。

"是的，没错，"她说，"我真傻，吻吻我！"

她对丈夫比以前亲切得多，给他做花生酱，晚饭后弹华尔兹给他听。他因而觉得自己是世上最幸福的人，爱玛也生活得无忧无虑，直到有天晚上，冷不防听他问道：

“给你上课的，是朗佩勒小姐吧？”

“是啊。”

“嗯！我今天下午在利埃雅尔夫人家见到她，”夏尔接着说，“我跟她说起你，她不认识你。”

这就像一个晴天霹雳。但她神色自若地接口说：

“噢！她大概是把我的名字给忘了！”

“说不定，”医生说，“在鲁昂有好几位朗佩勒小姐教钢琴？”

“有可能！”

随即马上又说：

“可我有收据来着！你看吧。”

说着她走到书桌跟前，上上下下把抽屉找了个遍，里面的纸翻得乱七八糟，最后干脆使起性子来了，夏尔只得竭力劝她甭费这么大劲儿去找些无关紧要的收据。

“哦！我总会找到的。”她说。

果然，下一个星期五，夏尔在放衣物的暗间里换鞋，脚伸进靴子时，发觉短筒袜与皮里子中间有张纸片，他拿起来念道：

> 兹收到三个月授课费及一应杂费共六十五法郎。
>
> 音乐教师　费莉茜·朗佩勒

“真怪，它怎么跑到我的靴子里来了？”

“大概是从搁板上掉下来的，”她回答说，“那些放发票的旧纸盒不就在搁板边上吗。”

从此以后，她的生活里就充满了谎言，她用种种谎言包住她的恋情，一如用帷幔遮掩住它。

这成了一种需要，一种癖好，一种乐趣，以致你如果听她说昨天走的是一条街的右边，那你就得相信，她其实走的是左边。

有天早晨她刚出门，像平日一样穿得挺单薄，突然飘起雪来，夏尔到窗前看天气，正巧瞥见布尼齐安先生乘在迪瓦施先生的轻便马车上，往鲁昂方向而去。于是他下楼托神甫一到红十字旅店，就把一条大披肩捎给夫人。布尼齐安进了旅店，就打听永镇大夫的妻子在哪儿。老板娘回答说，她难得到这旅店来。于是，当晚神甫在燕子里见着包法利夫人，便把自己当时的尴尬模样讲给她听，不过他似乎并没把这事太放在心上，因为他接下去马上极力称颂一位布道师在大教堂的讲道如何精彩，弄得夫人小姐们趋之若骛，都跑去听他讲道。

不管怎么说，虽然他没多加追问，但今后别人未必都会这么识相。因此她决定，每次还是在红十字旅店下车为好，这样一来，镇上的那些熟人在楼梯上见到她，就不至于再疑心什么了。

但是有一天，她挽着莱昂的胳膊从布洛涅旅馆出来时，让勒侯先生撞见了，她很害怕，心想这下子他要讲出去了。他却没这么傻。

不过，三天以后，他走进她的卧室，关上房门说道：

“我等钱用呢。”

她声称没法给他。

勒侯不住地唉声叹气，提起他给她的种种好处。

原来，夏尔签的两张票据，爱玛至今只支付了一张。至于另一张，供货商经她央求总算答应换成另外两张，甚至还大大地展了期。他又从袋里掏出一张款项未付清的账单，开列的货品有：窗帘、地毯、椅套布料、若干长裙和各色化妆品，总计约合两千法郎。

她沉下头去，他接着说：

“不过，您虽说没有现款，可您有产业啊。”

他指的是坐落在奥马尔附近巴纳镇上的一座老宅，值不了多少钱。它曾经从属于一个小小的庄园，可后来包法利老爹把那个庄园给卖了，这些情况勒侯都了如指掌，就连占地面积、邻居姓名也都一清二楚。

“我要是您哪，”他说，“清偿了债务，还能剩下些钱来呢。”

她推说买主难找，他说他兴许能找到，可她又问，她怎样才能以她的名义来买卖呢。

“您不是有委托书吗？”他答道。

听到这话，犹如拂过一股清新的空气。

“把账单给我吧。”爱玛说。

“哦！这就不必啦！”勒侯说。

下个星期他又来了，吹嘘自己怎么费尽周折，终于物色到一个叫拉格洛瓦的，此人觊觎那座房子已久，但他还没开出价来。

“随便什么价！”她叫道。

其实不然，得等待，得探出此人口风。为此值得去跑一趟，既然她没法去，他愿意代劳，去跟拉格洛瓦当面谈一次。他一回转，就声称买主愿意出四千法郎。

爱玛听到这个消息，顿时喜笑颜开。

“说实话，”他说，“这价够高的了。”

她当即就拿到总数的一半，她要结清账单，那商人却对她说：

“说句心里话，看您刚进手这么一大笔款子，马上又要一下子拿出去，我心里挺不是滋味的。”

这时她瞧着那些钞票，瞧着瞧着，思绪不由得游移开去，想到这两千法郎够多多少少的幽会花销啊。

“怎么办呢！怎么办呢！”她结结巴巴地说。

“哦！”他神情坦然地笑着说，“发票上爱怎么写就怎么写呗。家里两口子的事，我还不明白？”

说完，他凝视着她，手里捏着两张长长的纸条，放在手指间搓来搓去。临了，他打开钞票夹，取出四张记名期票摊在桌上，每张一千法郎。

“请您在上面签个字，钱您就都留下。”

她愤愤然地叫了起来。

“可要是我把余额给您，”勒侯先生厚颜无耻地回答说，“那不就是帮您忙了吗？”

说完，他拿起羽毛笔在账单上端写道：“兹收到包法利夫人四千法郎。”

“那座房子的未付款您再过六个月就能到手，而且我还特地把最后那张票据的支付期限安排在付了款以后，您还有什么好担心的呢？”

这笔账把爱玛弄糊涂了，而她耳边只听得叮当作响，仿佛一枚枚金币撑破了钱袋，滚得她身边满地都是，响个不停哩。临了勒侯解释说，他有个叫樊萨的朋友，在鲁昂开银行，可以贴现这四张期票，随后他会亲自把扣除实际欠款后的余额交给夫人。

可是，他拿来的不是两千法郎，而是一千八，因为那位朋友樊萨（理所当然地）从中提取了两百，作为手续费和贴现扣息。

随后他口气挺不经意地说要写张收据。

“您明白……生意场上……有时候……日期，请写上日期。”

一幅并非可望不可即的美妙浪漫的前景，这时展现在爱玛面前。她粗中有细，留下一千埃居，等那三张期票到期时支付，不过第四张，不巧正好在一个星期四送到家里，夏尔一见大惊失色，耐住性子等妻子回来说个明白。

如果说她没把期票的事告诉他，那也是不想让他为家事烦恼呀，她坐在他膝上，抚摸着他，喁喁而语，列举一大堆即便赊账也非买不可的用品。

“你瞧瞧，有这么些东西呢，你总不会嫌贵了吧。”

夏尔实在没办法，就马上又去求助于那位无时不在的勒侯，他一口答应了结这桩公案，只要先生给他签两张借据就成，其中一张写七百法郎，三月为期。为了到时能够偿还，他给母亲写了一封情意感人的信。她没写回信，亲自赶了来，等爱玛问他是不是从母亲那儿弄到点钱时：

“是的，”他答道，“可她要看看发票。”

第二天，爱玛天刚亮就奔到勒侯先生家，求他另开一份账单，金额别超过一千法郎。因为把四千的那张拿出去的话，就得说明她已经付了三分之二，这样势必就得招认卖房产的事，供货商撮合的这宗生意，实际上人家是后来才知晓的。

尽管每件商品价格都很低，包法利老太太还是觉得花费太大。

“没地毯就不行？扶手椅干吗要换新套子？在我们那会儿，一个家里就一张扶手椅，是上了年纪的人才坐的。一点没错，至少我娘家就这样，我母亲可是个叫人敬重的女人。不是人人都能当富翁的！再怎么有钱，也经不住乱花！要像你们这么娇生惯养地过日子，我真会脸红哟！可我呢，我老了，倒是该过得好些……瞧瞧！瞧瞧！又是打扮，又是摆阔，怎么！要用两法郎的缎子做夹里！……其实用十个苏，甚至八个苏的贾加纳薄纱，就挺不错了嘛！”

爱玛仰面躺在双人沙发上，耐住性子尽可能平静地回答说：

“哎！夫人，够了！够了！……”

那一位絮絮叨叨地说个不停，料定他们到头来要落得进济贫院。这全是包法利的过错。幸好他已经答应取消那份委托书……

“什么？”

“哎！他对我保证过。”老太太说。

爱玛打开窗子唤夏尔，可怜的小伙子只好承认让母亲逼出来的那句话。

爱玛扭头就走，而后很快回进屋子，神情高傲地把一张厚纸递给她。

“多谢。”老妇人说。

说完她把这份委托书扔进火炉。

爱玛发出一阵阵尖厉、响亮而持续的笑声：她那个神经毛病又发作了。

“哦！我的天！”夏尔喊道，“唉！你呀，也有错！你一来就对她发脾气！……”

他母亲耸耸肩，声称这全是装模作样。

可是夏尔破天荒第一遭起来反抗，全力为妻子辩护，以致老太太决意非走不可了。

她第二天动身，走到门口时，见他还想拦她，便说道：

“不，别拦我了！你爱她胜过爱我，我不怨你，这是正常的。不过，算啦！你以后会明白的！……身体自己要当心！……因为我再也不会，像你讲的那样，来对她发脾气了。”

夏尔在爱玛面前却依然抬不起头来，他居然敢不信任她，她毫不掩饰在这一点上对他的怨恨，央求再三，她才总算同意重新接受委托书，他于是陪她到吉约曼先生的事务所，给她重新开具一份委托书，跟前一份完全一模一样。

“这我懂，”公证人说，“一个从事科学工作的男人，不该为生活琐事烦心。”

这句奉承话让夏尔宽了心，给他的懦弱蒙上一层令人钦羡的外表，倒像他真是在为品位更高的事情操劳似的。

下一个星期四到了旅店，在他们的房间里和莱昂一起，那有多么放纵呵！她又笑，又哭，又唱，又跳，唤人把冰冻果汁送上楼来，还想抽烟，他觉得这一切太过分，但又觉得非常可爱，妙不可言。

他不明白她是出于怎样的一种逆反心理，以至于如此急不可耐地纵情于享受生活。她变得动辄生气，贪吃美食，耽于肉欲，她和他一起上街散步，昂着头，照她的说法，不怕人家讲闲话。不过有时候，爱玛突然闪过遇见罗多尔夫的念头，不由得会周身打战，因为她觉得虽说他俩早就一刀两断了，但她至今还没能完全摆脱他的影响。

有天晚上，她没回永镇。夏尔急得不知所措，小贝尔特没有妈妈不肯睡觉，哭得岔了气。絮斯丹到大路上去空等。就连奥梅先生也撇下药房出来了。

终于，到了十一点，夏尔再也按捺不住，套好那辆轻便马车，跳上车座扬鞭出发，凌晨两点光景赶到了红十字旅店。不在。他心想书记员或许见过她，可他又住在哪儿呢？夏尔幸好还想得起他东家的住址。他急忙赶去。

天色渐渐亮起来。他看清了一扇门上的盾形标识，便上去敲门。没人来开门，但有个人大声回答他的问话，边说边骂，把半夜三更跑来打扰别人的家伙全都骂得狗血淋头。

书记员住的房子既没门铃门环，也没看门人。夏尔使劲用拳头捶挡雨披檐。有个巡警走了过来，这一下他害怕起来，拔腿就走。

“我真是疯了，”他暗自想道，“想必是洛尔莫先生府上留她吃饭了嘛。”

洛尔莫一家不住在鲁昂。

“她大概是留下照顾迪伯勒伊夫人了。哎！迪伯勒伊夫人十个月前去世了！……她到底在哪儿呢！”

他突然有了个主意。他走进一家咖啡馆，要了本电话号簿，急忙找朗佩勒小姐的名字，她住在皮货商勒内尔街七十四号。

就在他折进这条街的当口，爱玛出现在街的那头。他猛地扑上前去把她抱得紧紧的，嘴里嚷着：

“昨天你怎么没回家呢？”

“我病了。”

“什么病？……待哪儿了？……怎么样？……”

她举起一只手搁在前额上，回答说：

“待在朗佩勒小姐家。”

“我就知道是这样！我正要去呢。”

“噢！不必啦，”爱玛说，“她刚出去不多一会儿，可我要说，以后你可别这么咋呼行吗。你得明白，要是我稍稍晚了点儿，就把你急得这副样子，那我不是一举一动都受拘束了吗。”

她就这样给自己找了个名正言顺的理由，可以想走就走了。从此，她来去自由，方便极了。哪天想要见莱昂了，随便找个借口就行，而要是这天莱昂并没在等她，她就上事务所去找他。

起初几次，其乐无穷，可是不多久，他就没法把实情瞒住不告诉她了：他东家对这种干扰颇有怨言。

“管它呢！你倒是来呀。”她说。

于是他又溜了出来。

她喜欢他穿一身黑，下巴留一撮胡子，看上去就像路易十三的肖像。她要去看他的寓所，看了觉得寒酸，他脸涨得通红，她却没在意，随即建议他把窗帘换成跟她卧室里一样的，他说这样开销太大。

“哈哈！瞧你，捧住几个小钱就不放了！”她笑着说。

上次幽会以来做了哪些事，每回莱昂都得一五一十讲给她听。她要他写诗，为她而写，写专门献给她的情诗。他总是写到第二行就押不上韵了，最后只好拿本纪念册抄一首十四行诗完事。

这倒并非出于他的虚荣心，唯一的目的还是讨她的欢心。凡是她的想法，他从不反驳，只要是她喜欢的，他都接受，与其说她是他的情妇，不如说他成了她的情妇。她有说不完的温柔话儿，她的吻令他销魂。这种佻薄淫荡，由于臻于极致、不露形迹，几近于出神入化，这套本事真不知她是从哪儿学来的。

第六章

莱昂去看她的日子，常在药剂师家里吃饭，出于礼尚往来的考虑，他觉得总得回请一次才是。

“敢不从命！”奥梅先生答道，“况且，我也得散散心了，老憋在这儿都要闷死了。咱们去看表演，上饭馆，痛痛快快地乐一乐！”

“哦！我亲爱的！”奥梅太太柔声说道，她想到前面尽是影影绰绰的险情，而丈夫偏生要去，心里害怕得很。

“嗯，怎么啦？你以为我整天待在这些挥发性的药剂中间，健康受损得还不够吗！得！您瞧，女人就是这德性：她们不光对科学嫉妒，还反对你去从事最正当的消遣活动。没关系，我说话算数，赶明儿哪一天，我一准到鲁昂跟您一起撒票子去。”

药剂师以前从不这样说话，可如今他热衷于这种嘻嘻哈哈的巴黎派头，觉得这样才够味儿，他跟芳邻包法利夫人一样，好奇地向书记员打听京城的习俗，甚至还说些俚语来唬唬……镇上的那些人，诸如窝儿、摊儿、俏丽、帅气、Breda-street[1]，还有开路，意思是走了。

于是，有个星期四，爱玛在金狮客栈的厨房与奥梅先生不期而

1 布雷达街是巴黎歌剧院区的街道，奥梅说街名时用英语，显然有卖弄之意。

遇，见他一身出门行头，也就是说罩一件谁也没见他穿过的披风，一手提箱子，一手拎着药房里的皮里暖鞋套。他此次出行没有张扬，就是怕他不在会引起镇上人的不安。

就要去重游度过青年时代的故地，他想必很兴奋，因为一路上他高谈阔论，说个不停，然后，车刚停住，他马上就跳下车去找莱昂，尽管书记员再三推托，奥梅先生硬是把他拽到了豪华的诺曼底咖啡厅，药剂师神色庄重地步入大厅，没摘帽子，心想在公共场所脱帽是挺乡气的。

爱玛等了莱昂三刻钟。临了她跑到他的事务所，弄得心里七上八下，一个劲地瞎猜，怪他薄情，怨自己软弱，额头贴在窗玻璃上过了一个下午。

到两点钟，他俩还面对面坐在桌前。大厅里空荡荡的，火炉管道好像一棵棕榈树，金黄色的顶端呈束状圆滑地延接到雪白的天花板上，身边的玻璃窗外面，阳光明媚，一束细细的水流在大理石水池里汩汩地往外喷涌，池里的水菜和芦笋中间，三只龙虾懒洋洋地躺着，触须碰到那堆挨个儿侧卧在一起的鹌鹑。

奥梅兴奋异常。虽说大厅的豪华比精美的菜肴更令他陶醉，但是几杯波马尔红葡萄酒一喝，全身上下毕竟都有些活泛起来了，上朗姆酒烹蛋卷的时候，他正在大谈其女人，发表种种有伤风化的观点。最让他倾心的，是波俏。他喜欢陈设讲究的居室配雅致的穿着打扮，就身段而言，他不讨厌肉感的尤物。

莱昂沮丧地望着挂钟。药剂师喝着，吃着，说着。

“您在鲁昂，”他冷不丁说道，“真够闷得慌的。再说，您的心上人住得也不远哪。”

见对方脸红起来：

“行了，说实话吧！您敢说在永镇没有……”

年轻人张口结舌。

“在包法利夫人府上，您没献殷勤来着……”

“向谁？”

“女用人呗！”

他不是开玩笑，可是，莱昂只觉得太丢面子，情急之下，顾不得谨慎，大声嚷了起来。何况，他只喜欢棕发女人。

“我同意您的看法，”药房老板说，“她们性欲特强。”

说着，他凑在朋友的耳边，告诉年轻人根据哪些特征可以知道一个女人性欲强不强。他话题一转，又扯到了人种学上去：德国女人朦胧，法国女人放纵，意大利女人奔放。

“黑种女人呢？”书记员问。

“那最配艺术家的口味，”奥梅说，“伙计！两杯咖啡！”

“咱们还是走吧？”莱昂终于忍不住说道。

“Yes.[1]”

不过他想在离去前见见餐厅的主厨，向他略表贺忱。

年轻人正想甩下他，于是说自己有事得先走。

“哦！我陪您去！”奥梅说。

他一路陪着莱昂，边走边讲老婆、孩子、他们的前途和他的药房，讲这药房以前怎么不景气，讲它如今在他手上达到了何等完美的地步。

到了布洛涅旅馆门前，莱昂猛地甩下他，快步登上楼梯，只见心上人情绪异常不安。

---

1 英语，意为“同意”。

听见药房老板的名字，她大光其火。可是他列举了许多挺说得过去的理由，这不是他的错，难道她还不了解奥梅先生？莫非她会以为他宁愿去陪着他不成？可是她转过身去不理他，他拉住她，随后，他双膝跪下，伸出胳臂搂住她的腰，摆出伤感而惹人爱怜的姿势，一副欲火中烧、乞怜告哀的模样。

她伫立不动，一双火辣辣的大眼睛严厉地注视着他，神情有些怕人。但渐渐地泪水涌了上来，她泪眼朦胧地垂下微红的眼睑，伸出双手，莱昂把这双手贴在自己的嘴唇上，而正在这当口，一个侍者进来通报先生有人求见。

“你还回来吗？”她说。

“回来。”

“什么时候。”

“马上。”

“我这是略施小计，”药房老板一见莱昂就说，“我觉着您上这儿来心里好像挺火的，就想法儿让您好脱身呐。咱们上布里杜的铺子去喝杯加吕斯[1]。”

莱昂赌咒发誓，说非回事务所去不可。药剂师便取笑起卷宗档案来了。

“唷，您就把居雅斯和巴托尔[2]丢开一会儿行不行！有谁拦着您啦？做个堂堂正正的男子汉！咱们这就去布里杜的铺子。您会看见他那条狗的。有趣极了！”

见书记员还是不肯走：

“那我也去事务所。我一边看报一边等您，或者拿本法典在那儿

1 一种能治胃病的酏剂，含有治胃病药物和酒精溶液的制剂。
2 居雅斯（1522—1590），法国法学家。巴托尔（1313—1357），早期意大利法学家。

翻翻也成。”

爱玛的愤怒、奥梅先生的絮叨，也许还有餐后的饱胀，都把莱昂弄得晕晕乎乎得拿不定主意，兀自着了魔似的听着药房老板反反复复地说：

“咱们去布里杜的铺子！才几步路，就在马尔帕吕街。”

于是，出于懦弱，出于愚蠢，出于那种驱使我们做出违心之举的难以言明的情绪，他听凭奥梅把自己带到了布里杜的铺子，只见布里杜正在他的小院子里督工，三个伙计气喘吁吁地转动一部机械装置的大轮子，在制作苏打水。奥梅上去教他们该怎么干，他拥抱了布里杜，他和莱昂坐下喝加吕斯。莱昂一再表示想走，可是那位总是拽住他的胳膊对他说：

“就一会儿！我马上走。我们一块儿上《鲁昂灯塔报》去瞅瞅那几位先生。我要把您介绍给托马森。”

可他还是脱出身来，一口气奔到了旅馆。爱玛已经不在了。

她怒气冲冲地刚走不久。她现在恨他。这种食言爽约，在她看来是一种侮辱，她还找出其他种种理由来让自己冷淡他：他没有半点大丈夫的气概，懦弱、平庸，比女人还优柔寡断，而且吝啬、胆小。

过后，她渐渐平静下来，觉得自己未免把他想得太不堪了。然而，对我们所爱的人的贬抑，总免不了会使彼此的关系有些疏远。偶像是碰不得的：那层包金会沾在手上。

于是，他俩常谈些跟他们的爱情不相干的事情。而在爱玛送给他的信里，写的尽是花呀，诗呀，月亮呀，星星呀，变得脆弱的爱情，指望能靠外界的力量来给它注入新的活力，那些话题就体现了这种天真的企盼。她不住地对自己许诺，下次幽会一定要去爱个死去活来，过后却不得不承认全无新奇之感可言。这种失望很快又被新的希望所取代，她更狂热、更急切地要和他重续旧情。她三下两下脱去衣服，松开胸衣细束带，任凭它刺溜一下滑到腰际，犹如一条游动的水蛇。她赤足踮起脚尖再去看一遍门有没有关好，然后倏地一抖，全身的衣服就都抖落下来了。她脸色苍白，一声不响，神情严肃，蓦地倒进他的怀里，浑身颤个不停。

然而在这冷汗淋漓的额头和抖抖索索的嘴唇上，在这茫然的眼眸和双臂的抱紧里，都有某种异乎寻常、朦胧而又令人悲伤的东西，莱昂觉得它悄悄地滑进他俩中间，像是要把他俩分开似的。

他没敢问她什么，但是眼看她如此老练，他心想，形形色色的痛苦和欢悦，她想必是早就都体验过了。往日令他心醉神迷的东西，这会儿有点让他害怕了。而且他对这种日渐扩张的个性吞并感到厌恶。他为爱玛总是赢家而怨恨她。他甚至尽力想不再爱她，可是一听见她那短筒靴的咯咯声，他就像酒鬼见了烈酒，又顿时气馁了。

她对他确实是关怀备至，从菜肴安排、衣着打扮，直到眼神是否忧郁，她都一一放在心上。她从永镇来，怀里揣着玫瑰，见面时抛在他脸上。她向他问寒问暖，劝他做这做那，她企盼上天帮她留住他的心，所以把一枚圣母圣牌挂在他的颈脖上。她像一位慈母，打听他的同事的情况。她对他说：

“别跟他们来往，别出去，就光想着我俩，爱我！”

她真想能监视他的一举一动，转过派人在街上盯他梢的念头。旅馆附近有个混混儿模样的流浪汉，常去跟路人搭讪，他想必不会拒绝……可是她的傲气让她不屑于这样做。

“哎，算了！就让他骗我好了，那又怎么样！我有什么好在乎的？”

有一天他们很早就分手了，她独自沿着大街往回走，瞥见了当年那座修道院的围墙，她便在一张长凳上坐下，置身在榆树的树阴中。那时候多么安谧！按照书本上的描写去想象爱情，那种感情多么妙不可言，多么令她神往啊。

婚后的头几个月，骑马在林中的漫游，与子爵跳的华尔兹，还有拉加迪的演唱，这一切又都浮现在她眼前……霎时间，莱昂在她眼里变得像旁人一样遥远了。

“可我爱他呀！”她对自己说。

那又怎么样！反正她不幸福，从没幸福过。为什么人生会这样不如意？为什么她依靠的东西，顷刻间就会化为泡影？……可是，如果真有那么个地方，有那么个健壮俊美的人儿，生性骁勇，既慷慨激昂又蕴藉风流，天使的形象，诗人的情怀，拨动青铜弦线的竖琴，朝向苍穹唱着哀婉的诗句，那为什么她偏偏就找他不着呢？哦！又能有什么办法呢！再说，也并没有什么当真值得去寻觅的，全都是骗人的！每个微笑都藏着个无聊的呵欠，每次欢乐都蕴含着一场悲剧，兴致盎然背后永远是腻烦嫌恶，最甜蜜的吻留在你嘴唇上的，也只是对更酣畅的快感的无奈渴望。

一阵滞钝的金属声曳过长空，修道院的钟楼传来四下钟响。才四点钟！可她仿佛觉得有生以来一直在这儿，一直坐在这张长凳上似的。然而一分钟就容得下无穷的激情，正如一个窄小的空间容得下一群人。

爱玛成天想着自己的心事，犹如一位大公夫人那样从不为钱操心。

可是有一回，家里来了个举止猥琐、脸色通红的秃顶男子，自称是受樊萨先生派遣，从鲁昂来的。他取下别住绿色长外衣侧袋袋口的别针，一枚枚插在袖口上，客客气气地呈上一张纸。

这是一张七百法郎的借据，有她的签名，勒侯尽管当初信誓旦旦，却还是把它转让给了樊萨。

她差佣人上他家去请他。他来不了。

这当口，陌生人始终站着，好奇的目光在金黄色的浓眉下左右来回逡巡，憨态可掬地问道：

“怎么给樊萨先生回话？”

“嗯！”爱玛答道，“请告诉他……我拿不出……得下星期……让他再等等……对，就下星期。”

那位老兄一声不吭，拔腿就走。

可是第二天中午，她收到一张拒付证书[1]，这张印花公文纸上，多处用粗体字写有“比希执达吏阿朗先生”的字样，她一见大惊失色，赶忙一口气跑到衣料商的铺子里。

她见他正在店铺里扎一个包裹。

“欢迎光临！”他说，“为您效劳。”

勒侯照旧在干他的活，旁边的帮手是个十三岁左右的小姑娘，有些驼背，给他又当伙计又当厨娘。

而后，店堂的地板上响起他那双木套鞋呱哒呱哒的声音，他走在前头带夫人登上二楼，把她领进一间窄小的工作室，里面的一张松木大桌子上沉甸甸地放着一排簿册，拦腰横着一根上了挂锁的铁杠。靠墙，一堆零头印花布料下面，露出一只保险箱，凭它那般大小，想必里面装的不只是票据和钱。原来，勒侯先生还在放抵押贷款，包法利夫人的金项链就在里面，一起藏着的还有泰利埃老头的耳环，他终于挨不下去，变卖了这副耳环，后来在坎康布瓦盘下一爿小杂货铺，患卡他性炎死在了那儿，临终时脸色比四周的蜡烛还黄。

勒侯往那张宽大的草垫扶手椅里一坐，开口说道：

“又有什么事？”

1 在票据期满而借款人拒付的情况下，持票人请公证人开具的证明拒付事实的法律文件。

"您瞧。"

她把那张公文纸给他看。

"嗯！这事找我有什么用？"

这下她火了，把话甩给他，说他当初答应过不把借据转让给别人的，他承认有这么回事。

"可是，我也是万不得已，是让人家逼得走投无路了呀。"

"接下去会怎么样？"她说。

"噢！那很简单：法庭开庭，然后是查封……完啦！"

爱玛恨不得揍他一顿。她强压怒火，语气平和地问他有没有办法让樊萨先生缓一缓。

"瞧您说的，让樊萨缓一缓吧！您不了解他，他的心，比阿拉伯人还狠。"

所以这事非得勒侯先生出面不可。

"有句话您听好了！依我看，至今为止，我对您可算得是够意思了吧。"

说着，他摊开一本账册：

"喏！"

他的指头沿着页面往上挪：

"瞧……瞧……八月三日，两百法郎……六月十七日，一百五十……三月二十三日，四十六……四月份……"

他顿住不往下说，像生怕做什么蠢事似的。

"我还没说先生签署的票据呢，一张七百法郎，另一张三百！至于您那些零零碎碎的账款，再加上利息，那就多如牛毛，数也数不过来。我可不想再插手这种事喽！"

她哭了，管他叫"好心的勒侯先生"。可是他总是往"樊萨那个混账东西”身上推。再说，他连一个子儿也拿不出，眼下谁也不肯还账，他只好任凭人家刮干他的油水，像他这样一个可怜巴巴的小铺主，又能有什么法子呢。

爱玛闭嘴不响，勒侯先生咬着羽毛笔的羽梢。她的沉默大概让他感到担心了，他接着说：

“这样吧，要是这两天有点进账……也许我可以……”

“不过，”她说，“只要巴纳镇的那笔尾款……”

“怎么？……”

听说朗格洛瓦竟然还没付清那笔钱，他显得大为惊讶。随后，语气变得很软款：

“咱们这就讲定吧，依您看……”

“哦！随您定就行！”

于是，他闭目凝神片刻，提笔写了几个数，然后，一边声称风险很大，事儿挺棘手，他这是在出血，一边口述了四张借据，每张面额二百五十法郎，期限各相隔一个月。

“但愿樊萨肯通融才好！不过，咱们的事一言为定，我是个爽快人，说话算数。”

接着，他漫不经心地给她看了几款新进的货，不过依他看来，其中没一款配得上夫人。

“就说这裙料吧，七个苏一米，可我说担保它不褪色！大家居然信以为真！您明白，我才不对他们说实话呢。”他坦言自己坑骗别人，是要让她绝对信任他的诚实。

然后他又叫住她，要给她看一段三奥纳[1]长的镂空花边，这是他最

1 法国古尺名。一奥纳约合 1.2 米。

近趁一次大拍卖进的货。

“多漂亮！”勒侯说，“现在时兴用它做椅背套，这叫派头。”

说着，他手脚比魔术师还利落，一转眼就用蓝纸把那段花边包好，塞在了爱玛手里。

“总得让我知道……”

“哦！以后再说。”他说着，转身甩下她就走。

当晚，她催着包法利写信给他母亲，让她把遗产的余款悉数尽快给他们寄来。婆婆回信说已经所剩无几：遗产清理下来，除巴纳镇的房产外，归他们名下的就只有那份六百利弗尔的年金，这笔钱她会按时支付的。

于是夫人把诊费清单寄给两三个病家，居然都奏了效，她当即如法炮制，一一发信。她每次都在附言中写上：“请别对我丈夫提及此事，您知道，他自尊心很强……还望原谅……您的仆人……”有人提出异议，她把来信截下。

为了凑钱，她开始变卖旧手套、旧帽子和旧铁器，她锱铢必较——她血管里流着的农民的血，让她每个小钱都要争。另外，每回进城，她总贩些货回来，这些不起眼的东西，敢情勒侯先生没别的货的时候，一准会收购去的。她买进鸵鸟毛、中国瓷器、衣柜，她向费莉茜黛，向勒弗朗索瓦，向红十字旅店老板娘，向所有人借钱，见一个借一个。巴纳镇的尾款好不容易到了手，她付清了两张借据，可另外一千五百法郎又到期了。

她重新续了借据，而且从此一发不可收拾！

说实话，有时她也想把账目算一算，可是她发现数额大得惊人，叫她简直没法相信。她再从头算起，不一会儿又弄得头昏脑涨，于是干脆撇在一边，不再去想它了。

如今，这屋子叫人惨不忍睹！只见一个个供货商出来时都虎着个脸。手帕东一块西一块地撂在炉灶上，小贝尔特穿着有洞的破袜子，让奥梅太太大为愤慨。夏尔偶尔怯生生地想说几句，她就不容分说地顶回去，说这不是她的错！

为什么肝火这么旺？他把这归因于神经系统的老毛病，他责备自己将她的病症当作了缺点，怪自己自私，满心想跑去吻她。

“哦！不行，”他对自己说，“她会烦我的！”

于是他待着没动。

饭后，他独自在花园里散步，他把小贝尔特抱在膝盖上，摊开他的医学杂志，想教她识字。小女孩还没上学哩，不多一会就瞪着忧伤的大眼睛，哭了起来。于是他就哄她，他给喷水壶灌满水，让她在沙地上开河，或者折下女贞树的树椏，帮她在花圃上栽树，花园反正已经杂草丛生，再怎么着也算不得糟蹋，他们欠下莱蒂布德瓦好几个工作日的工钱了！再后来，孩子感到冷，要妈妈了。

“喊你的保姆来吧，”夏尔说，“你要知道，孩子，妈妈不喜欢有人打扰她。”

秋天到了，树叶纷纷飘落，就像两年前，她发病的那会儿！那么，这要到什么时候才有个完呢！他继续走着，两只手抄在背后。

夫人在自己的卧室里。旁人都不上去。她整天待在里面，神思恍惚，几乎没穿什么衣服，有时候，点些后宫香锭，那是她在鲁昂一个阿尔及利亚人开的铺子里买的。她不想在夜里看见这个男人摊手摊脚地睡在身边，使了些小性子，终于把他打发到三楼去了，她通宵达旦读荒诞不经的书，里面尽是些狂欢纵欲的情景和恐怖流血的场面。她常常看着看着，吓得大叫一声。夏尔匆匆赶来。

“哦！你给我走！”她说。

也有时候，私情在心中燃起的欲火烧得她喘不过气来，她亢奋异常，难以自已，推开窗子去吸凛冽的空气，让沉甸甸的头发迎风披散开来，而后她仰望着星空，企盼有个白马王子来跟自己相爱。她想念莱昂。

这会儿，为了一次让她心满意足的幽会，她甘愿付出任何代价。

幽会的日子是她的节日。她期望它们很辉煌！因此，当他无力支付花销时，她就出手大方地把钱垫上，几乎每回都如此。他试过向她说明，不妨换个开销省些的旅店，他们照样可以过得挺好，可是她找出种种理由反对。

有一天，她从袋里掏出六把镀金小银匙（这是鲁奥老爹送的结婚礼物），求他马上替她拿去典当。莱昂照办了，虽说这叫他感到很不自在。他怕连累自己的名声。

过后，他细细想来，觉得自己这情妇举止乖戾，就此跟她了断，或许并没什么不对。

原来，他母亲收到过一封长长的匿名信，说她的儿子跟一个有夫之妇鬼混。于是，老太太眼前顿时浮现出那个就此缠住家族不放的怪物的形象，也就是说，影影绰绰看见那个害人精，那个妖冶的美人鱼，那个妖怪正悠悠缪缪栖居在爱的深渊。她给他的东家迪博卡日先生写了封信，这位先生极为妥善地处理了这件事。他把莱昂叫去谈了三刻钟话，希望莱昂幡然醒悟，悬崖勒马。

这种私通的丑闻，日后也一定会毁了他的事务所。他恳切地规劝年轻人，即便不考虑自己的利害关系，至少也该为他迪博卡日着想，忍痛割爱，跟那女人一刀两断！

莱昂临了发过誓不再跟爱玛见面，他责备自己没有信守诺言，此刻他想到的是这个女人还会给他带来的种种尴尬和闲言碎语，还有同事们每天早上围在炉子边的起哄取笑。再说，他就要升任首席书记员：是该收心的时候了。因而他不再吹长笛，不再耽于狂热的情感，不再去幻想——每个布尔乔亚，在特别容易冲动的青年时代，总有那么个时期，哪怕只是一天、一分钟，会自以为浑身都充满了激情，自以为能成就一番惊天动地的事业，最平庸的浪荡子也梦想过亲近土耳其后宫佳丽的肌肤，每个公证人身上总有诗人的流风余韵。

现在，当爱玛猛地扑进他怀里啜泣的时候，他感到腻味，他的心，好似那些对音乐的承受力相当有限的人，面对爱情的繁弦急管，无法体味其中的雅趣，因漠然而至于麻木了。

他俩彼此过于熟稔，相互占有也就没有了那种使惊喜增强百倍的惊奇感。她像他厌倦她一样，对他倒了胃口。爱玛在私情中又尝到了结婚的全部平庸和乏味。

可是怎样才能从中摆脱出来呢？何况，她再怎么感到这种幸福的卑鄙屈辱，也是枉然，她已经离不开它了，这是习惯使然，要不就是堕落使然。每天，她都更为热切地企盼它，而因为过于心切，这种至福反而枯竭了。她把企盼的失望归咎于莱昂，仿佛是他背叛了她，她甚至巴望有一场灾难降临，好把他俩活生生拆开，既然她自个儿没有勇气这么做。

她依然继续给他写情书，在她看来，一个女人是应当不停地给情人写情书的。

可是她一边写着，一边依稀看见另一个男人的身影，这是一个由激情澎湃的回忆、无比美妙的阅读、贪得无厌的欲念生成的幻影。他最后变得如此真实，如此贴近，她的心因惊怕而突突直跳，然而她仍然无法清晰地想象他的模样，他犹如一位天神，在千变万化的显形中让人莫辨真身。他安身的所在幽蓝空蒙，在馥郁的花香和皎洁的月光中，从阳台垂下的丝绸软梯在荡来荡去。她觉得他就在身边，就要过来，在一吻之间抱起她飞上天空。随即她又跌落尘埃，心力交瘁。这种种说不清道不明的爱情冲动，要比恣意放荡更加伤神。

她现在无时无刻不感到酸痛乏力。收到传票或印花公文纸，她往往连看也不看。她真想别再活下去，或者睡下别再醒来。

四旬斋狂欢节[1]那天，她没返回永镇，当晚去了化装舞会。她身穿天鹅绒的长裤、鲜红的长袜，假发在颈后扎着根缎带，三角帽斜扣在一侧的耳朵上。她整夜都在跳，和着长号疯狂的乐声，大家在她四周围成一圈，清晨，她发觉自己在剧院的柱廊上，置身于五六张装卸工和水手的面罩中间，这些人都是莱昂的伙伴，正说着要去吃夜宵。

附近的咖啡馆都满了。他们在码头上找到一家不起眼的小餐馆，老板在五楼给他们开了个小间。

几位男士在角落里悄声说话，大概是商量付账的事。其中有一个书记员、两个医科学生和一个店铺伙计：这算是哪等样的伴儿呀！至于女士，爱玛很快从嗓音听出，她们几乎无一例外，都是些下九流的角色。她这时怕了起来，把椅子往后挪，垂下了眼睑。

其他人吃了起来。她没吃。她额头发烧，眼皮像有针在扎，手脚冰凉。脑子里还觉着舞厅的地板在无数双脚的律动下蹦弹起伏。而后，潘趣酒的味儿，加上雪茄的烟雾，使她感到头晕。她昏厥了过去，大家把她抬到窗前。

天色渐渐亮了，在圣卡特琳娜教堂那边白蒙蒙的天际，一颗绛红色的大圆斑愈变愈大。铅灰色的河水在晨风中起着涟漪，桥上不见人影，路灯熄灭了。

---

1 长达四十天的四旬斋期间的一个狂欢节日，定在斋期第三周的星期四。

但她苏醒过来，想起了贝尔特，她还睡在那儿，在她保姆的房间里哩。这时，一辆装满长铁条的大车驶过，把金属震动的訇然巨响，投向一座座房屋的外墙。

她猛地起身脱掉化装服饰，对莱昂说她非回去不可，但随后独自留在了布洛涅旅馆。这一切，连同她自己，都叫她感到难堪、讨厌。她真想能像鸟儿那样飞走，飞得很远很远，到一个明净纯澈的天地里去重新焕发青春的活力。

她出了门，穿过大街、科施瓦兹广场和街区，一直走到一条没有任何遮蔽的街道，再往前就是地势较低的那些花园了。她走得很快，清新的空气使她镇静下来：渐渐地，人群中的一张张脸庞、舞会的面具、四对舞、枝形吊灯、夜宵和那些女人，都烟消雾散般地隐去了。然后，她回到红十字旅店，走上三楼那个有《奈尔塔》壁画的他俩的小房间，倒在床上。下午四点钟，伊韦尔叫醒了她。

回到家里，费莉茜黛让她看座钟背后的一张灰色公文纸。

她念道：

“兹以判决书为据，依法执行判决……”

什么判决？原来头天晚上还送来过一份公文，她不知道，一见下面的话，她顿时变得目瞪口呆：

“以国王、法律和司法的名义，将本支付催告送交包法利夫人……”

她赶紧跳过几行，一眼瞥见这几个字：

“限于二十四小时内”，怎么样？“偿付八千法郎”。再往下甚至还写着：“届时将动用法律手段，包括查封全部动产及日常用品，强制执行上述判决。”

怎么办？……只剩二十四小时了，那就是明天呀！她再一想，说不定是勒侯想吓唬吓唬她。她忽然一下子看穿了他的那些伎俩，明白了他大献殷勤的居心。这笔数额的不着边际，反而让她放下了心来。

然而正由于她不断地购货、赊账、借贷、签署票据，而后又续签这些票据，每次期满利上滚利，她就终于为勒侯先生备下了一份资本，他正迫不及待地等着用它去做投机生意哩。

她神态自若地来到他的家里。

“您敢情知道我遇上了什么事了吧？一准是开玩笑！”

“不。”

“此话怎讲？”

他慢悠悠地侧转身来，叉起双臂对她说道：

“我的好太太，难道您真以为我会永远这么无偿地供给您货、借给您钱，直到末日审判来临吗？我预付的款子，也该收回了，总得讲个公道吧！”

她大声嚷嚷，对债务数额表示异议。

“哦！得了！这是法庭认定的！有判决书在！他们给您送来了！再说，这与我无干，是樊萨的事。”

“难道您就不能……”

“哦！毫无办法。”

“可是……不过……有事好商量嘛。”

她拉拉杂杂地说着，她事先一无所知……这是突然袭击。

“这是谁的错呢？”勒侯嘲讽地欠了欠身，说道，“我像个黑奴那样累死累活地拼命干，可您在享福。”

“哦！请别教训人！”

“听听没坏处。”他接口说。

她软了下来，苦苦哀求他。她甚至把那只很美的白皙、修长的手搁在这商人的膝盖上。

“别碰我！人家要说您想勾引我了！”

“你是个无赖！”她叫道。

“嗬！嗬！瞧您说到哪儿去了！”他笑着说。

“我要让大家知道你是怎么个人。我要告诉我丈夫……”

“好呀！我也有件东西要给您丈夫看呢！”

说着勒侯从保险箱里取出一张收据，面额为一千八百法郎，这是她拿到樊萨的贴现款时写的。

“难道您以为这位可怜的好先生，”他接着说，“会看不懂您这点瞒天过海的小把戏吗？”

她瘫了下来，就像给迎头一棒打昏了似的。他从窗口踱到写字台跟前，嘴里念念有词：

“啊！我要让他看看……我要让他看看……”

随后他走到她面前，语气软和地说：

“事情不是玩儿的，这我明白，不过话说回来，反正也要不了谁的命，您呢，只有一条路好走，就是还我的钱……”

“我上哪儿去弄这笔钱呢？”爱玛绞着双手说。

“唔！您不是有那么些朋友吗！”

他以一种锐利而逼人的目光注视着她，看得她浑身直哆嗦。

“我向您保证，”她说，“我签字……”

“您的签字，我够多的啦！”

“我还可以卖掉……”

“算了吧！”他耸耸肩膀说，“您没什么东西好卖了。”

说完他朝着通店铺的窥视孔里喊道：

“阿奈特！别忘了那三块十四号的零头布。”

女佣走进屋来。爱玛明白了，就问“要多少钱才能撤销起诉”。

“太晚喽！”

“可要是我给您拿来几千法郎，拿来总数的四分之一，三分之一，差不多全都拿来呢？”

“呃！不行，没用喽！”

他轻轻把她推到楼梯口。

“我求求您，勒侯先生，再给我几天！”

她啜泣起来。

“行了，行了！哭也没用！”

“您让我无路可走了！”

“这我可管不着！”他说着关上了房门。

第七章

第二天，见到执达吏阿朗先生带了两个见证人，到她家来做查封笔录，她显得镇定自若。

他们先从包法利的诊室开始，没把那具颅骨标本登录在册，因为那算是开业器械，可是厨房里的盘子、锅子、椅子、烛台，卧室搁架上的摆设，悉数作了清点。他们还清点了她的裙子、内衣、盥洗室，她的生活起居，连同最隐秘的细枝末节，犹如一具任人剖检的尸体，全都裸露在这三个男人视线之下。

阿朗先生身穿黑色薄呢排扣礼服，打白色领结，长裤系在鞋底下的束带绷得很紧，时不时说上一句：

“可以吗，夫人？可以吗？”

他常常发出惊叹：

“真棒！……太漂亮了！”

随即把羽毛笔往托在左手的骨质墨水瓶里一蘸，刷刷写起来。

套间全都查完以后，他们登上顶楼。

她在那儿有张斜面课桌，里面藏着罗多尔夫的信。非得打开不可。

“噢！是信！”阿朗先生会心地笑着说，“不过，请原谅！我得查实一下抽屉里有没有其他东西。”

说着他轻轻拎起信纸，像是要让里面的金币滚落下来似的。这时她眼看像鼻涕虫那样软绵绵的这只又粗又肥的手，捏在这些曾让她怦然心动的纸页上，不由得怒气直往上冒。

他们总算走了！费莉茜黛回进屋里。爱玛刚才让她守在门外挡包法利的驾。她们赶紧把留下看守查封物件的那人安顿到顶楼上去，他保证待在那儿不动。

整个晚上，她看夏尔似乎有些忧心忡忡。爱玛焦灼不安地偷眼瞅他，觉得在他脸上的皱纹里，好像看到了无言的责难。接着，她的目光扫过装有中国式隔热屏的壁炉、宽宽的窗帘和那几把扶手椅，依次落在所有这些好歹曾给生活的苦涩添加些许温馨的什物上，不由得涌上一种内疚，或者说一种无尽的惆怅，非但没有抑制心中的恋情，反而让它变得更炽烈。夏尔双脚搁在柴架上，神色平静地拨着火。

有一会儿，那个看管员想必是藏在逼仄的顶楼上憋得慌，弄出了一点声响。

“上面有人走动？”夏尔说。

“不是！”她马上接口说，“有扇天窗没关上，风一刮就有响声。”

第二天是星期日，她动身去鲁昂，挨家挨户拜访她知道名字的每位银行家。他们不是去了乡下，就是外出旅行了。她没气馁，凡能碰上的，她都开口向他们借钱，说清楚这是急需，一定会还的。有的人当面奚落她，所有的人都拒绝了。

两点钟，她跑到莱昂住处敲门。没人开门。临了他总算露了面。

“你怎么来了？”

“这打搅你了？”

“没有……不过……”

最后他承认，房东不喜欢住这儿的人接待女客。

“我有话对你说。”她接口说。

这当口他正在拿钥匙。她拦住他。

“哦！不用，去咱们那儿。”

于是他俩来到布洛涅旅馆他们的房间。

刚一到，她就喝了一大杯水。她脸色苍白，对他说道：

“莱昂，你要帮我一回。”

她把他的双手紧紧捏住，边摇边说：

“听着，我得有八千法郎！”

“你敢情是疯了！”

“还没哩！”

她随即把查封的事告诉他，并把自己的难处和盘托出。夏尔一无所知。婆婆记恨她，鲁奥老爹爱莫能助，而他莱昂，她就指望他来张罗这笔要命的钱了……

“你叫我怎么……”

“你真窝囊！”她喊道。

于是他讷讷地说：

“你把事态说得太严重了。说不定有个千把埃居，你那位老兄就会善罢甘休的。”

这更说明要设法去活动呀，去弄三千法郎，总不会办不到吧。何况，凭莱昂的信誉，立张借据是不成问题的。

“去呀！去试试！不去不行哪！快跑！……哦！你要尽力，要尽力呀！我会加倍爱你的！”

他出门而去，一小时过后回来，正色说道：

“我去过三家人家……一无所获！”

然后他俩面对面坐在壁炉两旁，不动弹，不言语。爱玛耸起肩膀，重重地一顿足，他听她在嘟哝说：

“我要是你呀，肯定能弄到钱！”

“上哪儿弄？”

“事务所！”

说完她注视着他。

她那对火辣辣的眸子流露出咄咄逼人的果敢，眼睛眯起的神态有一种挑逗、怂恿的意味。年轻人只觉得，面对这女人唆使他去犯罪的无声意愿，自己快要顶不住了。这时他害怕起来，为了不想让她把话挑明，赶忙拍拍额头大声说道：

“莫雷尔今儿晚上回来！我想，他是不会拒绝我的（此人是他的朋友，一位大富商的儿子），明儿我就给你送来。”

爱玛听到这个带来希望的消息，看上去并不如他预想的那么高兴。莫非她疑心他说谎了？他红着脸接着说：

“不过，要是你到三点钟还不见我来，亲爱的，就别再等了。对不起，我得走了。再见！”

他握握她的手，只觉得这手了无生气。爱玛已经没有力气来表达任何情感了。

钟敲了四下，她如同一架自动装置，听凭习惯驱使，起身想要回永镇。

天气很好，三月里这种晴朗而寒冷的日子，太阳在白茫茫的天空中闪亮。身穿盛装的鲁昂人喜滋滋地散着步。她来到教堂前的广场。人们做完晚祷出来，从三扇正门拥出的人群，犹如从桥拱下淌出的三股水流。在正中央，岩石般地屹立着那名教堂侍卫。

她想起了那一天，当时她满心焦急却又充满憧憬，走进教堂面对高大的耳殿，只觉得自己胸中的爱比它更恢宏，她继续往前走，在面纱下抽泣着，神思恍惚，脚步踉跄，险些儿晕厥过去。

“当心！”从一辆马车打开的车门里传出一声叫唤。

她停住脚步，让一匹在车辕下踢蹬着前蹄的黑马拉着轻便马车驶过，驾车的是位穿貂皮大衣的先生。这是谁呀？她认识他……马车疾驶而去，看不见了。

这不就是他，子爵！她转回身去，街上空荡荡的。她心力交瘁，伤心至极，靠在一堵墙上才没瘫倒下来。

随后她想自己是看错了。其实，她已经什么都弄不明白了。从内心到外界，她都丧失殆尽了。她觉得自己完了，正听天由命地滚向无底的深渊。所以当她来到红十字旅店，瞧见奥梅在那儿，几乎感到一种欣喜，这位热心的奥梅正在看着人家把一大箱药品往燕子上装。他手里拿着一块方巾，里面包着六只雪米诺[1]，是给老伴买的。

奥梅太太就喜欢吃这种不易消化的小饼，这种状如头帕的麦饼，通常是在四旬斋期间抹上咸味黄油吃的，它们是哥特人食品仅存的标本，历史也许可以上溯到十字军远征时代，当年慓悍的诺曼底人在火把黄黄的光线下，瞥见桌子上放在盛肉桂酒的水罐和大块大块猪肉中间的这些面饼，以为这些都是穆斯林包着头帕的头颅，拿起便张嘴大嚼大啖。药剂师的老伴虽说牙口不管用，咬嚼起来也像他们一样有股豪爽劲儿，因此，奥梅先生每次进城，总忘不了给她带些回家，而且必定要上马萨克尔街那爿大店去买。

“见到您真高兴！”他说着伸手把爱玛扶进燕子车厢。

随后他把那些雪米诺悬在马笼头的皮带上，帽子捏在手里，双臂

1 四旬斋期间吃的一种全麦面饼。

抱在胸前，一副拿破仑式的若有所思的神态。

可是当那个瞎子按老规矩出现在山坡下面时，他大声嚷道：

“我真不明白当局怎么还能容忍这种该死的行当！应该把这些家伙关起来，强制他们干活儿。说什么社会进步，简直像乌龟在爬！我们这是陷在不开化的泥潭里迈不起步喽！”

瞎子伸出帽子，让它在车门边晃悠，活像车厢壁衬剥落荡了下来。

“瞧，”药房老板说，“这是瘰疬的症状！”

他虽说认得这可怜的家伙，却装得第一回见到他似的，嘴里念念有词地说着角膜、不透明角膜、巩膜、面型这些术语，随后用慈祥的语气问他：

“朋友，你落下这残疾，已经有好久了吧？以后可别上小酒馆滥喝一气了，最好还是要控制饮食。”

他规劝他要选上等红酒、优质啤酒、新鲜烤肉。瞎子依旧唱他的小调，他看上去整个儿就是个白痴。临了，奥梅先生打开钱袋。

“喏，给你一个苏，找我两里亚[1]：别忘了我的嘱咐，对你会有好处的。”

伊韦尔居然插嘴，表示对它们的效用有所怀疑。可药剂师担保说用自己配方的一种消炎药膏，准能亲手治愈他，还自报了家门：

“奥梅先生，到了菜市场，一问便知。”

“嘿！瞧我们为你有多费心，”伊韦尔说，“耍个绝活让我们乐一乐吧。”

瞎子蹲下身子，头往后仰去，发绿的眼珠骨碌碌乱转，舌头伸得挺长，双手在胃部搓来搓去，发出一声嘶哑的干号，活像一条饿狗。

1 法国旧时用的铜币。两里亚合半个苏。

爱玛一阵恶心，背过脸去扔给他一枚五法郎的硬币。这是她的全部财产。她觉得这样扔了倒也痛快。

马车又往前驶去，奥梅先生冷不丁从气窗探出身去喊道：

“别吃淀粉多的食物，也别吃奶制品！贴肉要穿毛织的内衣，患病的部位要用刺柏浆果烟熏！”

两旁熟悉的景物从爱玛眼前掠过，渐渐让她淡忘了目下的悲痛。一阵无法抗拒的困乏袭上身来，她到家时神情木然，心绪黯淡，几乎像睡着了似的。

“都随它去吧！”她在心里说道。

再说，谁知道呢？说不定哪个时候突然会发生什么意外呢？勒侯没准就此死了呢。

早上九点钟，她让广场上的嘈杂声吵醒了。菜市场边上聚着一群人，在看贴在柱子上的一大张告示，她瞧见絮斯丹踏上一块界石去撕这张告示。但就在这时，乡警一把揪住了他的衣领。奥梅先生走出了药房，勒弗朗索瓦大妈站在人群中央，好像在大发议论。

“夫人！夫人！”费莉茜黛嚷着奔进屋来，“真是太气人了！”

可怜的姑娘神色慌乱，递给爱玛一张黄色的纸，那是她刚从门上揭下来的。爱玛转眼工夫便看清了她的全部动产都要变卖。

于是她俩默默地望着对方。这主仆俩彼此间是没有任何秘密的。临了费莉茜黛叹了口气：

“我要是您，夫人，我就上吉约曼先生家去。”

“你说能行？”

这句问话的言外之意是：

“你跟那男仆相熟，了解这个人家的情况，莫非这家主人有时提起过我？”

"是的，您去吧，错不了。"

她立即更衣，穿上黑色长裙，佩戴饰有乌黑发亮珠子的系带女帽，她不想让人瞧见（广场上仍然有很多人），就取道镇外，沿河边小路而行。

她气喘吁吁地来到公证人的铁栅门前。天色阴沉，零零星星地飘起雪来。

听见门铃声，身穿红背心的泰奥多尔开门跑下台阶，几乎很熟稔地为她开了铁栅门，就像接待的是一位熟客，随即把她领进餐厅。

一只大瓷炉在嗞嗞冒响，上方是一株仙人掌，满满当当地撑足壁龛，橡木纹理的壁纸上，黑木框间安着施托本[1]的《爱斯美腊达》和肖邦[2]的《波提乏》。放好早餐的餐桌、两口银暖锅、水晶的门球、镶木地板和家具摆设，都显出精心照料的英国式的整洁，一尘不染地闪闪发亮，窗玻璃也装饰得很考究，四角都镶有彩色玻璃。

"这才叫餐厅，"爱玛心想，"我想要的不就是这么一间餐厅吗。"

公证人进来了，左手按住绣棕榈叶便袍的大襟，另一只手将那顶栗色绒帽掀了掀，立即重新戴上，做得挺有气派地斜扣在右边的脑袋瓜上，三绺头发从后脑勺绕过光秃秃的顶门，从帽子里垂下金黄色的发梢。

他给来客让座后，便坐下吃早饭，并再三为自己的失礼致歉。

"先生，"她说，"我想请您……"

"有何吩咐，夫人？我听着呢。"

---

1 施托本（1788—1856），德国画家，根据雨果小说《巴黎圣母院》先后在1839年和1841年创作《爱斯美腊达与卡西摩多》和《爱斯美腊达教山羊佳利跳舞》。

2 肖邦（1804—1880），波兰画家，一说是著名作曲家、钢琴家费雷德里克·肖邦的哥哥。波提乏是《旧约·创世记》中埃及法老的护卫长，其妻曾勾引一个名叫约瑟夫的奴仆。

她开始向他说明自己的处境。

吉约曼先生对此相当了解，因为他与衣料商之间私下有约定，只要有人来请他办抵押立据手续，衣料商就提供他贷款本金。

所以，他知道（比她知道得还清楚）这些票据的来龙去脉，先是微不足道的几笔款子，背书签字的未必是同一个人，借期相隔很长，然后就是一而再再而三的续签，直到有一天，布料商把所有拒付证书都攥在手里以后，就让那位叫樊萨的朋友以他的名义追索欠款，因为勒侯可不想在邻里街坊中间留下个恶名声。

她一边说，一边夹进好些对勒侯的非难，对这些非难，公证人有时说上句把不痛不痒的话，算作回答。他吃着排骨，喝着茶，下巴抵进天蓝色的皱裥领巾，上面有两枚钻石别针用一根细金链系着。他诡谲地笑着，笑得既谄媚又暧昧。瞧见她的脚都打湿了，他就说道：

“请坐得离炉子近些……再抬高些……就搁在瓷面上。”

她怕把瓷炉弄脏了。公证人用一种献殷勤的口气说：

“漂亮的东西搁在哪儿都不碍事。”

她就极力想打动他的恻隐之心，说着说着，她自己动了感情，向他诉说起家庭生活的平庸、她的种种难处和需要来。他明白了：这是个风雅的女子！于是，他一边继续用餐，一边整个儿朝她转过身来，直到膝盖碰着了她的短筒靴，而靴底还蹭在瓷炉上冒着烟哩。

可是，当她开口向他借一千埃居时，他抿紧嘴唇，随即声称当初没能为她提供理财咨询，真是太遗憾了，因为即便是一位夫人，也可以有上百种极其方便的办法来使资产增值。格吕梅尼尔的泥炭矿也好，阿弗尔的地产也好，投资下去都是收益极其可观，而且几乎十拿九稳的，他说得天花乱坠，让她一想到原本稳归自己的滚滚财源居然白白流失，就气恼得险些儿按捺不住。

“这不，”他接着说，“您早先干吗不来找我呀？”

“我也不知道。”她说。

“为什么呢，嗯？莫非我叫您感到害怕不成！该抱怨的不是别人，而是我！咱们几乎还算不上认识呢？可我却甘愿为您效犬马之劳：我想，您对此不会再有半点疑虑了吧？”

他伸手握住她的手，贪婪地吻了一下，然后把它搁在自己的膝上，他一边用手指轻轻地抚弄它，一边对她尽说些甜言蜜语。

他那乏味的嗓音汩汩地响着，犹如一条小溪在流，一道闪光从他的瞳孔穿过眼镜镜片射将出来，他的两只手在爱玛的袖口里往上探去，想摸她的胳臂。她觉得一阵急促的呼气拂过自己的脸颊。这个男人让她讨厌极了。

她猛地立起身来对他说：

“先生，我等着呢！”

“等什么！”公证人说，脸色刷地一下变白了。

“这笔钱。”

“可是……”

他实在熬不过那股势头正猛的欲火：

“好吧，行！……”

他顾不得身上穿着便袍，跪在地上膝行向前。

“求求您，别走！我爱您！”

他拦腰一把抱住她。

包法利夫人的脸腾地一下涨得通红通红。她模样怕人地一边后退，一边喊道：

“先生，你这么乘人之危，真是太不要脸了！我可怜，可我绝不会卖身！”

说完她出门而去。

公证人呆若木鸡，目光愣愣地落在自己那双漂亮的绒绣拖鞋上。那是件爱情信物。瞧着它，总算有了安慰。再说，他心想这种事毕竟担着风险，真陷进去了只怕会不可收拾。

“太卑鄙了！太粗野了！……真是下流透顶！”她心里骂着，脚下加紧，逃也似的在山杨树下的路上往前走。没借到钱的失望，更加剧了无端受到侮辱的愤懑。她想到老天爷仿佛存心在跟她过不去，傲气直往上冒，她此刻的自视之高，对旁人的蔑视和不屑，都是前所未有的。一股无可名状的好斗情绪左右着她。她恨不得去揍那些男人，往他们脸上吐唾沫，把他们砸个稀巴烂。她脚步不停地急急往前走，脸色发白，浑身哆嗦，怒火中烧，泪眼模糊地望着空旷的远方，仿佛这种令人窒息的愤恨让她感到来了劲似的。

远远望见自己的家，却霎时间变得麻木了。她迈不动腿往前走了，然而，还是得走哇，再说，还有什么地方好逃呢？

费莉茜黛在门口等着她。

“怎么样？”

“不行！”爱玛说。

她俩用了整整一刻钟，把永镇上有可能会帮她一把的人，细细数了一遍。可是，费莉茜黛提到一个又一个名字，爱玛总是说：

“哪能呢？他们不会肯的！”

“可先生就要回来了呀！”

“这我知道……让我一个人待会儿。”

能试的都试过了。现在已经毫无办法，等到夏尔回来，她就只能对他说：

“别往前走。你踩在上面的地毯已经不是我们的了。这屋里你连一件家具、一枚别针、一个草垫都没有了，是我把你弄得倾家荡产的，可怜的人哪！”

于是，先是好一阵啜泣，接着是痛哭流涕，而临了，惊魂甫定他就都原谅了。

“是的，”她咬牙切齿地低声说道，“他会原谅我，可是即使他给我一百万，我也不能原谅他当初认识了我……决不！决不！”

包法利居然会占她上风的这种想法，使她大为恼怒。可是，甭管她承认不承认，不一会儿，没多久，明天，他照样会知道这件事的，所以看来她是非得等着这幕可怕的场景，非得承受他的宽宏大量这份重负不可了。她想到再去求勒侯，有什么用？写信给父亲，太迟了。在她听见小路上响起马蹄声的当口，也许她后悔起刚才没顺从另外那个男人来了。是他，他在开栅栏门，脸色比石灰墙还白。她蓦地跳起冲下楼梯，飞快穿过广场，正在教堂门前跟莱蒂布德瓦闲聊的镇长太太，瞧见她奔进了税务员的家。

她赶忙去告诉卡隆太太。两位太太登上顶楼，躲在晾竿上的衣服后面，看得见比内屋里的一举一动。

他独自在屋顶间里忙乎，用木料在车床上仿制一件奇形怪状的象牙摆设，这件由月牙形和镂空套嵌的球形组成，整个儿竖得笔直像古埃及方尖碑的象牙制品，本身并没什么用场。他已经在车最后一个部件，就要大功告成了！在工作室半明半暗的光线下，金黄的木屑从车床飞溅开来，犹如奔马蹄下迸出的火星，两个轮子转动着，訇然作响，比内脸带笑容，微微低着头，鼻孔张大，看上去已经完全沉浸在这种极度的幸福之中。这种幸福，想必只有在某些平庸的劳作中才体验得到，因为这些劳作能以轻易便能克服的困难给人带来精神上的愉悦，让人在获得成就感之余志满意得，别无他求。

"瞧！她在那儿！"迪瓦施太太说。

可是，由于那台车床，几乎没法听见她在说什么。

临了，两位太太总算好像听清了法郎这个字眼，迪瓦施大妈压低嗓门悄声说：

"她在求他，想缓交税款。"

"像是这么回事！"另一位说。

她俩看着她踱来踱去，打量墙上那些餐巾环、蜡烛台和楼梯栏杆球饰，而比内兀自心满意足地摸着胡须。

"莫非她是去订货？"迪瓦施太太说。

"可他的东西是不卖的呀！"旁边那位表示异议。

看税务员那模样，他是在听，但他眼睛瞪得大大的，像是听不懂似的。她仍然在说，神情是柔顺的、央求的。她凑上前去，她的胸脯不停地起伏。他俩都不作声了。

"她敢情是自个儿送上门去哪？"迪瓦施太太说。

比内连耳朵根都红了。她抓住他的双手。

"啊！太不像话了！"

她想必是向他提出一个骇人听闻的要求，因为税务员——他是个勇敢的人，当年在包岑和吕岑打过仗[1]，参加过法兰西之战[2]，甚至还获提名报请颁发十字勋章——顿时像看见了一条蛇，猛地往后退去，嘴里大声嚷道：

"夫人！亏您怎么想得出来……"

---

1 包岑和吕岑都是德国境内地名，分别临近德累斯顿和莱比锡。拿破仑军队于1813年先后在两地大败俄普联军。

2 吕岑战役后，俄国、英国、普鲁士、瑞典、西班牙、葡萄牙及奥地利等国再度结成反法联盟，1813年10月莱比锡决战（史称"民族之战"）中法军败北。拿破仑重新集结兵力后，采取各个击破的战略屡屡重创数量上占优势的联军，这些战役史称"法兰西之战"。

“这种女人就欠用鞭子抽！”迪瓦施太太说。

“咦，她上哪儿去啦？”卡隆太太说。

原来就在她俩说话的当口，她不在了。过一会儿，只见她沿大街走了一程又往右拐，像是要去公墓，然后就不见了踪影，两位太太猜了半天，也没猜出个所以然来。

“罗莱大妈，”她一到奶妈家就说，“我透不过气来！帮我把束带松开吧。”

她倒在床上，她啜泣起来。罗莱大妈拿条围裙给她盖上，在边上站了一会儿。

看看她不作声，这娘们就走开去，坐在纺车前纺起麻纱来。

“哦！请停下，行吗！”她低声地说，还以为听到的是比内的车床声。

“谁惹着她啦？”奶妈暗自思忖，“她上这儿干吗来了？”

她方才是被一种让她惊恐万分的东西驱赶着，从家里逃也似的奔到这儿来的。

她仰面躺着，一动不动，两眼发直，尽管她以一种痴痴的执拗劲儿，竭力想看清周围的东西，但望出去只觉得一片模糊。她的目光呆滞地移过斑驳的墙壁、对接冒烟的烧焦的柴爿，还有头上那只沿木梁缝隙爬行的长蜘蛛。最后，她回过神来。她想起……有一天，和莱昂一起……哦！那有多么遥远……明媚的阳光照在河面上，铁线莲散发着清香……这时，她被回忆裹挟着，有如被卷进一股翻腾的湍流，很快又想起了头天的情景。

“几点啦？”她问。

罗莱大妈走到屋外，朝天色最亮的方向竖起右手的手指，慢悠悠地回进屋来说道：

“快三点了。”

“呵！谢谢！谢谢！”

他就要来了。肯定错不了！他会弄到钱的。不过他想不到她会在这儿，也许是去那儿了，于是她关照奶妈立即上她家去把他领来。

“赶快呀！”

“好嘞，我的夫人，我这就去！这就去！”

这会儿她觉得挺惊讶，起先怎么没想到他呢，昨天他是说定了的，他不会食言，她仿佛看见自己已经在勒侯家里，把三张钞票一张张摊在他的写字台上。过后还得编个过门来打发包法利。

说些什么呢？

然而等了好久不见奶妈回转。不过，茅屋里没有钟，所以爱玛心想也许是等人心焦的缘故。她绕着园子一步步地转起来，她走上树篱边的那条小路，很快又折回，盼着能瞧见大妈正从另一条路回转。最后她等得不耐烦了，各种猜疑走马灯似的涌上心头，又都被一一摒弃，她简直不知道自己在这儿是待了很久很久，还是只待了一分钟，于是在一个角落里坐了下来，闭上眼睛，也不支棱起耳朵去听周围的声响。木栅门吱嘎一响，她倏地竖起身来，没等她开口，罗莱大妈先说了：

“您家里没人！”

“什么？”

“哟！没人！先生在哭。他在喊您的名字。大家都去找您了。”

爱玛没有作声。她喘着粗气，两只眼睛往四下里转个不停，那村妇惊恐地瞧着她的脸，不由得往后退去，以为她是疯了。猛然间，她一拍前额，喊出声来，因为罗多尔夫的形象，犹如夜空中划过的一道耀眼的闪电，骤然浮现在她脑际。他是那么善良，那么体贴，那么慷慨！再说，即使他一时有些犹豫，她也有办法叫他乖乖地帮这个忙，她只消一个眼风，就能叫他重又回忆起他俩逝去的爱情。于是她朝着拉于歇特而去，方才令她大为愤慨的事儿，她此刻却在赶着去身体力行，她不光没想到这一层，而且也根本没意识到这是去卖淫。

第八章

她边走边想："我说什么呢？从哪儿说起呢？"往前走着走着，又见到了那些久违的灌木丛、树丛、冈峦上的灯心草，以及远处的那座宅邸。初恋时的那种感觉涌了上来，压抑的情绪一扫而光，可怜的心重又弥漫着当年那股熟悉的柔情。一阵和风拂过她的脸，融雪一滴滴地从叶芽落入草丛。

她像以往那样，从草坪的小门进去，来到宅邸正面的庭院，庭院边上是两排茂密的椴树。长长的枝丫随风摇曳，沙沙有声。狗舍里的狗汪汪乱叫，吠声响成一片，却不见一个人影。

她沿着两边有木质栏杆的宽大笔直的楼梯拾级而上，楼上走廊的磨石地面积着灰尘，房间沿走廊一字儿排开，有些像隐修院或旅馆里的模样。他的房间在走廊尽头，左手到底。她把手指搁在门锁上的刹那间，忽然感到浑身没有一点力气了。她怕他不在，又几乎盼他不在，然而这毕竟是她唯一的希望，是她得救的最后一个机会了。她定了定神，想到眼下的事是非做不可的，便鼓起勇气，开门进去。

他向火而坐，两只脚搁在壁炉框上，抽着烟斗。

"嗬！是您呀！"他霍地立起身来说。

"对，是我！……罗多尔夫，我有事想请您出个主意。"

她竭尽了全力，想说的话还是没法启齿。

“您一点没变，还是这么可爱！”

“哦！”她辛酸地说，“这种可爱也够可怜的了，我的朋友，既然连您都没把它放在眼里。”

他于是为自己的行为进行申辩，由于一时找不到更好的借口，又含糊其词地表示了歉意。

他讲的话，尤其是他讲话的声音和模样，打动了她，听到后来，她便装作相信——不定还是真的相信——他解释当初之所以分手的托词，那是一桩秘密，事关另一位女士的名誉，乃至生命。

“别提它了！”她神情忧郁地望着他说，“可我为这真是没少受苦啊！”

他以一种旷达的口气回答说：

“生活就是这样啰！”

“咱们分手以来，”爱玛接口说，“生活至少待您还好吧？”

“哦！不好……也不坏。”

“你我要是没分开，也许会更好些。”

“对……也许！”

“你真这么想？”她说着往他凑过去。

她喟然叹道：

“哦，罗多尔夫！但愿你能知道……我多么爱你啊！”

就在说话的当口，她拉起他的手，一时间，两只叉开指头的手紧紧捏在一起，就像那第一天在农展会上！他出于自尊，竭力克制自己不为这种绵绵情意所动。可是她偎依在他胸前，对他说道：

“没有你，你叫我怎么活下去哦？一个人尝到过幸福的滋味，就难以自拔了！我当时万念俱灰！我想到过死！等我把这一切都告诉你，你会明白的。可你呢，你却躲着我！……”

因为三年来，他由于男性特有的那种与生俱来的怯懦，始终小心翼翼地避免碰见她。爱玛接着往下说时，小鸟依人似的拿头往他怀里钻的模样，真比动了情的母猫更柔媚：

“你爱上别的女人了，你别赖。噢！我懂，真的！我原谅她们，你准会引诱她们，就像当初引诱我一样。你是个男人嘛！要讨女人的欢心，你有的是办法。不过我们这就要重新开始了，是吗？我们会彼此相爱的！瞧，我在笑，我很快活！……你说话呀！”

她看上去可爱极了，眼眶里噙着泪水，好似雷雨过后绿萼上滚动的水珠。

他拉她坐在膝上，用手背抚摩她光滑的发丝，暮色苍茫中，最后一抹余晖映在秀发上，金箭似的闪闪发亮。她低下额头，他终于用唇尖，轻轻地，吻了吻她的眼睑。

“你哭过了！”他说，“为什么？”

她忍不住啜泣起来。罗多尔夫以为这是激情的迸发，见她不作声，他把这沉默当作了最后一丝羞涩，于是大声说道：

“哦！原谅我吧！你是唯一让我动过心的人儿。我真是又蠢又浑！我爱你，永远永远爱你！你到底怎么啦？快告诉我！”

他跪了下去。

“嗯！……我倾家荡产了，罗多尔夫！你得借我三千法郎！”

“这……这……”他说着缓缓立起身来，脸上蒙上了一层严肃的表情。

“你知道，”她急切地往下说，“我丈夫的钱全都托给一个公证人保管，可他逃走了。我们负了债，病家又老是赊账。不过财产清理还没结束，到时候我们会有钱的。可今天，要是拿不出三千法郎，人家就要扣押我们的动产，这事很紧急，已经迫在眉睫，我信任你的友情，所以就来了。”

“噢！”罗多尔夫脸色骤然变得非常苍白，他暗自想道，“她来是为这事！”

临了他语气很平静地说：

“我没有这么些钱，亲爱的夫人。”

他没说谎。他要是有这笔钱，也许是会拿出来给她的，虽说干这等蠢事通常总让人挺扫兴，爱情会经受阵阵寒风，而金钱上的要求风力最猛，能把爱情连根拔除。

她望着他，愣了几分钟。

“你没有这么些钱！”

她反复说了好几遍：

“你没有这么些钱！……早知这样，我何必来受这最后的羞辱呵。你从来没有爱过我！你跟别的男人是一路货色！”

她说漏了嘴，她气昏了。

罗多尔夫截住她的话头，重申他目前手头拮据。

“啊！我同情你！”爱玛说，“是的，十二万分的同情！……”

说着，她的目光落定在一把银丝嵌花的短枪，它正在陈列武器的盾形板上闪闪发亮。

“可要是一个人穷到了这地步，就不会在枪柄上嵌银丝！就不会去买镶玳瑁的挂钟！”她指着那座布尔式挂钟说，“也不会给马鞭配上镀金的银哨子！”她说着碰了碰那些哨子，“表链上也不会有那么些饰物！哦！你可是一样不缺呵！卧室里还摆着个酒柜呢，因为你就爱你自己，你瞧瞧，你有宅邸，有庄园、树林，你去围猎，你上巴黎玩儿……唔！哪怕就凭这点小玩意儿！”她从壁炉架上抓起他的衬衣饰扣大声说，“也能换成钱哪！……哦！我可不稀罕！你留着吧。”

说着她把两颗饰扣一下子甩得老远，饰扣上的金链撞到了墙上，断开了。

“而我，为了你冲我笑一笑，为了你瞧我一眼，为了听你说一声‘谢谢’，我可以给你一切，可以变卖一切，可以凭我的双手去干活，可以沿街去乞讨。你却没事人似的待在安乐椅里，就像你让我受的苦还不够多似的！你心里很明白，要不是你，我本来可以生活得很幸福！到底是什么东西让你非这么做不可？是一笔赌注吗？可是你爱我，你说过……刚才还说过……呵！还不如干脆把我撵出去呢！我手上还有你亲吻的余温，就在这儿，在地毯上，你跪在我面前信誓旦旦地说永远爱我。你让我相信了你：两年当中，你一直让我做着无比奇妙而甜蜜的梦！……嗯？咱们的出走计划，你还记得吗？哦！你的信，你的信！它让我的心碎了！而现在，当我回到他身边，回到富有、幸福、自由自在的他的身边，带来我的全部柔情，苦苦哀求，求他帮个忙，帮个谁都肯帮的忙，可他却拒绝了，因为这要破费他三千法郎！”

“我没有这笔钱！”罗多尔夫异常冷静地回答说，这种冷静犹如盾牌，挡住强忍的怒气。

她走出房间，墙壁在摇晃，天花板往她身上压下来。她踉跄地走过那条长长的小径，不时被风儿聚拢的枯叶绊着脚。最后她来到铁门的界沟跟前，她开门时太急，指甲在门锁上刮断了。接着再走了百十来步，她觉得喘不过气来，险些要跌倒，便停了下来。她回过身去，再次瞥了一眼那座冷冰冰的宅邸，还有它的草坪、花园、三座庭院和正面的那些窗户。

她茫然失神地站在那儿，脑子里一片空白，只觉得脉搏咚咚直跳，像是四处田野传来的震耳欲聋的混响。脚下的泥土，比水波更绵软，田垄在眼里成了浩瀚的褐色浪涛，汹涌而来。脑海中留存的记忆和意识，刹那间全都蹦了出来，好似烟火迸射的无数火星。她瞧见了父亲、勒侯的账房、她和莱昂的房间，浮现在眼前的是另一片景色。一阵迷乱过后，她感到害怕，好不容易恢复平静后，脑子里还是一片混沌。她想不起眼下这可怕的处境是怎么回事，也就是说，想不起借钱这茬儿了。她只为自己的爱情而痛苦，感到灵魂在从这种回忆中飘失，犹如受伤的人临终前感到生命在从流血的创口中消逝。

夜色渐浓，群鸦乱飞。

她骤然觉得有许多火红色的小球，曳光弹似的掠过半空，不停地旋转，旋转，最终融入树枝间的积雪。每个火球中，都出现罗多尔夫的面影。它们交叠，聚拢，钻进她的身体，一切复归消失。她认出那是屋舍的灯光，远远地在雾中闪亮。她的遭际，顿时犹如一道深渊那般，出现在眼前。她大口大口喘气，胸脯像要裂开似的。然后，一股悲壮的情怀涌上心头，她几乎是兴冲冲地奔上山坡，穿过便桥、小路、巷子和菜市场，来到药房跟前。

没有人。她正要进门，转念一想，门铃响就会有人出来，于是，她悄悄从木栅门进去，屏息敛气，贴着墙壁往前，走到厨房门口，只见里面炉灶上点着支蜡烛。絮斯丹光穿衬衣，端着盘菜往外走。

“噢！他们在吃饭。再等等。”

他回进来了。她敲敲玻璃窗。他走出厨房。

“钥匙！顶楼那间的，里面放着……”

“什么！”

他望着她。她苍白的脸在夜色的衬托下显得异常白皙，看得他大为惊讶。在他眼里，她美得出奇，庄严得有如一个幽灵。他不明白她要干什么，但有一种可怕的预感。

她压低嗓门，声音柔和而诱人地催促说：

“我要那钥匙！把它给我。”

隔板很薄，听得见餐室里叉子碰盆子的声音。

她只说是要药老鼠，它们吵得她没法睡觉。

“我得去跟先生说一声。”

“不！别去！”

她随即用一种很无所谓的语气说：

“哎！不用啦，待会儿我会跟他说的。来，给我照路！”

她走进通到配药间的甬道。墙壁上挂着一把钥匙，上面贴着标签：杂物间。

“絮斯丹！”药剂师高声叫道，他等得不耐烦了。

“咱们上楼！”

他跟在她后面上楼。

钥匙在锁眼里转动，她进门就凭当初的印象，直奔第三格搁板，取下那只大口瓶，拔去瓶塞，伸手进去，抓起一大把白色粉末，往嘴里塞去。

“不能吃！”他边嚷边朝她扑去。

“别出声！要不有人会来的……”

他不知所措，想喊人帮忙。

“什么也别说，否则干系就全落在你主人身上了！”

说完她转身回家，心头陡然感到非常平静，几乎就像履行了一项职责那般从容。

夏尔被扣押动产的消息弄得心烦意乱，赶回家时，爱玛刚好离去。他又哭，又叫，又是晕厥，可就是不见她回转。她会在哪儿呢？

他差费莉茜黛上奥梅、迪瓦施先生、勒侯的家里，上金狮客栈，上四处去找，恐慌一阵接一阵袭来，眼前看见的景象是自己名誉扫地，倾家荡产，贝尔特前途惨淡！原因何在？……连个说法也没有！他一直等到傍晚六点。

最后，他实在按捺不住，心想她大概是去了鲁昂，就出门走上大路，行了半里路，没碰见一个人，又等了一阵，便回转来。

她已经回家了。

“出什么事了？……这是为什么？……你告诉我呀！……”

她坐在写字桌前，写了一封信，慢慢地封好信封，再写上日期和时间。

然后她语气很庄重地说：

“你明天再看，从现在起，我请你别再问我任何问题！……对，一句也别问！”

“可是……”

“哦！别来烦我！”

说完她直挺挺地在床上躺下。

嘴里泛起一阵呛人的气味，她醒了过来。她影影绰绰瞧见是夏尔，又闭上眼睛。

她好奇地静等着，想看看自己究竟会不会很痛苦。没有呀！还都好好的么。她听见挂钟嘀嗒嘀嗒在走，炉火毕剥毕剥在响，而夏尔，站在床头呼着粗气。

“呵！死，真算不得什么！”她心想，“等我睡过去，就一了百了啦。”

她喝了口水，转过脸去对着墙。

那股呛人的墨水味儿依然还在。

“我渴！……哦！我渴得厉害！”她呻吟着说。

“你怎么啦？”夏尔把杯子递给她说。

“没什么！……开窗……我闷！”

她骤然感到一阵恶心，刚从枕头底下抽出手帕，就猛地开始呕吐起来。

“把手帕拿走！”她急切地说，“扔掉！”

他问她话，她不作声。她不敢动弹，生怕稍一激动又会吐。然而此刻，她感到一阵冰凉的寒气正从脚底升到心口。

“哦！总算开场了！”她喃喃地说。

“你说什么？”

她动作轻缓地转动着脑袋，神情苦恼极了，上下颌始终撑得大大的，仿佛舌头上有样东西沉甸甸地压着。到八点钟，又吐起来。

夏尔注意到脸盆底上有些许白色晶体，粘在内壁的瓷面上。

“简直不可思议！太奇怪了！”他连声说道。

她用力说道：

“不，你看错了！”

于是，他小心翼翼地把手放在她胃上，近乎抚摸地揉了一下。她一声尖叫。他吓得往后退去。

接着她呻吟了起来，起先声音很轻。双肩猛地一抖，脸色变得比她用手指抠住的床单还白。

她的脉搏，微弱不匀，现在几乎摸不着了。

她脸色青幽幽的，像是在金属的蒸汽中凝成似的，大颗大颗的汗珠涔涔而下。牙齿格格打战，眼睛睁得老大，茫茫然地环视四周，任凭怎么问，她总是摇摇头，有那么两三次，她还笑了笑。渐渐地，她的呻吟加剧了。她发出一声嘶哑的号叫，她说自己会好的，一会儿就能站起来。可这时痉挛发作了，她喊道：

“啊！这太残酷了，主呵！”

他在床边跪下。

“快说！你吃了什么？看在上天份上，你回答呀！”

他望着她，目光里充满的柔情，仿佛是她从没见过的。

“好吧，那儿……那儿！……”她声音虚弱地说。

他冲到写字桌跟前，拆开封口，大声念道：“这事不要怪罪任何人……”他停住，用手拭拭眼睛，往下看去。

“什么！快救人哪！来人呀！”

他六神无主地念叨着这两个字：“服毒！服毒！”费莉茜黛跑到奥梅家，奥梅到广场上大声宣布这一消息。勒弗朗索瓦太太在金狮客栈都听见了，有的人起床去转告左邻右舍，全镇人整宵没睡。

夏尔神志昏乱，话不成句，几乎要瘫倒下去，可还是不停地在房间里打转。他朝家具撞去，使劲拔自己的头发，药房老板没料到他的举止竟会如此吓人。

他回转家去给卡尼韦先生和拉里维埃尔大夫写信。他的头脑不听使唤，打了十五遍草稿。伊波利特去新堡，絮斯丹骑包法利的马，把马肚踢得太狠，刚到得纪尧姆森林的山坡上，就只得撇下这匹筋疲力尽、累得半死的坐骑。

夏尔想翻翻医学词典，可他看不进去，一行行字在眼前跳来跳去。

“镇静！”药剂师说，“只消用些强效解毒药就行。服的是什么毒？”

夏尔指指信。是砒霜。

“嗯！”奥梅接着说，“得做一下药理分析。”

因为他懂得，凡是中毒病例，都得做药理分析，另一位不懂，就回答说：

“噢！快做吧！快做！救救她……”

随后他又来到她身边，腿一软，跪倒在地毯上，头抵着床沿抽泣起来。

“别哭！”她对他说，“快了，我不会再折腾你了！”

“这是为什么？你干吗非得这么做呢？”

她说：

“我是该这么做，我的朋友。”

“难道你不幸福？难道是我的错？可我能做的已经都做了呀！”

“是的……没错……你是个好人！”

她的一只手缓缓伸进他的头发。这种温情的表示使他更加伤心，此刻她对他流露的爱，胜过以往任何时候，而他却偏偏就要失去她了，想到这儿，他万念俱灰，肝肠寸断，但他又无能为力，他不知道该做什么，也不敢去做什么，情势紧迫，必须立即作出决断，这更叫他心慌意乱。

她想，这一切就要结束了，爱情的不忠、品行的不端、搅得灵魂永无宁日的贪婪都就要结束了。现在她谁也不恨，一阵衰弱引起的恍惚，在她脑际弥散，人世间的声音，她只听见了这颗可怜见的心时断时续的哀鸣，温柔而邈远，犹如一阕乐曲远去的绝响。

“把孩子带来。”她支起身子说道。

“你不那么难受了，是吗？”夏尔问。

“对！对！”

孩子由保姆抱了来，穿着长睡衣，露着光脚丫子，绷着张脸，像是没睡醒就给拽了起来。她诧异地瞧着凌乱的房间，眨着眼睛，橱柜上点着的蜡烛让她感到目眩。这些烛光大概叫她想起了新年或四旬斋狂欢日的早晨，那时节她也是这么一大早在烛光中被叫醒，到母亲床上来领礼物的，因而她问道：

"它在哪儿，妈妈？"

见大家不作声，她又说：

"怎么不见我的小鞋鞋呀！[1]"

费莉茜黛掖住她，让她俯身趴在床上，而她还朝壁炉架上望着。

"是奶妈把它拿走了吗？"她问。

听见"奶妈"两个字，包法利夫人遽然想起了她的私情和不幸，她转过脸来，仿佛有股性子更烈的毒药从胃里泛上来，叫她恶心似的。贝尔特仍趴在床上。

"哦！你眼睛好大呀，妈妈！脸好白好白！汗好多呀……"

她母亲瞧着她。

"我怕！"小女孩后退着说。

爱玛捏住她的手想吻，她挣脱了。

"够啦！把她带走吧！"在床头啜泣的夏尔喊道。

随后，毒性的发作暂停了片刻，她看上去不那么躁动不安了，从她说的每句并无意义的话，从她胸脯起伏稍见平缓的每下呼吸，他重又看到了希望。当卡尼韦终于进得门来的时候，他泪流满面地扑进他的怀里。

"噢！您来了！谢谢！您真好！情况好些了。瞧，您看她……"

这位同行全然不这么认为，他不想，按他的说法，不想绕弯儿，所以干脆就开催吐药，好把胃里弄弄干净。

---

1 按西方习俗，给孩子的新年礼物常放在一只鞋形的袋子里，搁在壁炉架上。

她不一会儿就吐起血来，牙关咬得更紧，四肢抽搐，浑身布满褐斑，脉搏细滑，扪上去像条绷紧的线，像根就快要绷断的琴弦。

接着她声音可怖地喊叫起来。她诅咒这毒药，痛骂它，央求它别再磨蹭，夏尔比她更像临死的人，却还想给她灌药，但每次都让她用僵直的胳臂推开了。他站在那儿，手帕捂住嘴，嘶声喘着气，哭得接不上气，连脚跟都在打战，费莉茜黛满屋子乱跑，奥梅一动不动，沉重地叹气，而始终镇定自若的卡尼韦先生，这会儿也觉得慌神了。

“见鬼！……可她……她服了泻药了，而病因一旦消除……”

“症状也该消失，”奥梅说，“这错不了。”

“可您得救救她呀！”包法利大声喊道。

因此，尽管药房老板还在推测“这可能是病情有好转的极期症状”，卡尼韦没听他的，还是准备给病人服用治疗蛇毒的解毒糖剂，正在这时，外面传来一声鞭响。玻璃窗震颤未已，只见一辆轿式驿车从菜市场拐角蹿将出来，三匹疾驰的马泥浆溅到了耳朵。拉里维埃尔大夫驾到。

即使是天神降临，在场的人也未必会更兴奋激动。包法利举起双手，卡尼韦蓦地停住笔，而奥梅早在大夫进门前就摘下了希腊软帽。

他属于比沙[1]创立的那个声名卓著的外科学派，属于那一代崇尚哲理的大师门人，如今已不复存在的这一代开业医师，珍爱自己的行业到了入迷的地步，既充满激情又洞幽烛微！他发起脾气来，医院上下人人胆战心惊，他的学生对他敬佩得五体投地，开业伊始就不遗余力地学他的样，于是在周围的小城里，这些小医生都像他那样穿着美利奴毛料的长外套和宽松的黑色燕尾服。不系纽扣的袖饰，把他那双肥

1 比沙（1771—1802），法国解剖学家、生理学家，对近代医学发展卓有贡献。

墩墩的手稍稍遮住了些，这双很漂亮的手从来不戴手套，似乎就是为了出手更敏捷，救人于苦难之中。他对勋章、衔头和科学院全都不屑一顾，对穷苦人古道热肠、慷慨大方、慈爱有加，积德行善却不信道德说教，因而在人们心目中他几乎是个圣人，虽说他的锋芒毕露又叫人怕魔鬼似的怕他。他的目光，比手上的柳叶刀更犀利，能一直扎到你的心里，巧辩、遮羞都不管用，但凡谎言没有不戳穿的。就这样，他身上始终有一种寓温厚于威严的风度，一个意识到自己才华出众、功成名就，又有着四十年兢兢业业、无可指摘的职业生涯的人，是自会有这种风度的。

他进得门来，一眼看见仰面躺着的爱玛枯槁的脸、张开的嘴，便皱起了眉头。随后，他做出一副听卡尼韦说话的神情，伸起食指放在鼻孔下，不住地说：

“好，好。”

可是他的肩膀缓缓耸了一下。包法利注意到了这个动作：他俩对望了一眼，这位见惯凄惨场景的大夫，居然也忍不住掉下一滴泪，落在了胸前的襟饰上。

他示意卡尼韦去隔壁房间。夏尔也跟去了。

“她情况很不好，是吗？能不能敷芥子泥？我完全没辙了！您拯救过那么多人的生命，请务必想想法子！”

夏尔伸出双臂抱紧他，用一种惊恐、央求的眼神望着他，险些晕倒在他怀里。

“好啦，我可怜的孩子，坚强些！已经无能为力了。”

拉里维埃尔大夫说完就转过身去。

“您这就要走？”

“我还要回来。”

他出门而去，似乎是要去关照驿站车夫一句什么话，一起走的还有卡尼韦先生，他也不想眼看爱玛死在自己手里。药房老板在广场上跟他们相会。他的天性容不得他撇下名人不管。因而他恳请拉里维埃尔先生赏脸到他家去用午餐。

他立即差人去金狮客栈买鸽子，再去把肉铺的排骨、迪瓦施家的奶油、莱蒂布德瓦家的鸡蛋尽数买来。药剂师亲自帮着张罗，奥梅太太则一边系住罩衣一边说：

“请诸位先生多多原谅，在我们这种穷地方，要是隔夜没关照好……”

“高脚酒杯！！！”奥梅低声说。

“倘使我们在城里，好歹总还能弄个嵌馅肘子吧。”

“闭嘴！……请入席，大夫。”

吃了几口，他觉得该由他就这场灾祸提供一些细节了：

“我们先是发现她咽部干燥，接着是上腹部剧痛，呕吐，昏迷。”

“那她是怎么服的毒呢？”

“我不知道，大夫，就连她从哪儿弄到砷酸的，我也不清楚。”

絮斯丹正端着一叠盆子进来，听到这话周身打起颤来。

“你怎么啦？”药房老板说。

小伙子听见这声问，手一松盆子全摔在了地上，响声訇然。

“蠢货！”奥梅大声骂道，“笨蛋！傻瓜！呆骡！”

但马上他又敛容正色说道：

“大夫，我当时是想做病理分析来着，primo[1]，我很小心地插进一根细管……”

---

1 拉丁文，意为“首先”。

“倒不如干脆，”外科大夫说，“把手指头塞进喉咙得了。”

他那位同行一声不吭，刚才为开催吐药的事，大夫私下里把他狠狠责备了一通，所以这位卡尼韦仁兄，尽管当初在畸形足那档子事上表现那么狂妄，废话那么多，今儿个却谦虚得很，他始终笑容可掬，表示赞同。

身为晚宴东道主的奥梅兴奋得容光焕发，想到包法利的悲痛，他怀着一种自私的心态反观自己，隐隐约约感到一种快慰。大夫的光临更让他激动不已。他卖弄学识的渊博，东拉西扯地从斑蝥、见血封喉、毒番石榴 一直说到蝰蛇……

“我还在书上读到过，大夫，有好些人吃了熏制过头的猪血香肠也会中毒，就像当场遭了雷劈！您别说，这本书写得可真叫棒，作者是我们药学界的一位权威大师，著名的卡代·德·加西科尔！”

奥梅太太又露面时，端来一只摇摇晃晃、用酒精加热的炉子，因为奥梅执意要在餐桌上煮咖啡，这些咖啡还是他事先亲手焙炒，亲手研磨，亲手调配的。

“Saccharum[1]，大夫。”他边说边把糖缸递过去。

过后他把孩子全都叫了下来，心痒痒得想听这位外科大夫对他们的体质作何评价。

临了，拉里维埃尔先生正要告辞，奥梅太太却请他给丈夫检查一下。他的血太稠，吃过晚饭就打蔫儿。

“哦！这就不是血打黏儿的问题喽。”

大夫说了这句没人听懂的俏皮话，微笑着打开了门。但药房门口挤满了人，大夫费了好大劲儿才从迪瓦施先生那儿脱身，他疑心太太

---

1 拉丁文，意为“砂糖”。

胸部有个肿块，因为她老爱往炉灰里吐痰，接着是比内先生，他有时会觉着饿得发慌，而卡隆太太总有刺痛的感觉，还有勒侯先生，他头晕，还有莱蒂布德瓦，他有风湿病，还有勒弗朗索瓦太太，她老是泛胃酸。临了，那三匹马总算撒腿上了路，可大伙儿普遍认为这位大夫为人不够随和。

奥梅把神甫一律比作死人气味招引来的乌鸦，这一看法在他属于原则问题，就个人而言，他也觉得瞧见教士是桩晦气事儿，因为教士长袍会让他想起殓布，前者让他恨，多少跟后者让他怕有些关联。

但他并没就此在他所谓的使命面前退缩，他陪着卡尼韦回到包法利府上，这是拉里维埃尔先生临走时特地再三叮嘱那位同行的，要不是他太太坚决反对，他还想把两个孩子也一起带去，让他们看看这难得一见的场面，日后好在脑子里记住这么一种惩戒，一种现身说法的教训，一种庄严的图景。

他们进门时，卧室里笼罩着悲哀肃穆的气氛。铺着白桌布的缝纫台上，银盘里一尊粗大的耶稣十字架边上放着五六团小棉球，两旁的一对烛台都点着蜡烛。爱玛下颌抵在胸前，眼睛睁得老大，两只可怜的手在床单上挪动，临终的人这种丑陋而缓慢的动作，仿佛是想用殓布尽早盖住自己。夏尔惨白有如石像，眼睛红得像火炭似的，没有哭泣，站在床脚面对她，而神甫单膝跪地，正喃喃地低语着。

她慢慢转过脸来，蓦地见到紫色的教士襟带，露出欣喜的神色，大概是在异乎寻常的平静中重又体会到了当初狂热宗教感情引起的激动，感受到那种一去不复返的快乐，天国永恒幸福的幻景开始展现在眼前。

神甫起身取来十字架，她像一个渴极的人，脖子往前伸去，双唇贴住耶稣基督的躯体，用尽最后一点气力，印上一个有生以来最深沉的爱之吻。接下来他吟诵愿主慈悲和赐福经文，右手拇指蘸了圣油，开始行敷圣油圣事：先是贪恋过世间奢靡豪华的眼睛，接着是向往过熏风和爱之芬芳的鼻孔，然后是不知耻地说过谎、骄傲地感喟过、淫荡地喊叫过的嘴，然后是沉醉于甜蜜爱抚的手，最后是当初曾为满足情欲跑得飞快，如今却再也无法行走的那双脚掌。

本堂神甫擦擦手指，把那几团蘸过圣油的小棉球扔进壁炉，回到临终的爱玛身旁坐下，告诉她此刻应当把自己的痛苦融合进耶稣基督经受的苦难中去，完全信赖圣恩的宽恕。

告诫完毕后，他试着让她握住一支祝圣过的蜡烛，它象征着她即将沐浴其间的天国荣耀。爱玛衰竭已极，手指握不拢来，蜡烛靠布尼齐安先生扶住，才算没掉到地上。

然而她的脸不再那么苍白，显出一种安详的表情，仿佛这场圣事竟然治愈了她。

神甫注意到了这一情形，他告诉包法利说，有时候，天主只要觉得这样做有利于拯救灵魂，是会延长一个人的生命的。而夏尔记起了当初有一天，她领圣体的那会儿，也是这样快要死去似的。

“说不定还有希望。”他心想。

果然，她慢慢地环顾四周，就像一个人刚从梦中醒来似的，然后，她声音含混不清地让人把镜子给她，抬头凑在上面看了好一会儿，直看到大颗大颗的眼泪夺眶而出。

她仰脸长叹一声，倒在枕头上。

她的胸脯立刻急速起伏起来。舌头伸得老长，眼珠兀自还在转动，但已有如正在熄灭的灯盏那般暗淡无光，她喘得那么厉害，仿佛直要喘得灵魂跳将出来，肋间的抽动也因而变得愈来愈急促，吓人得很，而要不是这样，真会让人以为她已经死了呢。费莉茜黛跪在十字架前，药房老板也双膝微屈，卡尼韦先生却眼神茫然地望着外面的广场。布尼齐安又祈祷起来，头垂下冲着床沿，教士黑袍拖曳在身后。夏尔跪在另一边，双臂伸向爱玛。他握起她的双手，紧紧捏住，和着她的每一下心跳打着哆嗦，如同在承受一座废墟倒塌的反冲。嘶哑的喘气声愈来愈响，教士的祷文也愈念愈快：祷文与包法利泣不成声的呜咽混合在一起，有时，仿佛周围的一切全都销匿隐遁在其中，唯有拉丁文低沉的音节在铿然作响，宛如报丧的钟声。

蓦然间，只听得人行道上传来粗木鞋的声音，伴着木杖探地的橐橐声。有人拉开嗓子，用沙哑的嗓音唱道：

暖洋洋天气放晴，
大姑娘动了春心。

爱玛竖起身来，像一具触了电的尸体，披头散发，凝定的眼睛睁得老大。

镰刀沙沙响得欢，
娜奈特专心拾麦穗，
小妞小妞把腰弯，
顺着田垄往后退。

“瞎子！”爱玛喊道。

她大笑起来，笑声凄厉、癫狂而绝望，她以为又见到了那家伙丑陋的脸，耸起在永恒的黑暗之中，如同一个骇人的怪物。

那天风儿起得怪，
短裙倏地飞起来！

一阵痉挛把她甩回床垫。众人凑上前去。她断气了。

第九章

有人死了，人们通常会处于一种近乎麻木的惊愕状态，弄不明白一个人怎么会这样说走就走，一时无法接受这个事实。可是，夏尔一见她不动了，当即扑在她身上喊道：

“别了！别了！”

奥梅和卡尼韦把他拽出卧室。

“您得克制一下！”

“对，”他挣扎着说，“我头脑很清醒，不会去干傻事的。可是请你们别来管我！我要看看她！她是我妻子呀！”

他说着哭出声来。

“哭吧，”药房老板说，“一切都顺其自然吧，这样您应该会好受些。”

夏尔顿时变得比孩子还软弱，听任他们把他领到楼下的客厅里，不一会儿，奥梅先生就动身回家了。

在广场上，他让那瞎子给缠住了，这瞎子一路寻到永镇，一心想讨那消炎膏，遇见一个过路人就问药剂师住哪儿。

“喔咳！倒像我吃饱了撑的，该你似的！算了，以后再来吧！”

说完他急匆匆走进药房。

他要写两封信，要给包法利配一瓶镇静合剂，要编个谎别让服毒的事儿露底，再写成文章投给《灯塔报》，这还没说等着向他打听消息的那些人哩。而等全镇的人都听过了他说的爱玛做香草奶油误把砒霜当糖吃的故事以后，他又一次返回包法利家。

只见包法利独自在屋里（卡尼韦先生刚走），坐在窗前的扶手椅里，目光痴痴地凝定在客厅的石板地上。

“现在，”药房老板说，“您得为仪式定个时间了。”

“干吗？什么仪式？”

接着，他结结巴巴，不胜惊恐地说：

“噢！不，不会的是吗？不，我要把她留着。”

奥梅有点发窘，便在架子上拿起长颈玻璃瓶，给天竺葵浇水。

“噢！谢谢，”夏尔说，“您真好……”

他话没说完，药房老板这个动作唤起的回忆纷至沓来，他说不下去了。

为了让他分分心，奥梅寻思最好跟他谈点园艺的话头，这些盆栽需要补充水分。夏尔点了点头，表示赞同。

“不过，春光明媚的日子眼看就又到了。”

“噢！”包法利说。

药剂师又没辙了，便轻轻拉开玻璃窗上的小帷幔。

“瞧，迪瓦施先生正好走过。”

夏尔像架机器似的重复一遍：

“迪瓦施先生正好走过。”

奥梅没敢再跟他提起丧礼的安排。这事后来是教士来劝他拿定主意的。

他把自己关在诊室里，拿起笔，啜泣良久，才写道：

我要看她身着婚纱、穿白缎鞋、头戴花冠入葬。让她的长发披在肩上，三副棺椁，分别用橡木、桃花心木和铅。什么也不用对我讲，我会挺得住的。要用一幅整块的绿丝绒盖在她身上。我希望这样。请照办。

那几位先生对包法利的浪漫想法感到很惊讶，药房老板当即去对他说：

“这块丝绒依我看大可不必。何况这花费……”

“关你什么事？”夏尔吼道，“别来烦我！你又不爱她！你给我出去！”

教士挽着他的胳膊，陪他在花园里转了一圈。他说了好些世事如过眼烟云之类的话。天主是无所不在的，是仁慈博爱的，人们应当毫无怨言地服从他的意旨，还应当感激他。

夏尔破口骂道：

“我恨他，你的那个天主！”

“您还有抗拒天主的念头哟。”教士叹气道。

包法利已经走远了。他沿着墙边的果树，大步往前走，牙齿咬紧，抬眼望天，投去诅咒的目光，可是连片树叶也没晃动一下。

下起了小雨。夏尔一直敞着胸口，终于打起寒战来了。他回屋坐在厨房里。

六点钟，广场上传来辚辚的响声：燕子回来了，他前额贴在玻璃窗上，瞧着乘客一批批下车。费莉茜黛在客厅给他铺了个床垫，他倒身躺下，睡着了。

奥梅先生虽说颇有哲学家气质，但对死人还是敬畏的。所以，他并不记恨可怜的夏尔，傍晚时分照样来守灵，随身带着三本书，还有一个本子是做笔记用的。

布尼齐安先生也在，灵床已经从卧室凹处抬出来，床头点着两支大蜡烛。

药剂师耐不得冷清，不一会儿就发起感慨来，对这位“不幸少妇”表示了一番怜悯之情，神甫搭腔说，现在就剩为她祈祷，别的没什么好做了。

“可是，”奥梅接口说，“二者必居其一：要么她是承蒙圣宠而死（就像教会所说的），那她就根本无须咱们祈祷，要么她是没作忏悔而死（这呀，我想是教士用语），那就……”

布尼齐安截住他话头，没好气地说，那照样也得祈祷。

“可是，”药房老板反驳说，“既然咱们的需要天主全都清楚，何必还要祈祷呢？”

“什么！”教士说，“何必还要祈祷！难道您不是基督徒？”

“对不起！”奥梅说，“我赞赏基督教。首先，它解放了奴隶，在世间引进了一种道德准则……”

“问题不在这儿！所有的经文……”

“哦！哦！说到经文，那就请翻开历史吧，我们知道，它们都是耶稣会会士篡改过的。”

夏尔进来，朝床走去，慢慢地拉开床幔。

爱玛的头侧在右肩上。始终张着的嘴角，像下半张脸上的一个黑洞，两个拇指钩曲在手掌里，睫毛上仿佛撒了一层白色的粉尘，眼睛开始蒙上一层薄纱似的灰白黏膜，就像蜘蛛在上面结了网。柩布从胸部到膝盖凹陷下去，在脚趾那儿再隆起。在夏尔眼里，仿佛有个庞然大物，极其沉重地压在她身上。

教堂钟敲两点。露台脚下，夜色中传来小河汩汩流淌的水声，布尼齐安先生不时大声擤鼻涕，奥梅的笔在纸上沙沙作响。

“行啦，我的朋友，”他说，“您走吧，免得触景生情啦！”

夏尔一走，药房老板和本堂神甫又抬起杠来。

“去读读伏尔泰！”一个说，“读读霍尔巴赫[1]，读读《百科全书》[2]吧！”

“去读读《葡萄牙犹太人信札》[3]！”另一个说，“读读前行政长官尼古拉写的《基督教真理》[4]吧！”

他俩动了肝火，他俩脸红耳赤，他俩同时自顾自说话，根本不听对方，布尼齐安对药剂师的放肆大为愤慨，奥梅对教士的愚蠢莫名惊诧，两人差点儿就要谩骂起来，冷不丁，夏尔又进来了。有一种东西吸引着他。他不由自主地上得楼来。

他面对着她，为的是看得更清楚，他完全沉浸在这种凝视之中，这种凝视因其深沉而不再让人感到痛苦。

他想起那些有关蜡屈症的报道，还有动物磁气[5]的奇迹，他心想，只要自己心诚，也许真能让她复活也说不定。有一回他甚至俯身过去，对着她低声喊道：“爱玛！爱玛！”粗重的气息，把烛焰吹得颤巍巍地朝墙壁舔去。

天蒙蒙亮，包法利老太太就到了，夏尔抱住她，又泪流满面地哭了一场。她想劝劝他，就像药房老板说过的那样，让他葬礼别弄得太铺张。他一听就火气大得很，她只好闭嘴不响，而他却还要叫她即刻进城去买这买那。

---

1 霍尔巴赫（1723—1789），法国哲学家，著名的无神论者，《百科全书》的重要撰稿人。

2 法国哲学家狄德罗主编的包括十七卷文字、十一卷图片的巨著。狄德罗本人曾因宣传无神论而遭监禁。

3 法国教士盖内的一部著作，旨在反驳伏尔泰对《圣经》的攻击。

4 法国天主教作家尼古拉写此书的宗旨是“捍卫罗马天主教”。

5 18 世纪德籍医生梅斯麦首创一种类似催眠术的疗法，并提出动物磁气学说作为理论依据。

夏尔整个下午独自待着，贝尔特给领到奥梅太太家去了，费莉茜黛在楼上，跟勒弗朗索瓦大妈守在那间卧室里。

傍晚，他接待来吊唁的客人。他立起身来，紧紧握住你的手说不出话来，然后大家挨次坐在壁炉跟前，围成老大一个半圈。他们低着头，架起腿不停晃动，时不时地粗声叹上口气，人人都觉得腻烦透顶，可就是没人肯先走。

奥梅九点钟又来时（两天来，大家只见他在广场上来来去去）捎来一批樟脑、安息香和香草。他还带着一大瓶氯溶液，用来驱散疫气。这会儿，女仆、勒弗朗索瓦大妈和包法利老太太正在爱玛身边忙乎，刚给她换好衣裳，她们放下的幂纱，一直遮到她的缎鞋上。

费莉茜黛抽泣着："哦！我可怜的夫人！我可怜的夫人！"

"你们瞧瞧，"客栈女掌柜叹着气说，"她还是那么可爱的模样！谁敢说她待会儿不会走下床来呢。"

说着她们又俯下身去给她戴花冠。

得把头稍稍托起一些，这一来，一股黑色液体从嘴里流了出来，就像呕吐一样。

"哦！天哪！纱裙，当心！"勒弗朗索瓦太太嚷道，"过来帮忙哪！"她朝药房老板说，"敢情您是害怕呀？"

"我，害怕？"他耸耸肩膀说，"啊，这不！我在学药剂学那会儿，就在主宫医院见过死人！我们还在解剖教室调过潘趣酒呢！死亡吓唬不了哲学家，我还常说将来要把遗体捐赠给医院，好为科学事业尽一份力哩。"

本堂神甫一到，就问包法利先生怎么样了，听了药剂师的回答，他就说：

"您知道，他还来不及从这打击中缓过气来！"

于是奥梅说真为神甫感到庆幸，因为他不像旁人那样会有丧妻之痛，由此引发一场有关神甫独身问题的争论。

“要知道，”药房老板说，“一个男人不要女人是有违本性的！我们看到过不少案例……”

“可我要请问，”教士嚷道，“一个人结了婚，您让他怎么还能，比如说，保守在忏悔室听到的秘密呢？”

奥梅抨击忏悔。布尼齐安挺身捍卫，他施展口才论证忏悔具有赎补罪愆的效用。他援引了不少传闻，说的都是窃贼如何立时变成好人的故事。有些军人，刚走近忏悔室，就觉得眼睛上的鳞片掉下来了[1]。在弗里堡[2]有个新教牧师……

他的对手睡着了。他觉得房间里太闷，有点透不过气来，便去打开窗子，这一下惊醒了药房老板。

“得，来一撮鼻烟！”他对神甫说，“拿呀，这东西提神。”

远处的夜空曳过一阵持续的吠声。

“听见吗，有只狗在叫。”药房老板说。

“有人说它们闻得见死人的气味，”教士答道，“就像蜜蜂一样，有人死了，它们就会从蜂箱里飞出来。”奥梅没反驳这种无稽之谈，他又打起盹来了。

布尼齐安先生身板更结实，兀自还嘟嘟哝哝磨了一阵嘴皮，随后，他也不知不觉耷拉下脑袋，松手撂下那本黑皮子的厚书，打起呼噜来了。

他俩面对面，腆着肚子，鼓着腮帮，蹙着眉头，在有过诸多的不

---

1 典出《圣经·新约·使徒行传》第九章，主的门徒亚拿尼亚把手按在扫罗身上，“扫罗的眼睛上，好像有鳞立刻掉下来，他就能看见，于是起来受了洗”。

2 瑞士弗里堡州首府，瑞士天主教中心。

一致以后，终于在人类共有的这项弱点上归于一致了。他俩一动不动，跟身旁那具看似入睡的尸体一般无二。

夏尔进了屋来，并没惊醒他们。

这是最后一次了，他来向她诀别。

香草还在燃着，袅袅腾腾的蓝烟在窗口跟飘进屋的雾气交融。星光稀疏，夜色温柔。

大颗大颗的烛泪滴落在床单上。夏尔瞧着蜡烛燃烧，亮黄的烛焰看得他眼睛发了花。

月光般皎洁的缎裙上，波光闪动。爱玛已不复在那下面，他似乎觉得她已经飘离躯壳，消融进周围的物件，消融在寂静、夜色、拂过的风儿和温润的袅袅香气之中。

他蓦地瞥见她在托斯特的花园里，坐在靠树篱的长凳上，或是在鲁昂的街上，在他们寓所的门口，在贝尔托庄园的院子里。他还听见在苹果树下跳舞的小伙子快活的笑声，房间里处处有着她的秀发的香味，她的长裙在他怀里颤动，带着火花似的声响。那正是这条缎裙！

他回想着逝去的幸福时光，回忆她的举手投足、音容笑貌。绝望的悲恸，一阵接一阵袭来，无穷无尽，如同潮水拍岸的浪涛。

他萌生了一股强烈的好奇心：他用指尖缓缓地、瑟瑟发抖地掀起她的罩布。一声可怖的叫声，惊醒了另外那二位。他俩把他拽下楼，让他等在客厅里。

随后费莉茜黛上来说，先生要一绺头发。

“剪就是了！”药剂师接口说。

见她不敢动手，他就拿起剪刀，自己走上前去。他浑身直打哆嗦，剪刀把太阳穴上的皮肤戳了好几下。最后，他狠狠心，胡乱猛剪几下，结果在一头美丽的黑发中，留下了两三处白色的痕迹。

药房老板和本堂神甫又自管自看书，但不时仍要打个盹儿，每回醒来就相互指责一通。然后布尼齐安先生在房间里洒圣水，奥梅往地上倒点氯溶液。

费莉西黛早就在柜子上给他们放好了一瓶烧酒、一块干酪和一只大蛋糕。到了凌晨四点钟光景，药剂师实在熬不住，叹着气说道：

“说真的，我挺想吃点东西接接力！”

教士不用再请，他出去祷告一下，便返身进屋。接着，两人没来由地傻笑几声，就大吃大喝起来，这种隐隐约约的快活情绪，我们在经历过凄楚的场合后是常会有的，两人碰杯喝最后一小杯时，神甫拍拍药房老板的肩膀说：

“咱们会相处得来的！”

他俩下楼到前厅，碰到刚来的工人。于是接连两小时，夏尔不得不忍受榔头敲击木板响声的折磨。然后大家把她抬下来放入橡木棺材，再装进两具外椁，但外椁太大，得把一个床垫里的羊毛塞进空隙里去。最后，等三副盖板刨平、钉上、焊牢了，就让这灵柩停在门前。正门大开，永镇的老老少少络绎不绝汇聚至此。

鲁奥老爹到了。他一见黑色的柩布，当场厥了过去。

第十章

他在出事后三十六小时，才收到药房老板的信。奥梅先生怕他承受不了，所以写得含糊其词，叫人看了信没法明白究竟是怎么回事。

老爹刚一看信，就中风似的瘫了下去。他随即明白了她还没死，但她说不定就要……临了他套上长罩衣，戴好帽子，扣住马刺，跃上马背疾驰而去。一路上，鲁奥老爹气喘吁吁，心乱如麻。有一阵他实在撑不住，只得下马歇一歇。他老眼昏花，只听得耳边有声音在响，他觉得自己疯了。

天色破晓。他瞅见三只黑鸡栖在枝头，这个预兆吓得他浑身发颤。于是他向圣母发愿给教堂捐三件神甫做弥撒时穿的祭披，还要赤脚从贝尔托的墓地步行到瓦松镇的小教堂。

他一路驰进马罗姆镇，一路唤店家，随即一肩膀撞开客栈的门，抢步上前拉过一袋燕麦，再往草料槽里掺了一瓶甜苹果酒，然后又跳上那匹矮马往前奔去，只见马蹄铁敲击地面溅出阵阵火星。

他心想，他们想必会把她救过来的，医生会有药的，这是一定的。他回想起听人讲过的许多重病人霍然痊愈的例子。

随后他又觉得她好像死了，就在他面前，仰面躺在大路中央。他勒住缰绳，幻觉消失了。

到了坎康普瓦，为了提提神，他一连喝了三杯咖啡。

他寻思人家许是写错了名字。他在口袋里找那封信，他摸到了信，但不敢拿出来。

他又琢磨说不定这是场恶作剧，是有人借机报复，是有人喝醉了撒酒疯。再说，要是她真死了，有谁觉得着啦？没有呀！乡间毫无异常的迹象：天空蓝蓝的，树枝在摇曳，一群羊正过去。他远远望见了那镇子，镇上人但见他伏在马背上一路狂奔，使劲勒着马刺，鲜血沿着马鞍的肚带往下滴。

他苏醒过来，老泪纵横，扑在包法利怀里：

“我的女儿！爱玛！我的孩子！告诉我这是怎么回事……”

包法利啜泣着回答：

“我不知道，我不知道！这真是飞来横祸！”

药剂师把他们拉开。

“那些可怕的细节，现在说了也没用。我以后会告诉先生的。人家这都来了。别再这样子啦，嗨！看开点嘛！”

可怜的年轻人想显得硬气些，一迭连声地说：

“对……要挺住。”

“嗯！”老爹大声说，“我会挺住的，老天作证！我要把她送到最后的归宿。”

钟声响了。一切准备就绪。得上路了。

大家鱼贯而入，坐在教堂祭坛的祷告席上，瞅着三个吟唱圣诗的唱诗班歌手在面前走过来走过去。风管手铆足了劲在吹他的蛇形风管。布尼齐安先生穿戴齐整，用他那尖嗓音吟唱着，他向圣体龛致意，举起双手，伸出双臂。莱蒂布德瓦手执鲸骨杖四处走动，唱诗池边上，灵柩放在四排蜡烛中间。夏尔想立起身来吹灭它们。

然而他还是尽力激起自己虔诚的感情，一心企盼能与她来生相会。他想象她是出门去了，去得很远，去得很久。可是，一想到她置身在那下面，一切都已无可挽回，她马上要给埋进土里，他就狂怒不已，悲愤难抑，万念俱灰。有时，他又觉得已经不再有任何感觉，他一边咂摸这种痛苦缓释的滋味，一边在心里骂自己混蛋。

只听得石板地上响起一阵橐橐的声音，像是有根铁棒在间隔均匀地敲击地面。这声音来自教堂那头，到了侧道戛然而止。一个穿棕色粗布上衣的男人，挺费劲地跪了下来，是伊波利特，金狮客栈的伙计，他安上了那条新假腿。

唱诗班的一名歌手在中殿绕圈募捐，十生丁的硬币，一把把地在银盘上铮铮作响。

“你倒是快点哪！我，我可真受不了啦！”包法利大声说道，气呼呼地扔给他一枚五法郎的银币。

那人朝他鞠躬致谢。

大家齐唱圣歌，跪下，起来，重复个没完！他回想起当初有一次，他俩一起来望弥撒，坐在右边靠墙那儿。钟声重又响起，椅子挪动的声音响成一片。杠夫把三根杠棒撬进灵柩下面，起步出了教堂。

絮斯丹这时出现在药房门口，他脸色惨白，遽然返身，趔趄着走进屋去。

镇上人挨在窗口看送葬行列经过。夏尔走在头里，挺着胸，他装得毫无荏弱之色，遇到有人从小巷或屋门出来加入行列，他就朝人家点头致意。六个杠夫，三个一边，有点气喘吁吁地迈着碎步。教士们、唱诗班歌手和两个歌童吟唱着De Profundis[1]，吟唱声高低起伏，

1 拉丁文，意为“我从深处”。此处指《圣经·旧约·诗篇》第130篇开始部分的祈祷词：“耶和华呵，我从深处向你求告……”

飘向田野。他们的身影时而消失在小路的拐角处，但巨大的银十字架始终高耸在树丛之间。

女人们跟在后面，裹着帽兜放下的斗篷，她们手里拿着点燃的粗蜡烛。这翻来覆去的祈祷、绵绵不尽的火苗，以及蜡烛和教士长袍叫人闷倦难耐的味儿，使夏尔感到几乎要忍受不住。一阵凉爽的和风拂过，黑麦、油菜呈现一片绿色，露珠在路边的树篱上颤悠悠地闪亮。远处一派欢快喧闹的景象：一辆大车远远地沿着车辙辚辚前行，一只公鸡不住地打鸣，一匹马驹蹦蹦跳跳，转眼工夫奔进了苹果树丛。澄净的天空上，点缀着淡红的云彩，蓝幽幽的轻烟，缭绕回旋在攀满鸢尾的茅屋上方。夏尔经过时，认出了那些屋舍的院子。他回想起过去也是在这样的早晨，他给病人看病，从院子里出来，回到她的身边去。

黑色的柩布洒满晶莹的泪珠，不时掀起一角露出椁柩来。

疲乏的杠夫放慢了脚步，灵柩一冲一冲地往前行进，犹如颠簸在浪尖上的小艇。

墓地到了。

杠夫继续往下走，停在草地上挖好的墓穴旁边。

众人排列在周围，神甫致词的时候，堆在墓穴边上的红土悄没声儿、绵绵不断地沿着四角滑落下去。

随后，四根粗索放好位置，棺椁抬到上面。他瞧着它往下坠去，它一直在往下，往下。

终于传来了一下撞击声，绳索嘎嘎作响地抽了上来。这时布尼齐安接过莱蒂布德瓦递给他的铲子，一边用右手洒圣水，一边用左手使劲推下满满一铲泥土，石子落在棺木上，砰砰作响，听来犹如来世的回声。

神甫把圣水刷递给身旁的人。那是奥梅先生。他庄严地挥了挥，再递给夏尔，而夏尔此时已经站立不住，双膝跪地抓起大把的泥土往下扔，一边喊道："永别了！"他向她送着飞吻，他朝墓穴爬去想跟她葬在一起。

大家把他拉开了，他不一会儿就平静了下来，而且说不定也像其他人一样，看到事情总算了结，心头隐隐约约有一种轻快的感觉。

回去的路上，鲁奥老爹平静地抽起烟斗，奥梅看着打心眼里觉得这未免不大像话。他还注意到比内先生这天没露面，迪瓦施弥撒一过就开溜了，而泰奥多尔，公证人的那个仆人，居然穿一身蓝衣服，"倒像就找不到一件黑衣服似的，连这点规矩都不懂，真是见鬼！"他在人群里转来转去，把自己的看法告诉一拨又一拨人。大家都因此为爱玛的死感到惋惜，勒侯尤其如此，他可没忘来参加葬礼哦。

"这位好太太真可怜！她丈夫有多伤心啊！"

药剂师接口说：

"你们知道吗，要不是我，他没准早就寻短见了！"

"多好的人儿啊！真是的，上星期六我还在铺子里见着她呢！"

"可惜我没空，"奥梅说，"要不我就会准备一下，在她墓前读篇悼词。"

回到家里，夏尔脱下丧服，鲁奥老爹换上那件蓝罩衣。这罩衣是新的，来这儿的路上他常用袖子擦眼睛，因此颜色褪在了脸上，满面尘土灰扑扑的，留下了一道道泪痕。

包法利老太太和他俩在一起。

三人都不作声。最后老爹感喟地说道：

"还记得吗，我的朋友，上回您前妻刚去世，我到托斯特去看您。当时我怎么劝您来着！那会儿我知道该说些什么，可现在……"

他深深吸了口气，长叹一声接着说：

“唉！您瞧，我再没什么指望喽！我眼看着妻子走了……接下去是儿子……现在是女儿！”

他想马上回贝尔托去，说在这座宅子里会睡不着的。他连外孙女也不要见。

“不要！不要！见了只会难过。您就代我亲亲她吧！再见了！……您是个好小伙子！噢，那事儿我忘不了，”他一拍大腿说道，“别担心！火鸡我照样会送来的。”

他走到山坡高处，禁不住勒马转过身去望着，就像在去圣维克多的路上跟她分手时那样。沉入原野的斜阳，把镇上的窗户照得红嫣嫣的。他手搭凉棚，看见远远的一方围场里，黑黝黝的树丛散布在白蒙蒙的石块中间，随后他返身缓辔而行，因为那匹矮马瘸了腿。

夏尔和母亲虽然挺累，晚上还是一块儿坐了很久，说了好些话。他们说到过去的岁月，也说起未来的时日。她要住到永镇来，她要来给他操持家务，他俩就此不再分离。她为人精干，宅心温柔，失去了这么些年的亲情，如今失而复得，她在心底里是感到高兴的。午夜的钟声响了，整座镇子像往常一样静谧，夏尔无法入眠，一直想着她。

罗多尔夫为散心，在林子里打了一整天猎，此刻在府邸里睡得挺安稳，莱昂呢，在那儿也睡了。

这会儿，另外还有个人没睡。

墓前的松树间，有个大男孩跪在地上，一种茫无际涯的悔憾，比月色更温柔，比夜色更浩渺，压得他在黑暗中哭岔了气。

墓地的铁门突然嘎吱一声开了，是莱蒂布德瓦，他来找下午落在这儿的铲子。他认出了翻墙逃走的絮斯丹，这下才恍然大悟，知道是哪个坏蛋偷的土豆了。

第十一章

夏尔第二天让人把女儿领了回来。她吵着要妈妈。大家对她说妈妈不在家，回头会给她带好些玩具来的。贝尔特又提了几回，然后，时间一长，她就不再想着这事了。孩子的快活模样，让包法利看着心疼，药房老板的安慰又让他听着心烦，可他也得耐着性子听。

债务问题很快重又提起，勒侯先生又抬出了他那位朋友樊萨，夏尔答应偿还这笔数额惊人的债务。他执意不肯变卖家具，只要是当初归她所有的，一件也不行。他母亲因此大为不快。他却比她还愤愤然。他完全变了个人。她离开了这个家。

这会儿人人都来捞一把。朗佩勒小姐来讨六个月的学费，虽说爱玛连一次课也没去上过（尽管她曾经拿这张收据给包法利看过），那可是她俩当初讲定的，租书铺老板来讨三年的订费，罗莱大妈来讨二十封信的邮资，夏尔问她是怎么回事，她回答得挺妙：

“噢！我怎么会知道！反正总是为她的事呗。”

夏尔每还掉一笔债，总以为就此完事了。结果却总有别的债不断冒出来。

他催过去的病人付拖欠的诊金，人家给他看他妻子写去的信，于是他还得向人家赔不是。

费莉茜黛现在净穿夫人的长裙，她没能全穿着，因为他挑了几件保存在她的梳妆室里，不时关上门独自望着它们出神，她身材跟爱玛相仿，夏尔瞧见她的背影，常会产生一种幻觉，连声叫道：

“哦！别走！别走！”

可到了圣灵降临节[1]，她跟着泰奥多尔私奔了，临行前把衣柜里那几件长裙全都偷走了。

就在这前后，守寡的迪皮伊夫人来柬通知，她儿子“伊夫托公证人莱昂·迪皮伊先生与蓬德镇的莱奥卡蒂·勒勃夫小姐喜结良缘”。夏尔回信祝贺，其中写了这么一句：

“我可怜的妻子倘若有知，也会非常高兴的！”

有一次，他在屋里随处走走，信步来到顶楼，只觉得穿拖鞋的脚下踩着了一个小纸团。他打开纸团念道：“坚强些，爱玛！坚强些！我不想给您的生活带来不幸。”这封罗多尔夫的信，当时爱玛掉在了箱子缝里，就此一直搁在那儿，这会儿天窗透进的风，刚好把它吹到了门口，夏尔一时痴呆呆地愣在那儿，而当初，比他此刻脸色更苍白的爱玛，也曾站在这同一个地方，万念俱灰，想着去死。末了，他在第二页纸的下端看见一个小小的“罗”字。这是什么意思？他回想起罗多尔夫的殷勤来访，他的突然不见踪影，以及后来有两三次偶然路遇时他脸上的尴尬神情。可是信上那种尊敬的口吻，又把他的想法岔了开去。

“他和她也许是柏拉图式的相爱。”他心想。

况且，夏尔不是那种爱寻根刨底的人，他在证据面前退缩了，犹豫不决的嫉妒消泯在了巨大的悲痛之中。

---

1 复活节后的第七个星期日。

他想，有人爱慕她是理所当然的。所有的男人见到她，肯定都会动心。她在他心目中，显得更美丽了，他萌生了一种持久而炽烈的欲念，这团欲火使他肝肠寸断，而且因其无法实现而变得永无止境。

为了博得她的欢心，就像她还活着一样，他时时处处按她的喜好、她的想法行事。他买了漆皮长筒靴，戴起白领结。他在唇髭上抹油，他像她一样签署记名期票。她进了坟墓，还在把他往歪路上引。

他不得不一件件地卖掉那些银餐具，随后又变卖客厅里的家具。整个屋子渐渐变空了，但那间卧室，她的那间卧室，依然跟从前一样。吃过晚饭，夏尔总要上楼来待一会儿。他把小圆桌推到壁炉跟前，挪近她的扶手椅。他在对面坐下。一支蜡烛在镀金的烛台上燃着。贝尔特在他身旁给石印画涂颜色。

可怜的父亲瞧见她穿得这么寒碜，不禁悲从中来，女佣根本不好好照料贝尔特，她的短靴没系鞋带，罩衣从袖笼到腰下裂了条大口子。不过她长得又温柔又可爱，每当她姿态优雅地俯下脸去，让美丽的金发披落在红扑扑的脸颊上的时候，无尽的欣慰便会涌上他心头，而这份欢欣中又夹杂着苦涩，就像酿坏的葡萄酒里闻得出树脂味儿一样。他给她修补玩具，用硬板纸做牵线玩偶，或是把肚皮绷了线的布娃娃重新缝好。然后，只要目光碰上那个针线盒，或者一条曳在外面的缎带，乃至一根嵌在桌缝里的别针，他就会不由自主地陷入冥想，脸色显得那么忧郁，连贝尔特也像他一样，变得忧郁起来。

如今没人来看他们了，絮斯丹逃到了鲁昂，在那儿当了杂货店伙计，药剂师的孩子们愈来愈少跟贝尔特来往，奥梅先生鉴于彼此社会地位的悬殊，不想再跟包法利保持以往的亲密关系。

他没能用他的药膏治好瞎子的毛病，瞎子回转纪尧姆树林的山坡，对途经的乘客逢人便讲药房老板如何言而无信，弄得奥梅进城时只好躲在燕子窗幔后面，免得让他瞧见。他恨这瞎子，为了维护自己的名誉，决定不遗余力除掉这家伙，他心生一计，此计足以说明他的老谋深算和心狠手辣。一连半年，在《鲁昂灯塔报》上常能读到这类花边短讯：

> 前往富庶的庞卡底地区的人士，想必在纪尧姆森林的山坡上见到过一个满脸烂疮、形容可怕的乞丐，他跟住你纠缠不休，死乞白赖地逼你交出买路钱。难道我们至今还处在中世纪的黑暗时代，还得听凭乞丐在公共场所横行霸道，拿着十字军东征带回的麻风和瘰疬四处招摇吗？

或者是：

> 尽管当局取缔游民乞讨，我们好些大城市的周围仍然不断遭到结帮游民的骚扰。我们还见到他们在单独行动，其危险性未见得就会小些。不知我们的市政官员对此作何想法？

随后奥梅又编造些小道新闻：

> 昨日在纪尧姆森林山坡，有一匹辕马突然受惊……

接下去便描述瞎子引起的这场事故的详情。

这些做法奏了效，瞎子给抓了起来。可是他又给放出来了。他重操旧业，奥梅也故伎重演。这是一场较量。奥梅得胜了，他的对手被判在一家收容所里终身监禁。

这次成功使他大受鼓舞，从此，这一带但凡有条狗给碾死了，有座谷仓失了火，有个婆娘挨了揍，他都会本着爱护社会进步、憎恨教会人士的宗旨，及时向公众作报道。他将初级小学以及无知修会[1]作比较，趁机贬责后者，听说教堂得到一百法郎津贴，就提醒读者别忘了圣巴托罗缪之夜，他针砭时弊，嬉笑怒骂皆成文章。这是他的原话。奥梅成了个专挖墙脚的人物，变得危险了。

然而报纸天地太小，没多久就不够他施展身手了，他得著书立说！于是他编了一部《永镇地区统计概论——附有关气象观测资料》，统计学又把他引向了哲学。他关心各种重大问题：社会问题，贫民阶层教化问题，鱼类养殖，橡胶，铁路，等等。到头来，他为自己身为有产者感到脸红了。他摆出一副艺术家派头，居然抽烟斗了！他买了尊风雅的蓬巴杜风格雕像，用来装饰客厅。

他没把药房撇下不管，才不会呢！他对各种各样的新发明都很熟悉。他响应声势浩大的推广巧克力运动。他在塞纳河下游地区率先引进了巧可和健力补[2]。他对普韦马舍电链[3]推崇备至，并且身体力行缚了一副，每到晚上，他一脱下法兰绒背心，就只见金光闪闪的螺旋电链，不见他的人，奥梅太太直看得眼花缭乱，对这个比塞西亚人[4]裹得还严实、像波斯僧侣那般华丽炫目的男人，更感到爱得惟恐不深。

他对爱玛的墓有不少绝妙的设想。他先是建议竖一根圆鼓形立柱，饰以有褶裥的帷幔，接着提出建一座金字塔，然后是维斯太[5]神庙，形状像座圆亭……或者干脆像“一堆遗迹”。而在所有的方案中，奥梅都坚持要有垂柳，他认为此物是忧伤的象征，必不可少。

---

1 对基督教修会的一种蔑称。

2 巧可是一种可可粉的商标名。健力补是英国人杜巴里发明的一种保健药，含有滨豆、玉米等成分，呈红棕色。

3 1852年进入法国市场的一种医疗保健用品，据称将它贴肉缚扎在身上即可治疗并预防风湿、癫痫等病症。

4 曾栖居黑海以北塞西亚地区的游牧民族。

5 古罗马宗教供奉的女灶神。

夏尔和他一起去鲁昂，上一家经营墓葬业务的店铺看墓碑——同去的还有一位画家，是布里杜的朋友，名叫伏弗里拉尔，他一路上净用同音异义词做文字游戏。临了，看过一批图样以后，夏尔要了张估价单，然后他又去了趟鲁昂，拍板选定陵墓格局，两方碑石上都醒目地刻有“守护神手执熄灭的火炬”的浮雕。

至于碑铭，奥梅觉得Sta viator [1]是非用不可的，可下面就想不出了，他搜索枯肠，苦思冥想，他不停地念叨着：Sta viator ……最后，终于想出来了：amabilem conjugem calcas[2]！这半句也被采纳了。

说来奇怪，包法利虽说不停地思念着爱玛，她的形象居然却想不起来了，他绝望地感到这个形象在从他的记忆中逸出，他拼命想留也留不住。但他每夜都梦见她，总是同样的梦：他离她愈来愈近，可就在他要抱紧她的当口，她从他的怀里跌落下去，犹如化成了齑粉。

镇上人见他有一个星期每晚都去教堂。布尼齐安先生还上他家去过两三次，但随后就撇下他不管了。不过，据奥梅说，这老头如今也变得实在叫人受不了，快成偏执狂了，他大肆攻击时代精神，而且每隔半个月做弥撒时，总忘不了讲伏尔泰临终的故事，众所周知，这一位是吞自己的大便死去的。

尽管包法利处处撙节用度，他还是没法分期还清旧债。勒侯拒绝展期。查封财产已迫在眉睫。于是他向母亲求援，做母亲的答应他用她的财产作抵押，但在信上把爱玛狠狠数落了一通，她还想要一条没被费莉茜黛捞走的披巾，作为对她所做牺牲的回报。夏尔拒绝了她。母子因此失和。

她主动要求和解，提议把孙女接到家里去，这样她也好有个伴。

1 拉丁文，意为“行人止步”。墓碑上常用的铭文。
2 拉丁文，意为“脚下有吾爱妻”。

夏尔同意了。但临分手的时候，他又舍不得了。于是母子关系无可挽回地决裂了。

眼看这些亲情相继远去，他对女儿越发爱之弥深。她让他感到担心，因为她不时咳嗽，两边颧颊上有红晕。

对门的药房老板家，一派红红火火、欢欢喜喜的景象，全家上下个个都是好样的。拿破仑在配药间给他当助手，阿塔莉给他的希腊软帽绣花，伊尔玛剪圆纸片盖在果酱瓶上，富兰克林能一口气背出乘法表。他真是最快乐的父亲，最幸运的男人了。

此言差矣！野心在暗中折磨着他：奥梅渴望得到十字勋章。论资格，他不缺什么：

一、霍乱流行期间，本人显示了忘我的献身精神，二、自费出版多种有关公益事业的专著，其中包括……（他举了那篇《论苹果酒酿造及其效用》为例，此外还把寄给科学院的有关苹果棉蚜的观测报告，那本统计学的小册子，甚至当年的药剂师资格考试论文也都写上），何况，本人还是多个学会的会员（其实他只是一个学会的会员）。

“说到底，”他踮起一只脚转了个圈，大声说道，“就凭我救火的表现，我也该得！”

于是奥梅巴结起当局来了。省长大人竞选期间，他暗中出了不少力。他终于不顾脸面，卖身求荣了。他给国王上书，恳请他主持公道，称他为我们贤明的君主，把他比作亨利四世。

每天清早，药剂师急匆匆地拿起报纸，一心想看见有自己的提名：可总也等不到。最后，他实在忍不住了，让人把花园里一块草坪修剪成荣誉勋章的形状，还在顶上留出两条细长的草皮，代表绶带。他叉着胳臂，在周围踱来踱去，暗自想着政府的颓靡和世人的负义。

不知是出于对亡妻的尊重，还是珍惜延宕察看时日让他感到的一丝温情，夏尔始终没开过爱玛平时用的檀木书桌的暗屉。有一天，他终于坐在桌前，转动钥匙，顶开锁簧。莱昂的全部来信都在里面。这一次，是确凿无疑了！他一口气从第一封看到最后一封，他把房间的每个角落、每件家具、每个抽屉都搜了个遍，连墙壁暗处也没放过，他抽泣，吼叫，昏昏然，疯了似的。他找到一个匣子，一脚把它踹开。罗多尔夫的小照，从一沓杂乱的情书中间蹦将出来，脸冲着他。

他的委靡不振的模样，让大伙儿感到不胜惊讶。他不出门，不会客，连出诊也回绝了。于是镇上传出风声，说他关在屋里喝酒。

偶尔也有人出于好奇，从花园树篱探身往里张望，吃惊地瞥见这个人胡子老长，衣服肮脏不堪，神情阴郁怕人，大声哭着在屋里走来走去。

夏天傍晚，他搀着小女儿，带她去墓地。两人在入夜时分回转时，广场上已经一片昏黑，只有比内的天窗还亮着灯。

然而，似乎这杯苦酒他饮得还不过瘾，因为身边没人陪他一起品尝，他去看勒弗朗索瓦大妈，为的是能说说她。可是女掌柜听他说话有些心不在焉，她也有自己的伤心事，因为勒侯先生的商利车行终究还是开张了，而伊韦尔由于跑腿办货广结人缘，提出要求增加工资，扬言否则就去“帮对手干”。

有一天他上阿盖依市集去卖掉那匹马——除此以外他已身无长物——遇见了罗多尔夫。

两人望着对方，脸色发白。罗多尔夫上回只送了张唁卡去，所以一开场致歉时有些结结巴巴，但说着说着就胆子壮了起来，甚至厚着脸皮（天气挺热，正是八月时分）请他到小酒馆去喝杯啤酒。

他支起肘面对着包法利，咬着雪茄说个不停，夏尔看着这张她曾经爱过的脸，不由得走了神。他仿佛又见着了跟她有关的一样东西。这是样令人赞叹的东西。他恨不得自己就是面前的这个男人。

那位还在大谈耕作、家畜、肥料，东拉西扯地说个不停，生怕一冷场对方就会说到那话题上去。夏尔没在听，罗多尔夫看出来了，而且从他的脸色变化，猜出了他在回忆中的心绪转换。这张脸渐渐涨得通红，鼻翼急骤翕动，嘴唇瑟瑟发抖，甚至有一阵子，夏尔憋着满腔无名怒火，眼睛盯住罗多尔夫，看得他不由得害怕起来，停住了嘴。可是不一会儿，他脸上又恢复了那种阴郁厌倦的表情。

“我不怨你。”他说。

罗多尔夫仍没作声。夏尔双手支着脸，以一种无限伤感、听天由命的口吻，声音微弱地接着说：

“是的，我不怨你了！”

他竟然还说了一句很有哲理的话，这样的话他平生从没说过：

“这是命运的错！”

一度左右过这命运的罗多尔夫，觉得这话出自如此处境的一个男人之口，未免失之宽厚，甚至可笑，还有点迂。

第二天，夏尔走进凉棚，坐在那条长凳上。阳光透过栅格照进来，葡萄叶在沙地上勾勒出它们的影子，茉莉花吐着清香，天空一片湛蓝，斑蝥嗡嗡作响，绕着苞蕾绽开的百合花转圈，夏尔像个十几岁的少年，忧伤的心头充满这些朦胧的爱的气息，只觉得透不过气来。

到七点钟，整个下午没见他人影的小贝尔特来叫他吃晚饭。

他靠在墙上，眼睛闭着，嘴巴张开，双手握着一绺黑色长发。

“爸爸，走呀！”她说。

见他不动，她以为是跟她逗着玩，便轻轻推了他一下。他倒在地上。他死了。

三十六个小时以后，卡尼韦先生应药剂师之请，赶了过来。他作了解剖，一无所获。

家产全部变卖抵债了，最后还剩十二法郎七十五生丁，这笔钱给包法利小姐作了去祖母家的路费。可老太太当年就去世了。鲁奥老爹瘫痪在床，一位姨妈收养了她。后来这位姨妈经济拮据，迫于生计就把她送进了一家棉纺厂。

打从包法利死后，永镇先后来过三位医生，都是脚跟还没站稳，就给奥梅打得个落花流水。他却病家盈门，络绎不绝，当局迁就他，舆论庇护他。

他新近膺获了荣誉十字勋章。

［全书完］

译书札记

这部篇幅并不算大的小说，我译了整整两年。译文一改再改，几易其稿。每日里，我安安生生地坐在桌前，看上去似乎悠闲得很。其实，脑子在紧张地转动、思索、搜寻，在等待从茫茫中隐隐显现的感觉、意象、语词或句式，性急慌忙地逮住它们，迫不及待地记录下来。每个词、每个句子、每个段落，都像是一次格斗乃至一场战役。卫生间近在咫尺，但不到“万不得已”，我不会从写字桌前立起身来。我唯恐思绪一旦打断，会难以再续，我担心那些感觉和意象，会倏尔离我而去。

有的词很简单，感觉却未必简单。比如，福楼拜写到爱玛被罗多尔夫抛弃后，大病一场。养病期间，每天下午坐在窗前凝神发呆，“其时，菜市场顶篷上的积雪，把一抹反光射进屋里，白晃晃的，immobile”最后那个词，有译成“雅静”的（“一片雅静的白光”），也有译成“茫茫”的（“一片茫茫的白光”），但在我看来，那样的译法，似都仅与光线的状态有关，而与爱玛的心态无涉。在我的感觉中，那是一种“以外写内”（即以外在的动作、状态来描写人物的心理）的手法，所以我把 immobile 译作“凝然不动”。这是我对光线的感觉，也是我对爱玛心态的感觉。

感觉不同，用词的色彩自会不同。《包法利夫人》中写到 elle

s'enflammait à l'idée de cette taille si robuste et si élégante，我没有译作“她淫心荡漾，按捺不住地想到另一个男子”，我觉得那种译法的强烈贬义色彩，是原文所没有的（按照福楼拜的创作原则，他也不会那么写）。依据我所感觉到的作者的意思，我把这个句子译作“她心里像烧着团火，如饥似渴地思念着……”。

评论家称福楼拜的文字有音乐性，甚至可以在钢琴上弹奏出来。这样说也许只是形容，但他的文体之讲究、用词之妥帖、语句之富有节奏感，在阅读原文时确实是可以感觉到的。

这种节奏感，有时是比较外在的，例如第二部中，神甫侃侃而谈：“我知道，确实存在好作品和好作者，可是，男男女女混杂相处，待在一个装饰极尽奢靡、令人心荡神驰的场所，再加上渎神的装扮，浓重的脂粉，摇曳的烛影，娇滴滴的声腔，到头来自然就会滋生某种放纵的意识……”，其中“渎神的装扮，浓重的脂粉，摇曳的烛影，娇滴滴的声腔”，有的译本译作“打扮得妖形怪状，搽粉抹胭脂，点着灯，嗲声嗲气”，或者“穿着奇装异服，涂脂抹粉，在灯光照耀下，说话软绵绵的”，似乎就力度不够，没有原文 ces déguisements païens, ce fard, ces flambeaux, ces voix efféminées 的铿锵意味，而这种意味，与此时神甫的亢奋状态是吻合的。

译者的视角，应该就是作者的视角，否则感觉也难以到位。爱玛和罗多尔夫一起骑马返回永镇，罗多尔夫在她身后欣赏她的背影。原文写道：Elle était charmante, à cheval！有译本译作：“她骑在马上很漂亮。”意思没什么错，但作者是从罗多尔夫的视角来写的，所以译成“她骑在马上，那模样可真迷人！”也许才更贴近这个惯于玩弄女性的风月场老手的口吻（尽管他只是这么想，并没有说出声来）。

感觉，有时不可避免地带有译者的个人色彩。第一部第八章末尾的一段文字，拙译为：“渐渐的，容貌在记忆中模糊了，四组舞的情景淡忘了，制服，府邸，不再那么清晰可见了，细节已不复可辨，怅惘却留在了心间。”之所以译成“细节已不复可辨，怅惘却留在了心间”，是因为在我想来，倘若（假定！）福楼拜是中国人，他不会说“一些细节淡忘了”，也不会说“若干细节失散了”，他会说“细节已不复可辨”。这个假定，这种译法，当然是主观色彩颇浓的。

翻译时面对多义词，踌躇犹豫费思量，是每个译者都会遇到的情况。第一部第九章中描写夏尔在乡间行医时 examinait des cuvettes, retroussait bien du linge sale。在词典上，cuvette 有盆、脸盆、盥洗盆、抽水马桶等释义，linge有被单、衬衣、内衣等释义。于是这段文字，有译作“检查洗脸盆，撩起肮脏的被单”的，也有译作“检查抽水马桶，卷起病人肮脏的衣衫”的。

我想，夏尔是医生，他在出诊时，检查的大概不是洗脸盆或抽水马桶（那时有这东西了吗？这是一个问题），而是留有排泄物的便盆。而他听诊时所做的动作，似乎也并非掀开被单或卷起衣衫，而是撩起病人的内衣。所以我的译文是“检查便盆，撩起脏兮兮的内衣”。人物的身份，帮助我选择了词义。

药房老板奥梅是个自我感觉极好、特别喜欢卖弄的家伙。第二部第十三章中他在昏厥过去的爱玛床前夸夸其谈。作者写道：

“‘不光人类有这种异常现象，’药剂师接着往下说，‘就连动物也有类似情形。这不，您想必也知道 nepeta cataria，就是俗称的猫儿草，有刺激猫科动物性欲的奇特效果……’”

其中nepeta cataria是拉丁文学名，译文照原文中那样保留下来，但加了脚注：“荆芥的学名”。倘若不保留拉丁文，也可以译作“有一种花草，学名荆芥，俗名猫儿草”，或者“荆芥俗名叫猫儿草”，等等。但就我的感觉而言，那样一来，奥梅卖弄学问的意味似乎就少了几分。

“刺激猫科动物性欲的奇特效果”，也有译作“对猫科动物，具有强烈春药的效果”或“对猫科动物会产生强烈的春药作用”的。没错，春药就是刺激性欲的药，但前者是个俗称，后者则有专业术语的意味。在译文中让奥梅说出“春药”这两个字，似乎有违他爱用的“专业人士”口吻。

小说的翻译，是没有定本的。每个严肃的译者，都在作出自己的努力。我希望读者在这个译本中，也能看出我作的一份努力。

周克希

- 外国文学名著名译化境文库 -

“化境”说的理论与实践

人类的翻译活动由来已久。可以说语言产生之后，同族或异族间有交际往来，就开始有了翻译。古书云：“尝考三代即讲译学，《周书》有舌人，《周礼》有象胥[译官]”。早在夏商周三代，就已有口译和笔译。千百年来，有交际，就有翻译；有翻译，就有翻译思考。历史上产生诸如支谦、鸠摩罗什、玄奘、不空等大翻译家，也提出过“五失本三不易”“五种不翻”“译事三难”等重要论说。

早期译人在译经时就开始探究翻译之道。三国魏晋时主张“因循本旨，不加文饰”，认为“案本而传”，照原本原原本本翻译，巨细无遗，最为稳当。但原文有原文的表达法，译文有译文的表达法，两种语言，并不完全贴合。

隋达摩笈多（印度僧人，590年来华）译《金刚经》句：“大比丘众。共半十三比丘百。”按梵文计数法，“十三比丘百”，意一千三百比丘，而“半”十三百，谓第十三之一百为半，应减去五十。

故而，唐玄奘将此句，按中文计数，谨译作“大苾刍众千二百五十人俱”。全都“案本”，因两国语言文化有异同，时有不符中文表达之处，须略加变通，以“求信”为上。达译、奘译之不同，乃案本、求信之别也。

严复言：“求其信，已大难矣！信达而外，求其尔雅。”（1898）信达雅，成为诸多学人在二十世纪上半叶热衷探讨的课题。梁启超主递进说（1920）：“先信然后求达，先达然后求雅。”林语堂持并列说（1933），认为“翻译的标准，第一是忠实标准，第二是通顺标准，第三是美的标准。这翻译的三层标准，与严氏的‘译事三难’大体上是正相比符的”。艾思奇则尚主次说（1937）：“‘信’为最根本的基础，‘达’和‘雅’的对于‘信’，是就像属性对于本质的关系一样。”

朱光潜则把翻译归根到底落实在“信”上（1944）：“原文‘达’而‘雅’，译文不‘达’不‘雅’，那是不信；如果原文不‘达’不‘雅’，译文‘达’而‘雅’，过犹不及，那也是不‘信’。”“绝对的‘信’只是一个理想。”“大部分文学作品虽可翻译，译文也只能得原文的近似。”艾思奇着重于“信”，朱光潜唯取一“信”。

即使力主“求信”，根据翻译实际考察下来，只能得原文的“近似”。信从原文，浅表的字面逐译不难，字面背后的思想、感情，心理、习俗，声音、节奏，就不易传递。绝对的“信”简直不可能，只能退而求其次，趋近于“似”。

即以“似”而论，傅雷（1908—1966）提出：“翻译应当像临画一样，所求的不在形似而在神似。”

如Voltaire句：J'ai vu trop de choses , je suis devenu philosophe. 此句直译：我见得太多了，我成了哲学家。——成了康德、黑格尔

那样的哲学家？显然不是伏尔泰的本意。

傅雷的译事主张，重神似不重形似，神贵于形，译作：我见得太多了，把一切都看得很淡。直译、傅译之不同，乃形似、神似之别也。

这样，翻译从“求信”，深化到“神似”。

事理事理，即事求理。就译事，求译理译道，亦顺理成章。原初的译作，都是照着原本翻，“案本而传”。原本里都是人言（信），他人之言。而他人之言，在原文里通顺，转成译文则未必。故应在人言里取足资取信的部分，唯求其“信”，而百分之百的“信”为不可能，只好退而求“似”。细分之下，“似”又有“形似”“神似”之别。翻译思考，伴随翻译逐步推进，从浅入深，由表及里。翻译会永无止境，翻译思考亦不可限量。

当代的智者，钱锺书先生（1910—1998）在清华求学时代，就开始艺文思考，亦不忘翻译探索。早在1934年就撰有《论不隔》一文。谓“在翻译学里，‘不隔’的正面就是‘达’”。文中“讲艺术化的翻译（translation as an art）”。“好的翻译，我们读了如读原文”，“指跟原文的风度不隔”。“在原作与译文之间，不得障隔着烟雾”，译者“艺术的高下，全看他有无本领来拨云雾而见青天”。

钱先生在写《论不隔》的开头处，“便记起王国维《人间词话》所谓‘不隔’了”。“王氏所谓‘语语都在目前，便是不隔’。”而“不隔”，就是“达”。钱氏此说，仿佛另起一题，总亦归旨于传统译论文论的范畴。

三十年后，钱先生在《林纾的翻译》（1963）里谈林纾及翻译，仍一以贯之，秉持自己的翻译理念，只是更加深入，别出新意。

早年说：“好的翻译，我们读了如读原文。”《林纾的翻译》里则说：“译本对原作应该忠实得以至于读起来不像译本，因为作品在原文里决不会读起来像经过翻译似的。”

早年说，好的翻译“跟原文的风度不隔”。《林纾的翻译》则以“三个距离”申说“不隔”：“一国文字和另一国文字之间必然有距离，译者的理解和文风跟原作品的内容和形式之间也不会没有距离，而且译者的体会和他自己的表达能力之间还时常有距离。”

早年讲，“艺术化的翻译”，《管锥编》称“译艺”。在论及刘勰《文心雕龙》“论说”“谐隐”篇时，谓：齐梁之间，“小说渐以附庸蔚为大国，译艺亦复傍户而自有专门”。意指鸠摩罗什（344—413）时代，译艺已独立门户。

钱先生早年的“不隔”说，到后期发展为“化境”说；“不隔”是一种状态，“化境”则是一种境界。《林纾的翻译》提出：“文学翻译的最高标准是‘化’。把作品从一国文字转变成另一国文字，既能不因语文习惯的差异而露出生硬牵强的痕迹，又能完全保存原有的风味，那就算得入于‘化境’。”钱先生同时指出：“彻底和全部的‘化’是不可实现的理想。”

《荀子·正名》篇言：“状变而实无别而为异者，谓之化。”——即状虽变，而实不别为异，则谓之化。化者，改旧形之名也。钱先生说法试简括为：作品从一国文字变成另一国文字，既不生硬牵强，又能保存原有风味，就算入于“化境”；这种翻译是原作的投胎转世，躯壳换了一个，精神姿致依然故我。

钱先生在《管锥编》（1979）一书中，广涉西方翻译理论，尤其对我国传统译论的考辨中，论及译艺能发前人之所未发。比如东晋道安（314—385）认为“梵语尽倒，而使从秦”，便是“失[原]本”；要求译经“案梵文书，惟有言倒时从顺耳”。按“梵语尽倒”，指梵文语序与汉语不同。梵文动词置宾语后，例如“经唸”，汉语则须言倒从顺，正之为“唸经”。“梵语尽倒”最著名的译例，大家都知道，可能没想到。就是佛经的第一句话，“如是我闻”；按中文语序，应为“我闻如是”，我闻如来佛如是说。早期译经照原文直译，后世约定俗成，这句子沿袭了下来。钱先生据以辩驳归正：“故知‘本’有非‘失’不可者，此‘本’不‘失’，便不成翻译。”从“改倒”这一具体译例，推衍出普遍性的结论，化“术”为“道”，可谓点铁成金。各种语言各有无法替代的特点，一经翻译，语音、句式、修辞，都失其原有形式，硬要拘守勿失，便只能原地踏步，滞留于出发语言。“不失本，便不成翻译”，是钱先生的一句名言。

又，钱先生读支谦《法句经序》（229），独具慧眼，从信言不美，实宜径达，其辞不雅，点明：“严复译《天演论》弁例所标，‘译事三难：信、达、雅’，三字皆已见此。”指出：“译事之信，当包达、雅。”继而论及三者关系：“译文达而不信者有之矣，未有不达而能信者也。”“信之必得意忘言，则解人难索。”

试举一例，见《谈艺录》五四一页，拜伦（Byron）致其情妇（Teresa Guiccioli）书，曰：

Everything is the same, but you are not here, and I still am. In separation the one who goes away suffers less than the one who stays behind.

钱译：此间百凡如故，我仍留而君已去耳。行行生别离，去者不如留者神伤之甚也。

此译可谓“得意而忘言”，得原文之意，而罔顾原文语言之形者也：实师其意而造其语。钱先生在《管锥编》一二页里说：“到岸舍筏、见月忽指、获鱼兔而弃筌蹄，胥得意忘言之谓也。”“到岸舍筏”，典出《筏喻经》；佛有筏喻，言达岸则舍筏。有人“从此岸到彼岸，结筏乘之而度，至岸讫。作此念：此筏益我，不可舍此，当担戴去。于意云何？为筏有何益？比丘曰：无益。”

“信之必得意忘言”，为钱公一重要翻译主张，也是臻于化境之一法。“化境”说或会觉得玄虚不可捉摸，而得意忘言，则易于把握，便于衡量，极具实践意义。

信从原本，必当得意忘言，即以得原文之意为主，而忘其语言形式。《庄子·外物》篇有言：“言者所以在意，得意而忘言。”故“化境”说，本质上不离中华美学精神，甚至可视案本——求信——神似——化境为由低向高、一脉相承的演进轨迹，而“化境”说则构成传统译论发展的逻辑终点。

“外国文学名著名译化境文库”，第一辑拟推出译自法、德、英、俄等语的十种译本，不失为傅雷辈及其之后两代翻译家在探索译道途中所取得的厚实业绩，凸显出中国译林的勃勃生机。这些译作无疑具有一定的示范性，对推动中国文学翻译事业会产生积极作用。

罗新璋

2018年初

“外国文学名著名译化境文库”编委会

扫码关注
以经典启发日常

包法利夫人

产品经理｜吴高林　装帧设计｜王　易
产品监制｜曹　曼　技术编辑｜陈　杰
责任印制｜刘　淼　出 品 人｜路金波

图书在版编目（CIP）数据

包法利夫人 /（法）福楼拜著；周克希译. -- 天津：天津人民出版社，2018.5
（外国文学名著名译化境文库）
ISBN 978-7-201-13329-4

Ⅰ. ①包… Ⅱ. ①福… ②周… Ⅲ. ①长篇小说—法国—近代 Ⅳ. ①I565.44

中国版本图书馆 CIP 数据核字（2018）第 088264 号

包法利夫人

BAOFALI FUREN

出　　版　天津人民出版社
出 版 人　黄　沛
地　　址　天津市和平区西康路35号康岳大厦
邮政编码　300051
邮购电话　022-23332469
网　　址　http://www.tjrmcbs.com
电子信箱　tjrmcbs@126.com

责任编辑　张　璐
产品经理　吴高林
装帧设计　王　易

制版印刷　北京旭丰源印刷技术有限公司
经　　销　新华书店
发　　行　果麦文化传媒股份有限公司
开　　本　710×960毫米　1/16
印　　张　25
印　　数　1—8,000
字　　数　284千字
版次印次　2018年5月第1版　2018年5月第1次印刷
定　　价　88.00元